BINDE MICH

IHRE UNSTERBLICHEN GEFÄHRTEN

MILA YOUNG

INHALT

People Are Strange

The Dead South

Don't Fuck With Joe

The Blackwater Fever

Revolution

Unsecret, Ruelle

This Is Only The Beginning

Steelfeather

Monalisa

OsMan

Babel

Gustavoa Bravetti

Come Hell or High Water

Steelfeather

Wicked Game

Witchz

Black Sea

Natasha Blume

Cold Blood

Valen

Hide and Seek

Klergy, Mindy Jones

Deep in the Water

Spelles

Ghost Down

Layto, Neoni

Dogs of War

Blues Saraceno

Tides

G Voz

Hoise the Colors

The Wellermen, Ebucx, Eric Hollarway

Klicken Sie hier, um den Soundtrack zu hören.

BEVOR SIE BEGINNEN - BITTE LESEN

Bind Me ist ein paranormaler Liebesroman und kein düsteres Buch, aber es könnten für manche Leser potenzielle Trigger enthalten sein, darunter Themen wie Gewalt, Folter, Trauer, der Tod eines Familienmitglieds, Trauma und detaillierte Beschreibungen des Todes.

BINDE MICH

Das Schicksal zerstörte meine Welt in einem Herzschlag.

Als Kopfgeldjägerin habe ich das Übernatürliche gejagt, doch nichts konnte mich auf die Wahrheit über meine Blutlinie vorbereiten. Eine harte Fügung des Schicksals verbannt mich ins kalte Herz Norwegens. Hier, inmitten uralter Wälder und eisiger Gewässer, soll ich neu anfangen. Doch die Schatten meiner Vergangenheit sind stärker denn je.

Eine Mission, die meine Erlösung bringen sollte, führt mich zu ihm – einem Mann, der ebenso gefährlich wie geheimnisvoll ist und mich zugleich in Rage versetzt. Er verbirgt Geheimnisse, die mich umbringen könnten, und offenbart mir schließlich, dass er mein Schicksalsgefährte ist.

Unglaublich!

Seine Berührung entfacht ein Feuer in mir und lässt mich alles infrage stellen. Gemeinsam stolpern wir über eine dunkle Verschwörung, die seit Jahrhunderten besteht und unsere Schicksale untrennbar miteinander verknüpft. Als die Wahrheit ans Licht kommt, sind wir gezwungen, zusammenzuarbeiten.

Während die Grenzen zwischen uns zu verschwimmen beginnen, stehe ich vor einer Entscheidung: Kann ich dem Mann vertrauen, der meine Seele erweckt, aber auch mein endgültiges Verderben bedeuten könnte?

PROLOG
SASHA

Ich höre Daddy schreien und werde wach. Ich liege auf der roten Plüschcouch, die immer noch wie eine Festung aus Kissen und Spielzeug aussieht.

Mein Herz klopft laut, als seine wütende Stimme die warme Stille durchdringt. Es ist später Nachmittag, der Himmel vor dem Fenster leuchtet in Rosa- und Orangetönen, aber in unserem kleinen Wohnzimmer fühlt es sich an wie Mitternacht.

Ich umklammere Mr. Fluffy, mein Teddybär, stelle mich auf meine nackten Füße und stolpere über den kalten Holzboden zur hinteren Fliegengittertür.

»Mommy? Daddy?« Meine Stimme ist dünn.

Niemand antwortet mir, aber mein Herz schlägt schneller, weil sie sich streiten. Mommy ist immer böse auf uns, was Daddy zum Schreien bringt.

Ich habe sie schon oft sagen hören, dass *es schwer ist*, aber ich hasse es, dass sie die ganze Zeit schreien. Ich bin zwar erst sechs Jahre alt, aber ich verstehe viel und weiß, dass es etwas damit zu tun hat, nicht *genug* zu haben. Ich bin mir nur nicht sicher, was *genug* ist, aber ich bete die meisten Nächte dafür, dass das Universum uns mehr gibt, damit sie miteinander auskommen.

Als ich durch die Fliegengittertür nach draußen schaue, sehe ich sie ganz unten am Wasser, wo der Fluss an unserem Garten vorbeirauscht. Unser Haus steht einsam gelegen im Wald. Unsere Nachbarn, die eine Katze haben, mit der ich spiele, sind einen langen Spaziergang flussabwärts entfernt, sodass sie nichts hören werden. Meistens hört man hier draußen nur die Zikaden und Frösche.

Daddys Arme gleiten durch die Luft, lebhaft und wütend. Ich habe ihn noch nie so wütend gesehen, nicht einmal, als ich Farbe auf den Teppich in meinem Zimmer verschüttete. Mommy steht da, ihr Rücken so gerade wie die hohen Bäume, die unser Grundstück säumen, aber ihr Gesicht ist falsch ... als würde sie eine Maske tragen, eine, die ohne Wärme, ohne Liebe lächelt. Keine Mommy darin.

Ein Windstoß zerrt an den Vorhängen des offenen Fensters neben mir und holt mich aus meinem Schock. Als ich wieder nach draußen schaue, geht Mommy auf ihn zu, streckt ihre Hände aus und versucht, ihn zu halten, wie sie es immer tut. Aber er schüttelt den Kopf und geht von ihr weg.

»Ich kenne dich gar nicht mehr«, schreit er so laut, dass ich die Worte hören kann. »Wie viele hast du bis jetzt genommen?«

Wovon redet er?

Ich will einfach nur schreien, ihnen sagen, dass sie aufhören sollen, ihnen sagen, dass ich Hunger habe, und fragen, wann es Abendessen gibt. Meine Stimme fühlt sich an, als ob mir Erdnussbutter im Hals stecken würde. Sie haben mir schon öfter gesagt, dass ich mich nicht in ihre Gespräche einmischen soll. *Sie sind nur für Erwachsene.*

Daddy schreit wieder. Dann packt er sie am Arm und fängt an, sie in Richtung Haus zu zerren. Sein Gesicht ist rot, als würde er sich gleich in eines dieser Monster verwandeln, von denen er sagt, dass es sie nicht gibt.

Meine Atemzüge gehen jetzt schneller, und meine Hand liegt auf dem Türgriff und drückt ihn herunter.

»Du brauchst Hilfe.« Daddys Stimme ist wie ein Gewitter, laut und beängstigend. »Wie konntest du dich nur so benutzen lassen?«

Ist Mommy krank? Hat ihr jemand wehgetan? Bei dem Gedanken krampft sich mein Magen zusammen. Sie lächelt wieder so seltsam, und der Windhauch richtet die Härchen auf meinen Armen auf. Das letzte Mal, als ich mich so fühlte, war ich im Wald und stand einer großen Schlange Auge in Auge gegenüber. Zum Glück kam Daddy rechtzeitig, um mich zu retten.

Plötzlich stößt Mommy ihn weg, ihre Hände drücken gegen seine Brust. Es ist kein kleiner Schubs, wie wenn man mehr Platz auf der Couch haben möchte, sondern stark genug, um Daddy nach hinten stolpern zu lassen. Er rudert mit den Armen, um etwas zu fangen, das gar nicht da ist.

Ein Schrei steigt in mir auf, als Daddy plötzlich auf einen glitschigen, abgestorbenen Ast tritt und fällt.

»Daddy!« Ich schiebe mich durch die Tür, um ihm zu helfen. Meine nackten Füße stoßen auf die kalte, raue Erde, während ich von unserem Haus weglaufe. Der Wind frischt auf, heult und zerrt an meiner Kleidung. Ich kann Mommy und Daddy nicht streitend hier draußen lassen.

Ich muss sie aufhalten.

Sie werden auf mich hören.

Die Bäume schwanken wie verrückt, die Blätter zittern, als ob selbst der Wald heute wütend ist.

Mommy beachtet mich nicht, als ich auf sie zustürme. Ich lasse Mr. Fluffy fallen und renne schneller.

Sie dreht sich zu meinem Vater um, springt ihn an und zerrt ihn am Arm ins Wasser. Er hat kaum Zeit, sein Gleichgewicht zu halten und aufzustehen. Nur sieht sie nicht richtig ... oder normal aus. Nicht mit ihren schnellen, ruckartigen Bewegungen, nicht damit, wie sie meinen Daddy so mühelos zieht, wo sie doch kleiner ist als er.

»Was machst du da?« Diesmal schreie ich lauter, meine Stimme bricht sich kaum am Wind und dem plätschernden Fluss.

»Geh zurück ins Haus«, schreit sie mich an, aber ich bleibe nicht stehen.

Ich kann nicht glauben, was ich da sehe. Sie war in der Vergangenheit gemein zu mir, hat mich sogar ein paar Mal geschlagen, aber sie hat meinen Daddy nie angegriffen.

»Mommy, lass ihn gehen.«

Plötzlich hat sie ihre Hände an Daddys Hals und drückt ihn in die Strömung. Er kämpft, seine Arme schwingen, er schlägt nach ihr, aber es ist, als würde sie nicht spüren, dass er sie schlägt.

Ich erreiche das Flussufer, der Schlamm knirscht unter meinen Füßen und lässt mich ein wenig ausrutschen, bis ich am Ufer stehen bleibe. Das Wasser sieht dunkler aus als zuvor, fast schwarz, als hätten alle Schatten des Waldes beschlossen, schwimmen zu gehen.

Und in der Mitte des Flusses liegt Mommy immer noch auf Daddy und drückt ihn nach unten, als wolle sie ihn im Fluss begraben.

»Mommy«, schreie ich und meine Augen brennen vor Tränen. »Stopp!«

Sie hört nicht auf mich. Sie ertränkt ihn immer wieder, während er um sich schlägt und strampelt. Er ist größer und stärker als sie, also verstehe ich nicht, warum er nicht aufsteht.

Ich gehe schnell ins Wasser, die Kälte kriecht mir zitternd die Beine hoch, aber das ist mir egal.

»Daddy, ich komme«, schreie ich, und Tränen trüben meine Augen, als ich sehe, wie seine Hand aus dem Wasser ragt, spritzt und zappelt. Ich bewege mich zu langsam, der Schlamm saugt sich an meinen Füßen fest.

»Mommy, hör auf, ihm wehzutun«, rufe ich zitternd. »Tu meinem Daddy nicht weh.«

Der Fluss ist kalt, sein rauschendes Wasser wirbelt um meine Taille, als ich tiefer gehe. Jedes Plätschern gegen mein Gesicht fühlt sich an wie eisige Finger, die versuchen, mich zurück ans Ufer zu treiben, aber ich kann jetzt nicht zurückgehen ... nicht, wenn er mich braucht. Meine Hände wischen mir immer wieder über die Augen, verschmieren Tränen und Flusswasser miteinander, bis ich kaum noch etwas sehen kann.

In mir regt sich ein seltsames Gefühl, und ein Kribbeln durchfährt mich, geflüstert von meiner Meerjungfrau-Seite. Dieser Teil von mir möchte herauskommen, die Führung übernehmen und Daddy retten, aber ich bin nicht stark genug, keine starke Schwimmerin. Daddy hat immer gesagt, dass es Zeit braucht, um in meine Widerstandsfähigkeit und meine Fähigkeiten hineinzuwachsen, und dass ich nichts überstürzen soll. Aber ich brauche sie jetzt!

»Mommy, hör auf«, schreie ich wieder mit verzweifelter Stimme. »Bitte hör auf, ihn zu ertränken!« Wenn Daddy doch nur ein richtiger Wassermann wäre. Wenn er nur unter Wasser atmen könnte. Aber seine Familie sind Wolfsmenschen, stark und wild auf dem Land, aber nicht für das Wasser gemacht.

Mommy, die ihn immer noch unter Wasser drückt, wendet plötzlich den Kopf, ihr Blick bleibt an meinem hängen. Da ist keine Wärme in ihren Augen, kein Flackern der Mutter, die ich kenne. Sie ist eher monströs ... eine Fremde, die das Gesicht meiner Mutter trägt.

Mein Herz klopft bis in meine Kehle.

Mit einem Schrei erreiche ich meine Eltern, meine kleinen Hände sind ungeschickt im Wasser. Ich stoße nach ihr, meine Finger greifen nach ihrem Arm und versuchen, sie zu kratzen.

»Halt!« Ich schlage nach ihr, aber meine Fäuste scheinen nichts zu bewirken. »Du wirst ihn umbringen.« Meine Stimme bricht, jedes Wort ist wie eine Glasscherbe in meiner Kehle. Tränen strömen über mein Gesicht. Ich weine und schreie, während ich schiebe, schlage und flehe.

Mommy ist wie eine Statue, ihr Körper hart und unbeweglich.

Daddys Gesicht taucht kurz auf, er hustet und stottert, Panik ist in seinem Gesicht. Er ist auf halbem Weg, sich in einen Wolf zu verwandeln, seine Kieferpartie beginnt sich zu strecken, Fell breitet sich auf seinen Schultern und Armen aus. Ja, gut, aber als sein Blick den meinen trifft, weit vor Angst und Verwirrung, schießt mir die Panik in den Magen. In seinen Augen liegt ein stummes Flehen, ein Hilfeschrei, den ich zu erwidern versuche, aber es gelingt mir nicht. Ich zittere, weine und strecke verzweifelt meine Hände nach ihm aus.

»Daddy!«

Anstatt ihn zurückzutreiben, beugt sich Mommy vor, küsst ihn und atmet scharf ein.

Ich sehe entsetzt zu.

Er strampelt herum und sein Gesicht wird blass, seine Wangen sind hohl. Es geht so schnell, dass ich keine Zeit habe, zu reagieren oder sie aufzuhalten. Aber ich weiß, was sie vorhat. Sie tötet ihn mit dem Todeskuss der Meerjungfrau.

Das Wasser schwappt um uns herum, als die beiden

unter Wasser tauchen, während sie ihn immer noch küsst. Der Fluss wird kälter und tiefer, sodass ich kaum noch den Boden berühren kann. Ich schreie und drücke mich gegen das Wasser, um sie zu erreichen.

»L ... lass ihn g ... gehen!«, schreie ich wieder und wieder. Ich zittere, klappere mit den Zähnen und kann die Tränen nicht zurückhalten.

Plötzlich taucht sie völlig durchnässt aus dem Wasser auf und lächelt in meine Richtung.

Ich weine hysterisch unter dem grauen Himmel, mein Kinn zittert, mein Inneres fühlt sich an, als hätte es jemand aufgeschnitten.

Daddys schlaffer Körper dümpelt an der Oberfläche des aufgewühlten Wassers, mit dem Gesicht nach unten im Fluss, ohne sich zu bewegen. Ein Schrei entweicht mir, rau und eindringlich, als ich nach ihm greife. Bevor ich ihn berühren kann, packt Mommy meinen Arm, ihr Griff wird fester, ihre Nägel graben sich tief in meine Haut.

Ich starre sie an, wütend auf sie.

»Ich hasse dich«, stottere ich.

Ihr Gesicht verändert sich, die Wangenknochen werden ausgeprägter, die Augen werden dunkler ... es ist ihre Meerjungfrauengestalt, die zum Vorschein kommt. Sie ist wunderschön in ihrer Meerjungfrauengestalt, der schönste Mensch, den ich je gesehen habe. Aber die Art, wie sie mich ansieht, hat etwas Gefährliches, als wäre sie nicht mehr meine Mommy. Sie verändert sich, wird zu einer Sirene. Daddy hat mir alles über sie erzählt. Wie furchterregend und gefährlich sie sind.

»Nicht«, rufe ich und versuche, mich aus ihrem Griff zu befreien.

Für den Bruchteil einer Sekunde wird ihr Blick weicher und lullt mich in dem Glauben ein, dass sie zu mir zurückkommt und Daddy helfen wird.

»Lass mich in Ruhe, kleine Flosse«, stöhnt sie und benutzt ihren Spitznamen für mich, ihre Stimme klingt verzweifelt. »Es tut mir leid.«

Ein Wimmern entweicht meinen Lippen, als ich die Mommy sehe, an die ich mich erinnere.

In derselben Sekunde stößt sie mich mit einem schmerzhaften Stoß gegen meine Brust weg. Ich stolpere und verliere im Schlamm und den wirbelnden Strudeln des Flussufers den Halt. Ich fange mich gerade noch rechtzeitig ab, um ihre Verwandlung in eine Sirene zu sehen.

Sie sieht aus wie meine Mutter, aber anders, als hätte sie im Gesicht abgenommen, ihre Augen sind dunkler, ihre Zähne schärfer, ihre Fingernägel spitzer.

Im Handumdrehen taucht sie zu Daddy, und ein dunkler, schillernder rosa Schwanz spritzt heraus. Er ist viel dunkler als ihr normales helles Rosa. Das Wasser nimmt sie schnell auf, und schon sind sie beide weg, Daddy wird von ihr unter Wasser gezogen.

Ich schreie, das Geräusch reißt tief in mir etwas auf. Meine Meerjungfrauengestalt bricht hervor und reißt mir die Kleider vom Leib, eine Reaktion auf alles, was ich gerade gesehen habe. Ich tauche in den trüben, unruhigen Fluss und suche im Schlick und in den Schatten nach einer Spur von ihnen. Ich schwimme verzweifelt, schlage mit meinem kleinen Schwanz und schreie im Wasser.

Aber da ist nichts ... nur die kalte Tiefe.

Ich tauche auf und weine, während die Strömung mich von dem Haus wegzieht, das sich nicht mehr, wie ein Zuhause anfühlt. Mit aller Kraft schwimme ich, mein Schwanz schlägt gegen den Druck des Wassers und meine Arme schneiden durch die Kälte, bis ich das Ufer erreiche, atemlos. Als ich am schlammigen Ufer zusammenbreche, kuschle ich mich in mich selbst, während das Wasser über meinen Schwanz schwappt.

Die Wahrheit über das, was meine Mutter getan hat, prasselt auf mich nieder und setzt sich wie ein Stein in meinem Herzen fest.

Mommy ist eine Sirene geworden, ein Wesen, vor dem sich viele fürchten, und kann sich nicht mehr in ihre menschliche Gestalt zurückverwandeln. Ihre Verwandlung ist abgeschlossen.

Daddy muss ihr letztes Opfer gewesen sein, denn er sagte, wenn eine Meerjungfrau eine Reihe von Opfern mit einem Todeskuss ertränkt, wird sie schließlich zu einer Sirene. Dann können sie nie wieder zur Meerjungfrau werden.

Ist es das, worüber Daddy vorhin mit ihr gestritten hat?

Das Meer ruft sie jetzt, die Wildnis. Sie ist nicht mehr meine Mommy. Ich schlucke einen Schrei. Sie ist jetzt das Monster, das meinen Daddy getötet hat.

Ich ziehe mich fester zusammen und weiß nicht, ob ich jemals wieder aufhören kann zu weinen.

1

SASHA

Fünfzehn Jahre später

»Bist du sicher, dass wir hier richtig sind?«
Scouts Stimme dringt durch den Nebel,
der sich über einem der ältesten Docks Südafrikas
ausbreitet.

»Ja.« Ich halte meinen Blick auf die schwach
beleuchteten Lagerhäuser entlang des Docks gerichtet,
die eine beunruhigende Atmosphäre ausstrahlen, als
ob das Wetter den Atem anhält und darauf wartet, dass
etwas Bedrohliches passiert. Diese alten Docks, an
denen wir entlanggehen, scheinen in der Zeit stehen-
geblieben zu sein, der Ort ist unter dem Gewicht der
feuchten Luft verwittert, die vertäuten Schiffe in der
Nähe ächzen wie Geister. Und dieser seltsame Grünton
des Nebels, der sich über uns ausbreitet, lässt die

Gaslampen entlang des Docks wie lange, verdrehte Schatten erscheinen.

Wäre ich nicht bei der Arbeit, hätte ich die gruselige Stimmung vielleicht noch mehr genossen und mich an die Noir-Krimis erinnert, die ich so gern verschlinge. Stattdessen konzentriere ich mich auf das Ziel, das wir jagen - ein Arschloch, das mit Tieren handelt und auf Kaution freigelassen wurde.

»Wenn ich auf der Flucht wäre, würde ich mich sicher nicht ausgerechnet hier verstecken.« Scout rümpft seine lange Nase über das baufällige Gebäude, dem wir uns nähern und das jeden Moment in sich zusammenzufallen droht. Für mich ist es das perfekte Versteck.

»Spielt das eine Rolle?«, frage ich, beschleunige, scanne die Gebäudenummern und suche nach A32. »Wir nehmen den Bastard heute fest.« Ich zweifle nicht an meinen Fähigkeiten ... solange wir ihn zuerst finden, bevor es ein anderer Kopfgeldjäger tut.

Ich arbeite seit fünf Jahren für Prime Bonds Recovery und habe eine hervorragende Erfolgsbilanz, weil ich mehr Zielpersonen gefangen habe als jeder andere in der Firma. Ich vermute, das ist der Grund, warum der Chef mich auf diese hochkarätige Mission geschickt hat.

Aber warum er mir Scout als Partner für diese Aufgabe vor die Nase gesetzt hat, ist ein Witz. Der Typ hat erst vor vier Monaten in der Firma angefangen, aber sein Vater ist stinkreich und mit meinem Chef befreundet. Das ist natürlich der Grund. Ich kann nicht anders, als Scout einen Seitenblick zuzuwerfen.

Ich habe mir jahrelang den Arsch aufgerissen, bevor man mir zutraute, große Ziele abzurufen ... im Gegensatz zu manchen Leuten. Offensichtlich kann das Kennen der richtigen Leute deinen Rang bei der Arbeit erhöhen.

Nur geht es bei dieser Mission nicht um mich. Ich will, dass dieses Ziel ausgeschaltet wird. Der Typ wurde auf frischer Tat ertappt, als er illegal Tiere aus verschiedenen Häusern rund um den Globus importierte und verkaufte. Es gibt Gerüchte, dass er auch mit Kindern gehandelt hat, aber ohne Beweise wurde er auf Kaution freigelassen.

Ich möchte, dass man ihn aufhält.

Die anderen Häuser wollen ihn ebenfalls zu Fall bringen. Und da er in Südafrika, im Haus Gold und Granat und unter der Herrschaft von König Kaspian residiert, der persönlich an diesem Fall interessiert ist, haben wir den zusätzlichen Druck, sicherzustellen, dass wir die Sache nicht vermasseln.

Unser König kontrolliert mehrere Länder, sein Hauptsitz befindet sich jedoch in Reykjavík, Island. Unser Haus steht für Reichtum und Prestige und ist auch ein Ort, an dem die größte Konzentration von Söldnern und Kopfgeldjägern zu finden ist. Wenn also jemand einen Verbrecher finden kann, dann ist es einer von uns. Das ist auch der Grund, warum so viele andere Häuser auf der ganzen Welt Experten aus dem Haus Gold und Granat anheuern, um ihre *gefährlichen* Missionen auszuführen.

Um in diesem Haus erfolgreich zu sein, muss man also besser sein als die Besten.

Scout bemerkt nicht, dass ich ihn anstarre, und stöhnt leise vor sich hin. »Irgendetwas ist schlecht an diesem Ort. Ich spüre es«, murmelt er.

Ich rolle mit den Augen. »Lässt du dich von ein bisschen Nebel erschrecken?«

Er wirft mir einen finsteren Blick über die Schulter zu, der mich fast herausfordert, und plötzlich bewegt er sich schnell vorwärts, um zu beweisen, dass er keine Angst hat. Ich kichere leise vor mich hin, und als die letzten Regentropfen auf das Kopfsteinpflaster prasseln, beschleunige ich meinen Gang entlang der Docks. Ich spüre das Gewicht des Tasers an meinem Gürtel und die Klinge in meinem Stiefel.

Als ich mich A32 nähere, zieht sich mein Inneres wie bei jeder Mission zusammen. Ich scanne das Gebäude nach Sicherheitskameras ... keine, die ich sehen kann.

Selbst mit meinen ein Meter und achtzig und meinem aquamarinblauen Haar bin ich ein Sturm, mit dem man fertig werden muss.

Die ächzenden Geräusche der Docks verstummen hinter uns und werden durch das leise Quietschen unserer Schuhe auf den feuchten Planken ersetzt.

Ich drücke meine Schulter gegen die kalte, nasse Wand der Lagerhalle und schaue mit einem spitzen Blick zu Scout hinüber. Ich gebe ihm ein Zeichen, sich zu bewegen, und er geht nach links. Ich gehe nach rechts, und jeder von uns schleicht durch die Schatten, um die Umgebung zu überprüfen.

Mein Puls rast wie wild, falls ich Zane, unserer Zielperson, über den Weg laufe. Der Typ ist ein Hybrid, halb Pferdewandler, halb Vogel. Und ein Arschloch für die Gräueltaten, die er begangen hat.

Mit schnellen Schritten erreiche ich den hinteren Teil der Lagerhalle, wo die Silhouette eines verrosteten Krans über mir schwebt. Die Luft ist kalt auf meiner Haut, der Wind frischt auf und bläst durch meinen Pferdeschwanz. Mein Atem beschleunigt sich, als Scout aus dem Nebel tritt, sein kurzes Haar aus dem Gesicht gekämmt, die breite Stirn in Falten gelegt und die Mundwinkel vor Sorge zusammengekniffen. Der Typ ist Mitte dreißig, verheiratet und will sich unbedingt beweisen, aber ich traue ihm nicht. Irgendetwas an ihm ärgert mich.

»Alles klar«, flüstert er und führt mich zum Hintereingang des Lagers.

Ich beiße die Zähne zusammen und beruhige meine Nerven. »Bleib in der Nähe und lauf nicht weg. Verstanden?«

Er nickt, seine Kieferpartie ist angespannt. Er ist einen Meter und siebzig groß, und ich kann es an seiner Körperhaltung sehen. Er hasst es, Befehle von mir anzunehmen, aber ich bin der ranghöchste Kopfgeldjäger auf dieser Mission, also kann er sich bis zum letzten Tropfen seines Egos ficken.

Ich atme tief ein und greife nach dem Türgriff, wobei sich meine Finger um das kalte Metall schlingen. Ich öffne die Tür vorsichtig, die Scharniere geben ein leises Ächzen von sich, das mich für einen Moment erstarren lässt. Als niemand auf uns zukommt, schlüpfen wir hinein, unsere Bewegungen sind so leise wie der Nebel draußen.

In unserem Job verbringen wir die meiste Zeit damit, Kriminelle aufzuspüren und uns an sie heranzuschleichen, bevor sie merken, dass wir ihnen auf der Spur sind. Sobald sie dich sehen, hast du nur ein paar Sekunden Zeit, um das Ziel zu sichern, sonst sind sie längst weg.

Das Innere des Lagers ist weitläufig und schattig und durch Wände in drei Bereiche unterteilt. Der Bereich direkt vor uns ist offen und mit gestapelten Holzkisten gefüllt. Die beiden anderen Bereiche führen in gegenüberliegende Räume. Bei einem steht die Tür offen, und es ist stockdunkel, sodass ich meinen Blick auf den Raum zu meiner Linken richte. Durch die geöffnete Tür dringt ein schwaches Licht, das uns fast einlädt.

Mir läuft ein Schauer über den Rücken, und ich ziehe meinen Elektroschocker, während Scout dasselbe tut. Ein Stromstoß und wir schalten unser Ziel lange genug aus, um uns auf es zu stürzen und zu fesseln. Das ist der schnellste Weg, jemanden mit minimalem Schaden auszuschalten.

Wir bewegen uns stetig, unsere Schritte sind gemessen und leise, während ich jede dunkle Ecke und jeden möglichen Hinterhalt abtaste. Als ich durch die angelehnte Tür spähe, entdecke ich einen großen offenen Raum. Zur Linken befinden sich fünf Büros, und in den benachbarten Büros scheinen eine Reihe von Käfigen zu lagern. Im Inneren ist es dunkel, abgesehen von dem Licht, das durch die offenen Türen einfällt. Gegenüber der Büros stehen ein kleiner Gabelstapler und weitere Kisten.

Ich horche auf alles, was Zanes Anwesenheit verraten könnte. Nichts, nur das leise Knarren des Gebäudes und der aufkommende Wind draußen.

Ich gebe Scout mit einer Handbewegung ein Zeichen, mit mir die Büros zu durchsuchen, denn der Rest des Gebäudes ist ein offener Raum, in dem sich niemand versteckt. Schritt für Schritt nähern wir uns dem ersten Büro, und drinnen sind mindestens ein Dutzend Tierkäfige aufgestellt. Hier riecht es vermodert, staubig und nach Bauernhof, und ich rümpfe die Nase.

»Das ist der Ort. Ich wusste, dass er sich hier verstecken würde. Ich kann die Tiere riechen«, flüstert Scout das Offensichtliche und widerspricht seinen früheren Worten damit selbst.

Ich nicke und mache mir nicht die Mühe zu antworten, während wir zu den ersten Büros gehen und weitere Käfige finden, als ob jemand die Tiere schnell hierher transportiert hätte. Meine Brust zieht sich zusammen bei dem Gedanken, dass diese Monster unschuldige Tiere verletzen, und treibt mich an, Zane schneller zu erledigen.

Als ich das vierte Büro erreiche, wird die Spannung immer größer. Ich öffne langsam die Tür zu einem dunklen Raum, in dem es stark nach Tieren riecht, aber auch ein geladener elektrischer Gestank ist zu spüren. Ich kann nichts anderes sehen als ein paar leere Käfige auf dem Boden, die von dem schwachen Licht hinter mir beleuchtet werden. Der Rest des Raumes ist stockdunkel. Gerade als ich hineingehen will, durchbricht ein scharfes, unüberhörbares Geräusch die Stille hinter uns.

Ich erstarre und drehe mich dann in der Tür um, in der Erwartung, Zane zu finden. Stattdessen sehe ich Scout, der schnell durch das Lagerhaus rennt. Er ist in der Nähe der Kisten und des Gabelstaplers und steuert auf eine andere Bürotür zu, die ich übersehen hatte.

»Scout, was machst du da?«, flüstere ich, aber er antwortet nicht.

Ich habe kaum einen Moment Zeit, es zu verarbeiten, als ein anderes Geräusch meine Aufmerksamkeit erregt, das von der Eingangstür des Gebäudes kommt. Mein Blick schießt in die Richtung zu meiner Linken, als die Tür ein langgezogenes Stöhnen ausstößt, das den Raum durchdringt.

Ich husche in das Büro, das von Schatten verschluckt wird. Ich hocke in der Dunkelheit neben der Tür und lasse sie einen Spalt offen, um zu sehen, wer hereinkommt. Schnell spähe ich zu Scout hinaus, der an der verschlossenen Tür herumfummelt.

Ich werde ihn umbringen. Idiot. Wenn er mir diese wichtige Mission vermasselt, werde ich sehr sauer sein.

Mein Herz klopft gegen meine Rippen. Scout versteckt sich plötzlich hinter dem Gabelstapler, gerade als die Eingangstür ganz aufschwingt. Ich zucke zurück in die Enge des Schattens und beobachte, wie ein großer Mann in die Lagerhalle schreitet. Sein schwarzer Mantel flattert um ihn herum, als hätte er die Flügel eines dunklen Engels, seine Schritte sind entschlossen und schnell. Die Schlüssel in seiner Hand klimpern, und sein schwarzes Haar ist zurückgekämmt.

Aber das ist nicht Zane.

So ein Mist! Haben wir ihn verpasst, oder ist er schon irgendwo im Gebäude?

Anstatt auf mein Versteck zuzugehen, biegt der Fremde in das Büro nebenan ein, das, in dem ich noch nicht nachgesehen habe. Ein Teil von mir atmet auf, dankbar, dass er nicht auf Kollisionskurs mit Scout ist. Mein Plan ist es, zu warten und zu sehen, ob Zane auftaucht.

Während ich meinen schnellen Atem beruhige, erregt das kleinste Geräusch, ein leises Schlurfen, meine Aufmerksamkeit. Es ist nah, zu nah. Das Herz schlägt mir bis zum Hals und mein Blick schweift durch den dunklen Raum, in dem ich mich befinde, als das Geräusch erneut ertönt.

Scheiße.

Ich bin nicht allein in diesem Raum.

Adrenalin schießt durch mich hindurch. Ich kann nicht glauben, dass ich die Gegend nicht gründlich abgesucht habe, bevor ich mich hierher stürzte. Ich gebe Scout die Schuld dafür, dass er mich mit seiner Dummheit abgelenkt hat. Mit dem Rücken zur Wand greife ich nach der kleinen Taschenlampe, die ich bei meinen Hausschlüsseln habe.

Mit einem vorsichtigen Schnipsen wird das Licht zum Leben erweckt und wirft einen schwachen Strahl in den Raum. Es ist nicht irgendein Raum, ich bin in ein Labor gestolpert.

Der Lichtstrahl tanzt über Regale, die mit Gläsern vollgestopft sind, die trübe Flüssigkeiten und Pulver enthalten. An der Längsseite des Raums steht ein langer Tisch mit allerlei wissenschaftlicher Ausrüstung, während auf dem Boden wahllos Käfige gestapelt sind. Die Gitterstäbe halten die Tiere gefangen, von deren Handel wir Zane abhalten sollen. Winzige Augen starren mich an. Ein Paar grüne Eichhörnchen, die nervös zucken, dreibeinige Frösche mit kleinen Hörnern. Die armen Dinger sind verängstigt, stecken in einem Metallkäfig und haben zu viel Angst, um sich überhaupt zu bewegen. Aber sie sehen nicht verletzt aus, was gut ist.

Als ich mich aus der Hocke erhebe, erregt ein weiterer Käfig mit einem Tier auf dem Tisch meine Aufmerksamkeit. Es ist klein, zusammengerollt, sein Fell ist fleckig, seine Haut ist mit Flecken von rohem, gereiztem Fleisch übersät. Die Augen des Tieres sehen mich an, voller Schmerz und Angst. Es wimmert leise.

Es ist ein Otter.

Der beißende Geruch von Chemikalien wird jetzt deutlicher, beunruhigender.

Als ich dort stehe, wird der Schmerz in meinem Herzen noch größer, während ich den Otter anstarre, und ich bin völlig am Boden zerstört, weil dieses kleine Ding getestet wird. Ich hatte schon immer eine Schwäche für Tiere, habe mich um Streuner gekümmert und ehrenamtlich in Tierheimen gearbeitet. Der Anblick, der sich mir bietet, weckt eine tiefe Wut, die die frühere Spannung der Jagd übertönt. Jetzt möchte ich Zane und seinen Komplizen wirklich wehtun.

Noch immer kauert der Otter in der Ecke seines Käfigs und blickt mich mit seinen verängstigten Augen an, während er unkontrolliert zittert. Tränen stechen mir in die Augen, während es in meiner Brust brennt. Als ich auf den zitternden Otter zugehe, um ihm die Angst zu nehmen, ertönt plötzlich ein Geräusch wie ein Donnerschlag. Ein Funke explodiert, und ich spüre den scharfen Biss der Magie, der meine Arme hinaufströmt.

Ich zucke zurück, das Herz klopft mir gegen die Rippen, weil ich befürchte, dass ich versehentlich eine Falle ausgelöst habe. Bevor ich auch nur ansatzweise begreifen kann, was vor sich geht, hallt ein lautes Klicken durch den Raum, das dem Geräusch eines zündenden Gasofens unheimlich ähnelt.

In Sekundenschnelle schießen Flammen aus dem Fuß aller Wände des Raumes empor, als ob die Wände mit Holzscheiten ausgekleidet wären. Die Hitze verschlingt mich augenblicklich, der schwere Gestank ist erstickend.

Panik ergreift mich, und ich zittere heftig. Ich stolpere rückwärts, in meinem Kopf dreht sich alles vor Angst und Verwirrung. Die Hitze nimmt zu und trifft mich wie ein physischer Schlag, während die Schreie der Tiere in ihren Käfigen durch das Chaos dringen.

Von der Tür aus suche ich verzweifelt das Lagerhaus ab. Auch dort klettert das Feuer die Wände hinauf, ein monströses, gefräßiges Wesen, das das Gebäude verzehrt. Es ist klar, dass etwas das Inferno ausgelöst hat. War ich es?

Durch das wachsende Feuer hindurch erkenne ich Scout in der offenen Tür des anderen Büros mir gegenüber, und ich weiß sofort, dass die Katastrophe seine Schuld ist. Der Türgriff hängt halb in seiner Nähe, ein klares Zeichen für ein gewaltsames Eindringen in einen Raum, der durch einen Auslöser verschlossen und gesichert ist. Er stolpert vorwärts, als die Wand hinter ihm in Flammen aufgeht.

»Idiot!«

Bricht in das Büro ein, drückt den Auslöser, und der ganze Ort geht in Flammen auf, wobei alle Beweise vernichtet und möglicherweise alle Personen im Büro getötet werden, um Zanes Spuren zu verwischen.

Wut und Angst durchströmen mich. Wir müssen hier raus ... sofort!

Bevor ich einen Schritt vorwärtsmachen kann, stürmt Zane von der Rückseite des Gebäudes in das Lagerhaus, eine massige Gestalt mit einem Schnurrbart, der sein bulldozerartiges Aussehen nicht mildert. Er stürmt auf die Eingangstür zu und schreit irgendetwas davon, dass er ein paar Akten holen soll. Ich nehme an, er schreit seinen Freund im anderen Büro an.

Verdammt!

In diesem Moment schwenkt sein Blick in die Richtung von Scout, dann in meine, und schließlich entdeckt er uns ... die Eindringlinge.

»Hurensöhne, verdammte Kopfgeldjäger«, knurrt er und stürmt plötzlich zur Tür, als sein Kumpel aus dem anderen Büro kommt und panische Angst seine Gesichtszüge verzieht.

Ich renne ihnen sofort hinterher, auch wenn sich das Feuer schnell ausbreitet, viel zu schnell. Der Ort wird in Sekundenschnelle zusammenbrechen. Mit ausgefahrenem Elektroschocker schieße ich, um ihn zu verlangsamen, aber trotz seiner Größe weicht er mit überraschender Geschicklichkeit aus. Scout ist da, und die Hitze wird unerträglich, meine Kehle ist rau, meine Nasenlöcher brennen vom Rauch.

»Halte sie auf«, schreie ich Scout an, als die Wand zu einem der Büros zerbricht und mit einem gewaltigen Knall neben dem Gabelstapler zusammenbricht. Das ist auch der Moment, in dem mich das herzzerreißende Geschrei hinter mir zum Stehen bringt. Die Tiere, die immer noch in ihren Käfigen gefangen sind, erregen meine Aufmerksamkeit, und ihr Verhalten wird immer hektischer, je stärker das Feuer lodert.

Zane und sein Freund stürmen aus der Haustür, Scout ist ihnen auf den Fersen.

»Sasha, beeil dich verdammt noch mal«, schreit er, dann ist er weg.

Ich weiß, dass dies meine Chance ist, Zane zu fangen, dass er uns nicht entkommen kann, aber ich schaue zurück, und mein Inneres schmerzt bei den Geräuschen der weinenden Tiere, weil ich weiß, dass sie sterben *werden*.

Ich habe mir geschworen, dass ich immer helfen werde, wenn jemand in Not ist, und das gilt auch für Tiere. Für den Bruchteil einer Sekunde verblasst alles andere - die Hitze, der Rauch, das einstürzende Gebäude - und ich werde von der Dringlichkeit, unschuldige Tiere zu retten, überwältigt.

Ich ignoriere den brennenden Schmerz auf meiner Haut und den Rauch, der meine Lungen verbrennt, und stürze zurück in den Laborraum. Ich kann sie nicht hierlassen, nicht in diesem Zustand. Ich erreiche die Käfige gerade, als die Wände um uns herum zu knistern beginnen und größere Flammen spucken. Die Metallstäbe fühlen sich heiß an, und ich zucke zusammen, als ich sie greife, aber die Dringlichkeit treibt mich voran.

»Ich habe euch. Versucht nur bitte nicht, mir zu entkommen«, rufe ich den Tieren in den Käfigen auf dem Boden zu. »Ich muss euch alle hier rausbringen, bitte«, flüstere ich. Ich lege sie auf den Labortisch, alle in meinen Armen. Obwohl die Wände in Flammen stehen und wir uns fühlen, als wären wir in der Hölle gelandet, bleiben sie in meiner Nähe.

Ich wende meine Aufmerksamkeit dem Otter zu, der immer noch wimmernd im Käfig sitzt, knacke das Schloss auf und reiße die Tür auf. Das arme Ding wimmert und kreischt zurück.

»Komm schon, Kleines, ich will dir nur helfen. Beiß mich nicht, okay, und ich verspreche dir, dass ich dich da raushole.«

In diesem Moment ertönt hinter mir ein ohrenbetäubender Lärm. Ich verdrehe den Kopf, als eine bröckelnde Wand außerhalb des Raumes unter dem Ansturm des Feuers zusammenbricht. Ohne zu zögern, stecke ich meine Hand tiefer in den Käfig und greife nach dem Tier. Mit einem sanften, schnellen Ruck nehme ich es in die Hand und drücke es an meine Brust. Ich sammle die anderen kleinen Tiere ein, während mein Herz angesichts ihrer Verletzlichkeit zerspringt.

Ich stürze aus dem Raum und muss feststellen, dass die Eingangstür zum Lagerhaus blockiert ist. Eine halbe Wand hängt davor. Obwohl ich zittere und mich fühle, als würde ich bei lebendigem Leibe verbrennen, stürze ich mich auf den Hintereingang und gehe leicht gebückt, um die Tiere in meinen Armen zu schützen. Ein Holzbrett kracht nicht weit von mir herunter, und ich schreie auf und weiche instinktiv zurück.

Das Knistern des Feuers wird intensiver und ist ohrenbetäubend. Die Hitze ist unerträglich, und meine Kehle brennt bei jedem Atemzug. Ich weiche den brennenden Trümmern aus und renne, wie eine Wahnsinnige auf die Hintertür zu ... gerade als hinter mir ein gewaltiges explosives Knarren ertönt.

Ich stürme aus der Hintertür und stolpere in die kühle Luft, die ich in meine ausgehungerten Lungen sauge. Ich atme krampfhaft. Hinter mir stürzt ein Teil des Daches ein, und ich wende mich von dem Gebäude ab, das immer schneller zusammenbricht. In der Ferne heulen die Sirenen von Feuerwehrleuten, die vermutlich kommen, um die Flammen zu löschen.

Mein Verstand rast, entsetzt darüber, wie ich gerade einer Katastrophe entkommen bin. Ich schaue nach den kleinen Tieren in meinen Armen, die alle eng aneinandergeschmiegt sind und mit großen Augen schweigen. Also wende ich meine Aufmerksamkeit der Suche nach Zane und Scout zu.

Die neblige, kühle Luft ist scharf auf meiner erhitzten Haut, während sich meine Arme um die kleinen, zitternden Körper der sechs Tiere schlingen.

Die Docks sind von Nebel und Schatten verdeckt, die Folgen des Feuers tauchen alles in Asche und grelles, surreales Licht. Als ich von dem einstürzenden

Gebäude weglaufe, pocht mein Herz vor Verzweiflung und Wut. Die Tiere, die ich in meinen Armen halte, sind still, ihre kleinen Körper zittern an mir.

Ich komme an einem riesigen Schiff vorbei, dessen massiver Rumpf lange, dunkle Schatten auf die Holzplanken des Docks wirft. Dort, an einer dunklen Stelle, finde ich Scout auf dem Rücken liegend.

»Scout, geht es dir gut?«, rufe ich und lasse mich neben ihm auf die Knie fallen, als er stöhnt und versucht, sich mit einer Hand aufzurichten. Blut rinnt aus seinem Mund, und ein Auge ist bereits zugeschwollen und färbt sich dunkelviolett, wie ein schwerer Bluterguss. »Was zum Teufel, ist passiert?«, frage ich und suche ihn nach weiteren Verletzungen ab. Wir sind darauf trainiert, uns in jeder Situation zu behaupten - zu kämpfen und zu verteidigen.

»Die Frage ist, wo zum Teufel warst du?«, knurrt er. »Du solltest mir doch den Rücken freihalten.« Seine Stimme ist rau vor Schmerz und Wut. »Wir hätten Zane haben können, aber was?« Sein Blick senkt sich auf die Tiere in meinen Armen. »Du hast diese verdammten Dinger gerettet, aber den Verbrecher entkommen lassen? Deinetwegen haben wir ihn verloren.«

»Ich? Du hast dich meinen Befehlen widersetzt und das verdammte Büro geöffnet und damit den Auslöser für die Bereinigung ausgelöst.«

Er seufzt, sein gutes Auge schließt sich, er hört mich nicht einmal, aber seine Anschuldigung macht mich wütend.

»Diese Tiere sind unschuldig. Als ich das letzte Mal

nachgesehen habe, waren wir keine Monster ... nun, zumindest ich nicht.«

Scout stemmt sich auf die Beine und hat Schmerzen bei jeder Bewegung. »Du hast die Mission gefährdet.«

»Halt die Klappe. Also, in welche Richtung ist Zane gegangen?«

Er zuckt mit den Schultern. »Woher zum Teufel soll ich das wissen? Nachdem er sich in ein Pferd verwandelt und mich getreten hat, bin ich fast ohnmächtig geworden. Ich hätte sterben können, wegen deiner dummen Entscheidung.« Er schreit praktisch, sein Gesicht zittert vor Wut.

Sicher, ich fühle mich schrecklich für ihn, aber wenn er mir die Schuld gibt, bringt ihm das keine Pluspunkte ein.

»Manchmal bedeutet ein Held zu sein, zu entscheiden, wer am meisten gerettet werden muss. Also habe ich die Wahl getroffen«, erwidere ich.

Schweigen breitet sich zwischen uns aus, während er in meine Richtung starrt. Ich schiebe die Tiere auf einen Arm und biete ihm meine freie Hand an, um ihm zu helfen, aber er schlägt sie beiseite und humpelt die Docks hinunter.

Großartig! Ich seufze schwer, denn ich weiß, dass dies zurückkommen, und mich hart in den Hintern beißen wird.

»Moment, ist das Ihr Ernst?« Meine Stimme schießt eine Oktave höher, als ich mich in meinem Sitz nach vorne lehne und meinen Chef über den Schreibtisch hinweg anstarre. Mr. Daniels ist der Inbegriff eines Fitness-Fanatikers, sein glattes Haar und sein scharf geschnittener Anzug verleihen ihm eine Ausstrahlung von unnahbarer Perfektion. Seine Feenohren lassen seine magische Herkunft erahnen, obwohl er sie herunterspielt und nie wirklich zugibt, aus einer mächtigen Feenfamilie zu stammen.

»Es ist das Beste, Sasha. Betrachten Sie es als einen Neuanfang«, antwortet er mit dieser Geschmeidigkeit, die ich allmählich verabscheue. Er nimmt einen Schluck aus seiner Tasse mit speziellem Pilztee, von dem er schwört, er sei das Lebenselixier oder so. In der Ecke des Zimmers steht sein schickes Fahrrad, das an der Wand lehnt und jeden an seinen gesunden Lebensstil erinnert. An den meisten Tagen kann ich seine Arroganz ignorieren. Heute bin ich stinksauer.

Ich blinzle, meine Gedanken rasen. »Ich hatte noch keine Gelegenheit, meinen Bericht über Zane einzureichen, aber ...«

»Das ist nicht nötig«, unterbricht er und setzt die Tasse mit einer Grimasse ab, als ob der Tee höllisch schmecken würde. »Scout hat mich aufgeklärt, und da Sie Zane nicht mitgebracht haben, bin ich jetzt in einer sehr kompromittierenden Situation, weil wir versprochen haben, ihn zu fangen. Aber jetzt ist er auf der Flucht, wahrscheinlich ist er untergetaucht.«

Ich kneife die Lippen zusammen und kämpfe gegen den Drang an, mit den Augen zu rollen. Ich vertraute darauf, dass Scout sofort zum Chef rennt, bevor ich überhaupt die Chance hatte, ins Büro zu gehen und alles zu erklären. Als ich ankam, ging ich sofort nach unten und übergab die Tiere, die ich gerettet hatte, den Tierpflegern für einen sicheren Transport, um sicherzustellen, dass sie in ihr ursprüngliches Land zurückgebracht werden.

»Also, weil Scout, beschlossen hat, aus einer einfachen Gefangennahme-Mission eine Episode von *Let's Trigger Every Alarm Possible* zu machen, Ihnen seine Version der Geschichte erzählt hat, werde ich versetzt? Und ich dachte, wir sollten als Team zusammenarbeiten!«

Mein Chef blickt finster drein, doch seine Miene ist erstaunlich resigniert.

»Das Problem ist, dass Ihre Priorität dem Ziel gelten sollte, nicht den Tieren, und Sie haben ihn entkommen lassen. Scout ist noch neu, und er brauchte Ihre Unterstützung, um Zane zur Strecke zu bringen. Sie haben also heute einen großen Fehler gemacht, der Sie leider teuer zu stehen kommen wird.«

Der Raum fühlt sich plötzlich kleiner an, die Wände rücken näher, während die Realität seiner Worte in mich eindringt. Sogar seine gerahmten Motivationsposter an den Wänden, die von Teamarbeit und Visionen schwärmen, verhöhnen mich jetzt stillschweigend.

Ich schlucke schwer und bewege mich unbehaglich auf meinem Platz gegenüber von Mr. Daniels. Ich bereue nicht, dass ich die Tiere vor dem Feuer gerettet habe. Mein Gewissen hätte es mir nicht erlaubt, wegzugehen, aber diese brennende Seite in mir flammt auf, eine Mischung aus Wut und Ungerechtigkeit.

Ich starre ihn an, und in mir steigt die verzweifelte Angst auf, dass ich von dem Team, mit dem ich die letzten fünf Jahre zusammengearbeitet habe, und von meinen Freunden weggeschickt werde. Ganz zu schweigen von der Peinlichkeit, rausgeschmissen zu werden.

»Ich bin noch nie bei einer Mission gescheitert«, beginne ich und hasse es, dass ich verzweifelter klinge, als ich es meinem Boss gegenüber zugeben möchte. Schwäche ist kein Charakterzug, der für Kopfgeldjäger geeignet ist, aber ich bin wütend auf Scout und fürchte mich davor, herauszufinden, wohin man mich schicken wird. Ich stelle mir ein kleines Büro mitten in einer abgelegenen Stadt vor, versteckt wie ein kaputtes Artefakt.

Er seufzt und lehnt sich in seinem Ledersessel zurück. »Mein Vorgesetzter verlangt jetzt eine Erklärung dafür, wie eine so einfache Mission schiefgehen konnte, und ich kann nicht zulassen, dass Ihr Versagen diese Abteilung in Verruf bringt.«

»Aber ... ich hätte nie mit Scout zusammengebracht werden dürfen. Er ist ein Neuling«, behaupte ich und spreche die Worte überstürzt aus.

»Sie sehen nicht, worum es hier wirklich geht, und das ist das Problem. Sie stellen Ihre persönlichen Gefühle über das Wohl von Prime Bonds Recovery, und das macht Sie zu einer Belastung und unzuverlässig.«

Mir bleibt der Mund offenstehen, seine Worte treffen mich wie ein Schlag in den Solarplexus.

»Ich habe jahrelang daran gearbeitet, habe so viele Ziele ins Visier genommen, und dieses eine Mal habe ich mein Ziel nicht erwischt ...« Mein Mund wird trocken, meine Brust spannt sich an.

Seine Schultern geben leicht nach, während er sich zurücklehnt und die Arme vor sich auf dem Schreibtisch verschränkt.

»Es tut mir leid, Sasha, aber die Geschäftsleitung ist wütend und will Köpfe rollen sehen, denn König Kaspian selbst will Ergebnisse. Das Beste, was ich tun konnte, war, Sie versetzen zu lassen, anstatt dafür zu sorgen, dass Sie Ihren Job verlieren. Beweisen Sie sich mit einer sauberen Akte, dann können wir darüber nachdenken, ob Sie nach zwölf Monaten in Norwegen zurückkommen.«

Zwölf Monate! Norwegen! Die Realität trifft mich wie ein Schlag, und ich falle vor Schreck fast vom Sitz. Ich schaffe es, mich zu stabilisieren, halte mich an den Armlehnen meines Stuhls fest und zwinge mich zu atmen.

»Norwegen«, echoe ich, und das Wort schmeckt sauer auf meiner Zunge. »Ein ganzes Jahr?«

»Ja.« Er nickt, sein Blick ist unerschütterlich. »Es war eine schwierige Situation, mit dem Team dort zu verhandeln, aber es ist eine Chance, wirklich zu beweisen, dass Sie wieder Prioritäten setzen und große Fälle bearbeiten können. Betrachten Sie es als ... einen Test Ihres Engagements.«

Ich verenge meinen Blick, weil er so spöttisch und

herablassend klingt. Jahrelange Treue bedeutete diesem Unternehmen nichts!

Ich fummle gedankenlos an dem goldenen Armband an meinem Handgelenk herum, ein Anhänger in Form von rollenden Wellen verbindet die Ketten um mein Handgelenk. Anders als die meisten, die Familienwappen in Form von Anhängern, Ketten oder Ringen tragen, habe ich dieses Design selbst gewählt, weil es mir Frieden bringt. Jetzt fühlt es sich wie eine grausame Erinnerung daran an, wie schnell sich das Leben ändern kann, wie alles, was ich schätze, ohne Vorwarnung weggerissen werden kann. Es weckt Erinnerungen an den Verlust meiner Eltern und die Erkenntnis, dass ich wieder einmal keine Kontrolle über mein Leben habe.

So gern ich auch auf der Stelle kündigen und aus dem Haus stürmen würde, ich schwimme nicht gerade in Reichtümern und habe auch kein Erbe von meinen Eltern.

Aber vielleicht sehe ich das falsch. Es ist über ein Jahr her, dass Billie, meine beste Freundin, nach Finnland weggezogen ist, angezogen von der Anziehungskraft ihrer Schicksalsgefährten, und Norwegen liegt verdammt viel näher an Finnland als Südafrika. Ich klammere mich an diesen Hoffnungsschimmer, während ich mich fühle, als würde ich ertrinken. Ich erhebe mich vom Sitz und stolpere zur Tür, während mir schwindelig wird.

»Sasha«, ruft Mr. Daniels. »Machen Sie mich stolz. Ich weiß, dass Sie sich in Norwegen gut schlagen werden. Lassen Sie sich nur nicht ablenken. Oh, und das Team dort wird mich regelmäßig über Ihre Fortschritte auf dem Laufenden halten.«

Ich atme laut aus, weil ich wie ein Neuling behandelt werde. Meine Wut kocht hoch, und ich hasse die Tränen, die mir dank der Scheiße des Tages in die Augen steigen.

»Danke«, murmle ich verbittert, als ich die Tür aufstoße. In dem großen Großraumbüro vor mir wimmelt es nur so von Mitarbeitern, und die meisten vermeiden es, mich anzuschauen. Was bedeutet, dass sie es alle wissen. Natürlich wissen sie es.

Verdammter Scout. Ich sehe ihn auf der anderen Seite des Raumes, zwei Tische weiter, wo früher meiner stand. Er lacht mit jemandem, blickt aber mit einem breiten Grinsen in meine Richtung. Ich balle meine Hände zu Fäusten, wütend darüber, dass er mich versetzen ließ. Ich will ihm dieses verdammte Grinsen aus dem Gesicht reißen. Wut und Verrat kochen über, während ich den Mann anstarre, der mich so viel gekostet hat, und doch kommt er ungeschoren davon.

Und das alles nur wegen einer Mission, weil ich Mitgefühl über kalte Pflicht gestellt habe.

Fick dich, Scout!

2

———

KADEN

»Asher, pass auf dich auf!«, rufe ich, als eine Bewegung im Wald zu unserer Linken meine Aufmerksamkeit erregt. Zwei mit Klingen bewaffnete Männer stürmen in Windeseile direkt auf meinen Freund zu. »Sieht so aus, als wäre unser Empfangskomitee eingetroffen!«

Wir waren gerade mit dem Schiff nach Norwegen gekommen, und kaum hatten wir den Hafen verlassen und uns auf den langen Weg zum Haus meines Großvaters gemacht, erregten wir unerwünschte Aufmerksamkeit.

Sicher, wir sind erst kürzlich aus dem Tartarus, dem Gefängnis, in dem wir geboren wurden, entkommen, und das hat uns ganz schön zugesetzt. Als sich also ein Jahr nach der Öffnung des Portals im Gefängnis die Möglichkeit ergab, zu gehen, taten wir, was wir tun mussten. Wir haben nach Strich und Faden gelogen, um eine langwierige Befragung der

Wachen zu überstehen, und schließlich öffneten sie das Portal, um uns aus dieser Welt zu entlassen.

Aber ich werde mich nicht beschweren. Auf gar keinen Fall. Die Schattenkreatur in mir, geboren aus der Dunkelheit des Gefängnisses, hat meine Wandlerseite in etwas Wilderes, Ursprünglicheres verwandelt. Manchmal weiß ich nicht, wo die Bestie aufhört, und ich anfange. Aber bei einer Sache bin ich mir sicher - der einzige Weg, sie davon abzuhalten, mich vollständig zu übernehmen, ist, meine Schicksalsgefährtin zu finden.

Da sind wir also, frisch aus dem Tartarus, und schon werden wir überfallen.

Es ist wirklich, wie ein weiterer Tag im Tartarus, nur dass ich gehofft hatte, dass es hier draußen anders sein würde.

Ich schwinge mich zu den Neuankömmlingen herum, meine wilde Bestie steigt bei der Aussicht auf Blutvergießen in mir auf, drückt gegen mein Inneres und will die Kontrolle übernehmen.

Halt dich verdammt noch mal zurück.

Die Luft knistert vor Energie, als drei weitere Männer aus dem Wald hervorspringen und ihre Aufmerksamkeit auf mich richten.

Ich grinse und ein Glucksen kommt über meine Lippen.

»Sagt es viel aus, dass ich mich auf einen Kampf freue?« Asher knurrt und stürzt sich auf seine Angreifer. Er verwandelt sich nur teilweise und bewegt sich mit erschreckender Leichtigkeit. Als ob ihn eine Teilverwandlung gar nicht anstrengen würde, und es zu einfach für ihn ist. Mit seinen Höllenhundkrallen und den Reißzähnen zerreißt er die Männer wie Papier, sein Knurren dröhnt durch die Bäume.

»Du bist genauso abgefuckt wie ich.« Ich stoße ein Lachen aus. Ich könnte mich in meine Bestienform verwandeln, aber das wäre zu einfach. Ich will mir die Hände schmutzig machen und vor allem nicht dem ganzen verdammten Land Norwegen erzählen, dass wir hier sind. Also bleibe ich vorerst unauffällig.

Der kleinere Mann, der auf mich zukommt, verwandelt sich in einen schwarzen Wolf und stürzt sich auf mich, während die beiden anderen sich seitlich auf mich stürzen.

Ich renne auf sie zu, mein Körper bewegt sich mit der Wucht einer Lawine. Ich treffe einen Mann mit der Schulter und schleudere ihn mit einem üblen Knirschen gegen einen Baum. Er kommt nicht wieder hoch. Der Wolfswandler erreicht mich als Nächster, und ich packe ihn an der Kehle. Ich breche ihn mit meinen Händen wie einen Zweig. Sein Knurren erstirbt, und ich werfe ihn zur Seite, während ich mich zum dritten Angreifer umdrehe.

Er holt mit der Klinge aus und möchte sie mir in die Brust stoßen. Blitzschnell springe ich aus dem Weg, aber nicht bevor die Klinge über meinen Arm gleitet. Es sticht, aber was soll's. Es ist eine oberflächliche Wunde, und ich werde es überleben.

Wut durchströmt mich, und meine Bestie stürmt mit aller Kraft nach vorne. Ich packe das Handgelenk des Mannes und ziehe ihn zu meiner Faust, die auf sein Gesicht prallt. Er fällt wie ein Brett nach hinten, und ich stürze mich auf ihn, meine Fäuste prasseln auf ihn nieder, jeder einzelne Schlag angefacht von der Wut und der Frustration der Jahrhunderte, die meine Bestie weggesperrt war. Die Schreie des Mannes werden gedämpft, aber meine Bestie treibt mich weiter an, giert nach Zerstörung.

Plötzlich berührt eine Hand meine Schulter, und ich drehe mich um, ein Knurren entringt sich meiner Kehle, die Faust wird erhoben.

Asher steht da, unbeeindruckt, sein dunkler Blick ist unerschütterlich.

»Zieh dich verdammt noch mal zurück«, sagt er mit fester Stimme und durchbricht damit das Chaos in meinem Kopf. »Der Typ ist tot. Du kannst jetzt aufhören.«

Seine Worte holen mich in die Realität zurück. Ich werfe einen Blick auf den leblosen Körper unter mir, das Massaker, das ich zurückgelassen habe. Ich stehe auf und atme röchelnd.

Ich empfinde keine Reue für diejenigen, die mir Schaden zufügen wollen. Dieser Teil von mir ist schon vor langer Zeit verloren gegangen, damals, als ich ein Kind war und mein Vater mich in den Wald warf, den er »*Todestor*« nannte.

»Du bist nicht mein Sohn, wenn du nicht kämpfen kannst, wenn du nicht stärker bist als die anderen«, bellte er mich an, hämmerte auf mich ein, schlug auf mich ein.

Ich habe ihn verdammt noch mal gehasst, ihn verabscheut, aber ich habe gelernt, dass das Leben im Tartarus einen verändert. Wie ich wurde auch mein

Vater in einem übernatürlichen Gefängnis geboren und von seinem Vater erbarmungslos erzogen.

Mein Großvater ... der Grund, warum unsere Familienlinie in den Tartarus verflucht wurde.

Der Grund, warum ich ausgerechnet in Norwegen bin. Um herauszufinden, wer ihn verraten und ins Gefängnis geworfen hat, verdammt. Mein Vater und mein Großvater mögen Arschlöcher gewesen sein, aber sie haben nie gelogen. Das heißt nicht, dass sie immer alle Details preisgaben, aber was sie getan haben, dem habe ich vertraut.

Es hat sich herausgestellt, dass mein Großvater fälschlicherweise eines Verbrechens beschuldigt wurde, das er nicht begangen hat. Und ich werde herausfinden, wer uns verflucht hat.

Asher starrt mich an, und ich werde aus meinen Gedanken gerissen.

»Alles klar?«, fragt er und streckt mir eine Hand entgegen.

»Ja, es geht mir gut.« Ich nehme seine Hilfe an, nicht weil ich sie brauche, sondern um ihm zu zeigen, dass ich es bin und dass ich ruhig bin.

Wir stammen beide aus der gleichen Dunkelheit, sind mit der Magie des Tartarus in Berührung gekommen und sind jetzt beide Schattenwandler. Und nicht leicht zu zähmen. Damals im Tartarus erzwangen die Vollmonde dort meine Verwandlung, ob ich wollte oder nicht. Das Gleiche gilt für alle anderen Wandler an diesem Ort. Mit ihr kam das wahnsinnige Verlangen nach einer Gefährtin, eine Wildheit, die versucht, mich zu beherrschen.

Deshalb muss ich meine Schicksalsgefährtin finden, bevor ich verrückt werde. Und Asher hat es auch schlimm erwischt. Deshalb hat er sich mir angeschlossen. Sonst sind wir beide am Arsch.

»Danke dafür.« Ich werfe die Worte über meine Schulter.

»Mach dir keine Sorgen.«

Er schlendert zu dem Mann hinüber, den ich gegen den Baum geworfen habe. Er sackt jetzt gegen den Stamm, sein Stöhnen hallt über die Lichtung. Ich wische das Blut von meinen Händen an dem Hemd des gefallenen Mannes ab, richte mich dann auf und gehe zu Asher hinüber, der den Mann nach Antworten befragt.

Gerade als ich dort ankomme, gluckst der Mann: »Ihr verdammten Idioten, glaubt ihr, ihr könnt einfach so in unser Haus spazieren, ohne dass es Konsequenzen hat? Jeder verdammte Söldner wird euch auf den Fersen sein. Verpisst euch von unserem Land, solange ihr noch könnt. Keiner will euch hier haben.«

Ich tausche einen Blick mit Asher, der über die Nachricht grinst.

»Nun, das habe ich nicht erwartet. Sieht so aus, als ob wir noch mehr Spaß haben werden.«

Asher lehnt sich näher heran, packt den Mann an den Haaren und reißt sie unsanft zur Seite. »Wer ist denn für dieses Haus zuständig?«

Der Mann grinst, seine Zähne sind blutverschmiert, und er ist offensichtlich nicht in der Verfassung, bald aufzustehen. »König Kaspian«, bringt er heraus. »Und Eindringlinge sind Freiwild.«

Mit einer Grimasse erlöst Asher den Mann mit einer Klinge an der Kehle von seinem Elend. Schnell und gnadenlos.

In kürzester Zeit lassen wir die Leichen zurück. Sie können als Warnung für alle anderen Söldner dienen, die unseren Weg kreuzen wollen.

Asher lässt ein leises Grollen in seiner Stimme hören. »Wie haben diese Narren so schnell von uns erfahren?«

»Ich wette, dieser Arsch von Kapitän auf dem Schiff hat uns verraten«, antworte ich und erinnere mich daran, wie der Mann uns auf der Überfahrt misstrauisch beäugt hat. »Er hat uns nie getraut.«

Asher verrenkt sich den Hals. »Scheiße, er sollte uns nicht trauen.«

Ich schmunzle und lasse meinen Blick über die Wälder um uns herum und die schneebedeckten Berge in der Ferne schweifen. Wir wurden in einem kleinen Hafen weit außerhalb der Stadt Bergen abgesetzt, um nicht aufzufallen und unbemerkt ins Land zu gelangen. Wir haben genug gelernt, um zu wissen, dass die neue Welt in Häuser eingeteilt ist, und um einem Haus beizutreten, muss man die Zustimmung der Höhergestellten einholen, und man kann nicht so einfach hineinspazieren - obwohl wir genau das vorhaben.

Asher schlendert neben mir her, Schulter an Schulter, die Hände in die Hosentaschen gestopft, er sieht so gelassen aus, dass er mich an die erste Begegnung mit ihm auf einem Markt in Tartarus erinnert. Ich war mitten in einer Schlägerei, und er griff ein, um mir zu helfen - zumal es zwanzig Männer gegen einen waren

... mich. Er grinste die ganze Zeit, ohne sich Sorgen zu machen. Genau wie jetzt.

Es stellte sich heraus, dass wir mehr gemeinsam hatten, als ich erwartet hatte, unter anderem unseren gemeinsamen Wunsch, aus diesem Gefängnis zu verschwinden und unsere Schicksalsgefährtinnen zu finden.

»Also«, murmelt Asher, und seine dunklen Augen funkeln in meine Richtung. »Wo sollen wir anfangen?«

»Das Haus meines Großvaters ausfindig machen, sehen, was es dort gibt, wieviel Familie noch existiert, und nachforschen, was vor fünftausend Jahren passiert ist, bevor er in den Tartarus gestoßen wurde.« Die Sache ist die, dass viele übernatürliche Wesen, einschließlich meiner Familie, Tausende von Jahren leben, also muss es in Norwegen jemanden geben, der sich an meinen Großvater erinnert.

Asher gluckst und klopft mir auf den Rücken, sein Lachen ist tief. »Ich beneide dich nicht um diese Mammutaufgabe.«

Ich lache mit, denn ich weiß, dass es fast unmöglich sein wird, aber ich bin ein entschlossener Bastard, wenn ich mir etwas vornehme.

Die Straße, die vor uns liegt, windet sich um einen Berg herum. Wir drängen vorwärts. Das Sonnenlicht dringt durch die dichten Wälder auf beiden Seiten unseres ausgetretenen Pfades, und vor uns kommt die Stadt in Sicht.

Sie erstreckt sich am Fuße der Berge mit ihren hoch aufragenden Gipfeln und den bunten Häusern, die am Wasser gebaut sind. Selbst von unserem Standort aus leuchtet der Hafen in der Sonne. Der ganze Ort wirkt wie eine Mischung aus alt und neu, die Gebäude fügen sich in die Kurven der Berge und die Kanten des Wassers ein.

Das Sonnenlicht spiegelt sich in den Häusern und auf dem Meer, und es fällt schwer, diese Welt nicht mit der zu vergleichen, die ich im Tartarus kannte. Dort war die Dunkelheit ein ständiger Begleiter, der das Land verschlang. Kein Sonnenlicht, keine natürliche Wärme, keine Jahreszeiten - nur eine trübe Atmosphäre. Solange mein Vater nicht von der Außenwelt erzählte, weil er von ihr gehört hatte oder wir Geschichten von den Ältesten hörten, wusste ich nichts anderes.

Jetzt ist die Berührung des Sonnenlichts auf meiner Haut weich und warm, ein Gefühl, das ich langsam zu schätzen lerne. Die leuchtenden Farben des Landes und das kräftige Grün des Waldes fühlen sich neu an, fast surreal. Sogar die Gerüche sind schärfer und klarer, wie die der Kiefern, des frischen Grases und der Erde.

Nachdem ich in dieser Dunkelheit aufgewachsen war, passte ich mich an und lernte, diese Welt zu akzeptieren - schließlich war es die Einzige, die ich kannte. Ich fand sogar Wege, mich um die Menschen dort zu kümmern, vor allem um diejenigen, die aus Loyalität zu meiner Familie in die Knie gingen. Nach dem Tod meiner Eltern wurde diese Hingabe um mich herum nur noch stärker.

Nachdem ich aus dem Haus meiner Eltern ausgezogen war, lebte ich gut im Tartarus. Doch alles wurde alltäglich, repetitiv, und ich sehnte mich nach mehr. So viel mehr.

Ich konzentriere mich auf die Stadt, die vor uns liegt, und bin gespannt darauf, sie zu entdecken.

»Ist dir aufgefallen, dass sogar die Luft hier draußen anders riecht?«, sage ich und atme tief ein.

Asher grinst mich an und atmet tief ein. »Sie ist süßer als im Tartarus.«

Meine Antwort bleibt mir in der Kehle stecken, als wir uns mehreren Holzhäusern nähern und zehn Männer herauskommen, jeder mit einem Messer in der Hand, ihre Aufmerksamkeit auf uns gerichtet. Ich bin wütend auf den Kapitän, weil er unsere Annäherung verraten hat. Er muss gut dafür bezahlt worden sein, dass es sich so schnell herumgesprochen hat.

»Geh, schleiche dich hinter das Gebäude«, flüstert Asher leise und hebt sein Kinn, um auf die am nächsten stehende Hütte zu meiner Rechten zu zeigen. »Lauf über das Feld in die Stadt. Ich werde dich finden.«

»Auf keinen Fall«, antworte ich und kremple bereits meine Ärmel hoch, bereit für einen Kampf. »Und dir den ganzen Spaß überlassen?«

»Höre zu«, sagt er, und sein Ton ist zur Abwechslung mal ernst. »Sie werden dir zu deinem Elternhaus folgen und dich nicht in Ruhe lassen. Ich werde sie ablenken, damit sie dich aus den Augen verlieren.«

Ich blinzle ihn an und bin kurzzeitig fassungslos. Sicher, wir haben uns schon früher gegenseitig geholfen, aber das ist das zweite Mal, dass er mich rettet, obwohl er es gar nicht muss.

»Warum?« Die Frage sprudelt nur so heraus. Ein Teil von mir zweifelt immer an jedem, der etwas für mich tun will.

Er zuckt mit den Schultern. »Ich kann nirgendwo anders hin, als nach meiner Schicksalsgefährtin zu suchen, aber bis dahin werde ich etwas Spaß haben.« Sein Grinsen wird verrucht, und ich sehe das Funkeln in seinen Augen, den Hunger nach Kämpfen, nach der Jagd. Er sehnt sich danach, genau wie damals im Tartarus.

»Bist du sicher?«, frage ich.

Er lacht und schätzt bereits seine Feinde ab, während die kühle Brise sein kurzes, dunkles Haar zerzaust, die Muskeln in seinen Armen anschwellen und seine Schultern sich heben.

»Ich führe sie weg, während du herausfindest, warum dein Großvater reingelegt wurde. Klingt das nach einem Deal? Wir werden uns wiedersehen.« Er grinst, eine seiner Augenbrauen wölbt sich, als könne er es kaum erwarten, in den Kampf mit den Söldnern zu ziehen.

Ich bin verblüfft, aber dankbar. Nicht viele Menschen überraschen mich, aber Asher ist anders. Deshalb haben wir uns auch von Anfang an gut verstanden. Keiner von uns hat je versucht, den anderen zu betrügen; wir waren in so ähnlichen Situationen, dass es ein unausgesprochenes Vertrauen zwischen uns gab.

»Wir haben einen Deal. Du hast immer einen Platz bei mir zu Hause, wenn du ihn brauchst. Immer eine helfende Hand für alles. Komme und suche mich.«

Dann rattere ich schnell die Wegbeschreibung zum Haus meines Großvaters herunter, wie mein Vater sie mir beigebracht hat.

Mit einem Nicken macht sich Asher auf den Weg zu den Söldnern und ruft: »Der perfekte Tag für euch alle, um zu sterben.«

Ich flitze in den Wald zu einer nahegelegenen Hütte, denn ich weiß, dass einige Söldner nicht auf seinen Köder hereinfallen und mir folgen werden. Und bald darauf werden sie tot sein.

Aber es ist gut, zu wissen, dass ich in einem fremden Land, in einer neuen Welt, bereits einen treuen Freund habe. Ich bin nicht allein hier draußen.

3

———

SASHA

»**W**ie zum Teufel bin ich überhaupt hier gelandet?«, grummle ich in meiner mit Magie betriebenen Limousine vor mich hin und starre auf meinen neuen Arbeitsplatz in Bergen, Norwegen.

Letzte Woche war mein größtes Problem die Entscheidung, was ich zur Arbeit anziehen sollte. Jetzt bin ich in einem fremden Land und fühle mich einsamer denn je. Ich umklammere das Lenkrad und starre auf das zweistöckige weiße Gebäude, in dem ich in den nächsten zwölf Monaten arbeiten werde. Der Ort sieht makellos und zu perfekt aus, aber in Wahrheit bin ich immer noch sauer auf Scout und Mr. Daniels. Zum Teufel mit den beiden. Sie denken, sie hätten mich vergrault, aber ich werde es ihnen zeigen. Wenn ich nach Südafrika zurückkehre, sollte Scout besser aufpassen, denn ich kann einen Groll hegen wie niemand sonst.

Ich werfe noch einmal einen Blick auf die Mappe

auf dem Beifahrersitz mit den Details zu meinem Ziel -
ja, ich bin bereits auf einer Mission unterwegs. In
Norwegen wird nicht herumgealbert.

Auf den Straßen herrscht viel Verkehr und es
wimmelt nur so von Menschen, aber im Vergleich zu
dem Chaos, das ich von zu Hause gewohnt bin, ist es
seltsam ruhig. Während der ganzen Fahrt durch die
Stadt zu meinem Ziel im Wald lasse ich die letzten
Tage in meinem Kopf Revue passieren. Wie ich die
Dinge hätte anders machen können, und doch komme
ich immer wieder zu demselben Schluss. Wenn ich
Zane verfolgt hätte, wären die Tiere umgekommen,
und das ist nicht meine Art zu tanzen.

Laut ausatmend beschließe ich, das Beste aus dem
zu machen, was ich habe, denn ich habe ja immer noch
einen Job, oder?

Als ich von der Hauptstraße der Stadt um die Ecke
biege, verschwinden die Gebäude hinter mir. Ich werde
von einer Explosion von offenem Land, kurvenreichen
Straßen, monströsen Bergen in der Ferne und einem
Blick auf den berühmten Fjord begrüßt, der sich weiter
vorne abzeichnet. Ich kurble die Fenster herunter, um
die frische Luft einzuatmen, und für einen Moment ist
sie auf eine wilde, ungezähmte Art wunderschön. Es
ist, als ob sie irgendwie nach mir ruft, als ob sie mir
vertraut wäre.

»Willkommen in Norwegen«, flüstere ich zu mir
selbst, was selbst für mich erbärmlich klingt.

Um mich herum entfaltet sich die Landschaft, als
wäre ich in ein Märchen hineingetreten. Das Wasser
des Fjords - einer tiefen Bucht, die vor langer Zeit von

den Gletschern geformt wurde - ist wie ein dunkler Spiegel, der den bedeckten, stürmischen Himmel reflektiert. Es schimmert und in der Ferne schiebt es sich zwischen steile Klippen, die die tiefhängenden Wolken zu durchstoßen scheinen.

Die Lage ist atemberaubend.

Es hat etwas Beruhigendes, die Stadt hinter sich zu lassen, wenn nur gelegentlich ein Fahrzeug an mir vorbeifährt, während sich die Wildnis ausbreitet. Ein paar Häuser lugen durch die dichten Wälder, die sich vom Ufer weg um mich herum erstrecken. Sie sind in Braun- und Rottönen gestrichen, einige sind weiß oder gelb.

Auf meinem Flug habe ich mich über Norwegen informiert. Ein Teil der Stadt Bergen ist erhalten geblieben und wurde absichtlich wieder so aufgebaut, um das Leben der Menschen widerzuspiegeln, die hier vor langer Zeit gelebt haben.

Damals, als die Menschen die Erde beherrschten, tauchten überall Portale auf und ließen die Magie hereinströmen. Das sorgte für viel Aufruhr - eine Menge wurde zerstört, ein Haufen Menschen getötet - bis sich die Dinge wieder beruhigten. Dann haben sie die Häuser erfunden und uns Übernatürlichen einen Platz zugewiesen, wo wir hingehören. Jetzt muss man im Grunde in einem Haus sein.

Und während sich andere Häuser rund um den Globus vielleicht von Dingen wie Flugzeugen und all diesen Reisemethoden verabschiedet haben, haben wir im Haus von Gold und Granat immer noch diese erstaunlichen Gegenstände. Dank teurer Magie und der Tatsache, dass wir unter König Kaspian leben, kommen wir in den Genuss all dieser luxuriösen Dinge.

Ich folge einem schmalen Pfad durch den dichten Kiefernwald und passiere ein kaputtes und verrostetes Metalltor, doch genau dorthin führen mich die Koordinaten. Schatten verdunkeln die Gegend, es ist bedrohlich still.

Schließlich halte ich in der Nähe eines Felsens am Wasser, wo es weder Häuser in der Nähe noch auf der anderen Seite des Fjords gibt. Es ist einsam und wunderschön. Ich parke zwischen den Bäumen, damit das Auto nicht so leicht zu sehen ist, und steige aus. Ich blicke hinaus in die offene Stille, auf den Berg, der sich hinter mir erhebt, wo weiter oben und in seiner Umarmung ein Haus steht - ein einst majestätisches rotes Herrenhaus, das jetzt abgenutzt und verwittert ist. Anders als der Rest des Ortes ist dieses Haus nicht restauriert worden.

Ich nehme die Notizen vom Beifahrersitz und blättere zu dem Abschnitt über meine Zielperson. Dem Bericht zufolge wurde Belu auf dem Fjord auf einem Boot in dieser Gegend gesehen, das am Ufer anlegte, wo er sich unberechenbar verhielt und immer dann verschwand, wenn die Behörden eintrafen.

Von hier aus hat man einen guten Überblick, und offensichtlich ist es meine Aufgabe, aufzupassen und Informationen zu sammeln, falls er zurückkommt. Natürlich bin ich sauer, dass es sich nicht um eine Jagd- und Fangmission handelt, aber ich will an meinem ersten Einsatztag nicht gleich rummaulen.

Ich studiere die Notizen, blättere sie durch und bleibe auf seiner Profilseite hängen. Der Typ ist ein großer, hochgewachsener Mann mit dunklem Haar und blauen Augen, und er ist ein Wassermann. Letzteres weckt mein Interesse, denn ich halte mich von meiner Art eher fern. Vor allem, weil sie in der Stadt, aus der ich in Südafrika komme, nicht sehr verbreitet sind. Und ich mag die anfänglichen Fragen anderer Meermänner nicht besonders, die mich fragen, wer meine Eltern sind und was meine Abstammung ist.

Das geht sie überhaupt nichts an.

Und doch dreht sich mir der Magen um, wenn ich an meine Vergangenheit denke, an den Albtraum, mit dem ich seit Jahren lebe.

»Tief durchatmen«, murmle ich leise vor mich hin.

Dads Gesicht blitzt in meinem Kopf auf. Er würgt und stottert, sein panischer Gesichtsausdruck zerreißt mir das Innerste. Ich sehe immer noch den Schrecken in seinen Augen, als er mich ansah. Diese erdrückende Hilflosigkeit macht mich immer noch fertig. Ich strecke verzweifelt meine Hände nach ihm aus, um ihn zu retten, aber es ist nicht genug.

Tränen steigen mir in die Augen, und meine Hände zittern. Jeder Atemzug fühlt sich schwer an, als wäre ich wieder dort und würde meine Mutter anflehen, aufzuhören.

Die Lebendigkeit zerreißt mich, und ich weiß, dass ich mich in einer Spirale befinde. Es fällt mir mittlerweile leichter, mich vor einer ausgewachsenen Panikattacke zu schützen. Mit bewussten Atemzügen zwinge ich mich, langsamer zu atmen, und verankere mich in der Gegenwart, in dem Auto, mit dem ich gekommen bin, und im Wald, der mich umgibt. Hier bin ich jetzt, nicht mehr in diesem schrecklichen Moment. *Die Stärke, den Schmerz zu überwinden, ist in mir.* Langsam beruhige ich mich und starre auf das Dokument, das in meinen Händen zittert, weil ich meine Aufmerksamkeit auf etwas anderes als meine Gedanken richten muss.

Ich habe Meditation und Tai-Chi praktiziert, um zu lernen, mich zu beruhigen, und es hat funktioniert. Aber manchmal schleicht sich die Dunkelheit an mich heran.

Ich atme tief durch, schüttle die Gedanken ab und konzentriere mich wieder auf die Papiere, die ich in der Hand halte. In der linken oberen Ecke der Akte befindet sich noch ein Bild von Belu, das von Hand gezeichnet sein könnte. Es ist kaum mehr als ein Schatten, aber es reicht aus, um mir eine Vorstellung von seinem starken Gesicht und seiner Kieferpartie zu geben.

Das Dossier sagt nicht viel mehr aus, nur dass er flüchtig ist und auf Kaution frei ist, obwohl wegen Mordes gegen ihn ermittelt wurde. Ah, ein weiteres Arschloch, das jemanden an der Macht kennt.

Ich werfe die Papiere zurück ins Auto, atme tief aus und scanne die Gegend, dann mache ich mich auf den Weg zum Wasser. Ich trete vorsichtig an das felsige Ufer, mein Blick sucht meine Umgebung nach jedem Anzeichen von Bewegung ab. Der Steg liegt direkt vor mir, das Holz ist abgenutzt und ragt in das dunkle Wasser. Ein paar Vögel fliegen über mir, ansonsten ist es gespenstisch still. Die Kälte in der Luft umhüllt mich, doch innerlich ist mir glühend heiß. Ich lockere meine Lederjacke, um zumindest zu versuchen, mehr wie eine Touristin auszusehen, die hierhergekommen ist, um eine tolle Aussicht zu genießen, anstatt eine Mission zu erfüllen.

Als ich mich der Anlegestelle nähere, erregt ein brauner Fleck meine Aufmerksamkeit. Es ist kein vertäutes Boot, aber da ist etwas. Als ich näherkomme, stolpere ich über ein Paar Männerstiefel, die achtlos am Ufer zurückgelassen wurden.

Ich neige meinen Kopf zur Seite und lächle. Wer sonst als ein Wassermann würde seine Schuhe ausziehen, um ein Bad im eiskalten Wasser zu nehmen? Nur, was ist mit seiner Kleidung? Und was ist, wenn er etwas unter Wasser versteckt?

Ich grinse vor mich hin und mache mich auf den Weg zur rechten Seite des felsigen Ufers. Ohne lange zu überlegen, entledige ich mich meiner Kleidung. Wenn ich einen Meerjungmann verfolge, tauche ich auf gleicher Augenhöhe ein. In meiner Meerjungfrauengestalt bin ich viel mächtiger und gefährlicher.

Stiefel, Jacke, Hose, BH, Unterwäsche - alles fällt auf einen Haufen auf einen Felsen am Pier. Ein letzter Blick, um mich zu vergewissern, dass ich allein bin, und da stehe ich, splitternackt im Freien. Ich atme tief durch, stütze mich ab, eile zum Ufer und tauche ein. Das kalte Fjordwasser umarmt mich und ist verblüffend eisig. Meine Haut kribbelt von dem eiskalten Wasser, das über mich hinwegfließt.

Mit einem einzigen Gedanken von mir schiebt sich

meine Verwandlung vorwärts, meine Beine verschmelzen und strecken sich zu einem mächtigen aquamarinfarbenen Schwanz. Ein vertrautes Kribbeln durchströmt meine Hüften und meinen Unterleib, während Schuppen ins Leben schimmern. Das Wasser fühlt sich plötzlich anders an - als würde es mich wiedererkennen, mich willkommen heißen. Es schmiegt sich an mich, nicht wie ein kalter, sondern wie ein warmer Mantel, der mich umarmt und ganz macht. Es ist nicht nur eine Rückkehr ins Wasser, sondern eine Heimkehr. Ein Gefühl, das ich nie vergessen werde, wenn ich das Wasser betrete und mich in meine Meerjungfrauengestalt verwandle.

Augenblicklich verändert sich alles um mich herum. Meine Sicht verschiebt sich und wird schärfer, und die trüben Tiefen werden weniger verschwommen. Subtile Bewegungen in den Schatten lenken meine Aufmerksamkeit auf das flinke Pfeilen der Fische in der Nähe. Jedes Rauschen des Wassers, jeder ferne Ruf des Meereslebens hallt in meinen Ohren wider.

Es hat etwas Beruhigendes, sich mit der Wasserwelt zu vereinen, und es wird nie langweilig.

Gelassenheit macht sich in mir breit.

Hier gehöre ich hin, unter Wasser fühle ich mich kraftvoller, lebendiger. Mit den kleinen Kiemenreihen an den Rändern meines Halses, die unmerklich flattern, atme ich mühelos im Wasser.

Nach dem Verlust meiner Eltern habe ich viele Jahre lang das Wasser gemieden und mich geweigert, mich zu verwandeln. Es hat mich an meine Mutter erinnert, aber als ich meine Arbeit als Kopfgeldjägerin aufnahm, drängte mich meine beste Freundin Billie, mich meinen Ängsten zu stellen. Ich vermisse sie so sehr. Ich notiere mir, dass ich mich bald mit ihr in Verbindung setzen werde.

Ich tauche tiefer, durchschneide das Wasser und verursache kaum Wellen um mich herum. Der Fjord wird tiefer, und das Wasser wird dunkler. Wenn Belu hier draußen ist, werde ich ihn finden. Fjorde sind dafür bekannt, dass sie Tausende von Metern tief sind, wo nicht einmal das Sonnenlicht hinkommt. Aber meine Meerjungfrauenaugen sind scharf und so gebaut, dass sie die Dunkelheit durchdringen, solange es einen Funken Licht gibt, mit dem ich arbeiten kann. Wenn ich hier unten nicht klarsehen kann, dann kann es der Meerjungmann auch nicht ... hoffe ich zumindest.

Je tiefer ich komme, desto kälter wird das Wasser, eisig auf meiner Haut. Mit einer Bewegung meines Schwanzes drehe ich mich scharf, aber als ich das tue, flackert ein schwaches Licht durch das tiefe Wasser. Ich schwimme auf den Lichtstrahl zu und schlage mit dem Schwanz, als ein Makrelenschwarm vorbeizieht, dessen silberne Körper in der Dunkelheit um mich herum glitzern. Ich kann mir ein Grinsen nicht verkneifen, denn ich vermisse das Schwimmen in freier Wildbahn mit den Meeresbewohnern, aber ich schiebe diese Gedanken beiseite.

Als ich mich auf das Leuchten konzentriere, wird mir schnell klar, dass es hier unten noch etwas anderes gibt, etwas von Menschenhand Geschaffenes, denke ich. An den Unterwasserfelsen schmiegt sich eine riesige Höhle, deren Mündung offensteht. Ein Licht leuchtet aus dem Inneren und durchdringt das Wasser, je näher ich komme.

Beim Näherkommen stelle ich etwas noch Seltsameres fest: Eine Art unsichtbare Barriere, die sich vor der Höhle wölbt, hält das eisige Wasser des Fjords auf Abstand. Es ist wie ein magisches Kraftfeld, eine klare, schimmernde Wand, die die Höhle vom Rest der Unterwasserwelt abschirmt. Direkt vor der Höhle befindet sich ein Vorsprung, der sich nach links und rechts erstreckt, sowie ein Pfad direkt vor der Öffnung. Er führt direkt in die Wasserwand.

Ich halt am Rand der Barriere inne, spähe hinein und kann gerade noch zwei Gestalten in der Höhle ausmachen, die sich unterhalten, wobei mich das Gemurmel ihrer Stimmen kaum erreicht. Sie sind noch zu weit weg, um genaue Worte zu hören oder ihre Gesichtszüge zu erkennen, aber sie schwimmen definitiv nicht. Sie stehen einfach nur da, als ob sie auf dem Trockenen wären.

Während ich näher treibe und mein Schwanz Überstunden macht, um mich gegen die Strömung zu halten, frage ich mich, ob ich gerade über das Versteck des Wassermanns gestolpert bin. Bringt er seine Opfer hierher? Trotz des Ernstes der Lage bin ich leicht beeindruckt. Dieser Ort ist genial versteckt, nur für diejenigen zugänglich, die genau wissen, wo sie tauchen müssen, und ohne Licht unsichtbar.

Ich schwebe, eingehüllt in die trübe Dunkelheit, verborgen von den Schatten, als ein Mann aus der

Höhle auftaucht und mir einen perfekten Aussichts-
punkt bietet. Er schlendert auf den Felsvorsprung zu,
die Hände tief in den Hosentaschen, bevor er innehält
und in die kräuselnde Wasserwand vor ihm starrt. Ich
bleibe verborgen, aber meine Augen sind auf ihn
gerichtet und nehmen jedes fesselnde Detail auf.

Mein Blick folgt ihm von Kopf bis Fuß, und ein
köstlicher Ruck schießt durch meinen ganzen Körper.

Groß, sehr groß, mit breiten Schultern und Muskel-
strängen, die sich unter seinem schwarzen Button-up-
Hemd abzeichnen. Seltsamerweise sieht seine Kleidung knochentrocken aus, seine Hose klebt an seinen
kräftigen Oberschenkeln und umreißt ein großes Paket
genau dort, wo ich nicht aufhören kann, hinzustarren,
wo mir der Mund hätte offenstehen können.

Wer zum Teufel ist dieser Typ?

Dunkles, kastanienbraunes Haar, schulterlang und
offen, umrahmt ein Gesicht, das mir den Atem verschlägt.
Er ist der schönste Mann, den ich je gesehen habe. Mein
Herz klopft wie wild, als ich seine strahlend blauen
Augen betrachte, die an krachende Wellen und wilde
Stürme erinnern, das kräftige Kinn, das von leichten
Stoppeln überschattet wird. Unter seinem Hemdkragen
quellen Tätowierungen hervor, die sich an seinem
gebräunten Schlüsselbein und am Hals entlangziehen.

Ist das mein Wassermann, Belu? Der Mörder?

So sehr mein Kopf auch nach Gefahr schreit, meine
Libido und meine Augen können nicht aufhören, ihn
in sich aufzusaugen. Er sieht weniger wie ein Mann
und mehr wie ein Gott aus, jeder Zentimeter von ihm

dominiert die Umgebung und scheint sogar das Wasser am Rande der magischen Barriere zu beherrschen, als ob es versuchen würde, ihn zu erreichen. Um ehrlich zu sein, kann ich ihn aus meinem Blickwinkel nicht genau sehen, aber es reicht, um zu wissen, dass er umwerfend gut aussieht. Einem Mann wie ihm könnte ich mich leicht hingeben.

Dann holt mich ein Anflug von Halbwahnsinn in die Realität zurück und erinnert mich daran, dass mein letzter Ex der König der Idioten war und dass dieser Sexgott höchstwahrscheinlich der Killer ist, den ich hier aufspüren soll. Derjenige, den ich überführen muss, um meinen Chefs zu beweisen, dass ich mich nicht so leicht ablenken lasse und dass ich meine Mission nicht verliere.

Als er sich leicht dreht und sich im Wasser spiegelt, streift das Licht seine Gesichtszüge und hebt die kantige Perfektion seines Profils hervor. Mein Atem stockt bis in die Magengrube.

Mein Ex hat mich dazu gebracht, dass ich mit bösen Jungs ausging. Er war eine meiner Zielpersonen, aber ich fing an, mit ihm auszugehen, obwohl ich nicht einmal sicher bin, ob ich ihn als meinen Ex bezeichnen kann. Wenn man bedenkt, dass wir zwei Verabredungen hatten, bevor ich herausfand, dass er darüber log, wer er war, und dass unsere Trennung in einem chaotischen Chaos endete, an das ich mich lieber nicht erinnern möchte.

Und doch stehe ich hier und sabbere den nächsten Verbrecher an, mein ganzer Körper reagiert auf ihn, taxiert ihn als potenziellen Liebhaber. Irgendetwas stimmt nicht mit mir.

Sicher, er ist wahnsinnig gutaussehend, aber ich bin nicht interessiert.

Ich wiederhole das Mantra ein paar Mal in meinem Kopf, vor allem, weil ich beobachte, wie sich sein Brustkorb bei jedem Atemzug aufbläht, um seine Gereiztheit zu signalisieren. Was hat ihn so aufgeregt?

Gerade als ich mich von meinem völligen Desinteresse überzeugen will, erscheint sie.

Eine Frau tritt aus der Höhle auf den Sims und gesellt sich zu den Wassermännern, und plötzlich fühle ich mich, als würde ich eine Show live vom besten Platz aus verfolgen.

Natürlich ist sie umwerfend. Türkisfarbenes Haar fällt wie ein Wasserfall über ihre Schultern und schimmert, während ihre silbrige Haut einen sanften Schimmer auszustrahlen scheint. Schillernde Schuppen glitzern an ihren Armen und an der Außenseite ihrer unglaublich langen Beine, die dank der gewagten Schlitze in ihrem körperbetonten Kleid, das bei jedem Schritt viel Haut zeigt, sichtbar sind. Ich denke an die Schuppen, die ich habe, versteckt, wo niemand sie sehen kann. Im Vergleich zu ihr fühlen sie sich wie Kieselsteine an.

Sie starrt ihn an, und aus meinem Blickwinkel kann ich nur die Seite ihres Gesichts sehen, aber genug, um zu erkennen, dass ihre Schönheit absolut atemberaubend ist.

»Du wirst mit mir zurückkehren«, sagt sie mit einer Autorität und einer Macht, die die Luft um sie herum zu beherrschen scheint. Es ist keine Frage, sondern ein Dekret, und ihr Tonfall impliziert, dass ein Nein keine akzeptable Option ist. »Das ist der gerechte Lohn für dein unbefugtes Eindringen. Mit mir wirst du Zugang zu jedem Ozean haben, den dein Herz begehrt.«

Mein Puls beschleunigt sich, und obwohl ich nicht weiß, was los ist, bin ich ganz Ohr. Und was hat es mit dem Eindringen auf sich? Ist das ihre Höhle?

Der Mann sagt zunächst nichts, steht nur da und hält ihren Blick fest. Er scheint nicht im Geringsten beunruhigt zu sein, was entweder ein Zeichen von Vertrauen oder völliger Dummheit ist, denn ich habe das Gefühl, dass diese Frau jeden Mann bei lebendigem Leib verspeisen könnte.

Er reibt sich die Kinnlade und sagt: »Das wird bei mir nicht funktionieren.«

Mein Körper wird schwach beim Klang dieser tiefen, gutturalen, rauen Stimme, die seine männliche Dominanz herausschreit. Verdammt, aber ich habe eine Schwäche für Männer mit tiefen, dunklen Stimmen. Und die Stimme dieses Mannes lässt mich vor Verlangen erbeben.

Ihre Schultern spannen sich an, nur leicht, aber das reicht aus, um mir zu sagen, dass sie nicht an Widerstand gewöhnt ist. Ich kann sagen, dass sie eine Frau ist, die kontrolliert, nicht eine, die kontrolliert wird. Dennoch liegt eine gewisse Ruhe in ihrer Haltung, die mir bestätigt, dass sie mehr als fähig ist, mit allem umzugehen, was dieser Kerl ihr hinwirft.

»Oh«, murmelt sie fast leise, die Sanftheit in ihrem Ton überrascht mich, und ich habe sie gerade erst kennengelernt. »Du wirst den Raum haben, den du brauchst, und nicht hier eingesperrt sein. Das ist das Mindeste, was du tun kannst, als Teil deiner Bezahlung für dein Eindringen.«

Er antwortet nicht sofort. Stattdessen dreht er sich um und geht mit bedächtigen Bewegungen auf das andere Ende des breiten Simses vor der Höhle zu. Die Frau folgt ihm, ihr Schritt ist selbstbewusst und gleichmäßig, während sie auf die andere Seite gehen, wo ich im Schatten verborgen bin. Ihre Stimme ertönt wieder, eindringlich, doch ich kann die Worte nicht verstehen, und er schüttelt den Kopf als Antwort. Nicht wütend, aber fest.

»Bis du deine Schuld beglichen hast«, sagt sie, und ihre Stimme ist jetzt lauter und befehlsgewohnt. »Du wirst in meinen Diensten bleiben. Ich bin gastfreundlich, indem ich dich persönlich besuche. Ich will kein schlechtes Wasser zwischen uns, aber man muss Respekt zeigen.«

Er geht zurück in Richtung des offenen Höhleneingangs. »Und wenn ich zustimme, Eurem Haus beizutreten, werdet Ihr mich dann aus Eurem Dienst entlassen?« Sein Ton ist vorsichtig, er sondiert die Bedingungen seiner Verhandlung. »Ich werde so lange hier in Norwegen bleiben müssen, wie ich mich um die Familienangelegenheiten kümmern muss.«

Respekt? Familienangelegenheiten? Wer genau sind diese beiden?

Als sie nicht antwortet, huscht ein halbes Grinsen über seine Lippen.

»Wenn nicht, dann werde ich bei König Kaspian

wohnen. Wie ich höre, ist er ein vernünftiger König und wird zweifellos verstehen, wie wichtig es ist, jemanden wie mich im Haus von Gold und Granat willkommen zu heißen.«

Warte! Was? Der Wassermann ist also nicht aus diesem Haus?

Sie taucht aus der Dunkelheit auf, tritt in das flackernde Licht der Höhle, und ihr Gesicht wird für mich sichtbar. Mir dreht sich der Magen um, und mein Inneres wird zu Brei.

Mein Herz schlägt mir bis zum Hals. Nicht nur, weil sie die atemberaubendste Frau ist, die ich je gesehen habe, sondern auch, weil ich sie schon einmal gesehen habe ... nun, Bilder von ihr.

Für den Bruchteil einer Sekunde bleibt mein Herz stehen, und eine kalte Erkenntnis macht sich in mir breit, dass jemand wie sie so nahe bei mir steht.

Asbesta.

Die Königin der Sirenen, der Meerjungfrauen, der Ozeane. Sie ist eine Göttin, eine mächtige und einschüchternde Göttin mit einem gefährlichen Ruf. Man erzählt sich, dass ihre Stimme so tödlich ist, dass sie jemanden dazu bringen kann, alles zu tun, was sie verlangt. Allein ihr Anblick kann diese Wirkung haben, und ich stehe wie erstarrt in ihrer Gegenwart. Unbehagen macht sich in mir breit. Scheiße, ich will definitiv nicht, dass sie mich sieht. Ich habe Geschichten über ihre Skrupellosigkeit gehört.

Als Sirenengöttin herrscht sie von ihrem Haus des Meeres und der Schlange aus über die Gewässer unserer Welt. Denjenigen von uns, die aus anderen

Häusern kommen, wie ich, ist es verboten, ihr Reich, ohne Erlaubnis zu betreten, auch bekannt als die Ozeane, Flüsse und Fjorde.

In Südafrika habe ich das schon oft gemacht, wobei ich mich nahe am Ufer aufhielt, weil ich dachte, dass mich niemand sehen würde.

Und doch bin ich hier, versteckt in den Schatten ihrer Fjorde, uneingeladen und unbemerkt. Und soweit ich weiß, hat dieser Meermann dasselbe getan, wurde erwischt und soll nun seine Schuld begleichen, indem er ihrem Haus beitritt. Ich habe keine Ahnung, warum Asbesta jemanden wie einen Meermann haben will, gegen den wegen Mordes ermittelt wird.

Verachtung flackert über Asbestas Gesicht, doch ich bewundere den Mut des Wassermanns. Er hat wirklich Mut, sich ihr gegenüber so zu verhalten.

Ein plötzliches Flattern des Makrelenschwarms rauscht so schnell an mir vorbei, dass ich zusammenzucke und einen Teil der Umstellung verpasse. Ich atme aus und versuche, keine Aufmerksamkeit auf mich zu lenken, und konzentriere mich wieder auf das Paar.

Sie atmet tief ein und ist trotz ihrer Wut umwerfend schön.

»Akzeptiert. Wenn du deine Angelegenheiten erledigt hast, wirst du sofort in das Haus des Meeres und der Schlange umziehen«, sagt sie entschieden. »Mit deiner Treue hast du ungehinderten Zugang zu den Fjorden. Du wirst dich an deine Vereinbarung halten.«

Er nickt einmal, eine scharfe, schnelle Geste, und ohne ein weiteres Wort schreitet er zurück in die Höhle und lässt die Sirenengöttin allein auf dem Felsvorsprung zurück. Die Zeit scheint für einen Moment stillzustehen, mein Herz pocht immer noch in meiner Brust, und ich habe ehrlich gesagt keine Ahnung, was sie als Nächstes tun wird.

Sie dreht sich abrupt um und blickt auf die Wasserwand, die ihr Reich umgibt. Eine Sekunde lang schweift ihr Blick in meine Richtung, und ich erstarre, meine Adern werden zu Eis.

Hat sie mich entdeckt?

Scheiße! Verdammt!

Ich muss nicht dafür bestraft werden, dass ich mich in ihrem Revier aufhalte, wenn ich bereits versuche, meinen beruflichen Ruf zu verbessern.

Genauso schnell konzentriert sie sich wieder auf das Wasser und springt anmutig von der Kante und verschwindet durch die magische Barriere im Wasser.

Ich ziehe mich weiter in den Schatten zurück, beobachte und warte, bis der letzte Schimmer ihrer schillernden Schuppen im dunklen Fjord verschwindet. Sobald ich sicher bin, dass sie wirklich weg ist, nähere ich mich langsam der Höhle, um nach einem Zeichen des Meermanns zu suchen.

Natürlich ist er nicht mehr da.

Und plötzlich geht das Licht in der Höhle aus, und ein gewaltiger Wasserschwall umspült mich, der mich nach vorne reißt, als wäre ich gerade einen Wasserfall hinuntergestürzt. Ich stöhne, als ich gegen die harte Wand des Fjords pralle. Panik steigt in mir auf, als die Kraft des Wassers mich dagegen drückt.

Ich kämpfe gegen den Strom an, überzeugt, von der

Sirenengöttin ertappt worden zu sein, und denke über eine Ausrede nach. Als nichts mehr passiert, wird mir klar, dass sich die Höhle mit dem Erlöschen des Lichts nicht nur geschlossen hat, sondern dass die Lufttasche durch Wasser ersetzt worden ist.

Verzweifelt schwimme ich an die Oberfläche, verwirrter denn je. Mein Kopf durchbricht die Oberfläche, ich verwandele mich bereits zurück, und ich bin noch nie so schnell aus dem Wasser geklettert.

Während ich mir die letzten Tropfen des Fjordwassers aus den Haaren wringe und mich hektisch anziehe, was die Hölle ist, weil ich nass bin, kreisen meine Gedanken wieder um Belu. Je mehr ich mir die Begegnung bei der Höhle vergegenwärtige, desto mehr stimmt etwas nicht mit mir.

Das Auftreten des gutaussehenden Mannes, sein dreister Trotz gegenüber der göttlichen Autorität, die Tatsache, dass sie ihm erlaubte, ihr Wasser zu benutzen, was für einen Außenstehenden selten ist ... Nun, das ist nicht gerade das Verhalten von jemandem, der sich davonschleicht, weil er sich vor Kopfgeldjägern versteckt.

Keine flüchtigen Blicke, keine Nervosität, die normalerweise die Schuldigen kennzeichnet. Er war zu gelassen, zu ... königlich.

Könnte ich mich geirrt haben, dass er mein Ziel ist?

Wenn ja, wer zum Teufel war dann der Typ in der Höhle?

SASHA

Kaum bin ich aus dem Auto gestiegen, küssen die ersten Regentropfen mein Gesicht. Ich schlendere zu meiner gemieteten Hütte am Waldrand. Ich liebe es, wenn es regnet. Die Sonne geht bereits unter und taucht den Himmel in einen dunklen Goldton, und ich denke an ein kurzes Bad im Pool hinter meinem Haus. Die Fjorde haben heute etwas aus mir herausgeholt, das ich vermisst habe, diese enge Verbindung zur Natur. Etwas, das ich in Südafrika aus Zeitmangel ein paar Monate lang nicht gespürt habe.

»Ich bin zu Hause, Chowder!«, rufe ich, als ich die Tür hinter mir schließe.

Sofort klappern die Krallen auf dem Parkettboden, und dann stürmt Chowder wie ein kleiner pelziger Wirbelsturm ins Wohnzimmer. Der kleine Otter mit den leuchtenden Augen und dem fast lächelnden Mund erhellt jeden meiner Tage, seit ich ihn mitgenommen habe.

Mein Herz strahlt, weil er so niedlich ist und sich so sehr freut, mich zu sehen.

Das braune Fell, das oben dichter und unten cremefarben ist, schimmert im Licht des Flurs. Da Chowder sich noch nicht ganz von den Verletzungen erholt hat, die ihm dieser Idiot Zane zugefügt hat, habe ich eine kuschelige kleine Weste für ihn besorgt. Das Fell an seinem Rücken hat es am schlimmsten erwischt und ist noch nicht ganz nachgewachsen. Ich wollte sicherstellen, dass er es warm und gemütlich hat, während sein Fell allmählich wieder nachwächst.

Ich beuge mich zu ihm hinunter und umarme ihn. Sein Körper ist immer noch lang und schlank, aber er wird jeden Tag kräftiger. »Wie war dein Tag, Kleiner?«, frage ich und drücke ihn fest an mich. Ich konnte den Gedanken nicht ertragen, ihn abzugeben, nachdem ich ihn aus dem Käfig gerettet hatte, nicht mit dem Risiko, dass er wegen seiner Verletzungen eingeschläfert werden würde. Hier ist er also, hat sich in mein Leben geschlichen und ist nun ein Teil davon.

»Hast du mich vermisst?«, murmle ich, während er sein Gesicht und seine kalte Nase in meinen Nacken schmiegt und kleine Zirpgeräusche von sich gibt.

»Essen?«, quiekt er heraus. »Wer hat Hunger?«

Es ist wirklich verblüffend. Was auch immer Zane mit diesen Tieren angestellt hat, es war nicht nur illegaler Handel, sondern ein Experiment mit Magie, und jetzt kann Chowder sprechen. Es ist wenig, sicher, und normalerweise wie eine Frage formuliert, aber es ist ein klarer Beweis für einen Verstand, der über tierische Instinkte hinausgeht.

»Du kannst immer essen«, scherze ich und führe uns beide in die kleine Küche. Die Hütte ist nicht riesig, aber sie verfügt über zwei Schlafzimmer und eine Badewanne, perfekt für Chowder, damit er zu jeder Tages- und Nachtzeit ins Wasser springen kann.

Ich setze ihn auf den Tresen und greife nach einer Dose Chowder aus dem Schrank. Als ich ihn das erste Mal mit nach Hause brachte, hatte ich eine frische Portion gemacht, und er war total ausgehungert, also ließ ich ihn sie verputzen. Da beschloss ich, dass dies der perfekte Name für ihn wäre.

Während ich ihm beim Fressen zusehe, streichle ich seinen Kopf und freue mich, dass ich nicht mehr in eine einsame Hütte zurückkomme. Ich gehe ins Schlafzimmer und fange an, meine feuchten Sachen auszuziehen, als es heftig an der Tür klopft.

Wer ist das?

Ich schnappe mir einen Bademantel, ziehe ihn um mich und rufe: »Eine Sekunde.«

Ich beeile mich, die Schiebetür zur Küche zu schließen, während Chowder immer noch unbeeindruckt sein Essen verschlingt.

Wer könnte das sein? Ein Nachbar? Der Vermieter? Die Hütten in der Nähe sind weit genug voneinander entfernt, um Privatsphäre zu gewährleisten, und doch nahe genug, dass ein Besucher nicht ungewöhnlich ist. Ein Knoten zieht sich in meinem Magen zusammen, als ich die Eingangstür öffne.

Augenblicklich läuft mir ein Schauer über den Rücken.

Dort steht ein breitschultriger Mann in einer

dunklen Gardeuniform, eine Klinge an der Hüfte und das unverwechselbare Emblem des Hauses des Meeres und der Schlange auf der Brust.

Mein Herz klopft in meiner Brust.

Oh, Scheiße!

Ein Teil von mir erwartet, dass Asbesta persönlich hinter ihm auftaucht, aber als sie es nicht tut, bin ich froh darüber. Hoffentlich ist sie zurück nach Brasilien gegangen, so weit weg von Norwegen wie möglich.

Als er mich ansieht, reiße ich mich zusammen und lehne mich lässig gegen den Türrahmen, als wäre sein Erscheinen das Unerfreulichste an meinem Tag. Er ist eine hoch aufragende Gestalt, sein Gesicht in einer stoischen Maske, die aussieht, als hätte er seit Jahren kein Lächeln mehr zustande gebracht. Er ist streng, starr, seine Stirn ist gerunzelt.

»Kann ich dir helfen?« Ich schaffe es, mir den Sarkasmus, der mir auf der Zunge liegt, zu verkneifen.

Er räuspert sich. »Du wurdest beim unerlaubten Betreten heiliger Gewässer erwischt, die Asbesta gehören, und ich bin hier, um dich zu bestrafen.«

Ich schlucke schwer, die Trockenheit in meiner Kehle macht es mir schwer, flüssig zu sprechen. Der Gedanke, auf Unwissenheit zu plädieren, schießt mir durch den Kopf, aber sich die Göttin zum Feind zu machen, könnte ein Todesurteil bedeuten. Soweit ich weiß, lauert sie immer noch in der Nähe, bereit, Eindringlinge zu bestrafen, wie sie es für richtig hält.

»In Wahrheit«, beginne ich, »war ich in dem Fjord, um zu arbeiten und einen Mörder zu jagen, nicht zum Vergnügen. Das kann dir mein Arbeitgeber bestätigen. Das muss doch wohl berücksichtigt werden? Ich glaube, dass dieser Mann, den ich verfolgte, illegal in ihre Gewässer eingedrungen ist, und meine Absicht war es, ihn vor Gericht zu bringen.«

Er blickt mich unbeeindruckt an und zieht eine Augenbraue leicht hoch. »Wir akzeptieren keine Ausreden. Selbst wenn du in das Wasser läufst, um dein Leben zu retten, verstößt du gegen die Regeln und musst bezahlen.«

Ich denke an den schönen Mann im Wasser und daran, dass er wegen seiner Fehler gebeten wurde, dem Haus des Meeres und der Schlange beizutreten. Wird das auch mit mir passieren?

»Hör zu, ich bin gerade erst hierhergezogen und ich bin noch nicht bereit, in ein anderes Haus zu wechseln.«

Diesmal zieht er beide Augenbrauen hoch. »Wie kommst du darauf, dass wir jemanden wie dich in unserem Haus haben wollen?«, höhnt er.

Ich hasse ihn auf der Stelle. Seine Arroganz bringt mich dazu, ihn anzustarren. Meine Schultern zucken zurück, als er einen Schritt nach vorne macht und sich seinen Weg in meine Wohnung bahnt. Seine schiere Größe zwingt mich ein paar Schritte zurück.

»Erstens könntest du dich glücklich schätzen, jemanden wie mich in deinem Haus zu haben«, erwidere ich. »Und zweitens habe ich nie gesagt, dass du reinkommen darfst.«

Aber er hat die Tür schon mit einem entschlossenen Knall hinter sich geschlossen und sperrt uns

zusammen ein. Ich zucke bei dem Geräusch
zusammen.

»Ich gehe nicht, bevor du deine Strafe bezahlt hast,
auch wenn ich sie mit Gewalt eintreiben muss.« Seine
Stimme wird tiefer, ein Grollen, das den kleinen Raum
füllt und mich einschüchtern soll.

Ich erwidere seinen Blick und stehe meine Frau.
»Ich habe keine Angst vor dir.« Ich hatte schon mit
größeren Arschlöchern als ihm zu tun. Im Hinterkopf
berechne ich bereits die Entfernung zu meiner Tasche,
in der mein Taser verstaut ist.

»Fahre fort«, spucke ich aus, als klar ist, dass er
nicht antworten wird. »Wie hoch ist die Strafe? Dann
entscheide ich, ob ich sie zahle. Und dann kannst du
dich aus meinem Haus verziehen.« Ich mache einen
beiläufigen Schritt auf den Tisch am Fenster zu, wo
meine Tasche liegt, dann noch einen.

»Es ist eine verbindliche Vereinbarung, sobald du
unsere Gewässer betrittst«, bekräftigt er und sieht mir
in die Augen.

Ich starre ihn nur an und warte darauf, es zu hören.

»Bringen wir es hinter uns«, sagt er. »Du wirst
Asbesta zwei deiner Nixenschuppen bezahlen.« Er
stößt einen schweren Seufzer aus, seine breite Brust
hebt und senkt sich.

Ich schrecke zurück, ein spöttischer Laut entweicht
meinen Lippen. »Machst du Witze? Willst du meinen
Schwanz ruinieren?« Ich habe seit Jahren keine
Schuppe mehr verloren und verbringe viel Zeit damit,
mich um sie zu kümmern. Außerdem dauert es ewig,
bis meine Schuppen wieder nachwachsen.

Er kichert und scheint über meine Reaktion amüsiert zu sein. »Es ist unsere Währung im Haus des Meeres und der Schlange, und wie ich schon sagte, du gibst sie mir, oder ich nehme sie mir mit Gewalt.«

Ich blinzle ihn an, meine Verärgerung steigt. Ich fange an, das Grinsen auf seinen Lippen wirklich zu hassen. Er genießt das eindeutig zu sehr.

»Gut«, sage ich zähneknirschend und verachte den Gedanken, meinen Schwanz zu beschädigen. Aber sich mit der Göttin anzulegen, scheint die schlechtere Option zu sein. »Ich werde es erledigen. Bist du jetzt zufrieden? Wo soll ich sie hinschicken?«

»Nein«, sagt er. »Du wirst jetzt sofort bezahlen.«

Ich atme scharf ein und knirsche mit den Zähnen. Meerjungfrauenschuppen sind wertvoll, wertvoller als viele andere Währungen, also werden sie sie natürlich als Bezahlung verlangen.

»Bleib hier«, murmle ich und wende mich dem Bad zu. »Ich werde es tun.«

Aber er stellt sich mir in den Weg und versperrt mir den Durchgang. »Ich muss sehen, wie du es machst, damit ich weiß, dass es deine Schuppen sind.«

Ich starre ihn an, meine Frustration kocht über. »Klar. Du kannst mir in der Wanne zusehen.«

Er schüttelt den Kopf, sein nerviges Grinsen vertieft sich. »Du tust es hier und jetzt. Du strapazierst meine Geduld.«

»Vergiss es«, schnauze ich, wohl wissend, dass die Verwandlung in eine Meerjungfrau außerhalb des Wassers möglich, aber unerträglich schmerzhaft ist. »Du bist ein echter Idiot«, füge ich hinzu.

Er greift nach meinem Arm.

Im selben Moment fällt mir eine Bewegung aus der Richtung der nun offenen Küchentür auf. Sie kommt so schnell, wie eine verschwommene Bewegung, dass ich kaum Zeit habe, sie zu registrieren.

»Chowder, halt!«, schreie ich und stürze mich auf ihn, während er sich mit einem Knurren auf die Kehle des Wachmanns stürzt.

Alles, was ich dann sehe, sind seine Zähne. Zwei Reihen, scharf wie die eines Hais, sein Kiefer, der sich ausdehnt und in einem ungeheuren Tempo wächst. Ich hatte ihn schon einmal so gesehen, als ich ihn nach Hause brachte. Eine weitere magische Eigenschaft, die Chowder von Zane in den Labors aufgezwungen wurde. Er ist ein kleiner Kampfhund.

Der Wachmann reagiert zu langsam.

Chowder ist schnell und schnappt sich die beiden letzten Finger des Mannes und beißt sie ab.

»Oh, Scheiße«, murmle ich.

Mein Inneres gefriert.

Der Wachmann heult und schreit, seine Stimme bricht aus ihm heraus wie ein Vulkan. Blut spritzt wild auf den Boden und auf ihn selbst aus seiner fuchtelnden Hand.

Chowder spuckt die Finger aus und faucht den Mann giftig an, sein Fell sträubt sich vor Aggression. Sein verwandeltes, übergroßes Maul ist ein furchterregender Anblick.

Mein Kopf dreht sich für den Bruchteil einer Sekunde, ich bin schockiert und weiß nicht, was ich als Nächstes tun soll.

Dann stürze ich mich auf Chowder, während der Wachmann versucht, ihn wegzutreten. Chowder schnappt nach ihm und fletscht wütend und verängstigt die Zähne nach dem Wachmann. Ich halte ihn fest.

»Chowder, nein, greif ihn nicht an.« Ich schnappe nach Luft.

»Böser, böser Mann tut dir weh.«

Der Mann jammert: »Was zum Teufel ist das für ein Ding? Du wagst es, einen der Wächter der Göttin zu verletzen? Dafür werdet ihr bitter bezahlen.«

Panik durchströmt mich. Ich stürze hinaus und schiebe Chowder ins Schlafzimmer und schließe ihn dort ein, obwohl sein Knurren widerhallt. Innerhalb von Sekunden bin ich wieder im Wohnzimmer und stehe dem Wachmann gegenüber, der seine blutende Hand umklammert, während sein Heulen den Raum erfüllt.

»Scheiße, das müssen wir richtig verbinden, und die Finger können wieder angenäht werden«, murmle ich, mehr zu mir selbst als zu ihm.

Ich packe ihn am Arm und ziehe ihn ins Bad. Er ist zu geschockt, um sich zu wehren, und läuft wie benommen hinter mir her. Ich durchstöbere den Schrank, der größtenteils leer ist, aber ich finde eine Rolle Verbandszeug und etwas Klebeband.

»Beeil dich«, fordere ich ihn auf, seine Hand in das Waschbecken zu halten. Das Blut spritzt so schnell heraus, dass ich wirklich Angst habe, er könnte ohnmächtig werden.

»Ich werde dir persönlich die Finger abschneiden.

Auge um Auge, und für das wilde Ding, das mich angegriffen hat, ...«, schreit er mit Schmerz in der Stimme.

Nein, es ist in Ordnung, wenn er ohnmächtig wird.

»Es ist nicht meine Schuld, dass du angegriffen wurdest. Du warst aggressiv und bist uneingeladen in mein Haus gekommen«, erkläre ich mit zittriger Stimme, und meine Hände zittern, als ich seine Hand einbinde. Es ist eine ziemliche Sauerei, überall ist Blut auf dem Waschbecken und auf dem Spiegel. Ich versuche, nicht zu würgen. Irgendwie schaffe ich es, die ganze Rolle zu verwenden und den Verband zu befestigen, damit die Blutung aufhört. Während er noch schimpfend an der Wand lehnt, klettere ich schon in die mit Wasser gefüllte Wanne und setze mich auf den Rand. Mein ganzer Körper zittert. Ich will, dass er aus meiner Wohnung verschwindet, also gebe ich ihm, was er will.

Warum gehen die Dinge für mich immer schlecht aus?

Meine Meerjungfrauengestalt herbeizurufen, fühlt sich dringend und verzweifelt an. Die Verwandlung überrollt mich mit einem Rausch, jeder Zentimeter meiner Haut reagiert auf das Bedürfnis.

»Höre zu, ich gebe dir meine Bezahlung«, sage ich leise und hasse jeden Moment davon. »Dann können wir diesen Vorfall einfach vergessen.«

»Dafür nehme ich deinen ganzen Schwanz, du Schlampe«, erwidert er.

Mit zitternden Händen greife ich zum Ansatz meines aquamarinfarbenen Schwanzes, der im Licht schimmert, wo die Schuppen kleiner sind und weniger auffallen, wenn sie fehlen.

»Denk nicht darüber nach«, knurrt er bedrohlich. »Ich will die beiden Großen, die Goldenen ganz vorne ...«

»Du Arsch«, spucke ich zurück, die Worte zischend durch meine zusammengebissenen Zähne. Die ganze Situation gerät außer Kontrolle, und ich muss mit meinen eigenen Körperteilen feilschen, um diesen Rohling zu besänftigen. Ich berühre die golden schimmernden Schuppen und schiebe meinen Finger unter eine davon, dann packe ich sie fest und ziehe kräftig daran. Der stechende Schmerz lässt mich zusammenzucken, als würde ich von einer Klinge geschnitten. Mit der zweiten Schuppe daneben mache ich kurzen Prozess, und schon sehe ich das Loch, das sie in meinem Schwanz hinterlassen haben und das wie ein wunder Daumen heraussticht.

Ich lache fast über meinen eigenen Sarkasmus, als der Wachmann knurrend aus dem Bad stolpert. Genauso schnell rufe ich mit einem einzigen Gedanken meine menschliche Gestalt zurück, und mein Körper kribbelt von der schnellen Verwandlung. Die untere Hälfte meines Bademantels ist durchnässt, aber ich eile ihm hinterher.

Er stolpert und stößt mit der Schulter gegen die Wände des Flurs. Ich gehe an ihm vorbei in die Küche und schnappe mir zwei kleine Behälter mit Deckeln aus der Küche.

In die eine lege ich sanft meine beiden Schuppen, mein Herz trauert bereits um ihren Verlust. Dann bin ich im Wohnzimmer und hebe behutsam seine abgetrennten Finger vom Boden auf. Ich werfe sie in den anderen Behälter. Ekelhaft.

Ich schaue ihm in die Augen und murmele: »Es war schrecklich, dass du uns besucht hast. Ich denke, du solltest jetzt gehen.« Ich schiebe die Behälter in seine Taschen, während sein Gesicht blass wird, und öffne dann die Haustür. »Soll ich dich zum örtlichen Arzt bringen?«

Er knurrt ein Nein und drängt nach draußen. »Du wirst noch von uns hören, und wenn ich zurückkomme, wird dir der Zorn, den Asbesta über dich bringen wird, leidtun.«

Mein leichtes Lächeln wirkt gezwungen, mein Inneres bebt. »Okay, schönen Tag noch«, sage ich sarkastisch, schließe die Tür hinter ihm und flippe aus. Natürlich wird er heilen, und die magische Medizin ist heutzutage erstaunlich. Aber darum mache ich mir keine Sorgen.

Ich gehe hin und her.

Chowder kratzt an der Schlafzimmertür. Ich eile den Flur hinunter, um ihn hinauszulassen, und stelle fest, dass seine scharfen Zähne verschwunden sind, und er stürzt ins Wohnzimmer, um nach dem Wächter zu suchen.

»Oh, Chowder, ich liebe dich, und danke, dass du mich beschützt hast«, murmle ich und nehme ihn in die Arme.

»Er kann dir nicht wehtun«, sagt er und leckt sich den Mund, an dem noch ein bisschen Blut klebt. Ich würde zusammenzucken bei diesem Anblick, wenn ich ihn nicht so süß finden würde.

»Das könnte uns in große Schwierigkeiten bringen.« Ich nehme ihn in den Arm und denke über meine Möglichkeiten nach. Untertauchen? Oder mir einen Plan ausdenken, wie ich Asbesta erklären kann, dass alles ein Fehler war, nachdem der Wachmann in mein Haus eingedrungen ist und mich bedroht hat? Ich gehe bereits die Details in meinem Kopf durch.

Blut ist auf dem Teppich und an den Wänden, also mache ich das Einzige, was ich kontrollieren kann. Ich fange an, es aufzuwischen, bevor ich völlig zusammenbreche. Während ich den Boden schrubbe, versucht Chowder, mir zu helfen, indem er meine Handlungen nachahmt.

Die Wahrheit über das, was als Nächstes kommen könnte, schwebt über mir wie die zunehmend düsteren Wolken draußen. Was auch immer geschieht, eines weiß ich mit Sicherheit. Ein riesiger, gefährlicher Sturm aus dem Haus des Meeres und der Schlange ist gerade im Anmarsch, und er kommt direkt auf uns zu.

5

———

KADEN

Es ist eine Ironie des Schicksals, dass ich mein ganzes Leben damit verbracht habe, einen Weg aus dem Tartarus zu finden, um herauszufinden, wer meine Familie verraten hat, und jetzt bin ich hier und jage nach der Meerjungfrau.

Sie hatte mich früher am Tag im Fjord ausspioniert, und ob sie es wollte oder nicht, sie hatte meine Aufmerksamkeit. Das Wasser spricht mit mir und sendet Wellen der Aufmerksamkeit zu mir, auch wenn ich an Land bin. Ihre Anwesenheit im Fjord hatte jedes einzelne Haar auf meinem Körper aufgerichtet, weil es mich zu ihr zog.

Im Moment ist sie im Pool hinter ihrer Hütte, und ich bin in den Wäldern rund um ihr Grundstück.

Und beobachte sie.

Ich bin in der Dunkelheit und versuche verzweifelt, sie zu fangen.

Ein Knurren vibriert in meiner Brust.

Sie ist umwerfend, eine Überraschung, mit der ich

nicht gerechnet habe, und eine großartige dazu, wenn man das unangenehme Gespräch bedenkt, das ich früher am Tag mit Asbesta hatte. Ich habe gesagt, was sie hören wollte, um sie zu besänftigen, aber ich beuge mich niemandes Befehlen. Ich bin kein Idiot und weiß, dass es ihr einen großen Vorteil gegenüber ihren Feinden verschafft, jemanden wie mich in ihrem Haus zu haben, also lässt sie mich natürlich ihre Fjorde benutzen, solange ich hier bin.

Ob ich in ihr Haus zurückkehre, wenn ich mit meinen Geschäften in Norwegen fertig bin, ist eine ganz andere Sache. Wenn sie deswegen Krieg gegen mich führen will, werde ich ihr genau zeigen, warum man sich nicht mit mir anlegen sollte. Ich werde ihre Kräfte und ihre Armee vielleicht nicht überleben, aber ich werde verdammt viel Spaß dabeihaben.

Ich schüttle das Unbehagen ab und konzentriere mich wieder auf etwas Köstliches.

Wer ist sie? Ich bin meiner kleinen Meerjungfrau aus dem Fjord gefolgt, um es herauszufinden. Ich habe sie nicht aus den Augen gelassen. Jetzt drängt mich die ursprüngliche Neugier, ihr näherzukommen, sie zu erobern, und ich grinse, weil ich weiß, dass es nicht mehr lange dauern wird, bis ich es tue.

Ihr aquamarinblaues Haar fängt das Mondlicht ein und schimmert, wie die Wasseroberfläche, während sie spielerisch in dem kleinen Becken plantscht. Ihr Schwanz, ein leuchtendes Blau und Grün mit einem Hauch von Gold, spritzt im Wasser hin und her und zieht meine Aufmerksamkeit auf jede ihrer Bewegungen. Neben ihr tummelt sich eine kleine Kreatur, deren Ursprung ich nicht kenne.

Da ist ein Sog, ein fast körperlicher Schmerz, der mich durchströmt, hin zu ihr, zum Wasser, ein Durst, den nur die Vereinigung mit ihr stillen kann. Doch ich stehe an Land und spüre die Entfernung wie ein trockenes Knistern in meiner Kehle.

Damals im Tartarus-Gefängnis haben sich viele an ihre Gefährtin herangepirscht und sie gekidnappt. Dieselbe Versuchung brodelt unter meiner Haut, aber ich warte ab, denn ich muss erst verstehen, ob sie meine wahre Gefährtin ist. Mein Schwanz ist bereits hart und kurz davor, die Kontrolle zu verlieren, also mache ich mir keine Illusionen darüber, dass ich einfach nur verdammt geil bin und in dieser wunderschönen Meerjungfrau versinken muss.

Von dem Bedürfnis getrieben, sie näherzusehen, setze ich mich in Bewegung. Jeder Schritt auf dem abschüssigen Hügel ist darauf ausgelegt, kein Geräusch zu machen.

Ich bin jetzt seit ein paar Wochen in Norwegen und finde eine Welt vor, die sich sehr von der des Tartarus unterscheidet. Aber ich passe mich schnell an, finde mich zurecht, richte Großvaters Haus, als mein eigenes ein und strecke langsam meine Fühler aus, um herauszufinden, was er in der Vergangenheit gemacht hat, wie zum Teufel er im Tartarus gelandet ist.

Die Nachtluft ist kühl auf meiner Haut, und jeder Atemzug fühlt sich wärmer an, während ich mich dem Pool nähere. Ich bleibe in der Reihe der Bäume in ihrem Garten stehen. Ich bleibe im Schatten verborgen, doch mein Blick ist klar.

Von dort verfolge ich jede ihrer Bewegungen und beobachte, wie sie sich anmutig auf den Felsvorsprung hochzieht und in meine Richtung sieht. Ihr Haar fällt in Kaskaden über ihren Rücken, wie eine Flüssigkeit, und im Mondlicht schimmert ihre Haut fast silbrig, ihr Schwanz glitzert bei jeder Bewegung. Sie ist hypnotisierend.

Mein Blick fällt auf ihre entblößten Brüste, groß genug, um meine Hände zu füllen, fest und kurvenreich. Die aquamarinblauen Brustwarzen sind hart und wackeln bei jeder ihrer Bewegungen in einer hypnotischen Bewegung. Ich lecke mir über die Lippen, und die Verzweiflung, sie in meinen Mund zu ziehen, an ihnen zu saugen, sie zum Stöhnen zu bringen, ist die reine Folter.

Gerade als ich meinen Schwanz ausrichte und meine Haltung ändere, knackt ein kleiner Zweig unter meinen Füßen. Das Geräusch ist leise, aber in der Stille der Nacht ist es deutlich zu hören. Ihr Kopf schnellt nach oben, ihre stechenden Augen scannen den Wald in meine Richtung.

Ich verharre an Ort und Stelle und warte darauf, dass sie mich bemerkt, bereit, aus der Dunkelheit zu treten.

Ihre Stirn legt sich in Falten, als sie den Wald absucht, aber als sie mich nicht entdeckt, senkt sie den Blick auf ihren Schoß. Ein Teil von mir ist enttäuscht, dass sie mich nicht gesehen hat.

Sie ist absolut atemberaubend, die Art von Meerjungfrau, für die ich hundert Schiffe zum Sinken bringen würde, nur um von ihr umgarnt zu werden.

Dann sehe ich, wie sie sich nach vorne lehnt und sich auf ein dunkles Loch in den schimmernden Schuppen ihres Schwanzes konzentriert. Ihre schöne Haut liegt dort frei, wo die Schuppen fehlen.

Ich habe gesehen, wie eine Meerjungfrau im Tartaros völlig geschuppt und gefoltert wurde, und es war entsetzlich.

Als ich diese Schönheit leiden sehe, entfacht sich eine Urwut in mir, vor allem, als ich höre, wie ein leises Wimmern ihren Lippen entweicht, während sie mit einem Finger über die Wunde fährt.

Ein heftiger Instinkt, sie zu beschützen, flammt in mir auf.

Während mein Blick immer noch auf ihr ruht, bemerke ich, wie sich das kleine Tier aus dem Wasser, ihr offensichtlicher Begleiter, an sie heranschleicht und sich sanft an sie drückt. Ein Knoten verdreht sich in mir, als ich ihren Schmerz sehe.

Während meine Gedanken rasen, erinnere ich mich an den Anblick eines von Asbestas Wächtern, der kürzlich ihre Kabine verließ, seine Hand eingewickelt und blutig. Könnte er die Ursache für ihren Schmerz sein? Hat sie sich an ihm gerächt und ihn verletzt?

Verdammt, er hat Glück, dass er noch laufen kann, denn wenn ich dabei gewesen wäre, wäre sein Kopf gerollt.

Schwer atmend kann ich mir meine plötzliche Besessenheit von dieser Meerjungfrau nicht erklären, aber irgendetwas an ihr fühlt sich richtig an. Es ist befriedigend, macht mich an, und ich will mehr.

Ich beobachte sie noch ein paar Augenblicke länger und bin wütend darüber, was mit ihr passiert sein könnte.

Ich werfe einen letzten Blick auf sie, präge sie mir ein, drehe mich um, verlasse mein Versteck und verschwinde in der Nacht. Jeder Schritt wird von einem Sturm der Wut getrieben, mein Herz pocht lauter in meiner Brust, und plötzlich fühle ich mich so lebendig wie seit Jahrzehnten nicht mehr.

Sasha

Ich schrecke mit hämmerndem Herzschlag auf, reiße die Augen weit auf und starre an die Holzdecke. Die Überreste der gestrigen Ereignisse klammern sich kalt und furchterregend an mich, während ich mir immer wieder vorstelle, dass Asbesta hinter mir her ist.

Chowder gibt ein leises Winseln von sich, während er sich neben meinen Beinen im Bett zusammenrollt.

Ich werfe einen Blick auf meinen Nachttisch, um die Uhrzeit zu sehen, aber stattdessen fällt mein Blick auf etwas völlig Unerwartetes, einen Behälter. Der Atem stockt mir im Hals.

Moment, ist das derselbe Behälter, den ich gestern benutzt habe, in den ich die Finger des Wachmanns gesteckt habe? Nur dass er ihn mitgenommen hat und ich ihn nicht auf meinem Nachttisch stehen ließ.

Meine Brust zieht sich zusammen, und ein kalter Schauer durchfährt mich, während ich nach Luft ringe. Wie ist er hierhergekommen?

Hektisch springe ich aus dem Bett und rüttle Chowder mit meiner plötzlichen Bewegung aus dem Schlaf. In meinem Kopf kreisen die Gedanken um Asbesta oder vielleicht um den Wachmann, der in meine Wohnung einbricht, während ich schlafe. Mein Herz klopft lauter, als ich die Haustür überprüfe, sie ist immer noch verschlossen. Ich eile durch das Haus und finde nichts, was nicht in Ordnung ist, keine offenen Fenster, nichts, was herumgeworfen wurde.

Zurück am Bett starre ich auf den durchsichtigen Behälter und beginne, etwas noch Beunruhigenderes zu erkennen. Es sind keine Finger darin, obwohl ein bisschen Blut auf der Innenseite bestätigt, dass es derselbe Behälter ist. Da ist noch etwas anderes drin.

Vorsichtig ziehe ich den Deckel zurück und finde darin, zu meinem großen Erstaunen die beiden Schuppen von meinem Schwanz. Die, die ich gestern als Bezahlung herausgezogen habe.

Ich blinzle sie an, eine Mischung aus Verwirrung wirbelt in meinem Kopf.

»Was zum Teufel, ist hier los?« Meine Hände zittern, die Schachtel zittert, als ich sie halte. Plötzlich fühlt sich alles unsicher an, das Zimmer, mein Zuhause, die Welt da draußen. Doch als ich die Finger um meine Schuppen kreisen lasse, bin ich zutiefst dankbar, dass ich sie zurückhabe. Ich kann sie nicht wieder anbringen, aber allein das Halten eines Teils von mir, von dem ich dachte, ich hätte ihn geopfert, mildert den Schmerz.

Ich weiß nicht, was passiert ist oder warum, aber ich bin auf den Beinen und laufe im Zimmer herum. Jemand ist in mein Haus eingebrochen, als ich schlief, hat mich wahrscheinlich beim Schlafen beobachtet und ist dann weggegangen. Und nicht einmal Chowder hat es bemerkt, sonst hätte er genug Lärm gemacht, um mich zu wecken.

Das ist verdammt gruselig. Warum zum Teufel hat die Wache oder Asbesta sie zurückgebracht?

Chowder rührt sich nun und beobachtet mich mit seinen großen, neugierigen Augen, während ich seinen Kopf streichle.

»Hast du Lust auf etwas zu essen?«

»Wer ist nicht bereit für Chowder?«

Ich schmunzle über seine Niedlichkeit und stehe auf, meine Gedanken kreisen um ihn.

Wenn jemand wirklich wollte, dass ich verletzt werde, hätte er es getan, während ich schlief. Das lindert zwar nicht das Frösteln auf meiner Haut, aber es hilft, die Panik zu stoppen, die durch mich kriecht. Heute Nacht werde ich das Haus mit einigen Stolperdrähten versehen und mit meinen Waffen schlafen.

Nach einem hektischen Morgen gehe ich ins Büro und versuche, die Ereignisse der letzten Nacht abzuschütteln.

Jetzt lehne ich im Büro an der Küchentheke und unterhalte mich mit meiner Chefin Ada, die wie eine erfahrene Kopfgeldjägerin aussieht. Sie trägt Jeans und eine Lederjacke, ist groß und sieht aus, als könnte sie sich im Einsatz behaupten. Aber es ist ihr Lächeln, das mich überrascht, sanft und einladend. Ihr Erbe als Löwenwandlerin zeigt sich in den geschlitzten, goldenen Augen und dem straffen Zug ihrer blonden Haare, die sie zu einem festen Dutt gebunden hat, was ihren Glanz noch besser zur Geltung bringt.

»Dein Bericht über die gestrigen Funde war faszinierend, vor allem die Entdeckung der Unterwasserhöhle«, sagt sie grinsend. »Kluge Idee, die Fjorde zu erkunden.«

Ich nicke, dankbar für die Anerkennung, bedaure aber auch ein wenig, dass ich daruntergegangen bin, wenn ich an die Folgen denke.

»Ich glaube, ich brauche noch ein oder zwei Tage da draußen, um zu sehen, ob Belu auftaucht«, schlage ich vor und erwähne weder den hübschen Wassermann noch Asbesta. Wenn ich den Wächter wiederfinde, kann ich ihn vielleicht fragen, warum er die Bezahlung zurückgegeben hat. Nicht, dass ich einem geschenkten Gaul ins Maul schauen würde, aber irgendetwas daran fühlt sich wirklich seltsam an. Und ich hasse es, bei etwas, was mich betrifft, im Ungewissen zu sein.

»Mr. Daniels hat mir von deinem Fleiß und deiner Hartnäckigkeit berichtet, und ich sehe es.«

Ada hält eine Tasse mit einem dampfenden, heißen Gebräu in der Hand, ihr Gesichtsausdruck ist ernst. »Und nimm dir dafür gern noch ein paar Tage. Wenn du ihn siehst, bring Belu her oder fordere Verstärkung an. Es ist keine Schande, um Hilfe zu bitten.«

»Mach ich«, sage ich, stolz darauf, dass sie mir das Ziel anvertraut. Als ich mich auf die Tür zubewege, um anzufangen, ruft sie mir etwas zu, was mich aufhält.

»Das Grundstück in der Nähe des Fjords, das du dir ansiehst«, sagt sie. »Es hat eine lange Geschichte. Eine dunkle Geschichte. Sei vorsichtig. Ich habe Gerüchte gehört, dass ein Familienmitglied in der Stadt sein könnte. Zeige mit deinem Ausweis, dass du befugt bist, dich dort aufzuhalten, falls du angesprochen wirst.«

Ich denke sofort an den Wassermann aus der Höhle. Belu. Könnte er das sein? Ich drehe mich zu ihr um. »Was weißt du über das Haus auf dem Hügel und wer dort gewohnt hat?«, frage ich, neugierig geworden.

Ada zuckt mit den Schultern und nippt an ihrem Getränk, bevor sie sagt: »Ehrlich gesagt, nicht viel. Es ist seit Tausenden von Jahren verlassen, aber ein Team hat es instandgehalten. Soweit ich weiß, hat der Großvater der Familie ein so abscheuliches Verbrechen begangen, dass er in den Tartarus geworfen wurde.«

Fasziniert stehe ich da und nehme ihre Worte auf. Tartarus ist ein Gefängnis, in das nur die Schlimmsten der Schlimmen geschickt werden, und sie kommen nie wieder heraus. Man sagt, es sei zu einer Art Siedlung geworden, in der neue Generationen geboren werden und aufwachsen. Stell dir vor, du würdest in einem Gefängnis aufwachsen.

»Gut zu wissen. Ich werde die Augen offenhalten. Ich mache mich dann mal auf den Weg«, rufe ich Ada über die Schulter zu, aber sie ist schon wieder in ein Gespräch mit jemand anderem vertieft. Das Büro unterscheidet sich nicht allzu sehr von dem in

Südafrika - offener Grundriss, aufgereihte Schreibtische für die Kopfgeldjäger, die von ihren Missionen kommen und gehen.

Auf dem Weg nach draußen lächeln mir zwei der Mädchen zu, die ich an meinem ersten Tag kennengelernt habe.

Ich trete nach draußen und mache mich auf den Weg zu meinem Auto, denn ich bin mehr als neugierig, wer in dem Haus am Fjord gewohnt hat. Während ich zu dem Ort zurückfahre, den ich gestern besucht habe, gehe ich die Worte meiner Chefin noch einmal durch und bin verdammt neugierig, was jemand hätte tun müssen, um im Tartarus zu landen. Ich habe genug Geschichten gehört, um zu wissen, dass etwas Schreckliches passiert sein muss, um verurteilt zu werden und dort zu landen.

Als ich geparkt habe, suche ich den felsigen Rand ab, wo ich zuletzt die verlassenen Schuhe gesehen habe. Jetzt sind sie weg, ohne jede Spur von jemandem.

Es ist still.

Ruhig.

Ich nehme mir einen Moment Zeit, um die Umgebung zu betrachten, das ruhige Wasser des Fjords, die kühle Brise, die durch mein Haar streicht, das unheimliche Gefühl, beobachtet zu werden.

Ich bin hier definitiv nicht allein.

Mein Blick schweift schließlich zu dem riesigen Haus, das auf dem Hügel hinter mir thront. Vielleicht kann es nicht schaden, es zu überprüfen. Nach allem, was ich weiß, könnte sich Belu dort verstecken, oder vielleicht steckt er mit dem Familienmitglied, von dem es heißt, dass es in der Stadt ist, unter einer Decke.

Ich schlendere an meinem Auto vorbei in die Nähe des Waldes und folge einem steinernen Weg, der inzwischen von wildem Laub überwuchert ist. Überhängende Bäume und Gestrüpp machen den Weg unübersichtlich, der sich bergauf zum Haus schlängelt.

Als ich die Stelle erreiche, an der sich einst ein Tor befunden haben muss, sehe ich nichts weiter als den offenen Hof. Es ist ein wildes Gewirr von Pflanzen und Bäumen, die dringend geschnitten werden müssen. Das riesige Herrenhaus selbst erhebt sich weiter vorne und ist großartig, größer als es vom Wasser aus aussieht. Es ist durch die jahrelange Vernachlässigung stark in Mitleidenschaft gezogen worden. Diejenigen, die es instand halten sollten, haben offensichtlich nicht an der Außenseite des Hauses gearbeitet.

Mit vorsichtigen Schritten überquere ich die Schwelle, wo einst das Tor den Eingang markierte, und nähere mich dem Haus. Langes Gras beugt sich unter meinen Schritten.

Die Stille in dem alten Herrenhaus wird plötzlich von einem scharfen Knacken durchbrochen.

Ich zucke zusammen, als sich etwas Festes um meinen Knöchel schlingt und mich von den Füßen reißt. Sofort werde ich nach oben gerissen, meine Füße zuerst, und ein Schrei entweicht meiner Kehle.

»Scheiße, willst du mich verarschen?« Hier bin ich nun, hänge kopfüber in der Luft und baumle hilflos an einem dicken Seil, das um meinen Knöchel befestigt ist. Ich bin direkt in diese Falle gelaufen. »Gut gemacht, Sasha.«

Ich zucke zusammen und greife nach meinem Taschenmesser, aber während ich herumfummele, rutschen mir das Messer und die Schlüssel aus den Taschen und fallen zu Boden. »Verdammt!« Ich strecke meine Arme nach unten, aber ich bin zu weit oben, um sie zu erreichen.

Ich bin immer vorbereitet, und während ich mich anstrenge, um mein anderes Messer am Knöchel zu holen, fällt mir eine flackernde Bewegung in den Schatten des umliegenden Waldes auf.

Da ist definitiv jemand, der sich lautlos zwischen den Bäumen bewegt. Mein Herz klopft noch lauter, nicht nur wegen der Anstrengung, dort zu hängen, sondern auch wegen der Erkenntnis, dass ich gerade in ihre Falle getappt sein könnte.

Und wer auch immer sie sind, sie kommen auf mich zu.

Scheiße!

6

KADEN

Ich war gerade dabei, mich mürrisch auf den Weg zum Hof zu machen, um mich um einen weiteren verdammten Söldner zu kümmern, als die Falle zugeschnappt ist. Stellen Sie sich vor, wie überrascht ich war, als ich stattdessen die hinreißende Schönheit von neulich Abend anstarrte.

Sie zappelt, hängt kopfüber an einem Ast und hat ein Seil um ihren Knöchel. Meine Fallen sind im ganzen Hof verteilt, eine Angewohnheit, die ich mir im Tartarus angewöhnt habe, um Eindringlinge abzuhalten, aber ich habe mich noch nie so über einen Fang gefreut.

Ich kann mir das dumme Grinsen nicht verkneifen und auch nicht den rasenden Schlag meines Herzens, das gegen meinen Brustkorb pocht. Irgendetwas an ihr erregt mich, und ich bin verdammt fasziniert.

Woher kam sie, und, was noch wichtiger ist, ist sie mir zum Haus meines Großvaters gefolgt, weil sie mich nicht aus dem Kopf bekam? Seit ich sie in ihrem Pool gesehen habe, ist sie eine Konstante in meinen Gedanken.

Ihr Blick findet mich im Schatten der umliegenden Bäume, und sie versteift sich, ihre Augen sind weit aufgerissen, die Stirn ist gefurcht vor etwas, das ich mir nur als Frustration vorstellen kann. Ihr langes aquamarinblaues Haar fällt herunter und streift den Boden. Sie hat einen tiefen finsteren Blick, und irgendwie ist sie verdammt liebenswert, wenn sie wütend ist. Ihr rundes Gesicht, die eisblauen Augen und die köstlichen Lippen ziehen mich an. Die Lederjacke mit dem Reißverschluss und die schwarze Hose, die sich eng um ihre Kurven schmiegt, erinnern mich an sie im Pool, mit nackten Brüsten. Der Hunger in mir wird wieder wach, mein Schwanz pocht in meiner Jeans.

Ich trete aus dem Schatten hervor, bleibe bei dem Baum stehen, an dem sie baumelt, und grinse die Meerjungfrau an, die aus der Nähe noch viel bezaubernder ist. Sie sind für ihre magische Schönheit bekannt, die die meisten in ihrer Gegenwart schwach werden lässt, aber *ihre* mandelförmigen Augen, die vollen roten Lippen, ihre kleine Nase, der Schwung ihres Halses ... haben etwas, das mich ruinieren wird. Ich spüre es bereits, aber ich kann nicht weggehen.

»Wenn ich gewusst hätte, dass es so einfach ist, Meerjungfrauen zu fangen, hätte ich schon längst damit angefangen«, sage ich, stütze mich mit einer Schulter an den Baum, an dem sie hängt, und studiere sie eingehend.

Ihre Augen verengen sich, während sie sich sanft

wiegt und immer noch kopfüber hängt. »Woher kennst du mich?«

Ich grinse und lasse mir Zeit mit meiner Antwort. »Du beleidigst mich, indem du denkst, ich wüsste nicht, dass du mir neulich im Fjord nachspioniert hast.«

Sie starrt mich scharf an, ihr Mund öffnet und schließt sich, während sie sich leicht am Seil dreht. Sie reagiert nicht sofort und sagt mir, dass sie dachte, sie sei mit dem Herumschleichen unter Wasser davongekommen.

Hinreißend.

»Ich habe dir nicht nachspioniert«, antwortet sie schließlich entschlossen. »Ich bin über dich gestolpert.«

Ihre Stimme ist ein Lied in meinem Ohr, jedes Wort gleitet über meine Haut, eine Kadenz, die sich wie Samt an mich schmiegt. Ich kann fast den Funken ihrer Magie in ihrer Stimme spüren, eine unwiderstehliche Anziehungskraft, die jemanden leicht dazu bringen kann, die Wahrheit zu sagen. Doch sie nutzt ihr Potenzial kaum aus, als wüsste sie nicht, dass sie eine solche Macht besitzt. Eine Fähigkeit, die mir nichts anhaben kann, aber andere wären Freiwild, wenn sie ihre volle Kraft entfalten würde.

Hat sie überhaupt eine Vorstellung von der Wirkung, die sie auf andere hat?

Ich habe gehört, dass die Menschen entweder dem Charme der Meerjungfrauen erliegen und sie anbeten, oder sie verachten, wenn sie ihnen widerstehen. Und dann ist da noch die ganze Verbindung dazu, wie sie zu

Sirenen werden ... es ist verdammt dunkel. Natürlich gibt es einen Haufen Gerüchte über Meerjungfrauen, und nicht alles entspricht der Wahrheit.

Ich nicke, immer noch grinsend, wohl wissend, dass sie lange genug unter Wasser war, um mein Gespräch mit Asbesta zu belauschen, aber ich spreche sie nicht darauf an. Stattdessen lasse ich mein Grinsen auf sie gerichtet.

»Und ich nehme an, du wohnst hier, in der Villa deiner Familie?«, murmelt sie. »Und warum hast du diese blöde Falle im Garten?«, murrt sie und versucht, bis zu ihrem Knöchel zu greifen, was ihr aber nicht gelingt, da der Wind sie wieder ins Trudeln bringt.

»Ich habe mehr als eine Falle, aber du hattest wohl das Pech, in diese zu treten.«

»Das ist die Geschichte meines Lebens«, murmelt sie, und ich fange die Worte auf. »Wie auch immer, willst du mich hier den ganzen Tag hängen lassen, oder was?«

Ich kichere und genieße die Frechheit in ihrer Stimme. »Na gut, na gut, ich lasse dich runter.«

»Hast du einen Namen?«, platzt sie heraus, als ich mich langsam vom Baum abstoße.

»Kaden Vinter. Und du?«

Sie blinzelt in meine Richtung, als sich ihre Drehung beruhigt hat, und sie sieht mich an, als würde sie mich zum ersten Mal sehen. Hatte sie jemand anderen erwartet?

»Ich habe die gesetzliche Erlaubnis, mich auf deinem Grundstück aufzuhalten, aber wenn du mir einfach runter hilfst, bin ich schon wieder weg.«

Ich kann meine Aufmerksamkeit nicht von diesem süßen Gesicht und dem sündigen Körper abwenden und genieße es, sie für mich gefesselt zu sehen.

»Du hast mir deinen nicht Namen gesagt«, sage ich, neugierig, was sie hier macht und was sie neulich im Fjord suchte.

»Unwichtig, vor allem, wenn du kein Mann deines Wortes bist und mich noch nicht runtergelassen hast.«

»Ich bin sicher, du hast die Geschichten von Meerjungfrauen und Sirenen gehört, die gejagt und an ihren Schwänzen gefesselt wurden, sobald sie gefangen waren.« Ich hebe meinen Blick auf ihren gefesselten Knöchel. »Mein Großvater hat mir einmal erzählt, dass, wenn man eine Meerjungfrau fängt und sie wieder freilässt, sie einem zu Dank verpflichtet ist.«

Sie bricht in ein Lachen aus, das wie Honig klingt, süß und köstlich, doch sie rollt mit diesen hypnotischen blauen Augen.

»Tut mir leid, dich zu enttäuschen, aber ich bin kein Flaschengeist, der Wünsche erfüllt. Aber netter Versuch. Ich glaube, dein Großvater hat dir eine Lüge aufgetischt.«

»Das tat er meistens.« Ich nicke und grinse, weil ich vermute, dass die Geschichte erfunden ist.

Sie reißt sich noch einmal nach oben, beugt sich in der Taille und greift nach ihrem Knöchel.

Ich gehe auf sie zu, um ihr zu helfen, aber sie dreht sich ruckartig zu mir um und gerät erneut ins Trudeln. Etwas entgleitet ihrem Griff und stürzt ins Gras, ein schwarzer Gegenstand mit Metallstiften an einem Ende.

»Oh, sieh mal, du hast deine Waffe fallen lassen. War sie für mich bestimmt?«, stichle ich.

Sie verengt ihre Augen, ihr Blick ist unerschütterlich. »Man kann nie vorsichtig genug sein. Es gibt viele Verrückte hier.«

Meine Neugierde ist geweckt. Was macht sie so ängstlich, dass sie Waffen mit sich herumträgt? Und die Tatsache, dass sie das tut, sagt mir, dass sie alleinstehend ist. Andernfalls wäre ihr Partner da, um sie zu beschützen, und sie hätte nichts zu befürchten.

»Warte«, sage ich und nehme eine Klinge aus der Rückseite meines Gürtels. Ich greife nach dem Seil, mit dem sie gefesselt ist, und schneide es schnell durch. Mit einer blitzschnellen Bewegung lasse ich die Klinge hinter mir in die Erde fallen und fange sie auf, bevor sie kopfüber fällt. Meine Arme legen sich um ihren Rücken und ihre Knie und heben ihren Kopf an, sodass sie sicher an mich geschmiegt ist.

Sie ist leicht, aber sie zappelt aus Protest. Ihr Gesicht verzieht sich. Plötzlich drückt sie sich gegen mich, ihre Hände gegen meine Brust, und versucht instinktiv, nach unten zu kommen. Ich lasse ihre Beine aus meinem Griff, und sie fallen herab.

Als ich sie nicht ganz loslasse, kniet sie vor meinem Oberschenkel, viel zu nah an meinen kostbaren Juwelen, und meine Knie werden wackelig. Ehe ich mich versehe, purzeln wir beide zu Boden, sie unter mir.

Wir landen mit einem sanften Aufprall auf dem Gras, sie keucht, während ich meine Ellbogen auf beiden Seiten ihrer Schultern habe und sie festhalte.

Von Angesicht zu Angesicht liegt sie unter mir. Ihre Augen weiten sich, als sie versucht zu entkommen.

Ich? Ich bin im Himmel, verloren in der Art, wie sie zu mir aufschaut, ihr Atem kommt in schnellen Atemzügen. Ich lächle, und es ist völlig unkontrollierbar. Ihre Wangen erröten, als ihr Blick den meinen trifft, und einen Moment lang bewegt sich keiner von uns beiden. Die Nähe, die unbestreitbare Verbindung ist elektrisierend. In dem Moment, in dem meine Haut ihre berührt hat, sind die Funken geflogen. Und sie weiß es auch. Ich sehe es in ihren Augen.

Adrenalin schießt durch mich hindurch, und jeder Nerv in meinem Körper erwacht zum Leben. Mein Schwanz zuckt, das Herz klopft, etwas in mir verändert sich ... mein Schattenwesen erkennt sie sofort als unsere. Ich muss mein ganzes Glück in den letzten tausend Jahren in diesem Höllenloch-Gefängnis aufgespart haben, um sie endlich zu finden.

»Lass mich los!« In ihrer Stimme schwingt Gift mit.

Ich kann mir ein Lächeln nicht verkneifen, mein Herz rast immer schneller in meiner Brust. »Du machst es mir nicht leicht«, necke ich sie und weigere mich, sie loszulassen, sondern genieße das Gefühl ihres weichen Körpers, dieser köstlichen Brüste an meinem.

»Ich schwöre, wenn du dich nicht bewegst ...« Ihre Hände drücken gegen meine Schultern, sie zittert, als sie versucht, mich wegzuschieben.

Ihre bebende Berührung, die Art und Weise, wie sich ihre Augen weiten, und ihr berauschender, aufsteigender Rosenduft, das Meer aus Nektar sagt mir alles, was ich wissen muss. Die Wärme, die sich um mein

Herz schlängelt, mich umarmt und zwingt, kann ich nicht ignorieren.

»Gefährtin«, murmle ich, wobei mir das Wort von selbst herausrutscht.

»Wie bitte?«, erwidert sie mit trotziger Miene, obwohl sie unter mir liegt.

Ich lehne mich näher heran, meine Stimme ist sanft, aber fest. »Du hast mich gehört.«

»Komm nicht auf dumme Gedanken«, erwidert sie in scharfem Ton. »Du bist nicht mein Gefährte. Zur Hölle nein, ich habe keinen Schicksalsgefährten. Weder jetzt noch jemals!«

»Vielleicht bist du noch nicht bereit, es zu akzeptieren«, sage ich und grinse, als ich sie loslasse und mich zur Seite drehe. »Aber du weißt, dass es echt ist. Du fühlst es tief in deiner Seele, nicht wahr? Und ich bin bereit, zu warten.«

Sie rappelt sich auf, streift sich das Gras und die toten Blätter von der Hose. Dann schnappt sie sich ihre Waffe aus dem Gras. Ich erwarte fast, dass sie sie gegen mich einsetzt, aber sie steckt sie in ihre Gesäßtasche.

»Du hast Wahnvorstellungen«, murmelt sie, aber die Art und Weise, wie sie meinem Blick ausweicht, zeigt mir, dass sie sich nicht so sicher ist, wie sie vorgibt zu sein.

»Das wird sich zeigen.« Ich stehe auf und lasse meinen Blick nicht von ihr, während ich mein Hemd abstaube.

»Die Zeit wird zeigen, dass du ein Idiot bist«, spottet sie, offensichtlich unbeeindruckt.

Ich lache und amüsiere mich köstlich über ihren Eigensinn. »Vielleicht, aber jetzt bin ich dein Idiot.«

Sie schüttelt den Kopf, ungläubig. »Sage das nicht.«

»Und doch bist du hier«, sage ich, wobei meine Belustigung nicht nachlässt. Ich trete näher und fühle mich zu ihr hingezogen. Mir schwirrt der Kopf vor lauter Rausch, vor der Vorstellung, dass ich das gefunden habe, wofür ich den Tartarus verlassen habe.

Sie weicht zurück, während sich ihr finsterer Blick vertieft, und das Feuer in ihren Augen macht meine Sehnsucht nach ihr nur noch stärker. Sie ist heftig, entschlossen und absolut berauschend.

Sie ist meine Schicksalsgefährtin.

Ob sie es will oder nicht, sie gehört mir.

Kaden

Schicksalsgefährte?

Nein, das kann doch nicht wahr sein. Ich dachte immer, ich würde mich so lange verabreden, bis ich jemand Besonderen finde, wenn überhaupt. Den Schicksalsgefährten zu finden? Das soll eine Chance von eins zu einer Milliarde sein. Irgendetwas in mir ist nicht bereit für etwas so Ernstes, so Dauerhaftes, dass es mich zerstören könnte, wenn ich ihn verliere … oder wenn ich ihn verletze.

Ich denke an meine Eltern, an den Fluss, an den Todeskuss meiner Mutter für meinen Vater, der ihm das Leben raubte. Ich schüttele diese Bilder weg, denn ich bin nicht sie, ich bin nicht ...

Kaden starrt mich mit diesem lächerlich sündigen Lächeln an, und meine Knie sind kurz davor, nachzugeben. Ich hasse es, dass er so gut riecht, wie frisch gemähter Rasen, das Meer in einem Sturm und männliche Sexualität, die mich fast in Ohnmacht fallen lässt.

Sicher, ich habe mich schon zu vielen Männern hingezogen gefühlt, aber das hier ist etwas anderes, etwas Beängstigendes, wie mein Körper reagiert, als ob mein Inneres mich drängt, ihm näherzukommen.

Stattdessen mache ich einen Schritt zurück.

Das Gute daran ist, dass dieser Typ nicht mein Ziel ist, Belu, also ein Punkt für mich, weil ich nicht wieder auf einen Kriminellen hereinfalle.

»Meine kleine Meerjungfrau, was führt dich in mein Familienanwesen? Wolltest du mich finden?« Seine Stimme ist tief, die Art, die über meinen Körper gleitet, zwischen meine Schenkel gleitet, mich reizt, mich festhält, als hätte er mich wieder einmal unter sich gefangen. Was auch immer er damit anstellt, es ist fast so, als würde ich in die Unterwerfung gewürgt ... und ein Teil von mir möchte verzweifelt nachgeben.

Einen Moment lang vergesse ich zu atmen.

Meine Gedanken kreisen um das Gespräch, das ich mit meiner Chefin über eben dieses Anwesen hatte. Sie erwähnte, dass es eine dunkle Geschichte hat, und ich nehme an, dass dieser Mann das Familienmitglied ist, das zurückgekehrt ist. Ich erinnere mich auch daran, dass meine Chefin Ada sagte, sein Großvater sei in den Tartarus geschickt worden.

Weiß Kaden, was sein Großvater getan hat, um dort zu landen?

Als ich merke, dass er mich, ohne zu blinzeln, anstarrt und auf eine Antwort wartet, schaffe ich es, zu murmeln: »Weil ... Arbeit. Ich bin wegen einer Untersuchung hier. Ich bin auf der Suche nach jemandem.« Meine Stimme kommt ruhiger rüber, als ich mich fühle, aber das beiläufige Zucken seiner Augenbrauen zeigt, dass er die Nervosität in meiner Stimme spürt. Er kommt näher, die Herausforderung steht ihm ins Gesicht geschrieben.

»In meinem Garten?«

Ich begegne seinem stählernen Blick. »Könnte sein. Er wurde zuletzt vor kurzem unten am Wasser gesehen.«

Kaden fährt sich mit der Hand durch sein kastanienbraunes Haar, das im Licht schimmert. Es fällt in Kaskaden um sein Gesicht und auf seine Schultern, und es ist fast unmöglich, nicht hinzustarren. Wie kann jemand nur so gut aussehen? Die Art und Weise, wie das Sonnenlicht seine Züge einfängt, scheint fast ungerecht zu sein.

Er ist auch groß, fast zwei Meter, und breit, massiv. Ich fühle mich so winzig neben ihm. Er könnte mich mit Leichtigkeit überwältigen, aber er scheint mehr daran interessiert zu sein, mich zu beobachten, als ob ich vor ihm auf die Knie fallen sollte.

Die Vorstellung, meinen Schicksalsgefährten zu akzeptieren, ist unglaublich verlockend. Die Anziehungskraft, die unsichtbare Anziehungskraft zu ihm, mein Körper reagiert auf seinen Duft, seine Berührung

... mein Körper sagt mir, dass ich für ihn bestimmt bin. Stell dir vor, du hättest einen Mann an deiner Seite, den niemand herauszufordern wagen würde.

Ich rüttle mich selbst zurück in die Realität, in die Tatsache, dass das alles zu schnell geht und ich nicht bereit bin.

»Wen suchst du?«, fragt er, den Kopf leicht zur Seite geneigt, der Wind weht durch sein Haar. Ich kann jetzt problemlos ein Foto einrahmen, auf dem das leichte Stirnrunzeln auf seinem Nasenrücken sein schönes Gesicht noch dunkler erscheinen lässt.

»Du würdest ihn nicht kennen«, sage ich und halte meinen Blick auf ihn gerichtet, während ich versuche, die Natur seines übernatürlichen Wesens zu entschlüsseln. Da er eine Unterwasserhöhle hatte, ist er eine Art Wasserwesen. Ein Wassermann vielleicht? Aber dann überkommt mich doch die Neugierde.

»Kennst du zufällig jemanden mit dem Namen Belu Jonsyn?« Ich bin hin- und hergerissen, ob ich meine Zielperson hätte erwähnen sollen, aber wenn die Möglichkeit besteht, dass Kaden ihn kennt, muss ich das herausfinden.

Er schüttelt den Kopf. »Das kann ich nicht behaupten. Ich bin neu in der Stadt. Aber ich spreche lieber über uns und nicht über einen anderen Mann.« Es liegt fast ein Knurren in seiner Stimme.

Wir stehen da, der Moment dehnt sich unbehaglich aus, oder vielleicht ist er nur unbehaglich für mich, weil er mich mit einem atemberaubenden Lächeln in den Augen mustert. Mein Herz hämmert in meiner Brust, jeder Schlag spiegelt dieses Kribbeln wider, das man angeblich spürt, wenn man seinen Traumpartner trifft. Man sagt, man weiß es sofort.

Nun, ich hasse es, dass es sich so überwältigend anfühlt, und bestätige damit, was er vorhin sagte.

Er ist mein Schicksalsgefährte.

Scheiße!

Was nun?

Gehe ich einfach davon aus, dass alles gut ausgeht, und warte dann darauf, dass der Fluch, der meine Mutter befallen hat, mich als Nächstes einholt? Wie lange wird es dauern, bis ich meinem Schicksalsgefährten den Todeskuss gebe? Die Angst ist unerbittlich und nagt an meinen Eingeweiden. Meine Mutter hat mir einmal von der Verlockung des Todeskusses einer Meerjungfrau erzählt, von dem berauschenden Gefühl, ein Leben zu nehmen. Sie sagte, es sei süchtig machend, ermächtigend und so einfach, dass man nicht merke, dass man süchtig sei, bis es zu spät sei.

Ich habe jahrelang über ihre Worte nachgedacht, über jeden Satz, den sie gesagt hat, über jede schreckliche Erinnerung an die Nacht am Fluss, und ich habe darüber nachgedacht, ob es etwas Unheilvolles in unserem Blut gibt.

Um ehrlich zu sein, habe ich meine Kräfte schon dreimal für die Arbeit eingesetzt, um Leben in schlimmen Situationen zu retten, in denen es um Leben und Tod ging ... Es ist beängstigend instinktiv, und ich beginne mir Sorgen zu machen, wie viel Spaß mir das macht.

Der Gedanke geht mir ständig durch den Kopf, die Sorge verzehrt mich, doch wenn es passiert, erfüllt mich ein seltsames Hochgefühl, als sei es etwas ganz Natürliches. Als ob ein anderer Teil von mir zum Leben erwacht ... und ich denke immer, das ist meine Sirenen-Seite, die mich schon ruft.

Kadens Blick ist auf mich gerichtet, und es ist, als ob er durch mich hindurchstarrt.

»Nun«, beginne ich und versuche, die Intensität, die in mir aufsteigt, zu dämpfen und mich auf die aktuelle Situation zu konzentrieren. »Wenn du zufällig etwas über ihn hörst, würde ich das gern wissen.«

»Natürlich«, sagt er und richtet sich auf. »Und wenn ich ihn finde, soll ich ihn dann entsorgen, oder brauchst du ihn lebend?«

Ein Keuchen entweicht meinen Lippen. »Töte ihn nicht. Ich brauche ihn atmend. Finde ihn gar nicht erst. Vergiss, dass ich es überhaupt erwähnt habe.«

Er nickt, als würde er sich eine Notiz machen, er steht da wie ein Krieger auf dem Schlachtfeld, breit, groß, und aus irgendeinem Grund hat das Universum ihn zu meinem Schicksalsgefährten gemacht.

Meine Gedanken sind außer Kontrolle, und ich weiß nicht, was ich denken soll, außer dass ich von hier verschwinden muss.

»Ich brauche übrigens deinen Namen, Schätzchen.«

Ich blinzle ihn an. »Sasha«, murmle ich, während ich mich bereits rückwärts auf das kaputte Tor zube-wege. »Okay, das war interessant, aber ich muss gehen.«

Er beobachtet mich aufmerksam, ein leichtes Lächeln umspielt seine Lippen, aber er folgt mir nicht. Ich kann mich gerade noch zurückhalten, zu schnell von hier zu verschwinden. Meine Atemzüge kommen schnell, und innerlich flippe ich aus, aber ich brauche Abstand, damit ich wieder atmen und meine Gefühle verarbeiten kann.

Als ich mich zum Gehen wende, ruft er: »Sasha«.

Der Klang meines Namens in seiner Stimme ist befehlend und verlockend, ein Kribbeln der Erregung durchströmt mich. Warum muss er so unglaublich klingen?

»Ich werde diesen Belu finden und ihn vor deine Tür zerren. Und wenn ich herausfinde, dass er dir wehgetan hat ...« Seine Stimme verstummt, und es liegt eine plötzliche Intensität darin, die mir einen Schauer über den Rücken jagt.

Die Drohung, die in der Luft hängt, lässt mich an seinen Absichten zweifeln. Er könnte durchaus einer dieser Psychopathen sein, die ich zu meiden versuche.

In meinem Kopf dreht sich alles, und ich kann kaum noch einen Sinn darin erkennen.

Ohne ein weiteres Wort stürme ich von seinem Grundstück und gehe den Waldweg hinunter, mein Puls brennt. Als es bergab geht, spüre ich, wie mein Knöchel wehtut, weil er von der blöden Seilklemme eingeschnürt war, aber ich bleibe nicht stehen, bis ich weit weg von diesem Grundstück bin.

Im Nu sitze ich im Auto und fahre davon. Meine Wangen und mein Inneres glühen und rufen seltsamerweise nach ihm, was verrückt ist. Die ganze Zeit tanzen Schmetterlinge in meinem Magen bei dem Gedanken, dass ein solcher Mann andeutet, ich sei seine ...

Das ist Wahnsinn.

Ich umklammere das Lenkrad fester und versuche, mich auf die Straße vor mir zu konzentrieren, aber meine Gedanken sind wieder in der Villa, wieder bei ihm. Die Vorstellung, dass er Belu jagt und sich möglicherweise für mich in Gefahr begibt, ist erschreckend und verlockend zugleich. Ich hatte noch nie jemanden, der für mich gekämpft hat. Allerdings weiß ich auch, dass ich dorthin zurückkehren muss, um Belu aufzuspüren und meinem Boss zu zeigen, dass ich diesen Auftrag erledigen kann.

Vor mir erstreckt sich die Straße, die sich durch die üppige norwegische Landschaft schlängelt, und ich versuche, meine Entschlossenheit zu stärken. Mein Aufenthalt in diesem Land ist nur ein kurzer Zwischenstopp, bevor ich nach Südafrika zurückkehre, doch seit meiner Ankunft habe ich das Gefühl, dass die Dinge für mich komplizierter geworden sind.

Ich habe die Aufmerksamkeit der Sirenengöttin erregt, Chowder hat einem ihrer Wächter zwei Finger abgebissen, und jetzt ist ein schöner, gefährlicher Fremder, der aussieht, als könnte er eine kleine Armee ausschalten, mein Schicksalsgefährte.

Hey, Universum, gönn mir eine verdammte Pause!

Während die Landschaft vorbeizieht, kommt mir plötzlich ein Gedanke ... Moment! Kaden sagte, er würde mir Bescheid sagen, wenn er Belu findet, aber weiß er auch, wo ich arbeite?

Ich schlucke den dicken Kloß in meinem Hals hinunter.

Oder wo ich wohne?

KADEN

Es ist zwei Tage her, dass Sasha, meine Schicksalsgefährtin, auf meinem Grundstück aufgetaucht ist, und es ist die Hölle, mich von ihr fernzuhalten. Ich tue mein Bestes, um weniger ein Psycho zu sein, wie sie es nannte, und ihr den nötigen Freiraum zu geben. Sie sah ziemlich erschüttert aus bei der Vorstellung, mit mir gepaart zu sein, obwohl ich glaube, dass ihr Schock eher mit der Überraschung zu tun hatte, einen Schicksalsgefährten zu finden, und nicht damit, dass ich es bin. Deshalb bleibe ich auf Abstand ... aber es bringt mich verdammt noch mal um. Ich kann immer noch ihre Berührung auf meiner Haut spüren, ihre singende Stimme hören und ihren honigartigen Duft riechen, der in meiner Erinnerung haften bleibt.

Daher weiß ich, dass es das Richtige ist, ich bin heute Morgen sogar mit einem Lächeln im Gesicht aufgewacht. Das passiert selten.

Im Moment bin ich auf dem Weg in die Stadt,

nachdem ich gerade ein Unternehmen beauftragt habe, die Fassade des Herrenhauses umfassend zu restaurieren. Diejenigen, die mit der Instandhaltung des Hauses beauftragt waren, hatten das Innere für einen König hergerichtet, aber das Äußere hatten sie verfallen lassen. Offensichtlich hat das Äußere seinen Zweck erfüllt, um andere fernzuhalten, aber jetzt, wo ich zurück bin, möchte ich ein Zuhause haben. Und gleichzeitig arbeite ich daran, so viele Informationen wie möglich über meinen Großvater auszugraben.

Apropos, ich habe einen Fae aus der Zeit meines Großvaters gefunden, der noch am Leben ist. Alle Familienmitglieder sind schon lange tot, aber das ... das ist ein Fortschritt. Er sagte, er würde mich in einer örtlichen Bar treffen, also hoffen wir mal, dass das keine komplette Verschwendung meiner verdammten Zeit ist.

Ich ziehe mir die Kapuze über den Kopf, um mein Gesicht zu verbergen, während ich eine Straße mit prächtigen Häusern auf der einen Seite und einem herrlichen Blick auf das Meer in der Ferne jenseits der Klippen auf der anderen Seite, hinauflaufe.

Das weite blaue Wasser zieht meine Aufmerksamkeit auf sich. Damals im Tartarus waren die Ozeane, in denen ich lebte, dunkel, ein endloser Abgrund. Aber hier ist das Meer ein leuchtendes, einladendes Blau, das im Sonnenlicht glitzert. Ich spüre, wie es nach mir ruft, wie meine Haut sich kräuselt, um in seine Umarmung zu gleiten, um die Bestie in mir zu entfesseln und diese neue Welt zu erkunden, die Freiheit verspricht.

Der Anblick des Meeres erfüllt mich mit einer

schweren Sehnsucht, aber ich verdränge das Gefühl und gehe weiter die abschüssige Straße hinauf. Die kühle Meeresbrise mischt sich mit der salzigen Luft und belebt mich.

Ich denke an die letzten Begegnungen mit meinem Großvater zurück, als ich noch ein Kind war, als er mir von seinen Abenteuern erzählte. Die meisten der Orte, die er erwähnte, gibt es nicht mehr, aber ich erinnere mich, dass er liebevoll von anderen sprach. Vielleicht wird mir dieser Besuch den nötigen Hinweis geben.

Vor mir an der Straßenecke steht ein altes Holzgebäude mit einem spitzen Dach und einem Schild, das im Wind baumelt.

Der betrunkene Krake.

Es zeigt das Bild eines beschwipsten Kraken, der leicht schielt und wie ein Narr grinst. Seine Tentakel sind faul ausgestreckt, und einer hält lässig einen Krug Bier in der Hand.

Ich kichere vor mich hin und erinnere mich an all die Zeiten, in denen mein Großvater sturzbetrunken war und mich sehr an dieses Bild erinnerte. Am Gebäude angekommen, greife ich nach dem Türgriff, und eine plötzliche Flut von Bildern überschwemmt meine Sinne. Im Handumdrehen stehe ich nicht mehr auf der Schwelle einer Bar, sondern auf einer Terrasse an der Rückseite eines Hauses mit Blick auf den Ozean.

Eine jüngere Version meines Großvaters ist da, nicht mehr der müde alte Mann, an den ich mich erinnere. Sein Haar ist dunkel und ordentlich geschnitten, die Muskeln zeichnen sich unter dem Stoff seines himmelblauen kurzärmeligen Hemdes ab. Er sitzt an einem rustikalen Holztisch, vor ihm ein großes Glas Bier. Ihm gegenüber sitzt eine Frau, die Schönheit und Herzlichkeit ausstrahlt. Blondes Haar fällt ihr in weichen Locken über den Rücken, ein kleiner Schönheitsfleck knapp über der Lippe unterstreicht ihr hübsches Lächeln. Ihre Augen, hell und liebevoll, sind auf meinen Großvater gerichtet.

Auch wenn sie etwas sagt, schweift seine Aufmerksamkeit oft zu seinem Getränk zurück.

Die Frau beugt sich vor. »Alles bereit?«, fragt sie.

Er nickt langsam und nimmt einen Schluck von seinem Getränk. »Die neue Lieferung kommt morgen an. Ich habe alles vorbereitet, und wir werden endlich unser Team vergrößern.« Sein Gesicht strahlt, als er über seine Arbeit spricht.

Einen Moment lang studiert er sie, dann nimmt er ihre Hand. Die Geste könnte für jeden anderen zärtlich aussehen, aber seiner Berührung fehlt es an Aufrichtigkeit. Ich kenne ihn gut genug, um die Anspannung um seinen Mund zu sehen, die Anspannung in seinen Muskeln, die Art, wie er sich nicht nach vorne lehnt.

»Glaubst du, dass jemand die Lieferung bemerkt?«

»Das wird schon werden. Die Dinge werden sich für uns ändern. Du wirst sehen«, beteuert er, obwohl es seiner Stimme an Überzeugung fehlt. »Wir werden das Geschäft auf diese Weise schneller wachsen lassen, bis zu dem Punkt, an dem uns niemand mehr etwas anhaben kann.«

Ihr Griff wird etwas fester, als sie lächelt und sich noch mehr zu ihm hinüberbeugt. »Dann können wir vielleicht endlich unser Glück genießen und die Geschäfte jemand *anderem überlassen«, murmelt sie und starrt ihn an, als warte sie auf seine Bestätigung. »Ich habe seit Tagen nicht mehr geschlafen, während wir auf die Lieferung warten, aus lauter Angst, dass wir erwischt werden.«*

»Lilia, du machst dir zu viele Sorgen. Es wird schon gutgehen. Du wirst sehen.« Er grinst, aber es ist eine hohle Geste.

Lilia nimmt es jedoch an, ihr Lächeln wird breiter.

So schnell wie es gekommen ist, verschwimmt die Szene an den Rändern. Der Fokus ist gestochen scharf, dann verblasst sie augenblicklich in der Bedeutungslosigkeit und lässt mich in der kühlen Brise vor der Bar *Der betrunkene Krake* stehen, die Hand immer noch an der Tür.

Ich schüttle das Schwindelgefühl ab und atme tief ein.

Wer ist Lilia? Ich habe sie in meinen Visionen noch nie gesehen.

Ich beruhige mich, während sich die Überreste der Vergangenheit in meinen Gedanken festsetzen.

Ein genetisches Gedächtnis, das mein Vater einmal als die Fähigkeit bezeichnet hatte, eine Gabe, die in seiner Familie vorkommt, bei der zufällige Schnipsel aus den Erfahrungen meiner Vorfahren an jede neue Generation weitergegeben werden. Seltsamerweise stammen diese Erinnerungen immer nur von meinem Großvater, nie von meinen Eltern. Ich habe als Kind viel Zeit mit ihm verbracht und oft Zuflucht vor meinen Eltern gesucht, und diese Nähe hat mich wohl ausgewählt, um mich zu prägen. Man sagt, dass Erinnerungen nur von jemandem kommen können, den man im Leben gekannt hat.

Nicht, dass irgendjemand in meiner Familie jemals über diese Fähigkeit hätte sprechen wollen.

Warum zum Teufel sollten sie das tun, wenn sie so tun können, als gäbe es sie nicht? Eine Quelle von Familiengeheimnissen, die besser unentdeckt und unausgesprochen bleiben sollten. Ich erinnere mich, wie meine Eltern den Kontakt zu meinem Großvater abbrachen, obwohl sie nie erklärten, warum. Und auch nach seinem Tod durfte in der Familie nie über ihn gesprochen werden.

Dennoch zog es mich immer wieder zu ihm zurück. Er war nie grausam zu mir. Stattdessen war er die Person, zu der ich flüchtete.

Nachdem sich die Vision gelegt hat und keinen Sinn mehr ergibt, stoße ich die Tür auf und betrete die Bar. Das Innere kommt mir vor, als wäre ich in den Bauch eines alten Schiffes getreten.

Die Wände sind mit Netzen und alten Fischereigeräten dekoriert, die das Meer seit Jahrzehnten nicht mehr gesehen haben. Salz, Bier und der moderige Geruch von feuchtem Holz liegen in der Luft. Nur ein halbes Dutzend Männer sitzen an Tischen und Trinken.

Als ich tiefer in die lange Bar eindringe, entdecke ich Joe an einem abgelegenen Tisch in der hinteren Ecke. Er sieht genauso aus, wie er sich selbst beschrieben hat, wildes weißes Haar, das sich wie Meeresschaum um seinen Kopf wuschelt. Er hat die

Statur eines Bären, was für einen Fae ungewöhnlich ist und auf ein gemischtes Erbe hindeutet.

Joe hat zwei leere Gläser auf dem Tisch, also mache ich einen kurzen Abstecher zur Bar und bestelle zwei Bier vom Fass.

»Du musst Kaden sein?«, fragt er mit brüchiger Stimme, als ich die Gläser abstelle.

»Das bin ich. Danke, dass du dich mit mir triffst«, antworte ich und setze mich auf den Stuhl ihm gegenüber.

Er mustert mich mit einem scharfen Blick, ein Lächeln durchbricht seine stoische Miene. »Du siehst deinem Großvater ähnlich, mein Sohn. Das weckt Erinnerungen, die lange zurückliegen.« Seine hellgrünen Augen scheinen das Gewicht seiner Erinnerungen zu tragen.

Linien zeichnen sein Gesicht, tiefe Falten um die Augen und entlang des Halses. Trotz der deutlichen Zeichen seines Alters ist der Mann unbestreitbar zäh und erinnert mich an meinen Großvater. Joe muss über fünftausend Jahre alt sein, um schon gelebt zu haben, bevor mein Großvater in den Tartarus geworfen wurde.

»Ich habe gehört, wie die Leute sagten, wir sähen uns ähnlich.« Ich nehme einen langen Schluck von meinem kühlen Bier, das Kondenswasser rinnt mir an den Fingern herunter, wo ich das Glas halte.

»Also, sag mir, mein Sohn, was führt dich nach Bergen? Ich habe Gerüchte gehört, dass du in der Stadt bist.«

Die Bar um uns herum summt leise vor sich hin, aber ich beuge mich vor und senke meine Stimme. »Ich will deine Zeit nicht verschwenden, also werde ich ganz offen sein. Ich versuche, herauszufinden, weshalb mein Großvater im Tartarus gelandet ist. Ich habe gehört, dass es vielleicht nicht so war, wie alle denken. Man hat mir gesagt, er wurde reingelegt.«

Joe setzt sein Glas ab. »Das ist ein schweres Stück Geschichte, indem du da gräbst«, sagt er und sein Tonfall wird dunkler.

»Ja, ich weiß«, gebe ich zu. »Aber das ist etwas, das ich verstehen muss.« Ganz zu schweigen davon, dass ich tausend gottverdammte Jahre in diesem Gefängnis verbracht habe, nur weil ich zu seiner Familienlinie gehöre und dort geboren wurde, genau wie meine Eltern. Sie lernten sich im Gefängnis kennen, heirateten und bekamen mich.

Die Sache mit dem Tartarus war, dass man ihn nicht mehr verlassen konnte, wenn man einmal drin war, auch die Kinder nicht, die man dort zur Welt brachte.

Das ist Abstammungsjustiz, und die ist verdammt unfair.

Jemand hat also nicht nur das Leben meines Groß-vaters versaut, sondern auch meines.

Ich konzentriere mich wieder auf Joe. Sein wetter-gegerbtes Gesicht ist gezeichnet von den Falten, die sich mit seinem Stirnrunzeln zu vertiefen scheinen.

»Hör´ zu, das ist kein guter Weg, den du einschlagen willst«, sagt er.

Ich nehme einen langen Schluck aus meinem Glas, wobei das kalte Bier wenig dazu beiträgt, die Spannung in meinen Muskeln zu lösen. Joe, der mir gegenübersitzt, mustert mich aufmerksam. Er stöhnt auf und verzieht den Mund zu einem missbilligenden Lächeln, weil ich nicht nachgebe.

»Ich sehe in dir denselben verdammten Sturkopf, den ich bei deinem Großvater gesehen habe. Und ich habe genug von ihm gehört und gesehen, um mich von seinesgleichen fernzuhalten.«

»Was hast du gehört?«, frage ich neugierig. Weder mein Großvater noch meine Eltern haben mir alle Einzelheiten darüber erzählt, wie er im Tartarus gelandet ist, nur dass er reingelegt wurde. Als ich sie darauf ansprach, wer es war, sagte man mir, ich sei zu verdammt jung. Dann sind sie mir verdammt noch mal weggestorben, und ich stand mit zu vielen Fragen und nicht genug Antworten da.

Joe bewegt sich unbehaglich, während ich ihn aufmerksam beobachte und darauf warte, dass er mir sagt, was er weiß.

»Dein Großvater galt nicht bei allen als anständiger Mensch.« Seine Finger gleiten über den Rand seines nun leeren Glases. »Er war in alle möglichen illegalen Aktivitäten verwickelt - Diebstahl, Schlägereien, er verletzte jeden, der ihm im Weg stand, tat, was auch immer nötig war. Er war so zwielichtig wie nur möglich, und er arbeitete mit jemandem zusammen, der genauso zwielichtig war.«

»Wem?«, frage ich ungeduldig und denke an ihn, wie er mit dieser blonden Frau am Tisch sitzt.

Joe zuckt mit den Schultern. »Ich weiß nicht, mit wem. Wie ich schon sagte, hielt ich mich fern. Aber die meisten wussten, dass er eine Art Schläger in der Stadt war, und jedes Mal, wenn etwas Schreckliches passierte, war er irgendwie darin verwickelt. Aber das ist schon sehr lange her.« Er hält inne, sein Blick trifft meinen direkt. »Mein Sohn, er wurde in den Tartarus geworfen ... vielleicht hat er bekommen, was er verdient hat.«

»Ein Leben in der Hölle für ihn und seine Familie scheint ein hoher Preis dafür zu sein, dass er gestohlen oder einige Leute verprügelt hat. Soweit ich weiß, war er in die Einfuhr illegaler Waren verwickelt. Vielleicht waren es Drogen oder so, aber was auch immer passiert ist, er wurde von jemandem verraten. Sein Geschäftspartner war mein erster Gedanke, aber ich habe keine verdammte Ahnung, wer das war. Er hat nie von einem Partner gesprochen.«

»Junge, es ist besser, nicht in der Vergangenheit zu wühlen.« Joe kichert düster und stöhnt dann, als er sich aufrichtet. »Es könnte dir nicht gefallen, was du findest.«

Ich schlucke schwer, mein Kiefer krampft sich zusammen.

Er stützt sich mit einer Hand auf den Tisch, dann geht er weg und verlässt die Bar. Verwirrt bleibe ich sitzen. Ich lehne mich zurück, der Stuhl knarrt unter der Verlagerung meines Gewichts, und der Raum fühlt sich plötzlich eng an.

Ich habe keinen Zweifel daran, dass die Geschichte meines Großvaters noch mehr zu bieten hat, und ich weiß, dass die Antwort zum Greifen nahe ist. Ich muss nur wissen, wo ich suchen muss.

Als ich die Bar verlasse, geht mir die neue Information durch den Kopf - mein Großvater hatte einen Komplizen, möglicherweise genau die Person, die ihn verraten hat. Es sind immer die, die einem am nächsten stehen, die die schärfsten Messer schwingen, nicht wahr? Ich muss mehr Leute wie Joe finden und tiefer graben. Er kann nicht das einzige Relikt aus dieser Zeit sein, das noch in der Stadt herumläuft.

Ich wandere die Straße hinauf, wo sich malerische Geschäfte aneinanderreihen. Der Ort ist überraschend modern, weit entfernt von der rückständigen Welt, die ich mir in meiner Jugend vorgestellt hatte, als ich in den Gefängnismauern Geschichten hörte. Hier, im Haus des Goldes und des Granats, einem der wohlhabendsten Viertel, ist Magie so alltäglich wie Dreck und wird eingesetzt, um alle Annehmlichkeiten des Lebens zu ermöglichen, egal was es kostet.

Als ich mich durch die ruhigen Straßen bewege, fällt mir eine Bewegung in einer schattigen Gasse zwischen zwei Gebäuden auf. Ich bleibe stehen und schaue in das schwache Licht. Da ist Asher, der seinen Fuß auf die Brust eines Mannes gepflanzt hat.

»Ich sagte doch, dass ich dich wiederfinde«, scherzt er, als er mich erblickt.

Ich grinse und trete näher. »Du hast immer noch Spaß, wie ich sehe.«

»Ich habe mich sehr amüsiert, wie ich es mir vorgenommen habe.« Sein Lachen schneidet durch die kühle Luft, sein dunkles Haar flattert mit der Bewegung. »Es war der absolute Wahnsinn. Die Freiheit zu jagen ist alles.« Er blickt auf den Mann unter seinem Stiefel hinunter, der vor offensichtlichen Schmerzen stöhnt, das Gesicht blutverschmiert, die Augen vor Schmerz oder Angst geschlossen, vielleicht beides. Er ist in schlechter Verfassung. »Diese Wichser haben mich beschäftigt und unterhalten.«

Asher lächelt, er sprüht geradezu vor Energie. Er liebt seine Jagden, genau wie damals im Tartarus.

»Du wirst diese Söldner ausrotten.« Ich kichere.

Sein Lachen dröhnt und hallt zwischen den engen Wänden wider. »Das werde ich. Lieber ein Wächter aus der Hölle als ein flatterndes Engelchen. Jedenfalls war dieser Idiot dir auf den Fersen, also habe ich mich um ihn gekümmert.«

Der Mann, der mit Ashers Fuß niedergestreckt wurde, versucht etwas zu murmeln, während er Blut spuckt, aber ein scharfer Blick von uns bringt ihn zum Schweigen. Er ist einer von vielen Söldnern, die uns für Freiwild halten, weil wir ihr Gebiet betreten haben, und sie haben uns wie Ameisen umschwärmt.

»Komm, lass uns hier verschwinden«, sagt Asher. »Gibt es Fortschritte bei deinem Großvater?«

»Kleine Schritte, aber ich werde es schaffen, auch wenn ich das ganze verdammte Land durchkämmen und mit jeder einzelnen Person sprechen muss.«

Asher blickt nach unten und stellt fest, dass der Mann ohnmächtig ist, aber noch atmet. Wir lassen den Söldner zurück. Vielleicht überlegt er es sich zweimal, bevor er wieder hinter uns her ist.

Wir schlängeln uns durch die Seitengassen der Stadt und hören Stimmen in der Ferne. Asher erwähnt einen vorübergehenden Ort, den er für sich gefunden hat. Er ist abgelegen und klingt wie ein Ort, an dem ein Mann untertauchen würde, wenn es nötig wäre.

Meine Gedanken schweifen immer wieder zu Sasha zurück ... ihr feuriger Geist, das Funkeln in ihren Augen, die Art, wie sie sich an mich schmiegt ... Schließlich platze ich damit heraus, weil ich es nicht für mich behalten kann.

»Ich habe meine Schicksalsgefährtin gefunden.«

Asher hält mitten im Satz inne, und sein Gesichtsausdruck wechselt im Nu von beiläufigem Interesse zu Schock. »Du verdammter Glückspilz.«

»Ja«, sage ich, während das Wort zwischen uns steht.

»Also, verdammt, Mann! Das ist riesig!« Er klopft mir auf die Schulter, ein kräftiges, bestätigendes Klopfen. »Und ich dachte schon, wir halten uns zurück und gehen auf die Söldner los.«

»Das dachte ich auch«, gebe ich zu und zucke leicht mit den Schultern. »Aber sie ist mir geradewegs in die Falle gelaufen ... buchstäblich.«

Asher lacht, und das Geräusch dröhnt um uns herum. »Nur du konntest deine Gefährtin finden, weil sie in eine deiner Fallen gestolpert ist.«

»Ich habe noch nie so auf jemanden reagiert.«

»Du lässt sie doch nicht gehen, oder?« Ashers Ton wird ernst. »Sie ist bereits bei dir eingezogen?«

Ich seufze. »Noch nicht, aber das ist der Plan. Sie weiß es nur noch nicht. Irgendetwas an ihr bringt mich dazu, die Dinge zu überstürzen, als ob ich sie jetzt in meinem Leben bräuchte!«

Sein Grinsen ist heftig, ein anerkennender Blick.

Als sein Lachen verklingt, schießt mir ein Gedanke durch den Kopf, eine Idee, die mir helfen könnte, die Dinge mit meiner Schicksalsgefährtin zu regeln, ohne sie zu verschrecken. Ich tue ihr sozusagen einen Gefallen.

Ich wende mich an Asher und frage: »Lust auf eine Schnitzeljagd?«

Sein Blick glänzt vor Interesse. »Was schwebt dir vor?«

»Es gibt jemanden in der Stadt, den wir finden müssen. Wir haben nur einen Namen und die Tatsache, dass er in letzter Zeit bei meiner Wohnung herumgeschlichen ist.«

Sein Grinsen wird breiter, der Nervenkitzel der Jagd bringt sein Blut bereits in Wallung. »Ich werde seine Fährte aufnehmen!«

»Perfekt.« Ein vertrauter Adrenalinstoß, den ich früher im Tartarus spürte, durchflutet mich. Dieser Nervenkitzel, diese Vorfreude auf die Jagd, das ist Teil meines Wesens. »Lass uns ihn aufscheuchen.«

SASHA

Kaum wach, reibe ich mir die Augen, als ich frühmorgens zur Tür hinausgehe und der Anblick vor mir mich aufschreien lässt.

Genau dort, am Fuße der drei Stufen, die zu meiner Hütte führen, liegt ein Mann, gefesselt, geknebelt und grummelt durch das Tuch in seinem Mund. Sein Gesicht ist voller blauer Flecken, seine Kleidung ist blutverschmiert, und er liegt auf dem Bauch, die Hand- und Fußgelenke sind hinter dem Rücken gefesselt.

»Oh Götter!«

Zuerst bin ich wie erstarrt, weiß nicht, was ich sagen oder tun soll, und versuche, zu begreifen, was um alles in der Welt passiert ist. Dann eile ich die Treppe hinunter, um ihm zu helfen, aber bevor ich ihn erreichen kann, stürzt Chowder aus dem Haus und legt neugierig den Kopf schief.

»Wer hat ihn uns überlassen?«, fragt er in seiner winzigen Weste und stellt sich auf seine Hinterbeine. Alles, was ihm fehlt, ist eine Detektivmütze, damit er auch wirklich so aussieht. Er schnüffelt an dem Mann herum und fügt hinzu: »Wer sollte ihn in die Falle locken?«

Das ist eine gute Frage, doch mein Verdacht geht direkt in Richtung Kaden ... offensichtlich mein Schicksalsgefährte, der eine verrückte Ader zu haben scheint. Etwas, womit ich immer noch nicht klarkomme.

Meine Brust spannt sich an, und in meinem Magen kribbelt es, als ich mich an die Begegnung von neulich erinnere. Der Schlaf blieb mir in dieser Nacht versagt, weil ich mich hin und her wälzte, verzehrt von dem Gedanken, dass ich vielleicht tatsächlich meinen Schicksalsgefährten gefunden habe. Der Gedanke erregt und erschreckt mich zugleich.

Ich frage mich, ob sich diese intensiven Gefühle beruhigen werden, wenn ich mich von ihm fernhalte. Eventuell wird die tiefe Sehnsucht nach ihm in meiner Brust irgendwann abklingen. Die Anziehungskraft auf ihn ist anders als alles, was ich je gefühlt habe, mächtig, eindringlich. Es verlangt meine Aufmerksamkeit und lässt sich nicht wegdrücken.

Und jetzt das. Ich starre auf den gefesselten Mann hinunter ... Hatte Kaden etwas damit zu tun? Ich schüttle den Kopf. Nein, das würde er nicht tun. Oder doch?

Ich hocke mich neben den Mann und ziehe ihm den Knebel aus dem Mund. Er keucht und stöhnt laut auf.

»Scheiße!«, spuckt er aus und zappelt. »Binde mich los, sofort!« Der Blick aus seinen blauen Augen, die mir irgendwie bekannt vorkommen, huscht hektisch unter den dunklen Strähnen seines Haares herum.

Moment, ich habe sein Gesicht definitiv schon einmal gesehen. In diesem Moment stürmt es wie ein Tsunami auf mich ein - aus den Missionsakten der Arbeit.

»Wie heißt du?«, frage ich sofort.

Er gibt ein grunzendes Geräusch von sich, als würde er versuchen, sich zu räuspern. »Was zum Teufel hat das mit irgendetwas zu tun. Mach diese Fesseln ab!«

»Nein. Ich brauche einen Namen.«

»B ... Belu, bist du jetzt glücklich, verdammt? Jetzt hilf mir«, spuckt er fast die Worte aus.

»Belu Jonsyn?«, frage ich.

Der Blick des Mannes bohrt sich in mich, und in seinem Kopf geht eindeutig eine Glühbirne an, dass ich genau weiß, wer er ist. Dann versucht er, sich umzudrehen, was ihm nicht gelingt, und er brüllt vor Schmerzen.

Chowder klettert nun auf Belus Rücken und schnüffelt an den Seilen, mit denen der Mann gefesselt ist. Sofort springt er auf dessen Hinterkopf und streichelt ihn mit seinen kleinen Pfoten.

»Was zum Teufel ist auf meinem Kopf? Nimm es weg, nimm es verdammt noch mal weg von mir!«, schreit Belu, strampelt herum und versucht, Chowder abzuschütteln. Aber mein kleiner Otter hält sich fest und packt ihn an den Haaren, als wäre er ein Torero.

»Warum ist der Mann gefesselt?«, fragt er etwas lauter, um das Wimmern des Mannes zu übertönen.

»Ich nehme an, er ist hier, damit ich ihn finde«, murmle ich. Ich bin mir ziemlich sicher, dass ich weiß, wer dafür verantwortlich ist, und ich presse die Lippen zusammen, weil es meine Schuld ist, dass ich mein fettes Maul in Kadens Gegenwart geöffnet habe.

Belu flippt immer noch aus, und ich schaue ihn an.

»Hey, hey«, sage ich und schnippe mit den Fingern. »Konzentrier dich jetzt. Im Ernst, rede mit mir. Wer hat dir das angetan? Wer hat dich hierhergebracht?«

Er brummt etwas Unverständliches und versucht immer noch, Chowder zu verdrängen, der lässig von ihm herunterhüpft.

»Ich weiß es nicht, verdammt«, schnappt Belu zitternd. »Zwei Psychopathen haben sich auf mich gestürzt und mich dann gezwungen zu rennen, damit sie mich durch den Wald jagen konnten. Sie waren verrückt, und ich sah mein Leben vor meinen Augen vorbeiziehen. Sie haben mich gezwungen, die ganze verdammte Nacht vor ihnen wegzulaufen!«

Zwei Männer? Meine Gedanken rasen. Vielleicht war es nicht Kaden? Aber niemand außer meinem Chef weiß, dass ich Belu jage. Könnte es Kaden mit einem Freund gewesen sein? Ich bin dankbar, dass er mir geholfen hat, mein Ziel zu fangen, aber auch verärgert, dass er es gewagt hat, sich einzumischen. Belu war mein Anspruch.

Ausatmend hebe ich Chowder hoch, kuschle mich an ihn und küsse seinen Kopf. »Du bist ein toller Detektiv«, murmle ich und gehe mit ihm zurück ins Haus.

»Hey, lass mich nicht einfach hier draußen«, schreit

Belu hinter mir. »Ich habe dir gesagt, was du wissen wolltest.«

»Immer mit der Ruhe«, rufe ich über meine Schulter.

Chowder kuschelt sich an mich und fragt dann: »Warum riechen die Seile nach einem anderen Meer?«

Ich blinzle auf seine Frage hin. Er hat etwas an Belu gerochen, das ist sicher. Und so sehr ich auch weiß, dass Belu ein Meerjungmann ist, Chowder hat etwas anderes an Belu gerochen. Eher wie jemand anderes, wie Kaden vielleicht, der auch den Geruch des Ozeans in sich trägt.

Ich setze Chowder auf der Couch ab und hole meinen Taser vom Esstisch, denn ich denke, dass ich Belu mit ein wenig Einschüchterung in mein Auto und an meinen Arbeitsplatz bringen muss. Dort kann ich ihn offiziell abliefern und den Fall abschließen.

Es hat etwas Befriedigendes, meinem Chef zu beweisen, dass ich eine Mission erfüllen kann, obwohl ein Teil von mir das Gefühl hat, dass es Betrug ist. Andererseits bin ich keine, die einem geschenkten Gaul ins Maul schaut. Ich marschiere nach draußen, den Taser in der Hand, und nähere mich Belu mit einer neu gewonnenen Entschlossenheit.

»Es ist Zeit, sich zu bewegen«, sage ich entschlossen, hebe meinen Taser und lasse ihn in meiner Hand losgehen, sodass er ihn sehen kann.

Er zuckt daraufhin zusammen.

»Wirst du jetzt brav sein, wenn ich die Fesseln abnehme?«

»Gegen ein Versprechen«, platzt er heraus. »Ich will

diese beiden Wichser nie wieder in meiner Nähe haben!«

»Abgemacht. Und jetzt renne nicht weg, erwähne es gegenüber niemandem, und du wirst sie nie wieder sehen.« Das Letzte, was ich brauche, ist, dass mein neuer Boss mich nach den beiden Jägern fragt, die Belu die ganze Nacht gequält haben.

»Gut, verdammt gut, binde mich einfach los. Die Seile tun höllisch weh.«

Ich setze ihn auf den Beifahrersitz, fessle ihn an den Knöcheln und Handgelenken und befestige ihn mit einem Seil an der Tür, dann setze ich mich auf den Fahrersitz. Und wir fahren los, obwohl er ständig vor sich hinmurmelt. Was zum Teufel hat Kaden letzte Nacht mit diesem Mann gemacht?

Ich denke nach wie vor an Kaden, weil ich keinen Zweifel daran habe, dass er involviert ist. Er hat diese Intensität an sich, jemand der er sein Wort hält, wenn er sich zu etwas verpflichtet, egal was die Konsequenzen sind.

Ich konzentriere mich auf die Straße, die vor mir liegt, und bin bereit, Belu an die Behörden zu übergeben.

Es sieht so aus, als ob dieser Morgen schon jetzt alles andere als gewöhnlich ist, und irgendwie habe ich das Gefühl, dass es von jetzt an nur noch verrückter wird.

Offensichtlich hat mir die Verhaftung von Belu Pluspunkte eingebracht, denn mein Boss hat mir einen dringenden Fall übergeben. Der letzte Kopfgeldjäger wurde verprügelt, und jetzt bin ich an der Reihe, den Übeltäter zu fassen, einen Selkiewandler namens Moore. Mein Chef schlug Verstärkung vor, aber nachdem die Sache mit Scout so schlecht ausgegangen ist, habe ich darauf bestanden, allein zu gehen.

Hier bin ich also und schleiche durch den hinteren Teil eines schäbigen Motels. Die Umgebung hier bringt mich dazu, meine Habseligkeiten immer wieder in meiner Gesäßtasche zu überprüfen. Der Flur riecht nach Müll und etwas Chemischen, dass in der Nase brennt, mit einem Funken Magie - wahrscheinlich Drogen -, aber ich räume nicht die Scheiße von irgendjemand anderem auf. Ich muss nur Moore finden.

Die Zahl der übernatürlichen Wasserwesen, die in dieser Stadt am Meer auftauchen, ist faszinierend.

Wie Motten zum Licht oder Selkies zu einer Küste.

Ich grinse über meinen eigenen Scherz.

Endlich erreiche ich mit klopfendem Herzen seine Wohnungstür im Erdgeschoss und atme tief ein. Den Taser in der einen Hand, die Kopfgeldjäger-Marke in der anderen, klopfe ich mit den Fingerknöcheln kräftig gegen die Tür. Dann hängen meine Hände an den Seiten, um den Taser vorerst zu verbergen, und ich setze mein bestes freundliches Nachbarschaftslächeln auf.

Zwei Klopfzeichen später schwingt die Tür auf und gibt den Blick frei auf eine Frau, vielleicht neunzehn oder zwanzig Jahre alt, nur mit rosa Unterwäsche und einem dünnen weißen Tank-Top bekleidet, das nichts verdeckt. Ihre Augen sind glasig, ihr Körper schwankt, als würde sie gleich umfallen. Sie ist definitiv high von irgendetwas.

Das Zimmer hinter ihr ist eine Katastrophe. Überall liegen verstreute Klamotten, eine Matratze liegt auf dem Boden, die schon bessere Tage gesehen hat, und alles ist unordentlich.

»Ist Moore drinnen?«, frage ich schnell.

Das Mädchen blinzelt mich an, Misstrauen steht auf ihrem Gesicht, während sie gähnt. »Wer zum Teufel will das wissen? Ich hoffe, du bist nicht eins der Mädchen, das er fickt, denn ...«

Ich unterbreche sie, indem ich meinen Ausweis hebe, und augenblicklich weiten sich ihre Augen. Als hätte sie eine plötzliche Energiereserve gefunden, schreit sie über ihre Schulter, während sie mir die Tür vor der Nase zuschiebt: »Moore, sie haben dich gefunden.«

Scheiße!

Ich stoße die Tür mit der Schulter auf und sehe, wie die Frau zurückweicht, ihr Gesicht ist blass wie Milch. In diesem Moment stürmt ein dünner Mann, der nur mit einer Hose bekleidet ist, aus der Küche tiefer in die Wohnung. Mein Puls beschleunigt sich, als ich ihm hinterher sprinte, Adrenalin beflügelt meine Jagd.

Er rutscht fast auf einem Magazin aus, als er sich auf ein Fenster stürzt und es mit solcher Wucht aufschlägt, dass ein Scharnier abbricht. Er klettert hinaus, er ist schnell, aber ich bin schneller.

Ich stecke meinen Taser und meinen Ausweis weg und stürme wie eine Rakete nach vorne, klettere durch das Fenster und springe auf den Rasen vor dem Haus. Ich sehe, wie er um die Ecke des nächsten Wohnhauses biegt, und stürme hinter ihm her. Ich finde ihn, wie er versucht, eine verschlossene Tür zu öffnen.

»Hey, wir müssen das nicht auf die harte Tour machen! Stell dich einfach.« Atemlos stürme ich weiter, weiche umgestürzten Mülltonnen aus und schlittere näher an ihn heran.

Er dreht sich zu mir um, die Verzweiflung steht ihm ins Gesicht geschrieben, während er den eingezäunten Hof absucht, und erkennt, dass es keinen anderen Ausweg gibt als an mir vorbei, es sei denn, er klettert über den hohen Zaun.

Plötzlich stürmt er wie ein Wahnsinniger auf mich zu.

Ich werfe mich nach vorn, weiche seinem schwingenden Arm in letzter Sekunde aus, peitsche herum und verpasse ihm einen schnellen Tritt in die Kniekehlen.

Er stolpert leicht, und zum Glück fängt ihn die Gebäudewand ab. Bevor er wieder ganz auf die Beine kommt, nutze ich den Moment aus. Mit einer fließenden Bewegung drehe ich mich zu ihm herum, meinen Taser bereits in der Hand, und mit einem entschlossenen Stoß ramme ich in ihn hinein und drücke ihn gegen das Gebäude. Sein Rücken schlägt mit einem dumpfen Aufprall gegen den Ziegelstein, und er zuckt zusammen, weil er von meiner Wucht überrascht wurde.

Mit einer Hand drücke ich ihm die Kehle zu, mein Nixengriff ist eisern, seine Haut rötet sich bereits, während er nach Luft schnappt. Der Taser ist fest gegen die Hose über seinen Eiern gepresst.

Er strampelt, die Hand halb erhoben, bereit, mir ins Gesicht zu schlagen.

»Denk nicht mal dran«, zische ich und stoße die Waffe fester gegen seine Juwelen. »Hast du dich jemals gefragt, was passiert, wenn deine Eier getasert werden? Das wirst du gleich herausfinden, wenn du nicht genau tust, was ich sage.«

Er schneidet eine Grimasse, während er seine Hand senkt.

Selbst in meiner menschlichen Gestalt kann ich die Kraft meiner Meerjungfrauen-Seite nutzen und ihn mit größerer Leichtigkeit an die Wand drücken. In solchen Momenten frage ich mich, wie viel stärker ich wäre, wenn ich einige der Wolfsmenschen-Fähigkeiten meines Vaters hätte. Für meinen Job wünschte ich, ich hätte sie an manchen Tagen, aber ich habe sie nicht.

Ich lockere meinen Griff um Moores Kehle nur ganz leicht, damit er atmen kann.

Gerade als ich Moore fest an die Wand gedrückt habe und mich anschicke, ihm Handschellen anzulegen, fällt ein Schatten auf mich. Mein Herz schlägt mir bis zum Hals, weil ich befürchte, dass sich jemand auf mich stürzen will. Ich zucke zusammen und drehe meinen Kopf in die Richtung, um mich vor dem zu schützen, was als Nächstes passieren wird. Anstatt einer Konfrontation sehe ich ihn ...

Ich rolle heftig mit den Augen. »Verfolgst du mich etwa?«

Kaden lehnt lässig am Gebäude neben uns, den Ellbogen aufgestützt, als würde er nur eine interessante Straßenperformance beobachten. Ein sündiges Grinsen umspielt seine Lippen, während die Schmetterlinge in meinem Bauch Purzelbäume schlagen und meine Knie wackeln.

»Hallo, Gefährtin!«, sagt er mit dieser dunklen Stimme.

Dieses Wort, Gefährtin überrollt meine Gedanken. Der Mann, mit dem ich zusammen sein soll, ist ein riesiger Kerl, der allein durch seine Anwesenheit mein Inneres zum Schmelzen bringt. Ich kann nicht länger auf seine sich kräuselnden Lippen starren.

»Geh weg«, schaffe ich zu sagen, lasse Moores Kehle los und greife nach den Handschellen an meinem Gürtel, während ich ihn weiterhin mit meinem Taser festhalte.

»Ich liebe diese dunklere Seite von dir. Sie steht dir gut.«

Die Spannung, die Erregung, die in seiner Gesellschaft sofort erwacht, verlässt meinen Körper nicht ganz, sondern Irritation flammt auf.

»Das ist nicht der richtige Zeitpunkt, Kaden«, schnauze ich, obwohl ein Teil von mir die Belustigung in seinen azurblauen Augen nicht ignorieren kann. Ich halte meinen Taser fest auf Moores Eier gedrückt, aber er beäugt Kaden misstrauisch.

»Wer zum Teufel ist das?«, stöhnt er.

Ich werfe Kaden einen kurzen Blick zu, während ich meine Handschellen nehme.

»Tu einfach so, als ob ich nicht hier wäre«, antwortet Kaden. »Ich beobachte nur meine wunderschöne Gefährtin bei der Arbeit«, scherzt er, dann wendet er sich mit ernsterem Ton an mich. »Das ist also dein Job? Bösewichte fangen, ja? Deshalb hast du nach Belu gesucht?«

Seine Worte lösen eine scharfe Reaktion in mir aus, und die Erinnerung daran, wie ich Belu an jenem Morgen gefesselt auf meiner Türschwelle fand, schießt mir durch den Kopf.

»Das warst du, nicht wahr? Du hast ihn geschnappt und vor meiner Haustür abgeladen«, schimpfe ich mit fester Stimme.

Sein Grinsen wird breiter und bestätigt meinen Verdacht ohne ein Wort. Trotz der Wut, die mich durchströmt, spitzen sich seine Lippen leicht, als wolle er etwas sagen, doch er tut es nicht. Die Brise, die seinen Duft zu mir trägt - das Meer in einem Sturm, unbestreitbar männlich - lässt mich unwillkürlich tief einatmen, und mein Körper spannt sich trotz der Situation mit einem unerträglichen Bedürfnis an.

In diesem Moment stößt Moore mich hart an und stürmt über den Hof auf den hohen Metallzaun zu. Ich stolpere zurück, aber Kadens Arm ist viperschnell und legt sich um meinen Rücken, um mein Gleichgewicht zu halten.

»Scheiße, sieh nur, was du getan hast«, knurre ich Kaden frustriert an und stoße mich von ihm ab.

»Ich?« Kade täuscht trotz seines bösen Lächelns

Unschuld vor. »Ich bin unwiderstehlich, und ich weiß nicht, warum du gegen das Schicksal ankämpfst.«

Ich habe keine Zeit zum Diskutieren. Ich sprinte Moore hinterher und erreiche ihn gerade, als er sich gegen den Zaun wirft. Diesmal zögere ich nicht - ich hebe meinen Taser und schieße ihm direkt in den Hintern. Er kläfft auf und fällt auf die Seite, rollt sich zusammen, zittert und gibt seltsame Geräusche von sich. Als der Stromkreislauf fünf Sekunden später endet, bricht er zu Boden, immer noch zitternd und stöhnend.

»Ich habe dir gesagt, wenn du dich mit mir anlegst, gebe ich dir einen Elektroschock«, sage ich, beuge mich vor und ziehe den Taser heraus. Er schreit auf, und ja, es tut weh, aber es wird schnell genug heilen. Ich stoße ihn mit meinem Fuß in die Seite. »Wirst du dich jetzt benehmen?«

Er stöhnt und umklammert seinen Hintern, und Kaden tritt mit einer Grimasse näher.

»Oh, du bist wirklich düster, nicht wahr?«, sagt er fast bewundernd. »Ich bewundere das an dir.«

Laut ausatmend sammle ich die Schnüre mit den Zacken ein und wickle sie um den Taser. Ich werde die Patrone im Auto austauschen. Ich stecke meinen Taser ein und schaue Kaden mit einem ernsten Blick an. Dann beuge ich mich hinunter und fessele Moore die Hände auf den Rücken.

»Manchmal muss man im Dunkeln tappen, um den Job zu erledigen«, antworte ich, während mein Atem von der Verfolgungsjagd noch immer bebt.

»Und diese Art von Arbeit macht dir Spaß?«, fragt er und zieht eine seiner dicken Augenbrauen hoch.

»Das ist das, was ich gut kann und wovon ich die Rechnungen bezahle«, antworte ich ehrlich und lege einen Arm unter Moores Arm, um ihn hochzuziehen. Als Moore sich aufzurichten versucht, ist Kaden plötzlich an seiner Seite, packt ihn an den Haaren und zieht ihn mit Leichtigkeit auf die Beine.

Moore stöhnt und zuckt bei dem harten Griff zusammen.

Kaden lehnt sich dicht an sein Gesicht heran. »Heute ist dein Glückstag, Kumpel. Wenn du noch einmal die Hand gegen meine Freundin erhebst oder sie nicht respektierst, indem du nicht tust, worum sie dich bittet, werde ich dir dein verdammtes Rückgrat herausreißen.« Dann gibt er Moore einen herablassenden Klaps auf die Schulter. »Alles klar?«

Moores Augen weiten sich, sein Gesicht verliert an Farbe, während er energisch nickt.

»Das musst du nicht tun«, sage ich, aber Kaden lächelt nur.

»Ich werde mich nie zurückhalten, wenn ich sehe, dass dich jemand schlecht behandelt.«

Es ist schwer, es zu hassen, um ehrlich zu sein. Vor allem, wenn ein Sturzbach der Erregung in meiner Brust brodelt, als ich sein schützendes Versprechen höre.

»Okay, gehen wir«, schaffe ich zu sagen, halte Moore fester am Arm und ziehe ihn in Richtung Hauptstraße. Mein Auto ist auf der anderen Straßenseite geparkt.

Kaden schreitet neben mir her, und ich spüre seinen Blick auf mir, wie er mich analysiert und studiert.

»Du hast eine wilde, kriegerische Seite, die ich bewundere«, kommentiert er, als würde mir seine Zustimmung etwas bedeuten. »Sie wird mir bei der Zucht von großem Nutzen sein.«

Ich schnappe nach Luft, während Moore ein Kichern ausstößt. Ich werfe Kaden einen finsteren Blick zu und erwarte, dass er grinst, aber er meint es völlig ernst.

»Sag so einen Scheiß nicht, niemals!« Ich schüttle ungläubig den Kopf, als ich mein Auto erreiche, reiße die Hintertür auf und stoße Moore hinein, bevor ich sie zuschlage. Die Schlösser rasten ein, sodass er die Türen nicht von innen öffnen kann.

Was zum Teufel denkt sich Kaden? Ich sage mir ständig, dass ich keinen Schicksalsgefährten haben kann und nicht riskieren kann, eine Sirene zu werden und ihn zu töten, aber er redet von Fortpflanzung. Hat er seinen Verstand verloren? Nach Luft ringend drehe ich mich zu Kaden um, und er steht direkt hinter mir.

»Warum nicht? Es ist die Wahrheit.«

Instinktiv drücke ich meine Hände gegen seine Brust, um ihn zurückzudrängen, aber in dem Moment, in dem wir uns berühren, durchfährt mich ein elektrischer Schlag. Er rast meinen Arm hinauf und durchbohrt meine Brust, sodass mir der Atem stockt. Ich ertappe mich dabei, wie ich ihn studiere, als ob er alle Antworten auf das Universum in sich trägt.

Es ist der »Schicksalsgefährten«-Effekt, es muss so

sein. Nichts anderes könnte mein Herz so schnell rasen lassen oder meinen Körper so heftig auf seine Nähe reagieren lassen. Die Intensität des Gefühls lässt mich für einen Moment hilflos zurück, so als könne nur er mich retten.

Er kommt näher, drückt mich gegen die Seite des Wagens, sein Körper ist kurz davor, sich an meinen zu pressen, und ich bin der Idee eigentlich nicht abgeneigt. Sind das meine Gefühle oder die blühende Anziehung, die das Schicksal zwischen uns weckt?

Kaden bemerkt die Veränderung in meinem Gesichtsausdruck, auch sein Gesicht wird weicher.

»Ich weiß, es ist viel«, murmelt er, seine Stimme ist ein leises Grollen, das in mir zu vibrieren scheint. »Aber wir müssen das nicht alles heute klären. Alles, was du tun musst, ist zu akzeptieren, dass wir jetzt zusammen sind und zu mir in meine Villa zu ziehen.«

Seine Worte, die beruhigend wirken sollen, machen den Knoten in meinem Magen nur noch fester.

»Warum sollte ich bei dir einziehen?«, frage ich, und meine Stimme ist fester, als ich mich innerlich fühle. Die Hälfte der Zeit in seiner Nähe versuche ich, mich zu konzentrieren und mich nicht von den Gefühlen ablenken zu lassen, die er in mir auslöst, die mich anstarren und mich vor unerträglichem Verlangen schwirren lassen.

Sein Nasenrücken rümpft sich. »Weil du meine Schicksalsgefährtin bist, Sasha. Ich werde nicht ohne dich leben«, sagt er, als wäre es das Selbstverständlichste der Welt.

Er ist jetzt näher dran, sein warmer Atem streichelt mein Gesicht. Ich atme tief ein, und sein frischer, männlicher Meeresduft umhüllt mich - so berauschend, dass ich auf der Stelle schwanke. Bei jeder seiner Bewegungen spüre ich die Härte seiner Muskeln. Ich recke meinen Hals zurück, um seinem Blick standzuhalten. Er steigt vom Bordstein herunter, seine Beine spreizen sich über meine, sodass er in der Höhe leicht abfällt, um mich zu berühren.

Meine Hände liegen auf seiner Brust, die Muskeln bewegen sich unter meiner Berührung, und ich bin wie hypnotisiert. Ich hatte schon viele Freunde, aber keiner war so groß und gut gebaut wie Kaden. Ich sollte mich zurückziehen. Stattdessen versage ich auf spektakuläre Weise und blicke in seine Augen, die aufgewühlt wie die tiefsten Stellen des Ozeans sind und mich in ihren Bann ziehen.

Ich kann fast glauben, dass ich mich auf dem Meer befinde, wenn ich ihm so nahe bin, als wäre er der Inbegriff des großen Meeres selbst. Ich habe noch nie jemanden getroffen, der eine so starke Verbindung zum Meer hat.

»Was bist du?«, frage ich mit Herzrasen und einem Kribbeln im Bauch. Mir wird klar, dass ich immer noch keine Ahnung habe, was für ein übernatürliches Wesen er ist.

Sein Finger hebt sanft mein Kinn an, neigt meinen Kopf nach hinten, und seine Lippen finden, ohne zu zögern meine. Bei seinem Kuss bricht die Welt plötzlich zusammen. Er bricht wie Wellen über mich herein, nimmt meine Sinne in Beschlag, atmet jeden Zentimeter von mir ein. Meine Zehen krümmen sich in meinen Stiefeln. Die Kraft, die er ausstrahlt, ist intensiv und es ist unmöglich, ihr zu widerstehen. Als sich unsere Lippen synchron bewegen, kann ich nicht anders, als den Kuss zu erwidern. Ein Teil von mir gibt sich ihm hin, gibt der Anziehungskraft nach, gegen die ich so hart gekämpft habe.

Ich fahre mit meinen Händen durch sein Haar, während sich seine riesigen Arme um mich schlingen und mich von den Füßen heben, oder vielleicht fühlt es sich auch nur so an, als würde ich schweben. In diesem Stadium ist es wirklich schwer, zu sagen, denn jede Faser meines Wesens ist erleuchtet. Das Feuer entflammt in mir und brennt zwischen meinen Schenkeln, während unsere Lippen aufeinandergepresst sind und wir uns küssen, als ob wir ausgehungert wären.

Er leckt mir über die Lippen, bevor er in meinen Mund eindringt, und es ist so verdammt sexy, an seiner Zunge zu saugen. Ich stöhne, werde weicher und werde mit einem Knurren belohnt, das in seiner Kehle vibriert, die Art, die mich völlig hoffnungslos und seiner Gnade ausgeliefert macht.

Er zieht sich gerade so weit zurück, dass er mir wieder in die Augen sehen kann, seine Stirn liegt an meiner.

»Siehst du?«, flüstert er mit dieser heiseren Stimme. »Wir sind füreinander bestimmt.«

»Ich bin noch nie so geküsst worden.« Ich hätte diesen Teil nicht laut aussprechen sollen, aber ich treibe immer noch, bin immer noch verloren in seinem

Meer. Trotz all meiner Ängste und Zweifel konnte ich mich in diesem Moment nicht vor der Wahrheit in seinen Worten verstecken. Ich kenne den Kerl kaum, und doch fühlt es sich in diesem Moment so an, als ob ich genau das in meinem Leben vermisst hätte. Mein Widerstand schmilzt noch ein wenig mehr und ich frage mich, ob das vielleicht gar nicht so schrecklich ist und ich es annehmen sollte.

Das laute Klopfen aus dem Auto reißt mich in die Realität zurück. Ich schaue nach unten und sehe Moore, der uns aus dem Auto heraus angrinst, nachdem er offensichtlich mit dem Kopf gegen die Scheibe geknallt ist. Ich löse mich von Kaden, seine Wärme verlässt mich - und ich hasse es, dass ich sie jetzt schon vermisse. Mein Herz rast, dieser unglaubliche Kuss hat mich beinahe in Ohnmacht fallen lassen.

»Okay«, sage ich und spüre, wie sich eine Röte auf meinen Wangen ausbreitet. »Ich muss ihn wegbringen. Ich werde darüber nachdenken, was du gesagt hast.«

Ein spektakuläres Grinsen umspielt seine Lippen, seine weißen Zähne blitzen auf, seine Augenwinkel kräuseln sich. Es ist schwer, sich nicht zu verlieben, wenn der schönste Mann, den ich je gesehen habe, mich so anschaut, vor allem, wenn ich seine Süße noch auf meinen Lippen schmecken kann.

»Wir sehen uns bald wieder, Sasha.« Er geht.

Impulsiv rufe ich ihm hinterher: »Du hast meine Frage nicht beantwortet!«

Er blickt mich an, ein verschmitztes Lächeln

umspielt seine Lippen. »Ich bin überrascht, dass du es noch nicht herausgefunden hast.«

Ich schaue ihn nur starr an und warte auf mehr.

»Ich bin dein Krake, du wunderschöne kleine Meerjungfrau«, sagt er mit einem Augenzwinkern und verschwindet.

Ich stehe nur da und starre ihm hinterher. »Willst du mich verarschen? Nein ... auf keinen Fall«, murmle ich vor mich hin.

Mein letzter Freund behauptete, ein Krake zu sein, die Bestie des Meeres, die jeder fürchtet, und dummerweise habe ich ihm geglaubt - um herauszufinden, dass er nur ein Seepferdchen-Wandler war. Ich weiß, dass die Größe und die Art des Wandlers keine Rolle spielen sollten, aber ich habe es gehasst, dass er mich angelogen hat. Und jetzt das?

»Krake?« Ist es das, was alle Männer heutzutage als Anmachspruch benutzen? Ich schüttle den Kopf, ein sarkastisches Lachen entweicht meiner Kehle. »Ja, klar, Krake. Du könntest mir auch gleich sagen, dass du Poseidon bist«, murmle ich vor mich hin.

Ich schiebe den letzten Rest meines Unglaubens beiseite, öffne die Autotür und lasse mich auf den Fahrersitz gleiten.

Von hinten sagt Moore: »Nette Knutscherei mit dem Teufel«.

»Halt die Klappe«, schnauze ich und starte den Wagen. Der Motor heult auf und übertönt jeden weiteren Kommentar von ihm. Als ich losfahre, bleiben die letzten Spuren von Kadens Duft zurück, eine Erinnerung an den schönsten Kuss, den ich je erlebt habe.

Ob Krake oder nicht, es ist nicht zu leugnen, dass etwas Tiefes und Wildes erwacht ist, aber ich bin mir nicht sicher, ob ich schon bereit bin, in diese Gewässer einzutauchen.

Vor allem, wenn ich herausfinde, dass er mich anlügt.

Ich wache mit dem Verlangen auf, schwimmen zu gehen.

Es ist nicht irgendein Verlangen - es ist alles verzehrend, anders als alles, was ich bisher erlebt habe. Klar, ich habe mich nach Eis und Schokolade gesehnt, vor allem nach Brownies. Wenn ich an meine Lieblingsspeise auf der Welt denke - Karamell-Brownies - wird mir ganz schlecht. Aber dieses Verlangen zu schwimmen ist intensiv, und ich weiß, dass es das Bedürfnis ist, im Salzwasser zu sein ... so wie ich es in den Fjordgewässern war.

Um aber nicht wieder von Asbesta angeklagt zu werden, begnüge ich mich heute Morgen mit frischem Wasser und springe in den Pool hinter meiner Hütte. Ich tauche unter, mein Schwanz treibt mich die ganze Länge des Beckens entlang, und tauche dann weniger als einen Meter vor Chowder auf. Er liegt auf dem Rücken und schlägt mit einem Stein auf eine große Muschel, die er auf seiner Brust balanciert. Ich musste ihm gestern auf dem Heimweg ein paar davon kaufen, weil ich weiß, dass er sie liebt.

Er gibt dieses bezaubernde Zirpen von sich, als würde er glucksen. »Wer will Muscheln?«

»Es ist alles deins«, antworte ich und streichle seinen Kopf. Ich esse keine Meeresfrüchte, aber da ich mit einem Wolfswandler als Vater aufgewachsen bin, genieße ich alle Arten von Fleisch vom Land.

Die Sonne geht auf und überflutet den Himmel mit einem blutorangenen Streifen, die leichte Brise raschelt in den Bäumen hinter meiner Hütte. Während ich im Wasser treibe, verschwindet die Unruhe aus meinem Körper. Ich habe wieder nicht gut geschlafen, weil ich über die gestrigen Ereignisse nachgedacht habe, vor allem über Kaden und seine Bemerkung, ich soll in seine Villa ziehen.

Das war ein Scherz, oder?

Ich kenne ihn kaum, und während wir uns besser kennenlernen, sollten wir getrennt leben. Außerdem schau dir meine Wohnung an. Ich sehe mich in der Umgebung der gemütlichen Holzhütte im Wald um, keine Nachbarn in der Nähe und die Hauptstraße außer Sichtweite. Es ist perfekt für mich. Und Chowder liebt es.

In diesem Moment entdecke ich zwei uniformierte Wachleute, die für die Stadt arbeiten und für die Aufrechterhaltung eines gewissen Maßes an Frieden verantwortlich sind. Aber warum sind sie bei mir zu Hause?

Nachdem sie mich gesehen haben, kommen sie über den Hinterhof auf uns zu. Ich schwimme schnell zum Beckenrand, vor allem, um sie nicht zu blenden, da ich in meiner Meerjungfrauengestalt bin. Ich bin sicher, dass sie meine Art schon einmal gesehen haben, aber das bedeutet nicht, dass ich mich wohlfühle, wenn sie mich anstarren.

Mit ihren finsteren Mienen und dunklen Augen sehen sie nicht freundlich aus. Ich bekomme ein mulmiges Gefühl im Magen.

»Wie kann ich Ihnen helfen, Officers?«, frage ich mit leichter Stimme und fühle mich etwas unbehaglich, da meine Brüste nackt sind, aber ich benutze den Rand des Schwimmbeckens, um mich zu bedecken.

»Sasha Snow?«, fragt der Große.

»Ja, das bin ich«, antworte ich.

»Wir müssen Sie zur Befragung auf die Wache bringen.«

Mein Herz rutscht mir in den Magen. »Wie bitte?«, stottere ich und werfe einen Blick auf Chowder, der genauso verwirrt zu sein scheint, wie ich. Er liegt nicht mehr auf dem Rücken, sondern schwimmt näher an die Wachen heran und beäugt sie misstrauisch.

»Es gibt einen Fall, der Ihre Mitarbeit erfordert.«

»Welcher Fall?« Ich überlege im Schnelldurchlauf, ob das etwas mit dem Fjordvergehen und Asbestas Wächter zu tun hat, der zwei seiner Finger an Chowder verloren hat.

»Weshalb?«, fahre ich ungläubig fort.

»Wir werden Ihnen alles erklären, wenn wir auf dem Revier sind«, antwortet der Beamte. »Sie können freiwillig oder mit Gewalt mitkommen.« Er berührt die Handschellen an seiner Hüfte.

Ich schlucke schwer, bin fassungslos, mein Puls pocht unter meiner Haut, sodass es mir immer schlechter geht.

»Ich habe nichts falsch gemacht«, murmle ich aufgewühlt. »Hören Sie zu, ich muss aus dem Pool raus und mich anziehen. Ich komme mit Ihnen mit, kein Problem. Nur ... können Sie wegsehen?«

Sie schütteln beide unisono den Kopf. Ich mache einen Seufzer, möchte streiten, bin aber nicht in der Stimmung, mich nackt herumschubsen zu lassen. Ich ziehe bereits meine Meerjungfrauengestalt zurück, runzle die Stirn und schwimme zur Treppe. Zumindest gelingt es mir, ihnen ein Seitenprofil von mir nackt zu zeigen, während ich hinausklettere und ihre lüsternen Blicke überall auf mir spüre. Meine Haut kribbelt, als ich eilig nach meinem Handtuch greife und es um mich wickle.

»Ich schätze, Sie kommen mit rein, während ich mir etwas anziehe.«

Sie nicken; natürlich tun sie das. Arschlöcher.

Zähneknirschend rufe ich: »Chowder, lass uns reingehen.«

Er schwimmt schnell hinüber, sein Blick verengt sich auf die Männer. Ich hebe ihn hoch und klemme ihn fest unter meinen Arm. Das Letzte, was ich brauche, ist eine Wiederholung dessen, was mit der letzten Wache passiert ist, die zu meinem Haus kam.

Zehn Minuten später, nach der peinlichsten Anziehsession meines Lebens, bei der ich versuche, das Handtuch um mich herum zu halten, während ich mich anziehe, gehe ich in die Küche. Ich gebe Chowder zusätzliches Futter und schließe ihn im Haus ein, bevor ich von den Beamten zu ihrem Auto geführt werde.

Während der ganzen Fahrt sagen sie kein Wort, und ich löchere sie nicht mit Fragen, weil ich weiß, dass sie nur die Überbringer sind. Aber ich habe keine Ahnung, was zum Teufel hier vor sich geht.

Als ich endlich in der Polizeistation ankomme, wird die Stille fortgesetzt, während man mich hineinführt. Sie geleiten mich durch einen schmalen Gang in einen kleinen, schwach beleuchteten Raum mit einem Tisch und ein paar Stühlen. Eine der Wachen deutet an, dass ich mich setzen soll.

»Warten Sie hier«, sagt er knapp, bevor die beiden mich allein lassen.

Ich falle auf einen Sitz, der Metallstuhl ist kalt, sogar durch meine Kleidung hindurch. Meine Gedanken sind immer noch verwirrt und geraten außer Kontrolle. Was könnten sie nur von mir wollen?

Die Tür öffnet sich, und eine kurvenreiche Frau kommt herein. Sie trägt ein hübsches weinrotes Kleid mit Knöpfen an der Vorderseite, ihr Haar ist zu einem Pferdeschwanz gebunden, und ihr Gesichtsausdruck ist ernst. Sie setzt sich mir gegenüber an den Tisch und faltet die Hände auf dem Tisch.

»Wissen Sie, warum Sie hier sind?«, fragt sie, und ihre dünnen Augenbrauen wölben sich auf ihrem runden Gesicht.

»Keine Ahnung«, antworte ich und lehne mich in meinem Stuhl zurück. »Was ist hier los?«

»Wo waren Sie letzten Mittwochmorgen, kurz vor Mittag?«, fragt sie und kommt gleich zur Sache.

Ich denke an den Tag vor fast einer Woche zurück und kann mich kaum noch daran erinnern, was ich gestern Abend zu Abend gegessen habe. Dann fällt es mir ein - es war der Tag, an dem ich meine erste Mission in Norwegen antrat, als ich in den Fjord eindrang. Der Beginn all meiner Probleme.

»Ich war auf einer Arbeitsmission und habe einen Ort an den Fjorden untersucht. Ist etwas passiert?« Ein Teil von mir fragt sich, ob das alles mit meiner Zeit im Fjord und Asbesta zu tun hat.

»Haben Sie jemanden, der Ihren Aufenthaltsort bestätigen kann?«, fragt der Beamte. »Wir haben mit Ihrer Chefin gesprochen, und sie sagte, Sie seien nach dem Mittag im Büro gewesen, aber davor habe sie nichts von Ihnen gehört.«

»Sie haben mit meiner Chefin gesprochen?« Ich stottere und spüre, wie ein wenig Panik in mir aufsteigt, dass ich gefeuert werde, weil ich die Behörden an meinen Arbeitsplatz gelockt habe, weil ich den Eindruck erweckt habe, dass ich Ärger mache.

Die Frau vor mir starrt mich nur mit großen braunen Augen an, ihr Blick ist ernst.

»Okay, Sie stellen Fragen, die keinen Sinn ergeben«, murmle ich.

Sie beugt sich vor, die Lippen fest aufeinandergepresst. »Ich will ehrlich sein, Sasha. Wir wissen, dass Sie eine Kopfgeldjägerin sind, eine Meerjungfrau, aber Sie könnten in großen Schwierigkeiten stecken. Letzten Mittwoch wurde ein Schiff in Küstennähe in die Docks gespült, und sieben Besatzungsmitglieder waren abgeschlachtet.«

»Und?« Ich blinzle sie verwirrt an. »Was hat das mit mir zu tun?«

Die Frau atmet schwer. »Zwei Matrosen des Boots halten Sie für die Meerjungfrau, die die Männer angegriffen und ihnen die Kehle herausgerissen hat.«

Ich lache fast hysterisch. »Das soll wohl ein Scherz sein.«

»Die Sache ist die, wenn man von morgens bis zum Mittagessen mehrere Stunden lang nicht geortet werden kann, ist das genug Zeit, um ein Boot zu erreichen, das nicht weit vom Ufer liegt und es angreifen.«

»Moment, warum sollte ich das überhaupt tun?« Ein ungutes Gefühl macht sich in mir breit.

»Genau das will ich herausfinden.« Sie legt den Kopf schief und mustert mich.

»Nun, ich war es nicht«, sage ich und fühle mich wie in einer verrückten Stadt.

»Zwei überlebende Besatzungsmitglieder schwören, dass sie Sie neulich in der Stadt gesehen haben und Sie als ihren Angreifer gemeldet haben.«

»Ich verstehe das nicht.« Fassungslos und verwirrt rutsche ich auf meinem Sitz hin und her. »Das muss ein Irrtum sein. Ich habe meinen Job gemacht und in einem Fall am Fjord ermittelt, und ich war ganz sicher nicht auf dem Meer. Ich meine, ich bin im Fjord schwimmen gegangen, und wenn das ein Verbrechen ist, dann akzeptiere ich meine Strafe. Aber ich habe weder ein Schiff noch seine Besatzung angegriffen.«

Meine Knie zittern unter dem Tisch, während mir der Schweiß den Rücken hinunterläuft. Ich sollte nicht nervös sein, wenn ich unschuldig bin, aber sie starrt mich an, als würde ich unter einem Mikroskop sitzen.

Der Blick der Frau wird nicht milder. »Sie müssen mit mir kommen, denn im Moment sind Sie eine Hauptverdächtige.«

»Das muss ein Irrtum sein. Ich würde niemals ...«

»Wir werden der Sache auf den Grund gehen«, sagt sie und unterbricht mich. »Aber jetzt kommen Sie bitte mit mir.«

»Gut.« Ich schlucke schwer, mein Puls beschleunigt sich. »Aber ich sage Ihnen, das ist alles ein großes Missverständnis.«

Die Beamtin führt mich in einen kahlen, kalten Raum, in dem drei weitere Wächter stehen. Auf der anderen Seite des Raumes sitzen zwei Männer, die rau aussehen und leger gekleidet sind. Einer hat Tätowierungen an den Armen, der andere eine Narbe auf der Wange. Ihre Augen fixieren mich mit einer Mischung aus Angst und Hass und starren in meine Richtung, als wäre ich eine Art Monster.

»Das ist sie!«, schreit einer von ihnen, sein Gesicht wird blass, als er mit einem zitternden Finger auf mich zeigt. Er taumelt zurück und schlägt mit vor Schreck geweiteten Augen gegen die Wand hinter ihm.

Ich spüre einen Schwall von Verwirrung und Angst. »Ich habe kein verdammtes Schiff angegriffen!« Meine Worte zittern, aber ich versuche, meine Fassung zu bewahren.

Auch die Hände des zweiten Mannes zittern. »Das ist sie definitiv. Ich werde dieses Gesicht nie vergessen.«

Bevor ich reagieren kann, tritt eine der Wachen vor

und verschränkt meine Hände hinter dem Rücken,
bevor er mir Handschellen anlegt. »Sie sind verhaftet,
Sasha Snow.« Es geht so schnell, dass ich kaum Zeit
habe, zu reagieren. Das Metall beißt in meine Haut, das
kalte Stechen schickt eine Schockwelle der Panik durch
meinen Körper.

»Das können Sie nicht tun!«, schreie ich und versuche, mich loszureißen. »Ich bin unschuldig!«

Sie hören nicht zu. Sie zerren mich aus dem
Zimmer, und ich wehre mich gegen ihren Griff, mein
Herz klopft in der Brust.

»Sie machen einen Fehler, bitte!« Meine Stimme ist
verzweifelt, flehend.

Der Beamtin vor mir hält vor einer geschlossenen
Tür zu einer Zelle inne und hält mir ein Foto entgegen.

»Die Identifizierung durch die Männer bestätigt
unsere anderen Beweise«, sagt sie, und ihre Antwort ist
kalt. Sie drückt mir das Foto noch weiter ins Gesicht.
»Einer der Matrosen auf dem Schiff hat es aufgenom-
men, während Sie seine Kollegen angegriffen haben,
als Beweis. Sonst würde ihm niemand glauben.«

Ich starre auf das Foto, und mein Atem bleibt mir
im Hals stecken. Das Bild ist leicht verwackelt und
schräg, aber es zeigt deutlich eine grausame Szene.
Einem der Besatzungsmitglieder wird gerade die Kehle
herausgerissen, von einer Frau mit aquamarinblauem
Haar, die fast in Richtung der Kamera steht und die
blutige Kehle in ihrem Griff hält. Sie ist völlig nackt,
das Blut spritzt ihr über die Brust.

Aber es ist ihr Gesicht, das meine Aufmerksamkeit
erregt.

Sie sieht mir so ähnlich - dieselben mandelförmigen Augen, dieselbe Mimik. Es ist unheimlich, aber als ich genauer hinsehe, wird mir klar, dass ich es nicht bin.

Die eiskalte, harte Wahrheit trifft mich hart.

»Scheiße, warten Sie!« Ist das meine Mutter? Sie ist eine Sirene, keine Meerjungfrau! Und sie sieht aus, als wäre sie überhaupt nicht gealtert. Mir kommen die Tränen, weil die Vergangenheit ihr hässliches Haupt erhebt, aber ich blinzle sie weg.

Die Bilder von ihr, wie sie meinem Vater das Leben stiehlt, der Blick in ihrem Gesicht, ihre Verwandlung in eine Sirene ... alles ist noch frisch in meinem Kopf, immer noch wie Stacheldraht um mein Herz gewickelt. Sie ist auf diesem Foto zu sehen, als wäre sie in Gedanken meilenweit weg, dabei hat sie gerade einen Seemann getötet ... anscheinend sieben Männer.

Mein ganzer Körper zittert vor Wut und Verwirrung. Mein Geist schmerzt und Angst verschlingt mich, während ich versuche, eine Erklärung zu finden, einen Weg, meine Unschuld zu beweisen. Ich kann das nicht zulassen. Ich kann nicht zulassen, dass sie denken, ich hätte das getan.

»Sie haben mich gefragt, ob jemand meinen Aufenthaltsort vom letzten Mittwoch bestätigen kann«, stoße ich hervor. Meine Worte stocken, und mir wird heiß im Magen. »Ich war nicht allein, als ich den Fjord untersuchte. Ich habe den Beweis, dass ich das auf dem Foto nicht bin.« Selbst während ich spreche, bekomme ich das Bild meiner Mutter auf dem Foto nicht aus dem

Kopf. »Sie können ihn wegen meines Alibis kontaktieren.«

»Ich brauche seine Angaben«, erklärt sie.

Meine Gedanken kreisen um die Frage, warum meine Mutter ein Schiff angreift und Seeleute tötet. Das ist kein normales Sirenenverhalten. Sicher, sie tötet vielleicht einen oder zwei und ertränkt einen Matrosen, aber das ist selten. Sieben ist mehr als unge-wöhnlich, vor allem, wenn sie es offen auf einem Schiff tut.

»Die Person auf dem Foto bin nicht ich. Es ist meine Mutter«, sage ich.

Die Beamtin hält inne, blickt zu den anderen Wachen und dann wieder zu mir. Die strenge Frau verengt ihren Blick. »Ich höre.«

Meine Gedanken kreisen vor Unglauben, und ich brauche einen Moment, um meine Stimme wieder-zufinden.

Meine Mutter ... Eine Welle der Übelkeit über-schwemmt mich, mein Inneres verknotet sich.

»Sie ist eine Sirene«, flüstere ich. »Ich hielt sie jahrelang für tot, aber das ist definitiv sie, nicht ich.«

Die Miene der Beamtin entspannt sich ein wenig. »Das werden wir auch untersuchen, aber bis ich mit jemandem über Ihr Alibi gesprochen habe, gehen Sie nirgendwo hin«, erklärt sie entschieden.

Es fühlt sich an, als hätte man mir den Boden unter den Füßen weggezogen, weil ich für etwas verantwort-lich gemacht werde, was *Mom* getan hat.

Die Handschellen drücken sich in meine Handge-lenke, und Tränen brennen mir in den Augen. Wegen allem, was sie mir genommen hat und was sie jetzt zerstören wird. Ich versuche, ruhig zu bleiben, aber die Panik ist überwältigend. Ich grübele und versuche, etwas zu finden, irgendetwas, das einen Sinn ergibt, aber da ist nichts. Nur kalte Wände und strenge Gesichter.

Und der stechende Schmerz, meine Mutter nach so vielen Jahren wiedergesehen zu haben …

10

KADEN

»Es ist ein Schritt nach vorn«, sage ich und führe Sasha aus dem Gebäude, meinen Arm fest um ihren unteren Rücken gelegt. Sie stößt mich nicht weg, aber sie zittert, sie ist blass, wie ein Gespenst und eindeutig verängstigt, weil sie zu Unrecht eines Verbrechens beschuldigt wurde.

»Was meinst du?«, antwortet sie schließlich und schaut mich mit ihren großen blauen Augen an, dann starrt sie wieder auf die belebte Straße, als wüsste sie nicht, wohin sie schauen soll.

»Dass du mich als deinen Schicksalsgefährten akzeptiert hast.«

Sie starrt mich durchdringend an, blinzelt dann und sieht sich um, als hätte sie sich verirrt.

»Danke, dass du bezeugt hast, dass ich letzten Mittwoch bei dir war.«

»Für dich würde ich in den Himmel greifen und den Mond herunterholen, wenn du dadurch wieder lächelst.«

Sie blickt zu mir und ihre Mundwinkel verziehen sich zu einem Grinsen, aber sie schafft es nicht, zu lächeln.

»Was haben sie mit dir gemacht?«, frage ich und führe sie die Straße hinunter, wobei meine Hand über ihre gleitet, und sie umschließt. Sie zieht sich nicht zurück, was ein gutes Zeichen ist, aber sie zittert. Irgendetwas hat sie erschreckt. Ich knirsche mit dem Kiefer, entschlossen, es zu finden und zu zerstören.

Ihre Lippen sind geschürzt, und sie antwortet mir nicht. Die gerunzelte Stirn und der Blick verlieren sich in der Ferne und verraten mir, dass sie meine Frage nicht gehört hat. Oder sie weigert sich, sie zu beantworten.

Als die Behörden bei mir zu Hause klingelten und sagten, Sasha bräuchte meine Hilfe, habe ich die Chance ergriffen, sie zu holen. Scheiße, ich wäre in die Stadt gesprintet und hätte jeden umgerannt, der sich mir in den Weg gestellt hätte. Und jetzt werde ich sie nicht mehr gehen lassen.

Was ich faszinierend fand, war, dass die Behörden, nachdem ich ihnen mitgeteilt hatte, wer ich bin, zögerten, mich aussagen zu lassen, und noch mehr Fragen zu meiner Genehmigung stellten, im Haus von Gold und Granat zu sein. Ich habe keine, doch in dem Moment, in dem ich klarstellte, dass ich Sashas Schicksalsgefährte bin, nahmen sie alles ohne weitere Fragen auf. Bedeutet das, dass sie mein Ticket ist, um im Land zu bleiben, ohne eine formale Genehmigung zu erhalten?

Ich wünschte, jemand würde das den Söldnern

sagen, die mir auf den Fersen sind. Ich habe heute
Morgen zwei Weitere in meinem Garten erwischt.

Jedenfalls habe ich dafür gesorgt, dass jemand
Sasha und mich zu mir nach Hause fährt, aber sie
besteht darauf, dass wir zu ihr gehen. Sie murmelte
irgendetwas von Chowder, ich nehme an, dass es eine
Mahlzeit ist. Sie muss hungrig sein.

Ich sitze neben ihr auf dem Rücksitz, unsere Beine
berühren sich. Sie blinzelt oft, die Hände sind in ihrem
Schoß verschränkt. Ich streiche zärtlich über ihren
Oberschenkel, mein Körper ist sich der Stelle, an der
wir uns berühren, sehr bewusst, und das Bedürfnis, sie
in meine Arme zu nehmen, verzehrt mich, aber ich
widerstehe ... vorerst.

»Willst du darüber reden? Ich kann ihnen wehtun,
weil sie dich zu Unrecht beschuldigt haben. Ich werde
das ganze verdammte Gebäude niederbrennen.«

Erst reagiert sie nicht, dann schüttelt sie den Kopf
und verwirft meine Idee nicht sofort, was viel über
ihren Gemütszustand aussagt. Es ist schwer, sie so zu
sehen, wenn ich von ihr gewohnt bin, dass sie stark ist
und gegen mich kämpft. Das gefällt mir verdammt gut,
aber diese Seite von ihr, ihre Verletzlichkeit, drückt auf
meine Brust. Es weckt in mir das Urbedürfnis, sie zu
umarmen, zu beschützen und in Sicherheit zu bringen.

»Ich bin hier, um dich zu beschützen«, erinnere
ich sie.

Ihre Schultern sinken ein wenig. »Aber du kannst
mich nicht vor meiner Vergangenheit schützen.«

Ich warte darauf, dass sie weiterspricht, aber sie tut
es nicht. Ich atme schwer aus und kämpfe gegen den

Drang an, darauf zu bestehen, dass sie mir sagt, was los ist. Aber ich versuche, das Mädchen nicht zu erschrecken.

Als wir endlich bei ihr ankommen, klettert sie wortlos aus dem Auto, und ich nehme das als Zeichen, ihr zu folgen. Ich steige aus und sage dem Fahrer, er soll uns allein lassen. Dann folge ich ihr in die kleine Hütte im Wald.

Die Wohnung ist so, wie ich sie in Erinnerung habe - klein, gemütlich und mit wenigen Möbeln. Meine Jagdhütte im Tartarus war besser eingerichtet als diese. Wir haben zwar in einer Gefängniswelt gelebt, aber nach Tausenden von Jahren haben die Eingeschlossenen die Welt zu ihrem Zuhause mit allem Komfort gemacht.

Diese Hütte, in der Sasha lebt, ist nur vorübergehend. Ich habe bereits Informationen über sie eingeholt. Sicher, ich bin vielleicht neu in der Stadt, aber ich kann die Leute überzeugen, mir die Informationen zu geben, die ich suche.

Was ich herausgefunden habe, reicht aus, um zu wissen, dass sie aus einem Ort namens Südafrika stammt, aber jetzt wegen ihres Jobs in Norwegen ist, und diese Hütte wird wochenweise vermietet. Sie ist also nicht wirklich daran gebunden, und es wird für sie einfach sein, auszuziehen.

Ich schließe die Tür hinter mir und wende mich dem Geräusch von Krallen auf dem Holzboden zu. Von irgendwo aus dem Haus kommt ein kleines ... Nagetier oder so etwas, mit einer blauen Weste bekleidet, angelaufen. Es kommt vor mir zum Stehen und hebt sich auf seinen Hinterbeinen in meine Richtung. Ich muss nicht wissen, was für ein Wesen es ist, um sofort zu erkennen, dass es wasseraffin ist, etwas, das ich respektiere.

Sasha stürzt sich auf das Tier und reißt es von den Füßen. Sie schwingt es von mir weg, flüstert der Kreatur etwas zu und küsst sie auf die Wange.

»Und denk dran, nicht mehr beißen, okay?«

»Das Ding wird mir nichts tun«, sage ich.

Sie sieht mich an und lacht sarkastisch und hochtönend. »Du würdest dich wundern. Chowder beißt gern Finger ab, also pass auf. Und er ist ein Otter.«

Ich kichere. »Das kleine Ding?« Chowder ist also der Name des Tieres, kein Essen. Ich kann mich nicht erinnern, im Tartarus einen Otter gesehen zu haben. Ich schätze, für etwas Winziges, das eine Weste trägt, ist es irgendwie niedlich.

Chowder beäugt mich immer wieder, als würde er mich abtasten.

»Schön, dich kennenzulernen, kleiner Mann.«

Sie setzt ihn auf den Boden, und er gibt ein leises Zischen in meine Richtung von sich. Ich hebe eine Augenbraue, beeindruckt von seiner Tapferkeit.

»Ein lebhaftes kleines Ding, nicht wahr?«, sage ich und trete näher.

»Er will mich nur beschützen, nachdem ich ihn aus einem Labor gerettet habe, das Experimente an ihm durchführte«, erwidert sie. »Er vertraut nicht leicht.«

»Ich auch nicht«, gebe ich zu und mein Blick bleibt an ihrem hängen.

Einen Moment lang herrscht Schweigen, und

meine Aufmerksamkeit gilt Sasha, der Art, wie sie dasteht, die Hände in die Taschen gestopft, auf den Otter herunterlächelt, und wie sie am Rand ihrer Unterlippe knabbert. Ihr Verhalten hat etwas Faszinierendes an sich, die Art, wie sie ihr blaugrünes Haar hinter ihr Ohr streicht. Das Mädchen ist spektakulär, eine Schönheit, von der ich nicht genug bekommen kann.

Schon jetzt drängt mich meine wilde Seite, meine Bestie, an die Oberfläche, um sie für uns zu beanspruchen und jeden zu vernichten, der sie verärgert. Es ist bewundernswert, wie schnell sie sich in sie verguckt hat, wo sie doch die meiste Zeit jeden neuen Menschen, den wir treffen, vernichten will.

»Also, wie sieht der Plan aus?«, fragt sie und bricht das Schweigen. »Willst du mich nur anstarren?«

»Hört sich gut an, obwohl ich gern etwas essen würde. Mein Magen knurrt.« Ich greife nach unten, um Chowder zu streicheln, aber er schreckt vor meiner Berührung zurück.

»Berühre nicht seinen Kopf. Das mag er nicht, vor allem nicht von Fremden«, sagt Sasha und beobachtet mich genau. »Lass ihn erst an dich herankommen. Und ich bin kein Restaurant.«

Na gut.

Chowder legt den Kopf schief, seine Schnurrhaare zucken, und er sagt: »Hallo noch mal.«

Ich blinzle, wirklich überrascht. »Also gut, jetzt bin ich von diesem Otter beeindruckt. Er spricht.«

»Chowder, was meinst du mit *nochmal*?« Sie starrt den Otter an, dann blickt sie zu mir auf. »Er muss gesehen haben, wie du Belu vor unserer Tür abgesetzt hast.«

Ich zucke mit den Schultern und kichere. »Ich denke schon.«

Sie hockt sich neben Chowder und streichelt das Fell an seinen Hals. »Sie haben während der Experimente etwas mit ihm gemacht. Das ist unter anderem der Grund, warum er sprechen kann.«

»Wer zum Teufel, würde so etwas tun?«, frage ich stirnrunzelnd und mit stellen sich die Nackenhaare auf. Ich würde jeden töten, der mich schief anschaut, aber Tiere zu verletzen, das ist eine Grenze, die ich niemals überschreiten werde.

»Ein Idiot, den ich bei meinem letzten Job fangen sollte«, erklärt sie, und in ihrer Stimme schwingt Frustration mit. »Der Bastard ist entkommen, aber ich habe Chowder gerettet und ihn behalten, weil er das beste Leben verdient hat.«

Ich bewundere sie für ihre fürsorgliche Art, etwas, das ich nicht unbedingt gewohnt bin.

»Also, werden wir darüber reden, was auf dem Revier passiert ist? Was hat man dir vorgeworfen?«

»Spielt das eine Rolle?«, sagt sie in einem müden Ton. Sie setzt sich auf die Eckcouch und zieht die Beine an, während sie es sich bequem macht.

»Es ist wichtig«, sage ich, schlendere hinter ihr her und beäuge das Sitzkissen direkt neben ihr. »Wenn du in Gefahr bist, dann werde ich es in Ordnung bringen.«

Sie lacht leicht, auch wenn sie die Stirn runzelt. »Das ist nichts, was du in Ordnung bringen kannst. Glaub mir.«

Ich will mich setzen, aber Chowder springt kurz
vorher neben sie, drückt sich an ihre Hüfte und streckt
seinen Körper über das Kissen, nimmt meinen Platz
ein und starrt mich mit zusammengekniffenen
Augen an.

Du kleiner Scheißer.

Also setze ich mich ein bisschen weiter weg, aber
immer noch nah genug, um ihn an seinem Platz zu
zerquetschen.

»Erzähl mir mehr«, beharre ich neugierig. Ich lehne
mich zurück und lege einen Arm über die Rücken-
lehne der Couch, als Chowders Hinterbein gegen
meinen Oberschenkel stößt, als ob er mehr Platz
braucht. Ich kichere und blicke auf diesen winzigen
Otter mit der Persönlichkeit eines verdammten Kraken
herab.

Sashas Gesicht verhärtet sich, und ihre Aufmerksamkeit richtet sich auf den Boden.

»Sie glauben, dass ich sieben Männer auf einem
Schiff getötet habe, das vor kurzem in den Docks einge-
laufen ist«, sagt sie leise. »Aber ich war es nicht. Es war
meine Mutter, die sich vor langer Zeit in eine Sirene
verwandelt hat. Du siehst also, es gibt nichts, was man
in Ordnung bringen könnte. Nur eine Verwechslung,
das ist alles.« Ihre Stimme bricht, ihre Haltung ist leicht
nach vorne gebeugt.

Ihre Worte treffen mich hart, denn ich erinnere
mich an den Verlust meiner Mutter, die zusammen mit
meinem Vater von einer Bande ermordet wurde, die er
besser nicht gekannt hätte. Tief ausatmend schiebe ich

die Vergangenheit beiseite und lasse es dabei
bewenden.

»Sie ist also eine Sirene?« Jeder weiß, dass, wenn
eine Meerjungfrau einmal ertrunken ist, die Dunkelheit in ihr zum Vorschein kommt und sie sich dauer-
haft in eine Sirene verwandelt.

»Ich war noch ein Kind, als es passierte.« Ihre
Augen glänzen, aber sie wischt sie schnell ab und setzt
ein gezwungenes Grinsen auf.

Ich greife hinüber, um die Träne aufzufangen, die
ihre Wange hinunterläuft, und spüre plötzlich den
harten Schlag von Chowder, der mit seinen kleinen
Füßen in meine Seite stößt und faucht. Ich bewundere
den Otter fast für seine Hartnäckigkeit.

Sie zieht sich nicht zurück, als ich die Träne
abwische.

»Familie ist so verdammt kompliziert«, füge ich
hinzu. »Sie geben uns das Leben, aber dann machen
sie uns fertig.«

Als sie sich in meine Richtung dreht, blickt sie mich
mit diesen ausdrucksstarken hellblauen Augen an. Aus
der Nähe bemerke ich die goldgrünen Flecken in ihrer
Iris.

»Das kannst du laut sagen. Ich habe meine Eltern
verloren, als ich noch sehr jung war, und habe das
Gefühl, dass ich mich seitdem um mich selbst
kümmere. Ich hatte nur nie erwartet, dass sich meine
Mutter verwandeln würde. Es beeinflusst mich noch so
lange danach.«

Ihre Stimme zittert, und sie verstummt, während
das Gewicht ihrer Worte zwischen uns liegt. Ein

körperlicher Schmerz breitet sich in meiner Brust aus, der dem Schmerz in ihren Augen entspricht.

Meine Hand liegt auf ihrem Oberschenkel, auch wenn Chowder ihn mit seinem Körper anstößt.

»Ich habe meine auch verloren, als ich jünger war«, gestehe ich, und meine Stimme klingt rau. Ich hasse es, über die Vergangenheit zu sprechen, über sie, aber für Sasha werde ich es tun. »Mein Vater hat stets irgendwelche Geschäfte gemacht, sich immer mit den falschen Leuten eingelassen. Zu wissen, dass seine Entscheidungen ihn und meine Mutter das Leben gekostet haben ...«

Sie sieht mir in die Augen, und ihre Augen werden weich. »Es ist, als ob sie uns mit ihrem Schlamassel zurücklassen, den wir aufräumen müssen.«

Ich nicke und erinnere mich an den Scheißkampf, den ich hatte, als die Bande hinter mir her war, um die Bezahlung meines Vaters zu bekommen, um Blut zu bekommen. Ich schüttle diese Erinnerungen ab. Ich habe getan, was ich tun musste, um zu überleben. Das brachte mir meinen Ruf ein, dass viele Angst vor mir hatten, aber an einem Ort wie dem Tartarus ist das ein Geschenk des Himmels.

Sie legt ihre Hand auf meine, und einen Moment lang sind wir zwei gebrochene Seelen, die merken, dass sie doch nicht so allein sind.

»Danke, dass du für mich da bist«, murmelt sie. Und abgesehen von Chowder, der nicht aufhört, sie anzustupsen, wird es still in der Hütte.

»Wie wäre es, wenn ich losgehe und uns aus einem der nahegelegenen Geschäfte etwas zu essen hole?«, biete ich an und lockere die schwere Stimmung auf.

Sie schüttelt den Kopf, steht auf und ihre Haltung ist wieder die einer starken Frau.

»Hör zu, es ist das Beste, wenn du gehst. Ich brauche ... nur etwas Zeit allein, um alles zu verarbeiten.«

Ich beobachte sie, und jeder Zentimeter in mir sehnt sich danach, sie zu umarmen und ihre Sorgen zu vertreiben. Mein Blick senkt sich auf ihre üppigen Lippen, und ich kann unseren Kuss nicht vergessen, dass sie wie der süßeste Honig schmeckt, und ich sehne mich danach, herauszufinden, ob der Rest von ihr genauso köstlich schmeckt. Ich bin mir nicht sicher, wie lange ich noch ein geduldiger Mann sein kann, vor allem, wenn meine Bestie dabei ein Wörtchen mitzureden hat.

Aber ihr Schweigen beunruhigt mich, ich denke, dass sie mir noch mehr verschweigt.

»Bist du in irgendeiner Form in Gefahr? Nenne mich paranoid, aber ich erwarte immer das Schlimmste.«

Ein leichtes Grinsen schiebt sich auf ihre Lippen. »Die einzige Gefahr ist, dass ich mich mit Erinnerungen auseinandersetze, die ich vor langer Zeit begraben habe, zusammen mit meiner Mutter, die ich zu kennen glaubte. Ich habe mir eingeredet, sie sei tot, damit ich weitermachen kann ...« Sie schüttelt sich regelrecht.

Ich streichle ihren Arm, trete näher, um sie in meine Arme zu nehmen, aber sie weicht zurück. Das hinterlässt bei mir einen stechenden Schmerz im Bauch.

»Ich bin dir wirklich dankbar für deine Hilfe«, sagt sie.

Es ist verdammt frustrierend, dass sie mich wegstößt. Meine Schicksalsgefährtin. Nein, so geht das nicht.

Plötzlich ertönt das Knarren der Tür, und ich drehe mich um, um zu sehen, wie Chowder die Tür aufstößt und mich mit Argusaugen mustert.

»Wie schnell kann er gehen?«, fragt er mit seiner fröhlichen Stimme.

»In Ordnung.« Ich gebe mich geschlagen, aber die Sorge durchdringt mich, dass meine Schicksalsgefährtin nicht allein trauern sollte. Dieser Schmerz gräbt sich durch mich hindurch. Er erwürgt mich. Aber ich werde das ein für alle Mal in Ordnung bringen.

»Wir sehen uns bald wieder, Sasha.« Ich schlendere aus der Hütte, und Chowder scheint fast zu lächeln, als er mich gehen sieht.

Ich kichere vor mich hin, denn sie haben keine Ahnung, wie viel mehr sie bald von mir zu sehen bekommen werden.

11

Zwitschern und Quietschen sind die ersten Dinge, die ich höre, als ich aufwache. Ein Lächeln umspielt meine Lippen bei den fröhlichen Geräuschen von Chowder. Ich erhebe mich aus dem Bett und habe das Gefühl, zum ersten Mal seit wer weiß, wann wieder gut geschlafen zu haben. Es ist, als wäre das Bett irgendwie weicher geworden und würde mich umarmen.

Als ich die Augen aufschlage, starre ich an eine schwarze Decke und erschrecke über die Angst, die mich überfällt.

Ich bin nicht in meinem Schlafzimmer oder in meinem Bett - oder irgendwo, wo ich mich auskenne. Mit klopfendem Herzen suche ich das Zimmer ab, halte das Bettlaken fest umklammert, als ob es mir irgendwie die Antwort geben würde. Drei der Wände sind gewölbte Fenster, durch die man in ein Aquarium blickt, dessen Wasser von schwachen Lichtern beleuchtet wird, die einen ruhigen Schein verbreiten.

Fische in allen Farben - magenta, sonnengelb, himmel-
blau - schwimmen anmutig zwischen Felsen, Steinen
und Pflanzen umher.

Bin ich in einem Aquarium und die Fische beobachten mich? Ist das ein Traum?

Panik kriecht mir den Rücken hinauf, als ich versuche, mich zu erinnern, wie ich hierhergekommen bin.
Ich war vor Erschöpfung in meinem Bett zusammenge-
brochen und hatte versucht, die Begegnung mit der
Polizei und die Verwechslung mit meiner Mutter in
einer Mordermittlung zu vergessen. Ich habe eine
Schlaftablette genommen, um zu schlafen, das hat
offensichtlich zu gut funktioniert.

Also, wo bin ich?

Ein zarter Rosenduft erfüllt meine Nase, gemischt
mit einem kräftigen, männlichen Duft, der mein
Inneres zum Leben erweckt. Ich weiß es sofort.

Kaden.

»Ist das sein Zimmer?« Das kann nicht die verfal-
lene Villa am Fjord sein. Oder doch?

Chowder steht am Fenster, klopft an die Scheibe,
macht diese zirpenden Geräusche und wünscht sich
wahrscheinlich, er könnte den Fisch erreichen. Hat er
den Transport verschlafen, oder ist er jetzt ein Verräter,
der sich auf Kadens Seite schlägt?

Ich schiebe die Decken zurück und trage immer
noch meine Pyjama-Shorts und mein Tanktop.

Meine Füße berühren den Glasboden, unter dem
noch mehr Fische schwimmen, sodass es sich anfühlt,
als würde ich im Wasser schweben. Für ein paar
Augenblicke vergesse ich, dass ich aus meiner

Wohnung entführt und hierhergebracht wurde. Stattdessen genieße ich den herrlichsten Raum, den ich je
gesehen habe.

Das Bett ist mit plüschigen, seidenen Laken in
tiefem Ozeanblau bezogen. Die Kristalle des Kron-
leuchters glitzern und werfen winzige Regenbögen in
den Raum. Die Wand vor den Fenstern ist mit einem
komplizierten Kunstwerk geschmückt, das Wellen
zeigt, die an die geschlossene Tür schlagen.

Die Situation überspült mich. »Großartig«, murmle
ich vor mich hin. »Endlich wird er zum Serien-Stalker,
nicht wahr? Genau das, was ich brauche.«

Chowder zwitschert wieder, und ich gehe zu ihm
hinüber, das Glas ist kühl unter meinen nackten
Füßen. »Wunderschöne Aussicht«, sage ich und
streiche mit der Hand über sein weiches Fell.

Er wendet seinen Kopf zu mir hoch. »Wer mag
diesen Ort nicht?«

»Stimmt. Es ist wunderschön, aber wir gehören
nicht hierher.« Ich verlasse den Raum und gehe in
einen Flur, der mich zum Staunen bringt. Dieser Ort ist
für einen Gott gebaut.

Die filigranen Schnitzereien an den Wänden setzen
sich hier draußen fort, wie Wellen, die sich unter der
mattierten, aquafarbenen Gewölbedecke zu bewegen
scheinen. Von oben hängen weitere Kronleuchter
herab, die ein sanftes, bezauberndes Licht verbreiten.
So sehr ich auch mit Kaden sprechen muss, kann ich
nicht umhin, von der Schönheit dieses Ortes überwältigt zu sein. Es muss ein Vermögen gekostet haben,
etwas so Aufwändiges herzustellen.

Ich gehe an geschlossenen Türen vorbei und sehe ein extravagantes Badezimmer mit einer Badewanne aus Amethystkristall, schwarzem Marmor auf dem Boden und an den Wänden und weiteren Fenstern zum Aquarium. Ich stehe mit offenem Mund da und stelle mir vor, wie toll es wäre, ein solches Bad zu haben. Es ist leicht größer als meine gesamte Hütte.

Am Ende des Flurs folge ich der Kurve nach rechts und betrete einen großen Wohnbereich. Er ist kreisförmig, mit Bücherregalen aus dunklem Holz an den Wänden hinter sich gegenüberliegenden Ledersesseln. In der Nähe befindet sich ein Kamin. Die gewölbte Decke ist aus Glas, darunter schwimmen Fische und darüber leuchten kleine Sterne, die an einen Nachthimmel erinnern.

Ich bin fassungslos und kann nicht glauben, dass dieser Ort existiert. Der Teppich polstert meine Füße, als ich weiter nach draußen trete, während Chowder an mir vorbeiläuft und sich auf eine der Couches stürzt.

»Welcher Ort ist so magisch?« Er lehnt sich an ein Kissen, als wäre er ein Baron.

Ich kichere und wende mich der halbkreisförmigen Bar zu, die mit Hockern und weiteren Glasfenstern ausgestattet ist und in das Aquarium blickt. Hier drinnen ist es dunkler, das meiste Licht dringt vom Wasser außerhalb der Bar herein.

Der ganze Ort wirkt surreal, wie eine Szene aus einem Fantasy-Roman.

Als ich eine Bewegung von rechts wahrnehme, drehe ich mich zu einer Gestalt um, die in einer schattigen Tür steht und den Raum ausfüllt.

»Morgen, meine kleine Meerjungfrau.« Kaden tritt mit einem verschlagenen Grinsen aus der Dunkelheit. »Willkommen in unserem Zuhause.«

»Ich weiß nicht, wo ich anfangen soll«, gebe ich ehrlich zu. »Dieser Ort ist absolut atemberaubend, und doch hast du Chowder und mich entführt und uns gegen unseren Willen hierhergebracht.«

Er schlendert in den Raum und scheint sich nicht im Geringsten an meinen Worten zu stören.

»Ist es eine Entführung, wenn du meine Gefährtin und in Gefahr bist? Dies ist jetzt genauso dein Zuhause wie meins. Hier weiß ich, dass du in Sicherheit bist. Da draußen kann ich dich nicht immer beschützen.«

Ich blinzle, verblüfft über seine Ehrlichkeit.

»Du kannst mich hier nicht gefangen halten.«

Er dreht sich zu mir um, setzt sich ans Ende einer Couch, die Beine an den Knöcheln gekreuzt.

»Du bist keine Gefangene, aber meine Schicksalsgefährtin lebt auf keinen Fall in einem anderen Haus als ich. Und deine Hütte ist nicht groß genug für mich und den Platz, den ich brauche.«

Das Gewicht seiner Worte lässt mich frustriert zurück, dass wir plötzlich zusammenleben.

»Ich ... ich bin nicht bereit.«

»Ich weiß, dass du es nicht bist«, gibt er zu. »Deshalb habe ich dir das große Schlafzimmer gegeben. Ich schlafe in einem der Gästezimmer, bis du bereit bist.«

Wut durchströmt mich. »Ich habe meine Habseligkeiten in der Hütte, ich habe einen Mietvertrag und ...«

»Ich habe bereits bis zur Kündigungsfrist bezahlt, und deine Sachen werden verpackt und hierher geliefert«, unterbricht er mich und spricht so geschmeidig, als hätte er das schon seit Wochen geplant und ich sollte einfach mitmachen.

Aber nein!

»Ich habe dir keine Erlaubnis gegeben.« Ich blinzle ihn an und fühle ein Brennen in mir. »Und was ist, wenn ich nicht in diese schicke Villa einziehen will, sondern möchte, dass du zu mir ziehst?«

»Wirklich?«, fragt er.

Ich bemerke, dass Chowder sich nicht von seinem Kissen bewegt hat und uns nur beobachtet.

»Nein.« Ich halte inne. »Vielleicht ... Ich weiß es nicht, aber was ich sagen will, ist, dass du mich nicht entführen kannst, denn ich wette, es würde dir nicht gefallen.«

Er mustert mich, die Lippen fest aufeinandergepresst, sein hängt Haar ihm unordentlich in seinem Gesicht, ein paar Strähnen hängen über ein Auge. Er trägt eine schwarze Hose und ein dazu passendes Hemd mit Knöpfen. Es ist schwer, die Muskeln zu ignorieren, die sich gegen den Stoff drücken, und wie die verschnörkelten Tattoos herausschauen, die sich über sein Schlüsselbein und seinen muskulösen Hals erstrecken. Der Kerl besteht aus puren Muskeln, und er ist der schönste Mann, den ich je gesehen habe. Dennoch kämpfe ich gegen ihn an, weil ich Angst davor habe, wie schnell die Dinge sich entwickeln.

Die Sache mit dem wahren Partner ist kein Witz. Wir reden hier über eine Entscheidung für immer, und das macht mir jedes Mal Angst, wenn ich damit konfrontiert werde.

»Ich weiß besser als jeder andere, wie es sich anfühlt, aus seinem Haus gerissen zu werden. Ich verließ das einzige Zuhause im Tartarus, das ich kannte, eine Welt entfernt, und zog hierher.«

»Warte, was hast du gerade gesagt?« Kälte durchfährt mich. »Du sagst mir, du kommst aus dem Tartarus? Und du bist geflohen? Aus dem Tartarus kommt niemand heraus.« Ich bin plötzlich aufgeregt und zittere am ganzen Körper. Natürlich ist mein Schicksalsgefährte auch ein Krimineller. Das ist meine Erfolgsbilanz bei Liebesbeziehungen.

»Sie öffneten das Portal und ließen mich nach einer Befragung wieder frei.«

Er redet so, als wäre das keine große Sache. Meine Gedanken eilen voraus. Mein Chef hat mir erzählt, dass sein Großvater wegen eines Verbrechens, das er begangen hat, dort hineingesteckt wurde, und jeder, der dort geboren wird, bleibt dort und verbüßt ebenfalls eine lebenslange Haftstrafe. Kaden hatte also keine andere Wahl. Ich habe voreilige Schlüsse gezogen, aber kann man es einem Mädchen verübeln?

Meine Antwort bleibt in meinem Hals stecken, vor allem, weil ich weiterhin wütend auf ihn sein möchte, aber stattdessen erfüllt mich ein Hauch von Mitleid. Er war gezwungen, ohne eigenes Verschulden in einem Gefängnis aufzuwachsen ... Ich schlucke schwer und versuche, diese Erkenntnis zu verarbeiten.

»Du wurdest also im Tartarus geboren und bist in diesem Höllenloch aufgewachsen?«

Er nickt, sein Blick ist fest.

»Aber trotzdem«, protestiere ich, während Wut und

Verwirrung in mir aufsteigen. »Du kannst keine Entscheidungen für mich treffen. Ich habe ein Leben, einen Job ... Verantwortung. Wie kannst du das tun?«

»Ich nehme dir nichts weg«, antwortet er ruhig. »Ich gebe dir ein besseres Leben, ein sichereres Leben.«

Ein verkrampfter Atemzug entweicht meinen Lippen. »Ich muss nicht gerettet werden. Ich habe bis jetzt auf mich selbst aufgepasst und bin gut zurechtgekommen.«

Er neigt den Kopf zur Seite, er studiert mich, wahrscheinlich aus Mitleid, und ich erschaudere innerlich bei dem Gedanken daran.

»Ich weiß, dass du das kannst«, sagt er sanft. »Es geht darum, uns eine Chance zu geben, uns kennenzulernen, und zwar ohne Gefahr.«

Ich schüttle den Kopf, er steht vom Sofa auf.

»Meine kleine Meerjungfrau, wir werden das schaffen, egal was ich tun muss. Du sagst mir alles, was du willst, und ich werde Ozeane verschieben, damit es klappt.«

»Nicht alles«, murmle ich, mehr zu mir selbst.

Meine Worte hängen in der Luft, und in meiner Stimme liegt Trauer, Enttäuschung. Ich will nicht leugnen, dass der Gedanke, dass es mit meinem Schicksalsgefährten nicht klappen könnte, mir die Brust zuschnürt und meine Atemzüge verkürzt. Tief in mir drin will ich es so sehr. Aber was passiert, wenn ich mich verwandle? Wird ihn das gleiche Schicksal ereilen, wie meinen Vater?

»Du meinst also, wenn ich gehen will, kann ich gehen?« Meine Atemzüge kommen jetzt schneller, meine Gedanken schwanken in meinem Kopf zwischen dem Wunsch, ihm eine Chance zu geben, und dem Hass darauf, dass ich die Kontrolle verliere.

Er antwortet nicht sofort. Sein Kiefer ist angespannt, seine Brust herausgestreckt, und es ist nicht zu leugnen, dass er ein Raubtier ist, das seinen Willen bekommt.

»Willst du mich verlassen?«, fragt er mit kalter Stimme, schreitet durch den Raum und verkürzt den Abstand zwischen uns.

Ich bleibe standhaft, auch als seine Finger über meinen Hals streichen und an meinem Kiefer entlanggleiten. Ich bekomme Gänsehaut, während mir ein erregter Schauer über den Rücken läuft.

Ich erwarte fast, dass Chowder auf ihn losgeht, aber er überrascht mich, bleibt ruhig auf der Couch sitzen und studiert uns. Hat er mich völlig verraten und sich bereits in Kaden verguckt?

Als ich wieder zu Kadens finsterem Gesichtsausdruck aufschaue, krampft sich mein Inneres zusammen, weil ich weiß, dass ich ihn zu weit getrieben habe.

Als ich nichts sage, streicht er mit dem Daumen über meine Lippen.

»Ich wäre am Boden zerstört, wenn du jemals gehen würdest.«

Seine Berührung bringt meinen Körper zum Schmelzen, ich bin bereit, mich ihm hinzugeben. Es ist die schicksalhafte Verbindung zwischen uns, die mich schwach werden lässt. Die mich dazu bringt, vor ihm auf die Knie zu fallen.

»Du verwirrst mich.« Meine Worte purzeln flüsternd heraus. »Ich kann also nicht gehen?«

»Natürlich kannst du das. Du gehst zur Arbeit, gehst, wohin du willst«, erklärt er. »Aber du kehrst hierher zurück.«

Furcht und Verlockung mischen sich in mir. »Ich bin nicht dein Besitz.«

Stille begegnet mir, als sich seine intensiven, tiefblauen Augen in mich hineinbohren.

»Du gehörst mir, Sasha, du bist meine Schicksalsgefährtin, mein Ein und Alles. Denkst du, ich würde nicht dafür kämpfen?«, sagt er mit einem Knurren in der Kehle.

Seine Hände streichen meine Arme hinunter, sanft und doch fest in ihrem Griff. Ich kann kaum atmen, ich hasse es, wie verletzlich ich mich fühle, wie verzweifelt ich auf seinen Mund starre, weil ich ihn brauche.

Als hätte er meine Gedanken gelesen, beugt er sich vor, unsere Lippen treffen sich, unser Kuss ist ein Aufeinanderprallen von Welten - intensiv, mich zerreißend, Wut und Lust kämpfen um die Macht. Ich greife nach seinem Hemd, ziehe ihn näher zu mir, will ihn schmecken, hebe mich auf die Zehenspitzen, obwohl ich mich insgeheim dafür hasse, dass ich seinem Charme so schnell erlegen bin.

Plötzlich reiße ich mich von seinem Kuss los, irgendwie habe ich einen Funken Kraft gefunden, um die Verliebtheit zu bekämpfen, die mich verzehrt. Kaden ist hartnäckig, und ob ich die Situation nun ignorieren will oder nicht, er ist mein Schicksalsgefährte. Und er wird mich auch nicht allein lassen, oder?

Es hilft auch nicht, dass sich ein Teil von mir unstillbar nach ihm sehnt.

»Gut«, atme ich aus, mein Puls rast. »Ich werde es mit dem Leben hier versuchen.«

Kaden lächelt, ein strahlendes, erleichtertes Grinsen, bei dem mein Herz einen unwillkürlichen Hüpfer macht. Doch ich sehe die Frage in seinen Augen, die mir sagt, dass es nicht gerade die Antwort ist, die er sich wünscht, aber das ist alles, was ich ihm im Moment geben kann.

»Ein Mann wie ich ist nicht fähig, etwas so Kostbares wie dich loszulassen, etwas, das mir gehört.« Seine Hand gleitet in meine, unsere Finger verschränken sich. »Komm, ich habe das Frühstück vorbereitet.«

Ein Gefühl der Überwältigung überkommt mich, als hätte ich die Kontrolle über mein Leben völlig verloren. Nur, wem mache ich etwas vor? Die habe ich in dem Moment verloren, als ich nach Norwegen gezogen bin.

12

»Chowder, wo bist du hin?«, flüstere ich in den Wohnbereich, meine Stimme durchdringt kaum die Stille. Es ist nach Mitternacht, und die Schlafzimmertür hat offengestanden, als ich aufgewacht bin. Chowder war nicht im Schlafzimmer, und jetzt mache ich mir Sorgen, dass er sich verlaufen hat oder in Schwierigkeiten steckt.

Als ich in den Flur trete, drückt die Dunkelheit auf mich ein, während ich mich langsam durch das unbekannte Haus bewege und mich frage, wohin er verschwunden ist. Ich gehe durch die nächste Tür und in die Küche und schalte das Licht ein.

Ich blinzle gegen das helle Licht in dem weitläufigen Raum an. Stühle und Tische stehen auf der einen Seite, die weißen Marmorwände schimmern im Licht. An den Wänden hängen Kronleuchter und Gemälde, die Schiffe auf dem Meer, während wilder Stürme zeigen. Auf der anderen Seite befindet sich eine kleine Insel in der Mitte der Küche, an der Töpfe und Pfannen

von der Decke hängen. Es gibt einen U-förmigen
Tresen, und alles ist aus weißem Marmor, die Türen
und der Tresen sind mit dünnen goldenen Linien
verziert.

Ich muss immer wieder daran denken, wie Kaden
mir erzählt hat, er sei ein Krake, und so sehr ein großer
Teil von mir ihm nicht glaubt, ein kleiner Teil tut es
doch ... Vor allem wegen des riesigen Tattoos auf seiner
Schulter und der Art, wie er sich gibt, als könnte ihm
nichts etwas anhaben. Sogar mein Seepferdchen-
Wandler-Ex, der behauptete, ein Krake zu sein, hat nie
das Niveau der Alpha-Fähigkeiten erreicht, die Kaden
mühelos an den Tag legt.

Aber ich bin neugierig, die Wahrheit zu erfahren.

Wenn ich bei ihm einziehe, dann will ich genau
wissen, wer mein Schicksalsgefährte ist. Jedenfalls
erinnere ich mich bei meiner Suche daran, wie sehr
Chowder das Badezimmer in meiner Hütte liebt.

In Sekundenschnelle bin ich da und schiebe die
Tür auf. Das Licht des Aquariums hinter dem Glas-
fenster taucht den Raum in einen leuchtenden Dunst,
und dort, in der amethystfarbenen Badewanne, finde
ich Chowder. Die Wanne ist halb mit Wasser gefüllt,
und er liegt auf dem Rücken und schläft tief und fest.
Ich hatte das Wasser nicht hineingetan, war es also
Kaden? Ich schleiche mich heraus, um Chowder
schlafen zu lassen, und ein sanftes Lächeln umspielt
meine Lippen, weil er sich so gut an dieses Haus ange-
passt hat.

Gerade als ich mich wieder ins Bett legen will,
ertönt von irgendwo im Haus ein lautes Platschen. Ich

erstarre und habe das Gefühl, als wäre gerade etwas Riesiges in das Aquarium eingedrungen. Neugierde und ein bisschen Angst nagen an mir, also folge ich dem Geräusch zurück in den Wohnbereich und einen weiteren Gang entlang, der von der Küche abgeht. Der Flur ist kunstvoll mit Schnitzereien und Gemälden des Ozeans verziert, es gibt noch mehr geschlossene Türen, aber es ist unheimlich still.

Die Haare auf meinen Armen stellen sich auf, weil es so still ist.

Ich erreiche eine große Treppe, die sowohl nach oben als auch nach unten führt. Da ich noch keine Eingangstür gesehen habe, gehe ich davon aus, dass sie oben sein muss. Als wieder ein großes Platschen ertönt, weiß ich mit Sicherheit, dass es von unten kommt. Ich werfe einen Blick die Wendeltreppe hinunter, in deren hölzernes Geländer kunstvoll ein fließendes Wellenmustern geschnitzt ist, während Laternen die Dunkelheit durchdringen.

Ich kann nichts erkennen, nicht aus meinem Blickwinkel, und als es wieder plätschert, und lauter klingt, durchfährt mich ein Schauer. Ist Kaden in seiner wahren Gestalt?

Mit einem tiefen Atemzug und voller Neugier schleiche ich die Treppe hinunter, jeder Schritt ist leise. Die Dunkelheit verdichtet sich um mich herum, aber ich gehe weiter.

Am Ende der Treppe befinde ich mich in einem weiteren Flur, der nur schwach beleuchtet ist und an dessen Wänden sanft leuchtende Wandlampen hängen. Das plätschernde Geräusch ist jetzt lauter und kommt von einer großen, verschnörkelten Tür am Ende des Flurs. Mein Herz klopft, als ich mich ihr nähere und sie langsam aufstoße.

Keine Spur von Kaden.

Drinnen empfängt mich der Anblick eines unterirdischen Raums, der mich verblüfft. Es ist, als wäre ich in der Zeit zurückgereist, als es noch Könige und verbotene Höhlen gab.

Der Raum ist riesig, die Wände sind aus tiefblauem Marmor, der das Licht der über ihm angebrachten Leuchter zu absorbieren scheint. Hohe Säulen, die vom Boden bis zur Decke eingraviert sind, säumen die Wände und vermitteln einen majestätischen Hauch. Zu meiner Rechten fällt der Boden ab ins Wasser und schimmert unter dem schwachen Licht bläulich. Mitten im Wasser befindet sich ein schmaler Gang, der direkt zu einer bogenförmigen Öffnung führt, die ich sofort als die Höhle aus dem Fjordwasser erkenne. Nur bin ich jetzt in der Höhle, und hinter der Öffnung ist es stockdunkel. Der Fjord wartet dort draußen.

Weiter links von mir steht ein dekorativer Stein, der fast wie ein überdimensionaler Grabstein aussieht, aber viel schöner ist. Er ist glatt und in der Mitte ist er einige Zentimeter ausgehöhlt, sodass ein wunderschönes Gemälde einer Meerjungfrau zum Vorschein kommt. Ihr rotes Haar fließt wie Feuer, ihr goldgrüner Schwanz glitzert und windet sich unter ihr. Der Stein ist stellenweise weggeätzt, und hier und da fehlen kleine Teile des Gemäldes, aber es ist immer noch atemberaubend.

Davor befinden sich mehrere Stufen mit einem

flachen Steintisch - eher ein massiver, überdimensionaler Opfertisch. Zumindest kommt mir das in den Sinn. Ich hoffe wirklich, dass ich damit nicht richtig liege, aber das ist alles, woran ich jetzt denken kann.

Ich gehe in den Raum hinein, trete näher heran und stelle fest, dass auf beiden Seiten weitere Gemälde auf hohen Steinwänden zu sehen sind. Das eine zeigt einen Kraken, dessen Tentakel sich mit furchterregender Kraft um das Schiff wickeln, der ein Schiff zu Fall bringt. Das andere zeigt eine Sirene mit dunklen, stechenden Augen, die mir das Gefühl geben, mich zu verfolgen. Meine Haut kribbelt, das Bild meiner Mutter blitzt in meinem Kopf auf.

»Was in aller Welt ist das für ein Raum?«, murmle ich vor mich hin, und ein Schauer läuft mir über den Rücken. Ich gehe näher an den Kaminsims mit den Gemälden heran, weil ich glaube, dass es noch etwas gibt, das ich über Kaden wissen sollte. Ich streiche mit der Hand über die glatte Oberfläche, die sich kalt anfühlt. Als ich um den Steintisch herumgehe, bemerke ich einen ausgehobenen Bereich dahinter. Ein Regal fällt mir ins Auge, und etwas glitzert zu mir zurück. Eine Klinge.

Mein Magen verhärtet sich.

Nun, das ist überhaupt nicht gruselig. Nur ein lässiger Opfertisch in der Villa meines Schicksalsgefährten. Völlig normal.

Dieser Ort, der so schön verstörend ist, wirkt uralt und gefährlich.

Ich atme lange ein und spüre den schwachen Sog der Zugehörigkeit, der über meine Haut zieht. Ich reibe mir die Kälte aus den Armen, als ein weiteres Platschen hinter mir mich zum Umdrehen zwingt.

Mein Herz schlägt mir bis zum Hals, denn ich brauche einige Augenblicke, um im schummrigen Licht des Raumes eine Gestalt aus dem Wasser auftauchen zu sehen.

Ich erstarre zunächst und versuche, zu erkennen, wer es ist.

Dann fällt das Licht auf sein starkes Gesicht, die kräftige Kieferpartie, die stechenden Augen.

Kaden.

Muskeln, dunkles aus dem Gesicht gestrichenes Haar, gut geformte Bauchmuskeln, gut gebaute Oberschenkel und ... bei seiner Größe könnte ich glatt umfallen.

Er ist völlig nackt, Wasser rinnt an seinem durchtrainierten Körper herunter. Und ich habe plötzlich vergessen, wie man atmet.

Er ist voller Muskeln, so viele davon. Kraftvoll und gut gebaut, all diese kantigen Linien, und mir wird klar, wie viel größer er ist, wenn er sich nicht hinter Kleidung versteckt. Das V an der Vorderseite seiner Hüften, das die meisten Mädchen in Verzückung versetzt, ist scharf und zieht meine Aufmerksamkeit tiefer und tiefer.

Seine Augen funkeln, als er mich entdeckt, wie ein Raubtier, das seine Beute erspäht. Ich gebe mir verdammt viel Mühe, zu ignorieren, wie lässig er sich in seiner köstlichen Nacktheit gibt. Wenn ich vorher dachte, ich hätte Probleme, ihn zu ignorieren, bin ich jetzt völlig abgelenkt von all dem Fleisch, von dem riesigen Ding, das da baumelt.

Ich schnappe nach Luft, und plötzlich nimmt er ein Handtuch, das in der Nähe einer Säule abgelegt war, die ich nicht bemerkt hatte, schlingt es um seine Taille und kommt auf mich zu.

Erleichtert kneife ich die Lippen zusammen und grinse immer noch wie ein Teenager, der kurz davorsteht, den schönsten Mann nackt zu sehen.

Er schlendert auf mich zu, die Arme an der Seite baumelnd, und ich kämpfe um meinen Atem, meine Worte, meinen Verstand. Hitze strömt durch mich hindurch, eine Kraft, die so stark ist, dass ich verglühe. Meine Reaktion auf ihn ... das ist die Schuld dieses verfluchten Schicksalsbandes, nicht wahr? Hier stehe ich, zitternd, und versuche, meinen Blick nicht auf die Beule zu senken, die sich gegen sein Handtuch drückt, sondern seinem intensiven Blick standzuhalten.

Heute Abend ist etwas anders an ihm. Normalerweise hat er diesen »Ich werde dich zerstören«-Blick im Gesicht, aber heute Abend ist er auf das Maximum gesteigert. Es ist überwältigend, stark ... und es berührt mich auf einer tieferen Ebene, die mich für ihn erzittern lässt. Und er hat mich nicht einmal berührt.

»Du solltest nicht hier sein«, murmelt er, seine Stimme ist ein leises Grollen. »Manchmal kann man mir in deiner Nähe nicht trauen ... und besonders in solchen Nächten.« Sein Blick verschlingt mich, Strähnen von dunklem, nassem Haar fallen ihm ins Gesicht. Er ist immer noch tropfnass, Wasserperlen rollen über seine Muskeln. Es ist fast hypnotisierend, ihm zuzusehen.

Die Worte kommen mir nicht über die Lippen. »Was ist das für eine Nacht?«

Seine Lippen kräuseln sich, so wie ich es bei jemandem gesehen habe, der weiß, dass er außer Kontrolle ist, aber viel zu viel Spaß hat, um sich zu zügeln.

»Wo ich meine Bestie nicht sättigen kann, wo sie sich nach etwas sehnt, das ich ihr nicht geben kann« Er tritt näher, überragt mich, das Feuer seines Körpers springt auf mich über.

Ich lehne mich mit dem Rücken gegen den Steintisch, und er lehnt sich näher heran, stützt sich mit einer Hand ab und schließt mich auf einer Seite teilweise ein.

Mein Herz klopft wie wild, meine Brustwarzen drücken hart gegen den Stoff meines Tanktops, während ich meine Schenkel zusammenpresse. Mein Ausatmen wird bei seiner Nähe rauer, während mein Gehirn in Panik gerät. Ohne nachzudenken, entferne ich mich von ihm in die entgegengesetzte Richtung, in der er mich festgehalten hat. Er ist einschüchternd, aber das ist nicht der Teil, der mir Angst macht.

Es ist die Energie, die von ihm ausgeht, die schiere Kraft seiner Anwesenheit, die ich nur mit Mühe wegschieben oder ignorieren kann.

Was zum Teufel ist heute Abend mit ihm los?

»Und warum?« Ich mache schnelle Schritte zurück um den Tisch und gehe dann zügig die drei Stufen gegenüber von ihm hinunter, um Abstand zwischen uns zu bringen. »Weil du dich wie ein Krake aufführen willst?«, sage ich sarkastisch.

Ich entferne mich einen Fuß von ihm und schaue grinsend zu ihm zurück. Er hat sich nicht bewegt, und doch scheint sich die Dunkelheit um ihn herum ausgebreitet zu haben. Das Wasser in der Nähe des Höhleneingangs wird unruhig und plätschert an den Ufern, als ob etwas Gewaltiges es aufgewühlt hätte. Aber es ist mehr als das ... Ich sehe, wie es aufspritzt und nach Kaden zu greifen scheint.

Seine Kraft jagt mir einen Schauer über den Rücken.

»Sasha«, knurrt er mit dieser gefährlich tiefen Stimme, die fast wie eine Warnung klingt.

»Hör zu, ich lasse dich dein Ding machen ... was auch immer du hier unten gemacht hast«, murmle ich und eile zur Tür, unsicher, in welche Stimmung ich gerade gestolpert bin.

Als er nicht reagiert, drehe ich mich um und haue ab. Aber mitten in meinem nächsten Herzschlag schnappt mich etwas um meine Mitte, etwas Weiches, Kaltes und extrem Starkes. Es schlingt sich so schnell um mich und reißt mich mit einer Geschwindigkeit nach hinten, mit der ich kaum mithalten kann, aber es ist fast so, als würde es mich tragen, während meine Füße versuchen, Schritt zu halten.

Ein Schrei entweicht meinem Mund, und Angst durchströmt mich, als ich mit den Händen nach der Fessel greife, um sie von mir zu lösen. Als ich nach unten schaue, stelle ich fest, dass es sich um einen großen Krakenarm handelt, mit dicken Saugnäpfen, die an meiner Haut kleben.

Das Grauen wird in mir lebendig, als mir klar wird, wie falsch es war, Kaden nicht zu glauben.

Er hat mich gedreht und ich stehe nun am Fuße der Treppe. Er hat sich teilweise verwandelt, ist größtenteils noch in seiner menschlichen Gestalt, aber aus seinem Rücken ragen lange, dunkle, gewundene Tentakel heraus. Sie sind tiefgrau, schimmern im schwachen Licht und haben an der Unterseite Saugnäpfe.

Es ist unmöglich, nicht in Panik zu geraten, vor allem, wenn man das Glitzern in seinen Augen sieht, als stünde er kurz davor, sich vollständig zu verwandeln.

Mein Atem bleibt mir im Hals stecken. »Ihr Götter, du bist ein Krake.«

Niemand hat je einen gesehen, denn sie sind verdammt selten, aber jeder hat Geschichten darüber gehört, wie gigantisch sie werden, wie unaufhaltsam sie sein können und wie sie sogar den Ozean beherrschen können.

Vieles an Kaden ergibt jetzt einen Sinn. Warum Asbesta, die Sirenengöttin, ihn in ihrem Haus haben will. Einen Kraken als Verbündeten zu haben, ist ein enormer Vorteil für sie.

Kaden lacht, dunkel und leise, als würden ihm mein Schock und meine Angst Freude bereiten. Er antwortet nicht sofort, seine Augen sind unleserlich. Der Krakenarm zieht sich leicht zusammen, aber es ist nicht schmerzhaft, nur fest.

»Du hast dich entschieden, mir nicht zu glauben«, sagt er, und seine Stimme hat einen urwüchsigen Klang. Als er sich auf die Stufen stellt, passt er sich seiner Umgebung an. Alles, was ihm fehlt, ist ein Thron, um über die Gewässer und Fische zu herrschen.

Er hat definitiv etwas anderes an sich - etwas Rohes und Zurückhaltendes.

»Das ist also deine Art, mit deiner außer Kontrolle geratenen Nacht fertig zu werden? Indem du mich mit deinem ... Krakenarm packst? Was kommt als Nächstes? Mich auf diesem Tisch opfern? Ist es das, was du tust?« Ich stoße hart gegen den Tentakel, aber er rührt sich nicht.

»Dich opfern?« Seine Augen blitzen amüsiert auf, ein gefährliches Glühen liegt in ihnen. »Nein, das nicht.« Sein Lächeln wird breiter und deutet an, was er mit mir vorhat.

Ist es schlimm, dass es mich anmacht, wenn ich daran denke, was er mit mir machen würde?

Plötzlich zieht er mich die Treppe hinauf, wo der Tentakel mich loslässt, und ich komme zu Atem, doch er hält mich jetzt mit seinen Händen an den Hüften fest. Plötzlich bin ich nicht mehr auf den Beinen, sondern sitze auf der Seite des Tisches, und er steht direkt vor mir.

Ich schlucke schwer und versuche, mich zu beruhigen, während ich eine Hand auf seine Brust lege, um unseren Abstand zu wahren.

Er drückt sich gegen mich, als wäre ich kein Hindernis, sein Atem streicht über meine Wangen, seine Lippen gleiten zu meinem Ohr und lassen mich vor Verlangen beben.

»Du kämpfst immer gegen mich, kleine Meerjungfrau.«

»Ich weiß nicht, wie ich sonst sein soll. Und hast du mir nicht gerade gesagt, dass ich dir in solchen Nächten nicht trauen soll?«

Sein heißer Atem liegt in meinem Nacken, während er kichert. »Vertrauen und gegen mich zu kämpfen sind zwei sehr unterschiedliche Dinge.«

»Ich bin anderer Meinung.« Ich stoße die Worte aus, mein Körper erhitzt sich, das Feuer zwischen meinen Beinen durchtränkt mich. Das Feuer brennt von seinem Körper, und er ist jetzt so nah, kurz davor, mich zu küssen, mich zu beanspruchen, dass es unmöglich wird, einen klaren Gedanken zu fassen.

Einer seiner Tentakel schlängelt sich an meinem Bein hinauf, die Berührung kühlt meine Haut, während ein anderer sich um meine Taille windet, unter mein Oberteil taucht und Haut findet.

Ein Stöhnen gleitet durch meine Kehle, weil ich seine Berührung spüre, weil er mich festhält.

»Vertrauen bedeutet, zu wissen, dass ich dir nicht wehtun werde, Sasha. Gegen mich zu kämpfen ... nun, das ist nur ein Vorspiel.«

Ich schnaube, halb aus Nervosität, halb aus Frustration. »So nennst du das also?«

Seine Lippen streifen mein Ohr, und meine Brust drängt sich ihm entgegen, als ob selbst mein Körper mich in meinem Verlangen nach ihm verrät. Als ein weiterer Tentakel mein anderes Bein hinaufgleitet und sie auseinanderzieht, spüre ich bereits, wie meine Entschlossenheit schwächer wird.

»Du gehörst mir, Sasha.« Sein Griff umschließt mich fester. »Du wirst mich nie verlassen. Du gehörst zu mir.« Dann leckt er an meinem Ohrläppchen, zieht es in seinen Mund, saugt daran und lässt mich völlig hilflos zurück.

So sehr ich mich nach ihm sehne, so sehr ich mich ihm hingeben möchte, so sehr möchte ich auch, dass er weiß, dass er mich nicht kontrollieren kann.

13

»*K*üss mich«, drängt Kaden, und Universum hilf mir, ich beuge mich auf sein Kommando hin näher zu ihm.

Das Glitzern in seinen Augen und das verschmitzte Grinsen, das von der Macht herrührt, die er über mich hat, machen mich schwach. Er fährt mit einer Hand von meiner Taille über meine Rippen, sein Daumen streift über meine steifen Brustwarzen durch den Stoff meines Tanktops. Die Lust kräuselt sich in meinem Bauch und hält mich für ihn gefangen.

Ich lege eine flache Hand auf seine nackte Brust, die Haut ist noch feucht und heiß, aber er greift nach mir und packt mich am Handgelenk.

»Kaden«, sage ich mit so viel Warnung in der Stimme, wie es mir möglich ist.

»Du widerstehst mir nicht, kleine Meerjungfrau.« Sein Tentakel gleitet an meinen Innenschenkeln hinauf, als er zwischen meine gespreizten Beine tritt, während ich auf dem Opfertisch sitze, den Hintern auf der Kante. Meine Pyjamahose ist durchtränkt von der Erregung, die mich verzehrt.

Ich schüttle den Kopf, und selbst als ich meine Beine etwas weiter spreize, wird der Hunger, den ich nach ihm verspüre, immer unerträglicher. Natürlich verrät mich mein Körper, und ich hebe mein Kinn, um ihm entgegenzukommen, und schließe meine Augen. Meine Mitte pocht.

Sein Mund ist auf meinem, sein Atem rast, seine Zunge trifft auf meine. Er küsst wie ein Dämon, kraftvoll und holt sich, was er will, und lässt nicht locker. Er lässt mich nicht mehr los, das hat er selbst gesagt.

Und er wird mir nicht erlauben, ihn heute Abend zu verlassen, nicht bevor ich ihm gebe, was er begehrt.

Etwas, wonach ich mich gesehnt habe, seit ich ihn zum ersten Mal getroffen habe, seit unserem ersten Kuss, seit er mich zu seiner Schicksalsgefährtin gemacht hat.

Hinter meinen Augenlidern brennt ein Feuerwerk ab, als er an meiner Zunge saugt, und ein wohliges Stöhnen streift meine Kehle, weil er mich so sehr schätzt. Ich kann mich der Vorfreude nicht entziehen, wie er wohl sein wird, wenn wir es weiter treiben ... denn ich bin nicht dumm. Ich spüre seine Erektion an meiner Innenseite des Oberschenkels, wie hart er für mich ist. Noch nie war ich so feucht für einen Mann.

Ich kann mir nicht helfen. Ich weiß, dass ich ihm zeigen muss, dass er mich nicht beherrscht, aber ich habe mich noch nie so geil gefühlt, so intensiv.

Meine Hände wandern zu seinem Nacken, während sich seine Tentakel in meinen Shorts und meinem

Tank-Top winden, am Stoff zerren und sie mir ausziehen. Im Handumdrehen sind seine Hände an meiner Taille, und er hebt mich so weit vom Tisch, dass er mir die Shorts von den Beinen reißt. Ich reiße die Augen auf und stoße ein hungriges Geräusch in meiner Kehle aus.

Er lehnt sich näher heran und setzt mich wieder ab, während er mir die Lippen leckt, dann macht er eine Pause, damit seine Tentakel mein Tank-Top hoch und über meinen Kopf ziehen können.

Und da sitze ich nun, nackt, zitternd vor unbändigem Verlangen, meine Beine gespreizt, um ihm vollen Zugang zu gewähren.

Sein Blick gleitet über mich. Seine Zunge schiebt sich heraus und streift über seine Lippen, während sein Blick an meinem Körper hinunterwandert.

»Ich liebe es, dich so zu sehen, davon habe ich vom ersten Moment an geträumt. Dafür hat mich meine Bestie gequält ... um dich zu unserer zu machen.«

»Bitte, Kaden, dann gib mir, was ich brauche.« Ich schlucke die Worte in meiner Kehle hinunter, kaum in der Lage, die Erregung zu ertragen, die sich in meinen Eingeweiden vertieft, wenn der kleinste Luftzug über meine Muschi mich erschaudern lässt.

Er lächelt wieder, lehnt sich zu mir, seinen Mund auf meinem Hals, und flüstert: »Ich habe es nie eilig mit dem Essen«.

Er bedeckt mich mit Küssen über mein Schlüsselbein, dann senkt er sich zu meinen Brüsten und beißt sanft in meine Brustwarze, was mich aufschreien lässt. Seine Hand findet meine andere Brust, drückt sie zusammen, kneift in meine Spitze. Er nimmt die Brustwarze in den Mund, saugt kräftig daran, sein Atem streicht über meine Haut. Ich merke, dass es ihm Spaß macht, die grunzenden Geräusche zu hören, von jemandem, der um seine Selbstbeherrschung kämpft. Von mir.

Aber er hat mehr Kontrolle als ich und lässt sich Zeit.

Ein Inferno überschwemmt mich, ich werfe meinen Kopf zurück, und ich zittere vor Verlangen. Der Drang, dass er mich berührt, ist unerträglich.

»Leg dich auf den Rücken, meine schöne kleine Meerjungfrau. Lass mich dich anbeten.«

Ich zittere, jeder Zentimeter von mir ist sich der Tatsache bewusst, dass seine Finger die Innenseiten meiner Schenkel abtasten, dass die Spitzen seiner Tentakel über meine Knöchel streichen und mich zu einer Opfergabe für ihn machen. Ich lehne mich zurück, weil ich weiß, dass ich zu weit gegangen bin, um mich jetzt noch aufzuhalten, aber das heißt nicht, dass ich ihn nicht daran erinnern werde, dass er nicht allein das Sagen hat.

Er hebt meine Beine sanft an, die Knie sind angewinkelt, seine Tentakel halten sie hoch und auseinander, sie sind quasi gefesselt.

»Verdammt, Sasha.« Seine Hand fällt zwischen uns, seine Finger fahren zärtlich über die erhitzten Lippen, über die seidige Erregung, und das Gefühl ist verlockend.

Stöhnend wölbe ich meinen Rücken über den Tisch, während seine Tentakel mich für ihn offenhalten. Mit schneller werdenden Atemzügen schaue ich zu ihm herab, als er vor mir auf die Knie geht, den Blick auf mich gerichtet. Er stößt einen Finger in mich, lächelt über seine Aktion, während die Spannung wie ein Vulkanausbruch durch mich hindurchdonnert. Ich bin schon so weit weg, so bedürftig.

»Deine enge Muschi gehört mir. Alles von dir gehört mir.«

Mein Körper zittert, als ich mich um seinen pumpenden Finger schließe, der in mich hinein und wieder herausgleitet, als wäre er für mich gemacht.

Ich wippe mit den Hüften, mein Kitzler pulsiert an der empfindlichen Haut. Sein Gesicht ist so nah, dass ich seinen Atem spüre, als er tief einatmet.

»So verdammt schön. Dein Schleim tropft. Ich liebe es, dich so zu sehen, wie du deine köstliche Möse für mich entblößt.«

»Hör auf, mich zu reizen ... du weißt, was ich brauche«, sage ich atemlos und winde mich vor Unruhe, vor Erregung darüber, dass er sich Zeit lässt.

Er lacht mich aus, woraufhin ich meinen Blick verenge. Er packt meinen Hintern, seine Finger graben sich in mein Fleisch und heben meine Hüften leicht an, als wolle er sich auf seine Mahlzeit stürzen - mich.

Ich schnappe nach Luft, als sein Ausatmen über meine empfindlichen Falten tanzt.

Dieser Mund, die Wildheit in seinen Augen.

Ein Wimmern streift meine Kehle.

Sein Blick hebt sich zu meinem, als er näherkommt und seine Zunge meine Muschi findet. Er streicht langsam den ganzen Weg von meinem Eingang bis zu meinem Kitzler entlang.

Er lässt das Knurren eines beschützenden Tieres los, das sein Futter bewacht, während ich laut stöhne und die Welt von mir wegtreibt. Ich falle kopfüber, verrückt geworden durch seinen Mund.

Er sinkt näher heran, hält mich fest, seine Finger ziehen meine Lippen auseinander, während seine Zunge mich neckt, immer und immer wieder, er leckt hart, als ob er mich probieren würde. Als er sie in mich stößt, schreie ich auf und lehne mich mit dem Rücken gegen den Steintisch. Seine Kälte hält das Feuer in mir kaum in Schach.

Dann stürzt er sich auf mich, verschlingt mich wie ein besessenes Tier, seine Finger graben sich in mein Fleisch, seine Zunge fickt mich. Zwei Tentakel schlängeln sich meinen Körper hinauf und umkreisen meine Brüste, ihre Spitzen winden sich um meine harten Brustwarzen und drücken gerade fest genug zu, um mich vor Erregung schreien zu lassen, die mich ruinieren wird.

Ich halte mich an den Seiten des Tisches fest und reibe mich schamlos an seinem Gesicht, während aus meiner Kehle ein Wimmern ertönt.

Er dringt mit seiner Zunge wieder in mich ein, während einer seiner Finger in meinen Arsch stößt und tiefer eindringt.

Ich habe keine Chance, als winzige elektrische Impulse durch meinen Körper feuern. Und die Schwere, die sich tief in meinem Bauch aufbaut, bricht über mich herein.

Ich schreie, werfe meinen Kopf zurück, mein Körper wölbt sich, meine Beine zittern, als ein Orgasmus mich überschwemmt. Jeder Versuch, meine Beine zusammenzuziehen, sie zu verkrampfen, scheitert kläglich, denn er hält sie auseinander und weigert sich, mich loszulassen. Aber ich bin zu sehr damit beschäftigt, zu zittern und über seinen Mund zu kommen, um mich zu wehren.

Ich schreie auf, der Raum um mich herum blinkt sternenklar, als würde ich ohnmächtig werden ... so unglaublich heftig komme ich, und es hört nicht auf, sondern geht weiter, während Kaden zwischen meinen Beinen bleibt und mich leckt.

Meine Muschi zittert unter der Heftigkeit seiner Zunge. Dann saugt er an meiner geschwollenen Klitoris, zerrt daran, seine Zähne streifen sie sanft. Gerade als ich denke, dass ich wieder nach unten schweben könnte, steigt erneut unaufhaltsames Verlangen in mir auf.

»Kaden«, rufe ich in einem weiteren Schrei, während sich mein Körper windet.

Er lässt mich los, und ich breche zusammen, mein Atem geht schnell, seine Tentakel lösen sich von meinen Brüsten.

»So wahnsinnig schön habe ich mich noch nie bei jemandem gefühlt«, flüstere ich.

»Dann warst du mit den falschen Männern zusammen, die nicht wissen, wie man einen Körper wie deinen zu schätzen weiß.« Er steht auf, seine Lippen, seine Nase und sein Kinn glänzen von meinem Saft.

Er blickt wieder zu mir hinunter und grinst dieses

spektakuläre Lächeln, das mich in seinen Bann gezogen hat.

»Du schmeckst nach Honig und Sex, und ich habe schon jetzt Hunger auf mehr. Aber ich bin hungrig nach etwas Stärkerem.« Er reißt sich sein Handtuch runter und lässt es auf den Boden fallen.

Natürlich stütze ich mich auf die Ellbogen, um einen guten Blick auf das zu erhaschen, wonach ich mich sehne, seit ich ihn aus dem Wasser auftauchen sah.

Meine Augen weiten sich bei seinem Anblick und meine Muschi bebt bei dem, was er an sich trägt. Sein Schwanz ist erigiert, dick und verdammt lang, aber es ist nicht nur die Größe, die mich einschüchtert. Es ist die Tatsache, dass er auf beiden Seiten des Schafts eingebaute Schwellen hat. Er ist gerippt, und ich bin mir nicht sicher, was ich davon halten soll.

Er kichert, als ich aufblicke und seinen Blick erwidere.

»Sie sind für dein Vergnügen, meine kleine Meerjungfrau, wenn ich deine enge kleine Muschi dehne. Du wirst meinen Namen schreien und um mehr betteln.«

Mir läuft das Wasser im Mund zusammen, als ich noch einmal auf den riesigen Schwanz starre. Ich muss wahnhaft betrunken von Erregung sein, denn ich grinse.

»Dann zeig mir, mein Krakenliebchen, was dein magischer Schwanz mit mir anstellen kann.«

Er kichert laut und der Klang dröhnt gegen die Steinmauern.

»Das ist meine schöne Meerjungfrau.« Er tastet sich heran und nähert sich der Stelle, an der ich tropfe.

Ich spüre, wie die Lust mich kontrolliert, wie ich mich nach ihm sehne.

»Du machst mich so feucht, dass ich es kaum aushalten kann«, gebe ich zu.

Er streicht mit der Spitze seines Schwanzes über meine Muschi.

»Ich habe nicht vor, dich je wieder gehen zu lassen. Mit deinem Duft in meinem Kopf, deinem Geschmack in meinem Mund, gibt es kein Zurück mehr.«

Die übliche Dunkelheit, kehrt in seine Stimme, in seinen besessenen Blick zurück.

»Vielleicht solltest du aufhören, zu reden und es mir zeigen.«

Er verschwendet keine Sekunde und drückt die Spitze seines Schwanzes in mich hinein.

Ich zucke zurück bei dem kräftigen Stoß in meine Fotze, bei seiner Ungeduld, bei dem verschlagenen Grinsen, das sich auf seinen Lippen ausbreitet.

»So eng ... so verdammt eng«, knurrt er, während seine Hände meine Oberschenkel packen und mich näher an ihn heranziehen.

Ich zittere, als er tiefer in mich eindringt, und weiß nicht, wie in aller Welt das überhaupt möglich ist. Jedes Ausatmen rasselt aus meiner Lunge, weil er mich mit seinen Furchen überreizt und mich bis zum Schock dehnt. Ich klammere mich mit meinem Leben an den Tisch.

»Du nimmst mich so gut«, kräht er. »Ich werde dich

eines Tages vor einem Spiegel ficken, damit du siehst, wie weit ich dich gespreizt habe.«

»Oh, ich weiß«, hauche ich aus. »Ich spüre es.«

Mit einem letzten Stoß schiebt er sich ganz in mich hinein, ohne sich wirklich Zeit zu nehmen, den massiven Rüssel dorthin zu bringen, wo er hingehört. Und doch zittert meine Muschi vor Verlangen, sie tropft, hungert danach, bis zum Anschlag gefickt zu werden.

Kaden, der mit seinen kräftigen Händen meine Hüften umklammert, macht keine Pause und fickt mich wie ein Verrückter rein und raus. Ich strample auf dem Tisch, mein Körper erschaudert bei der Reibung, die er mit jedem Stoß entfacht. Er hält mich fest, sein Blick geht an mir hinunter, wie er in mich eindringt und mich dehnt.

Sein Knurren ist Musik in meinen Ohren, und die Freude in seinem Gesicht tut etwas mit mir. Zu sehen, wie ein so dominanter Mann, wie Kaden unter meine Kontrolle gerät, tut etwas mit meinem Ego. Es ist ermutigend, mir zu sagen, dass er alles liebt, was er sieht und fühlt.

»Fuck«, knurrt er und rollt die Augen zurück, während er auf mich einhämmert.

Ich wiege mich hin und her, schreie aus Leibeskräften, weil ich so voll bin, dass ich spüre, wie er mich mit jedem Zentimeter weiter vorantreibt.

Er bewegt sich mit einer Geschwindigkeit, die ich noch nie erlebt habe, und ich könnte schweben, während die Dunkelheit die Ränder meiner Vision trübt. Die Energie, die sexuelle Kraft, die er ausstrahlt, macht es mir unmöglich, klar zu denken. Mein Herz schlägt wie wild in meiner Brust, hämmert in meinen Ohren, ebenso wie sein Knurren und mein Stöhnen.

Seine dunkelblauen Augen fixieren die meinen, und ich schwöre, ich spüre, wie die Macht, die er ausübt, meinen Körper durchströmt. Es ist elektrisierend, überwältigend.

»So soll es sein«, versichert er mir. »Du und ich sind eins, fuck, wir werden für immer zusammen sein.«

Die Schwere seiner Worte und die Art und Weise, wie er mich ansieht, geben mir das Gefühl, dass er mich wertschätzt und gleichzeitig besessen ist. Seine Bewunderung ist berauschend. Es ist ein aussichtsloser Kampf in mir, dem ich verzweifelt nachgeben und ihm die Kontrolle überlassen möchte.

Dann erinnert mich etwas in seinen Worten an seine Bemerkung von neulich, er wolle sich fortpflanzen. Und da ist er nun, wird wahnsinnig, ich zappele, meine eigene Lust treibt mich an den Rand eines nächsten Orgasmus. Es kribbelt am ganzen Körper, und jedes Mal, wenn er in mich stößt und das Geräusch um uns herum widerhallt, zittere ich noch stärker.

Unter all dem schwillt die Panik an, und meine Stimme entweicht meinen Lippen.

»Kaden«, atme ich schwer und bringe die Worte kaum heraus. »Sag mir, dass du nicht vorhast, mich zu züchten.«

Er grinst, ein raubtierhaftes Lächeln, bei dem sich mein Magen umdreht. Er stößt fast noch schneller in mich hinein, sein Griff wird fester, er hält mich fester.

Die Sache ist, ich fühle mich gefangen, aber ein Teil von mir sehnt sich nach mehr.

»Du Bastard«, rufe ich, gefolgt von einem köstlichen Schrei, als seine Finger meine Klitoris in kleinen Kreisen reiben. Er ist unerbittlich. Das Schwierige daran ist, dass ich alles will, was er anbietet, aber der Kampf in mir ist ernst.

Züchten ... Götter, nein. Das ist zu schnell. Ich muss ein Wörtchen mitzureden haben.

In diesem Moment, in dem ich zwischen Euphorie und Ausrasten hin- und hergerissen bin, fällt mir die Waffe ein, die ich vorhin unter dem Opfertisch entdeckt habe. Ich taste mich langsam an die linke Seite des Tisches heran. Er scheint es nicht zu bemerken, und ich bewege mich gerade so weit, dass mein Arm über die Seite hinuntertauchen kann. Meine Hand fühlt alles ab und sucht blindlings.

Seine Augen weiten sich, als er meine Aktion bemerkt. Gerade als er sich über mich beugt, nach meinem Arm greift und knurrt: »Wunderschöne kleine Meerjungfrau, zwing mich nicht, dich zu jagen«, streifen meine Finger den Metallgriff.

Ich schnappe es mir und schließe meine Finger fest darum. Ich reiße die Klinge hoch und heraus, als er praktisch auf mir liegt, und drücke die Länge des Messers an seine Kehle.

Seine Augen weiten sich vor Überraschung, und in seinem Gesicht flackert etwas Gefährliches auf.

»Braves Mädchen«, knurrt er, seine Stimme ist tief und bedrohlich. »Ich brauchte etwas, um meine Bestie zu zähmen.«

Seine Worte lassen mich teilweise verwirrt zurück, aber ich halte ihm die Klinge an die Kehle gedrückt.

»Denk nicht daran, mich zu züchten. Ich bin noch nicht so weit, und du darfst nicht alles für mich entscheiden.«

Einen Moment lang hält er inne und starrt auf mich herab. Ich habe ehrlich gesagt keine Ahnung, wie er reagieren wird, aber ich lasse meine Klinge nicht sinken. Dann lässt er ein langsames, gemessenes Ausatmen los, wobei sein Blick mich nicht verlässt.

»Du hältst die Klinge an meine Kehle, während ich dich ficke, und ich werde dich nicht mit meinem Samen füllen.«

Ich blinzle und versuche, ihn zu verstehen und herauszufinden, ob es sich um eine Art Fetisch handelt oder ob er ernst meinte, was er über seine Bestie, seine Kraken-Seite sagte, die ihn dazu trieb, mich zu züchten.

Ich nicke. »Wage es nicht, mit dem, was du tust, aufzuhören, denn ich bin so nah dran. Ihr Götter, Kaden, dein Schwanz ist das Geschenk der Welt an die Frauen.«

Er lacht, dunkel und verspielt. »Mein Schwanz ist nur für eine Frau bestimmt ... dich. Und ich hatte nicht die Absicht, dich gehen zu lassen, bis ich dich gefickt habe, damit du mich liebst.«

»Warte, was?«

Aber schon stößt er wieder in mich, lenkt mich ab, seine Hände liegen auf dem Tisch neben mir, ein Knurren in seiner Brust.

Ich halte ihm die Klinge an die Kehle, aber es stört ihn nicht, dass wir uns beide bewegen, während er in mich stößt und ich aufschreie, weil er meine Muschi völlig beherrscht.

Er bewegt sich jetzt schneller, und es ist, als würde ein Schalter in mir umgelegt, als der Tsunami explosiver Orgasmen mich von Grund auf erschüttert. Es zerreißt mich in Windeseile.

Ich bemerke ein paar rote Tropfen, die an seiner Brust herunterlaufen und vom Messer auf mich tropfen. Ich habe kaum Zeit, das zu registrieren, denn die Euphorie macht mich fertig und ich schreie meine Lust heraus.

Ich lasse die Klinge auf den Tisch neben mir sinken, traue mir nicht, dass ich ihm in meiner Aufregung nicht die Kehle durchschneide, und plötzlich zieht er sich von mir zurück.

Mit einer schnellen Bewegung zieht er sich aus mir heraus und lässt den massiven Schwanz, getränkt mit meinen Säften, auf meinen Bauch plumpsen. Sofort ergießt sich die Wärme über meinen Bauch, spritzt über meine Brüste und meinen Hals. Etwas davon erreicht mein Gesicht.

Er brüllt wie ein verdammter Löwe, scheint ziemlich stolz auf sich zu sein und pumpt seinen Schwanz mit der Hand, um alles herauszubekommen. Weiße Bänder aus Sperma spritzen heraus, schnell und hart.

Es ist warm auf meiner Haut, sein männlicher Duft ist berauschend. Ich kann mich nicht davon abhalten, die zwei Tropfen, die in meinem Mundwinkel landen, abzulecken und sein salziges, männliches Elixier zu kosten. Köstlich.

Ich bin von meinem eigenen Höhepunkt aufgewühlt und von dem Hochgefühl in seinem Gesicht ergriffen, in dem keine Wut, keine Beherrschung zu sehen ist, sondern einfach nur der schönste Mann, den ich je gesehen habe, der in einem Rausch schwebt, der uns beide noch immer verzehrt.

Ich atme tief ein und versuche, mein rasendes Herz zu beruhigen. Der heutige Abend hat mich an Orte geführt, die ich nie erwartet hätte. Als ich auf dem Opfertisch liege, bedeckt mit Krakensperma, kann ich nicht anders, als ein trockenes, sarkastisches Lachen auszustoßen.

»Nun, ich schätze, dieser Tisch wird endlich mal benutzt.«

»Jch bin in der Lage zu laufen«, sagt meine kleine Meerjungfrau, als ich sie in meine Arme nehme. Ihre Lebhaftigkeit, die ich so sehr liebe, erwacht zum Leben.

»Ich weiß«, antworte ich und trage sie durch die weitläufige Höhle unter meiner Villa, wo das Wasser am Rande des Steinbodens plätschert. Sie ist so leicht und starrt mich an. »Du gehst nirgendwo hin, bis ich dich sauber gemacht habe. Du bist mit meinem Sperma bedeckt, und es wird überall hin tropfen, wenn du versuchst, zu laufen.«

Sie fängt an zu lachen. »Oh, darüber machst du dir also Sorgen? Ein Krake wie du hat doch sicher die Fähigkeit, dem Wasser zu befehlen, den Dreck abzuwaschen, den du machst.«

Ich grinse über ihre Bemerkung. »Wie lustig wäre das denn?«

Ein Sprung ins kalte Wasser erweckt mich zum Leben. Irgendetwas an der Eiseskälte weckt mich und meine Bestie. Doch zum ersten Mal seit langer Zeit ist er ruhig ... gesättigt, weil er genau das bekommen hat, wonach er sich gesehnt hat - ich habe Sasha gefickt.

Sie schmiegt sich an mich und zappelt, um sich zu befreien, aber ich ziehe meinen Griff an. In meinen Augen ist sie die schönste Frau der Welt. Sie ist alles, was ich sehe, alles, was ich brauche.

Als sie tiefer ins Wasser eintaucht, zuckt sie zusammen, als die Kälte ihren nackten Körper berührt. Sie drückt sich an mich und lässt mich als den glücklichsten Mann der Welt zurück.

»Bist du sicher, dass du eine Meerjungfrau bist?« Ich necke sie und lasse uns beide unter Wasser tauchen. Sie windet sich, und ich tauche wieder auf, wo sie mir ins Gesicht spritzt.

»Das ist eiskalt«, schreit sie. »Ich habe keine so dicke Tintenfischhaut wie du. Gib einem Mädchen eine Warnung, bevor du sie zu Tode frieren lässt.«

Ich lache wieder und finde sie mehr als amüsant. »Tintenfisch - ist es das, wofür du für einen Kraken hältst?«

»Wem der Tentakel passt«, murmelt sie und kneift dann die Lippen zusammen, als ob sie sich ein Lächeln verkneifen wollte. »Klar, ich weiß, dass du das nicht bist. Ich habe sogar nachgelesen, wie viele Seeleute früher Riesenkraken mit Kraken verwechselten, und offensichtlich ist es bei deiner Herkunft zu Verwechslungen gekommen. Ich bin mir allerdings nicht sicher, warum der Krake all diese Schiffe zerstört hat.«

Ich beobachte ihren Mund, schmecke sie immer noch auf meinen Lippen und will mehr. Stattdessen lasse ich sie im Wasser auf ihre Füße sinken, das bis knapp unter ihre vollen Brüste reicht. Ich fange an, ihr Wasser über die Brust und das Schlüsselbein zu spritzen, und mit meiner großen Handfläche wische ich ihr mein Sperma vom Körper.

Sie stößt meine Hand weg, als ich ihre Brust betaste, fast unfähig, zu widerstehen. Als sie sich ganz von mir löst, greife ich nach ihrem Arm und ziehe sie an meine Seite.

»Die Sache ist die ... Kraken haben ein wildes Temperament.«

»Oh, das merke ich.« Sie drückt sich wieder an mich, während ich meinen Arm um sie lege und den Rest meines Spermas von ihrer Brust und ihrem Bauch abwische, besonders von diesen köstlichen Brüsten mit ihren rosa Brustwarzen. Ich erinnere mich, dass sie in ihrer Meerjungfrauengestalt aquamarin waren, und ich freue mich darauf, sie in dieser Form zu schmecken.

»Wenn diese Boote in den Gewässern fischten«, erkläre ich, »warfen sie Abfall hinein, woraufhin die Kraken wütend wurden und, nun ja, die Boote zerstörten. Man kann es ihnen nicht wirklich verübeln. Was würdest du tun, wenn jemand kommt und seinen Müll in dein Haus wirft?«

»Oder in dein Haus kommt und dich einfach mitnimmt«, sagt sie sarkastisch.

»Sasha«, gurre ich und ziehe sie an mich. Ich gehe ein Stück weit in die Knie, um sie nicht zu überragen, und schließe sie in meine Arme. Sie ist so weich und warm an mir, und ich kann nicht genug von ihrem Körper bekommen, der sich an meinen presst, Haut an

Haut. »Das ist dein Zuhause, du wusstest es nur noch nicht.«

Sie rollt mit den Augen, während ich grinse und mit meiner Handfläche das Tal ihrer Brüste hinunter streiche, über ihren Bauch und direkt zwischen ihre schönen Schenkel. Im Handumdrehen sind meine Finger an ihrer süßen Muschi, gleiten die Länge ihres Saums entlang, wie Seide, die ihre Erregung bedeckt.

»Hey«, reagiert sie im Bruchteil einer Sekunde und stößt gegen meine Schultern.

»Ich sorge dafür, dass du gründlich sauber bist.« Ich habe einen festen Griff um ihre Taille.

»Das musst du nicht tun!«, keucht sie. Sie kämpft immer noch gegen mich an, stößt gegen meinen Arm, aber ich halte nicht inne.

»Aber das tue ich gern mein Schatz. Wenn ich eine Sauerei mache, bringe ich sie wieder in Ordnung. Entweder mit der Hand hier im Wasser oder ich lege dich wieder auf den Tisch und benutze meine Zunge. Du hast die Wahl.«

Sie blinzelt, während ich einen Finger zwischen ihre Falten schiebe und sie erzittern lasse, und sich ihre Brustwarzen erneut für mich zusammenziehen.

»Das würdest du nicht.«

»Finden wir es heraus.« Es wäre so einfach, sie genau hier zu beanspruchen, immer und immer wieder. Mein Schwanz pocht schon darauf, ihre enge Fotze erneut zu durchbohren.

Ich kichere, halte sie fest, halte mein Wort und streichle ihre herrliche Muschi, mein Schwanz ist hart wie ein Stein, bereit sie zu ficken. Ich denke darüber nach, sie zu beugen, weil sie ein böses Mädchen war, und sie hart zu ficken, mit diesem bezaubernden Arsch in der Luft, in den mein Finger eindringt.

Mit dem Kiefer knirschend, quäle ich mich.

Ihr Gesichtsausdruck ist der einer Serienmörderin, doch ihr Körper wiegt sich und lehnt sich an mich. Sie ist so süß und liebt es, wenn ich mit ihrer kleinen Muschi spiele.

Als ich fertig bin, lasse ich sie los, und sie stolpert von mir weg und spritzt dann wütend Wasser nach mir.

»Tu das nie wieder. Ich kann auf mich selbst aufpassen.«

»Das kann ich nicht versprechen, denn jetzt muss ich auch auf dich aufpassen«, antworte ich und grinse, als sie aus dem Wasser stürmt. Mein Blick senkt sich augenblicklich auf den kurvigen Hintern, der nach meiner Berührung, nach meinem Schwanz ruft, jede Backe wackelt bei den schnellen Schritten, die sie macht.

»Soweit ich weiß, wache ich morgen früh gefesselt auf diesem Opfertisch auf. Dafür ist er doch da, oder?«

Ihre Hartnäckigkeit ist bewundernswert. »Der Tisch gehörte meinem Großvater, wie das ganze Haus. Er hat es gebaut, hat man mir gesagt.«

»Ich liege also nicht falsch, was?« Ihr Blick trifft mich. »Das Opfern liegt in der Familie.«

Ich kichere über ihre Wut; sie ist so verdammt liebenswert. »Ich kann nicht für meinen Großvater sprechen, denn soweit ich weiß, hat er ihn dafür benutzt. Ich habe das Bedürfnis noch nicht entdeckt ... noch nicht.«

Sie geht auf die Tür zu.

»Du gehst schon?«, rufe ich sarkastisch.

Sie dreht sich zu mir, und ich bewundere ihre Nacktheit erneut. Sie ist absolut spektakulär, triefend vor Wasser. Besonders gefällt mir die kleine Haarpartie zwischen ihren Schenkeln, ein dunklerer Farbton ihres aquamarinfarbenen Haares.

»Ja, ich habe genug von besitzergreifendem Wahnsinn für eine Nacht«, erklärt sie.

Ich halte ihren Blick fest und bewundere ihre Stärke, mir die Stirn zu bieten. Und ich kann ihre Anschuldigungen nicht gerade leugnen, wenn sie schlicht und einfach wahr sind.

»Gute Nacht, Sasha«, sage ich und wende mich von ihr ab, während ich bereits spüre, wie mein Biest aus mir herausdrängt. Die Verwandlung geht mühelos vonstatten, so leicht wie das Wechseln der Kleidung, mein Körper wächst, dehnt sich aus. Da ich weiß, dass ich nicht vorhabe, in meiner Krakengestalt in der Höhle zu bleiben, tauche ich ins Wasser ein. Die Höhle ist offen, ebenso wie der riesige Unterwassergang, der in den Stein gehauen wurde und groß genug ist, dass ein Krake hindurchschwimmen kann.

Es ist befreiend, verdammt befreiend, ihn loszulassen, ungehindert zu schwimmen. Ich gleite in den Fjord mit schwarzem Wasser, das Mondlicht irgendwo über mir, aber während ich mich vorwärtstreibe, bleiben meine Gedanken bei Sasha.

Es scheint, als gäbe es in der kommenden Zeit etwas, auf das ich mich freuen kann. Mein Krake ist besessen von ihr, und vielleicht, nur vielleicht, sehe ich eine Zukunft, in der sie an meiner Seite ist und das Biest in mir zähmt.

Meine Gedanken bleiben an meiner Meerjungfrau hängen, ihr Geschmack auf meiner Zunge, ihr Duft vernebelt meinen Kopf, und doch schwöre ich, dass ich etwas anderes an ihr gespürt habe, etwas, das ich nicht genau benennen kann. Es ist eine Energie tief in ihr, die ich noch nie zuvor gespürt habe, etwas Ursprüngliches. Definitiv nichts, was ich bei anderen Meerjungfrauen, die ich gefickt habe, wahrgenommen habe.

Vielleicht ist es unsere schicksalhafte Verbindung, die diese unterschwellige Kraft hervorbringt, die sie unter der Oberfläche trägt. Meine Neugierde ist geweckt. Was auch immer mit ihr los ist, ich werde es im Auge behalten, entschlossen, zu verstehen, warum sie sich so anders anfühlt.

Das kalte Wasser des Fjords plätschert um mich herum, und meine massiven Tentakel gleiten durch die Dunkelheit. Ich gleite durch die Tiefe und lasse mich von der Strömung tragen, als plötzlich eine Flut von Bildern in meinen Kopf eindringt und mich aus der Gegenwart reißt. Der Fjord verblasst schnell und wird durch eine Vision ersetzt, die sich zu real anfühlt.

Ich stehe am Rande einer natürlichen heißen Quelle in einem Tal, das von felsigen, schneebedeckten Bergen umgeben ist, die imposant in den Himmel ragen. Dampf steigt aus der blauen Lagune auf und bildet einen Nebel, der in der Luft hängt.

Mein Blick wird von meinem Großvater und einer

rothaarigen Frau im Wasser angezogen. Sie plätschert spielerisch vor sich hin, ihr gold-grüner Schwanz ruft meinem Großvater etwas zu, ihre Stimme ist singend und voller Lachen.

»Das Wasser ist so heiß, dass es wunderschön ist«, sagt sie und ihre stechend grünen Augen strahlen vor Freude.

Ich erkenne mich sofort wieder.

Ist sie es?

Die Meerjungfrau, die in der Höhle unter dem Herrenhaus in der Nähe des Steintisches gemalt wurde? Der Opfertisch, wie Sasha ihn nannte. Ein Tisch, der von einigen Meeresbewohnern in den Gewässern, mit denen ich im Tartarus gelebt habe, als Geburtsaltar benutzt wird. Manche nennen ihn auch einen Festaltar für die erste Paarung ... etwas, dessen ich mir voll bewusst war, als ich meine kleine Meerjungfrau darauf gefickt habe. Es ist alles ein Ritual, nichts mit Magie, aber ich bin nicht abgeneigt, ein paar Bräuche in mein Leben einzubauen.

Als ich meine Aufmerksamkeit wieder auf meinen Großvater richte, wirkt er etwas älter, aber er ist es unverkennbar. In Sekundenschnelle zieht er sich aus und geht zu ihr ins Wasser. Die heißen Quellen kräuseln sich um ihn, anscheinend ist er sich seiner Macht als Krake bewusst. In wenigen Augenblicken erreicht er die Meerjungfrau und zieht sie in seine Arme. Ihre Schönheit ist beeindruckend, aber nicht annähernd mit der von Sasha zu vergleichen.

»Ich bin so froh, dass du uns hierhergebracht hast«, zwitschert sie.

Er dreht sie an den Schultern von sich weg, sodass sie mit dem Rücken an seiner Brust liegt und seine Arme um ihre Schultern geschlungen sind. Sein Kinn ruht auf ihrer

Schulter, als er ihr einen kleinen Kuss gibt, der sie kichern lässt.

»Ich brauchte eine Auszeit«, gibt er zu, und seine Stimme ist so sanft wie nie zuvor. »Das Geschäft ist sehr anspruchsvoll, da wir es immer weiter ausbauen.«

»Du arbeitest zu viel«, antwortet sie. »Obwohl ich wirklich wissen möchte, was du machst. Es ist jetzt acht Monate her, dass wir uns kennengelernt haben, und du willst es mir immer noch nicht sagen.« Sie schmollt.

Er küsst sie auf die Wange und bricht in lautes Gelächter aus, das von den umliegenden Felsen widerhallt. »Es ist langweilig, glaub mir. Das Letzte, was ich will, ist, dass du die langweiligen Dinge siehst, die ich mache. Dann denkst du, ich bin es auch.«

Sie geht von ihm weg und dreht sich um, steht ihm gegenüber, die Augen fest auf ihn gerichtet, und es ist klar, dass sie ihn absolut anbetet. »Nichts, was du tust, könnte jemals langweilig sein. Nichts von dir, mein Liebster.«

Er umschließt ihr Gesicht mit seinen Händen. »Ich habe noch nie jemanden geliebt, aber du hast mein Herz, Nixi.«

Ich stöhne innerlich auf bei dem Anblick meines Großvaters, der so romantisch ist. Es ist ein wenig ekelhaft, aber ich frage mich, ob ich so aussehe, wenn ich zu meiner Sasha nett bin. Der Gedanke ist amüsant und beunruhigend zugleich.

Die eigentliche Frage, die an mir nagt, lautet: Wer ist diese rothaarige Meerjungfrau Nixi? Mein Großvater hat nie von jemandem gesprochen, den er geliebt hat, nicht einmal von der Krakenfrau, die er im Tartarus geschwängert hat. Sie blieben nie zusammen, und als sie an einer Krankheit starb, nahm er meinen Vater unter seine Tentakel.

Aber der Mann war ein Buch mit sieben Siegeln, gab

nichts von sich oder seiner Vergangenheit preis. Und doch ist er hier, mit dieser Frau, und teilt einen Moment, der so intim ist, dass es sich wie ein Eindringen anfühlt, ihn mitzuerleben. Ich zweifle nicht an seiner Liebe zu ihr, schon gar nicht, wenn er ihr ein Wandgemälde im Keller seiner Villa hat malen lassen.

Was ist mit ihr passiert? Warum hat er sie nie erwähnt?

Die Vision verblasst, und ich bin wieder im Fjord. Das kalte Wasser umhüllt mich, doch das Bild meines Großvaters bleibt in meinem Kopf lebendiger als jede Erinnerung. Ich gleite vorwärts, das dunkle Wasser wirbelt um mich herum, silberne Fische huschen von mir weg, während ein Grönlandhai, der direkt vor mir auftaucht, zur Seite springt und schnell in der Dunkelheit verschwindet.

Dennoch kann ich das Bild meines Großvaters und der rothaarigen Meerjungfrau nicht abschütteln. Die Geheimnisse, die er bewahrte, die Frauen in diesen Visionen - wie hängen sie alle mit seiner Gefangenschaft im Tartarus zusammen?

15

———

SASHA

Zurück in Kadens Schlafzimmer bin ich atemlos und versuche, zu verstehen, was gerade unten passiert ist. Die Anziehungskraft auf Kaden ist überwältigend, das ist klar. Selbst jetzt kribbelt es in mir und ich kann nicht glauben, wie schnell die Dinge zwischen uns eskaliert sind. Nicht, dass ich einen einzigen glühend heißen Moment bereuen würde. Mal abgesehen davon, dass er mich kontrolliert versucht hat, mich zu züchten, und dann meine Muschi im Wasser mit seiner Hand gereinigt hat, ohne dass ich ihn darum gebeten habe ...

Was solls!

Die Sache ist die, ich bin nicht einmal verärgert darüber ... eher schockiert. Der Kerl hat null Verständnis für persönlichen Freiraum. Vielleicht war es zu schnell, bei ihm einzuziehen und ihm den Eindruck zu vermitteln, dass er tun kann, was er will.

Außerdem muss ich immer wieder daran denken, wie sich Kaden in seine Krakenform verwandelt hat.

Seine schiere Größe, obwohl ich wusste, dass es noch nicht seine volle Form war, ließ mich zittern. Der Kerl ist furchterregend. Am Ende stand ich in der Tür, lange, nachdem er in die eisigen Fluten des Fjords getaucht war, und zitterte vor der Erkenntnis, wer mein Schicksalsgefährte ist. Das Bild dieser riesigen Tentakel, die sich entfalten, sein sich ausdehnender Körper, die rohe Kraft in jeder Bewegung ... das kann ich nicht so leicht abschütteln. Meine Haut kribbelt vor Angst, vor Ehrfurcht.

In meinem Zimmer finde ich Chowder schlafend im Bett ausgestreckt, als gehöre ihm die Wohnung. Mit dem Handtuch, das ich mir auf dem Weg ins Bad geschnappt habe, trockne ich mich schnell ab und ziehe mir Leggings und ein Kapuzenoberteil an. Die Entscheidung, mitten in der Nacht in meine Hütte zurückzukehren, fühlt sich richtig an. Sicher, Kaden ist mein Schicksalsgefährte, aber das geht mir zu schnell.

Zum Glück sind meine Sachen aus meiner Wohnung gerade erst angekommen und noch verpackt. Das macht die Flucht leicht.

Hinter mir ertönt ein leises Zirpen, und ich drehe mich um, um Chowder auf der Bettkante zu sehen, der sich auf seine Hinterbeine stellt. »Wer ist verärgert?«

Ich gehe zu ihm und werfe meine Arme um ihn. »Wir gehören nicht hierher. Wir müssen zurück in unser Haus.«

Er zieht sich aus meiner Umarmung zurück. »Nein.«

Ich seufze und sehe, wie er den Kopf schüttelt. »Dir gefällt es hier? Aber er ist überheblich.«

Chowder starrt mich an, seine winzige Nase zuckt, und mir wird klar, dass er vielleicht nicht versteht, was *Überheblichkeit* bedeutet.

»Er ist nur ...«

»Gut für dich. Gut für uns«, vervollständigt er meinen Satz.

»Ist er das?« Ich sitze auf dem Bett, mein Herz rast.

Chowder krabbelt auf meinen Schoß und blickt mit diesen seelenvollen Augen zu mir auf, die mich zum Lächeln bringen.

»Du bist verwirrend, weißt du das?«, sage ich und kraule ihn hinter den Ohren. »In einem Moment bist du mürrisch über ihn und im nächsten verteidigst du ihn.«

Chowder stöhnt daraufhin und bringt mich zum Lachen.

»Du denkst also, er ist gut für mich?«

Er stößt seinen Kopf gegen meine Hand, seine Art, Ja zu sagen.

Ich nehme den Raum in mich auf, der gleichzeitig luxuriös und erdrückend ist.

»Es ist nur ... Ich weiß nicht, ob ich für all das bereit bin.«

Chowder legt den Kopf schief und fragt: »Was sollen wir tun?«

»Ich weiß es nicht«, gebe ich zu und lehne mich auf dem Bett zurück. »Ein Teil von mir will bleiben, um zu sehen, wohin das führt, aber der andere Teil ... Ich habe das Gefühl, mich zu verlieren. Das beunruhigt mich.«

Er schmiegt sich enger an meine Seite und bietet mir seine Unterstützung an.

»Warum muss alles so schwer sein?«, murmle ich und streiche mit einer Hand durch sein Fell. »Ich weiß es nicht. Vielleicht ist es besser, wenn wir gehen? So, mein kleiner Freund, ich sollte unsere Sachen fertig machen, damit wir gehen können.«

Chowders Kopf zuckt hoch und er starrt mich mit fast enttäuschtem Gesicht an.

»Wie können wir gehen? Wenn er deine Schuppen zurückbringt.«

Ich blinzle ihn an und richte mich auf.

»Warte, was sagst du da?« Meine Gedanken kreisen um die zwei Schuppen von meinem Schwanz, die ich auf meinem Nachttisch gefunden habe. Und Chowder will mir sagen, dass Kaden dafür verantwortlich war?

»Hast du gesehen, wie er sie zurückgebracht hat?«, frage ich leise.

»Er schleicht sich an mir vorbei. Aber er kratzt mich, und ich bin ein guter Junge«, sagt Chowder und lächelt fast. »Also ist Kae'en ein guter Mensch.«

Ich grinse über seine falsche Aussprache von Kadens Namen, aber ich sitze hier in Dutzende von Stücken zerrissen. Ich stehe auf, gehe zu meiner Tasche und hole die Schuppen heraus, die noch in ihrem Behälter sind. Ich kann mich nicht von ihnen trennen und starre sie an. Kaden hat das für mich getan? Etwas so zutiefst Persönliches, obwohl er mich kaum kannte.

Chowder schmiegt sich an meine Hand, während er auf dem Bett liegen bleibt. »Bleibst du hier?«, fragt er. »Kae'en ist gut.«

Ich atme laut aus und streichle sein weiches Fell. »Ich weiß es nicht. Vielleicht?« Ich lasse mich zurück auf das Bett fallen und das Gewicht von alldem schnürt mir die Brust zu. »Komm her. Ich dachte, du hasst ihn.«

Chowder krabbelt auf meine Brust und starrt mich an, eine Welt voller Emotionen ist hinter diesen kleinen Augen, und ich kann genau sehen, was er will.

Dass wir hierbleiben können.

Ich lache leise. »Ich kann nur versprechen, dass wir heute Nacht nicht weggehen, okay?« Ich bin hin- und hergerissen und überlege, ob ich darüber schlafen soll.

Chowder gibt einen zirpenden Laut von sich, hüpft von mir herunter und rollt sich auf einem der Kissen zusammen.

Ich werfe noch einen Blick auf die Schuppen, bevor ich sie in die Tasche stecke.

Kaden überrascht mich immer wieder, und ich weiß nicht, ob es etwas Gutes ist oder eine Katastrophe, die sich anbahnt. Wie auch immer, ich habe das Gefühl, dass die Dinge sehr interessant werden.

Ich rolle mich neben Chowder zusammen, streichle ihn, schließe die Augen und denke daran, dass Kaden etwas für mich getan hat, ohne damit zu prahlen oder es mir zu sagen. Das hat fast etwas Demütigendes an sich.

Ich muss eingeschlafen sein, denn es ist bereits Morgen. Ich schlendere aus dem Schlafzimmer, nachdem ich festgestellt habe, dass Chowder nicht neben mir liegt. Das Lachen, das durch das Haus schallt, hat mich geweckt, und ich bin neugierig, was da los ist.

Ich taumle in die Küche, wo ich die beiden Männer in meinem Leben vorfinde. Chowder steht auf einem Stuhl und isst eine große, rohe Forelle von einem Teller auf dem Tisch. Kaden sitzt ihm gegenüber und verschlingt seine Mahlzeit. Der Tisch ist voll mit Essen - Fleisch, Brot, Eier, Pfannkuchen, Obst, Fisch. Alles, was ich mir vorstellen kann, ist vorhanden. Mein Magen knurrt daraufhin. Ehrlich gesagt, kann ich mich nicht erinnern, wann ich das letzte Mal etwas gegessen habe. Ich bin am Verhungern und setze mich an den runden Tisch.

»Wie hast du geschlafen?«, fragt Kaden mit einem verschlagenen Lächeln um die Lippen.

»Die ganze Nacht wachgelegen«, antworte ich und lüge ihn an, weil ich ihm nicht sagen will, dass er mich so sehr beeinflusst hat.

»Stimmt nicht«, mischt sich Chowder ein. »Du schnarchst stark. Du schläfst wie ein Stein.«

Kaden lacht, während meine Wangen brennen. Ich hätte nie gedacht, dass ich sie beide gegen mich haben würde.

»Und du?« Ich lenke die Aufmerksamkeit von mir ab.

»Der beste Schlaf seit Jahren. Ich habe *ihn* letzte Nacht gebraucht.« Sein Blick verlässt mich nicht, während er einen Bissen von seinem mit Marmelade bestrichenen Brot nimmt.

Bezieht er sich auf den Schlaf oder auf unsere Ficksession? Auf jeden Fall Letzteres. Ich atme schneller und kann den unglaublichsten Orgasmus, den ich je erlebt habe, nicht vergessen.

»Ich habe gute Neuigkeiten gehört: Es ist nicht geplant, dass du und mein Kumpel hier die Villa verlassen«, murmelt Kaden und lehnt sich in seinem Stuhl zurück, während das Sonnenlicht, das durch das Fenster hereinfällt, seine dunkelblauen Augen erhellt. Leichte Bartstoppeln bedecken seine Kieferpartie, sein dunkles Haar liegt unordentlich um sein lächerlich schönes Gesicht, und das weiße T-Shirt, das er trägt, spannt sich über seine Brustmuskeln, die seinesgleichen suchen.

Ich schaue zu Chowder, der das gar nicht bemerkt, sondern seinen Fisch verschlingt und dabei seine Schnurrhaare durcheinanderbringt.

»Ist er jetzt dein Spion?«, murmle ich in Kadens Richtung. Ich richte mir ein paar Spiegeleier auf dicken Toastscheiben an. Meistens nehme ich morgens auf dem Weg nach draußen nur Obst mit.

»Ob du es glaubst oder nicht, Männer reden über ihre Gefühle«, antwortet Kaden und ein Grinsen umspielt seine Lippen. »Chowder hat sehr deutlich gesagt, dass er hierbleiben will.«

»Ich gebe meine Otter Zustimmung«, platzt Chowder heraus und starrt uns an.

»So wie das Great Seal?«, frage ich.

Er schüttelt den Kopf. »Wichtiger. Wer mag schon Robben?«

Ich muss lachen.

»Okay, du hast mich erwischt«, sage ich. Er ist schon

zu lange mit mir zusammen und hat meine Frechheit
aufgeschnappt.

Kaden schaut uns aufmerksam zu. »Siehst du? Es
ist schon wie ein Familienfrühstück.«

Ich verdrehe die Augen, kann aber nicht verhindern, dass sich Wärme in mir ausbreitet. Trotz allem,
trotz meiner Vorbehalte, hat dieser Moment etwas
unbestreitbar Tröstliches an sich.

»Du übertreibst«, sage ich.

»Sogar Chowder sieht es.« Sein Grinsen reicht ihm
fast bis in die Augen, er amüsiert sich viel zu sehr.

Ich schlucke schwer und versuche, das Flattern in
meiner Brust zu ignorieren. »Wir werden sehen«, sage
ich und konzentriere mich auf mein Essen. Tief im
Inneren weiß ich, dass er recht hat. Dieser Ort, er,
alles fühlt sich auf unerklärliche Weise richtig an.
Und das macht mir mehr Angst, als ich zugeben
möchte.

Ich nehme einen Bissen und genieße meine Mahlzeit, während Kaden mir einen Saft einschenkt. Er
scheint die häusliche Routine viel zu sehr zu genießen.

»Also, ich habe auch ein paar Dinge gehört. Zum
Beispiel, dass du meine Schuppen zurückgebracht hast,
ohne es mir zu sagen.«

Er legt den Kopf leicht schief, aber der starke
Ausdruck bleibt auf seinem Gesicht.

»Ich würde niemals zusehen, wie dir jemand
wehtut oder dir etwas wegnimmt. Das habe ich dir
gesagt.«

»Ja, aber warum hast du mir nicht gesagt, dass du
sie für mich geholt hast?«

»Sasha, ich suche nicht nach Anerkennung oder Lob.«

»Wer hat gesagt, dass ich dich loben würde?«, kontere ich sofort, meine Stimme ist schärfer als beabsichtigt. Er bringt viele Dinge in mir zum Vorschein, darunter auch die Herausforderung, ihn immer zu übertreffen.

»Ich sehe es in deinen Augen.« Seine Füße erreichen meine unter dem Tisch, und ich ziehe sie weg.

Ich denke einen Moment darüber nach und stelle fest, dass das, was er getan hat, geschah, bevor er wusste, dass wir füreinander bestimmt waren, aber er hat sich trotzdem um mich gekümmert.

»Nun, danke. Ich weiß es zu schätzen. Hoffentlich zieht es meinetwegen nicht den Zorn Asbestas auf dich.« Allein der Gedanke daran verengt meine Mitte.

Kaden schmatzt mit den Lippen, schluckt und lehnt sich in seinem Stuhl zurück.

»Sie würde dir nie etwas antun. Vertraue mir. Als meine Schicksalsgefährtin wird sie gut daran tun, sich so weit wie möglich von dir fernzuhalten, und sie wird das wissen.«

»Warum? Weil du zugestimmt hast, ihrem Haus beizutreten?«

»Nichts ist in Stein gemeißelt«, erklärt er. »Aber manchmal ist es einfacher, jemanden zu beschwichtigen, bis man seinen nächsten Schritt geplant hat.«

»Du hast also nicht vor, umzuziehen?«

»Wenn du nicht vorhast, mit mir umzuziehen, bleibe ich an deiner Seite.« Er hat wieder dieses Stalkergrinsen aufgesetzt.

Chowder isst seinen Fisch auf und schaut zwischen uns hin und her. »Ziehen wir um, alle drei?«

»Nein«, sage ich entschlossen.

Chowder zeigt mir einen Schmollmund.

»Wenn es das ist, was wir tun müssen«, antwortet Kaden in ebenso entschlossenem Ton.

»Du kannst nicht einfach Entscheidungen für uns alle treffen.« Ich starre ihn an, mein Ärger brodelt unter der Oberfläche, zusammen mit etwas Wärmerem.

»Das tue ich nicht«, antwortet er ruhig. »Ich biete eine Lösung an. Deine Sicherheit hat für mich Priorität.«

»Ich auch«, meldet sich Chowder mit großen, unschuldigen Augen zu Wort.

Ich fühle mich überfordert und murmle: »Ich weiß gar nicht, wie ich das alles verarbeiten soll«.

Kaden beugt sich vor, sein Blick ist intensiv, aber weicher als zuvor. »Nimm es an, kleine Meerjungfrau.«

»Sind wir jetzt eine Familie?«, platzt Chowder plötzlich heraus.

»Nein«, sage ich genau in dem Moment, in dem Kaden »Ja« sagt.

Chowder schüttelt den Kopf. »Verwirrend.«

Ich kann mir ein Lachen nicht verkneifen.

»Wir ... finden es heraus«, fügt Kaden hinzu.

Ich parke das Auto an der Seite des belebten Hafens, am Ende der Straße ist das geschäftige Treiben der Docks deutlich zu sehen. Ich greife nach meinem Rucksack auf dem Beifahrersitz, um nur das Nötigste zu holen, aber meine Hand landet auf etwas unerwartet Flauschigem. Ich zucke zusammen, mein Herz macht einen Satz, und als ich hinschaue, steckt Chowder seinen Kopf heraus, seine Augen leuchten und sind neugierig.

»Hallo«, zwitschert er.

»Du kleine Petze«, murmle ich. »Wann bist du in meinen Rucksack gekrochen?«

Er gibt ein leises, grunzendes Geräusch von sich, von dem ich gelernt habe, dass es sein Versuch ist, zu lachen, indem er das Geräusch nachahmt, das ich mache.

Ich kichere und zerzause sein Fell. Ich hatte es heute Morgen so eilig, dass ich gar nicht bemerkt habe, dass sich mein Rucksack etwas schwerer anfühlt als sonst. Ich gebe Kaden und seinen Worten vom Frühstück die Schuld, die mich abgelenkt haben.

»Ich kann dich doch nicht allein im Auto lassen. Sieht so aus, als würdest du mit mir kommen.« Ein Teil von mir hofft wirklich, dass es nicht nötig sein wird, den Bösewicht zu jagen. Schließlich ist es nur eine Überprüfung meines neuen Ziels.

Chowder zwitschert jetzt, das Kinn hocherhoben, seine kleinen Pfoten greifen nach dem Deckel meines Rucksacks. »Ich bin bereit zu arbeiten«, sagt er mir.

»Na, mal sehen, wie es heute läuft, ja?« Er nickt, und
ich schnappe mir den Rucksack, während er darin
versinkt. »Du musst nur ganz leise sein, okay?« Sobald
ich aus dem Auto ausgestiegen bin, hänge ich mir den
Rucksack über die Schulter und mache mich auf den
Weg zu den Docks.

Die Sonne scheint an diesem Morgen hell, die
salzige Meeresbrise peitscht durch mein Haar.

Die heutige Aufgabe ist einfach: Ermitteln Sie den
Aufenthaltsort eines zwanzigjährigen Mannes, der in
einem Tag eingezogen werden soll, weil bei ihm ein
hohes Fluchtrisiko besteht.

Der Idiot wurde beim Schmuggeln gestohlener
Juwelen aus dem Haus der Luft und des Amethysts
erwischt und dachte, er könnte sich im Haus des
Goldes und Granats verstecken und von seinem Schatz
leben. Also verfolgen wir ihn, um sicherzustellen, dass
er die Stadt nicht verlässt.

Er wurde zuletzt bei der Arbeit an den Docks
gesehen.

Hier herrscht reges Treiben, Händler schleppen
Fisch herum, andere Arbeiter wuseln umher. Soweit
ich weiß, sind diejenigen, die mit den Booten hinaus-
fahren, aus dem Haus des Meeres und der Schlange,
und sie laden normalerweise ihre Fänge am Kai für die
Einheimischen ab. Und diejenigen, die die Docks
verwalten, sollen sicherstellen, dass niemand das Haus
des Goldes und Granats betritt, der nicht hierherge-
hört. Wie gut das kontrolliert wird, ist eine andere
Sache, es sei denn, Söldner bekommen Wind von den
illegal Einreisenden und machen Jagd auf sie.

Meine Zielperson arbeitet in den Docks, also hoffe ich, dass ich einen Blick auf ihn erhaschen kann. Ich ziehe meine Mütze tief in die Stirn und trage Jeans und einen Kapuzenpulli, um nicht aufzufallen.

Ich entdecke eine Gruppe von Männern, die sich am Rande eines Stegs unterhalten, und der Klang ihrer Stimmen wird immer deutlicher, je näher ich komme. Ich hoffe, dass mein Ziel in der Nähe ist, denn auf dem Schiff gehen Arbeiter ein und aus, um Fracht zu entladen. In der Nähe dümpeln Fischerboote auf dem Wasser. Möwen krächzen über mir, und die Luft ist dick mit dem Geruch von Fisch erfüllt - herrlich, genau das, was ich wollte, um meinen Tag zu beginnen.

Als ich an Eimern mit Kabeljau und Seehecht vorbeigehe, kann ich nicht anders, als einen kleinen Schmerz zu empfinden. Ich meine, die Leute essen Fisch - gut, das verstehe ich, aber sie so zu sehen, wie sie nach Luft schnappen, rührt etwas tief in mir.

Ich spüre, wie Chowder in meiner Tasche herumwühlt, was vermutlich eine Reaktion auf den starken Fischgeruch ist. Hoffentlich hat er eine gewisse Selbstbeherrschung, wenn man bedenkt, was er zum Frühstück gegessen hat.

Als ich an zwei Fischern vorbeikomme, erregt ihr Gespräch meine Aufmerksamkeit. Mein Herz schlägt schneller, ich bleibe bei einem Stapel Fische stehen und tue so, als würde ich mich für sie interessieren.

»Die ganze Mannschaft ist mausetot. Die dritte in der Stadt in so vielen Wochen«, sagt einer von ihnen mit rauer Stimme und lässt mich in meinen Schritten innehalten.

»Ja, habe ich gehört. Gerüchte besagen, dass die Sirenen tödlich sind. Wer auf dem Wasser ist, ist nicht mehr sicher«, fügt ein anderer hinzu und schüttelt den Kopf, wobei sein Bart mit der Bewegung wackelt.

Sirenen? Drei Angriffe? Ich denke an die Verwechslung mit meiner Mutter, die kürzlich sieben Männer getötet hat. Könnte sie es sein? Oder ist dies etwas ganz anderes?

»Irgendetwas hat sich in den Gewässern verändert«, stimmt der andere zu. »Ich habe vor einiger Zeit gehört, dass das weiter nördlich auf dem Land passiert.«

Ich spüre einen Schauer über meine Haut laufen. Das ist ganz und gar nicht das normale Verhalten einer Sirene. Als die Männer weggehen, gehe ich weiter im belebten Hafen herum, mein Blick sucht nach meinem Ziel, während mein Verstand an den Nachrichten hängt, die ich gerade gehört habe.

Sirenen massakrieren keine Matrosengruppen auf diese Weise. Vielleicht einen hier und da ... Warum also verhalten sie sich so?

Was hat meine Mutter damit zu tun? Ich sage mir, dass sie nicht mehr meine Mutter ist, dass sie sich wahrscheinlich nicht mehr an mich erinnern wird. Aber meine Brust zieht sich bei der Erinnerung an das Foto zusammen, das die Behörden mir gezeigt haben, wie sie diese Männer tötet.

Das Bedürfnis, die Wahrheit herauszufinden, wogt in mir.

Als ich schneller gehe, die Hände in den Taschen meiner Jeans, fällt mein Blick auf ein neues Schiff, das gerade angedockt hat. Eine Gruppe von Männern kommt herunter und geht die hölzerne Rampe entlang, und hinter ihnen folgt eine ältere Frau. Ihr blondes Haar ist zu einem strengen Dutt hochgesteckt, sie hat einen Schönheitsfleck über der Lippe und ist mit Gummistiefeln und Jeans bekleidet. Sie schafft es, auf dem Dock sowohl streng als auch ganz zu Hause zu wirken.

Ich schreite heran und setze mein sympathischstes Lächeln auf.

»Hallo«, beginne ich und hoffe, dass mein fröhlicher Ton ihre eiskalte Haltung aufweicht. »Ich schreibe einen Artikel für eine lokale Zeitung über die Fischereiindustrie. Was dagegen, wenn ich Ihnen ein paar Fragen stelle?«

Sie mustert mich, ihre Augen verengen sich misstrauisch, aber ihr Blick verweilt etwas zu lange auf meinem Gesicht, was mir Unbehagen bereitet.

»Warum wollen Sie etwas darüber wissen?« Ihre Stimme ist so schroff wie ihr Gesichtsausdruck.

»Ich versuche, mehr über die lokale Industrie und einige der Herausforderungen zu erfahren, mit denen Sie alle hier konfrontiert sind«, lüge ich, wobei ich meinen Ton leicht und professionell halte. »Sie wissen schon, für die Leser.«

Sie verschränkt die Arme und mustert mich immer noch. »Sie sehen nicht aus wie eine der Journalistinnen, die ich schon gesehen habe. Bei welcher Zeitung sind Sie denn?«

»Äh, die *Fjord Times*«, antworte ich und hoffe, dass es glaubwürdig genug klingt. »Wir machen eine Sonderserie über die Auswirkungen der jüngsten

Ereignisse auf die lokale Fischerei. Zusammen mit einem Gerücht, das besagt, dass ...« Ich schaue mich um, um zu sehen, ob jemand in der Nähe ist, vor allem, um meine Worte wirken zu lassen. »Es gibt eine Sirene, die Seeleute angreift und sie tötet.«

In der Zwischenzeit wühlt Chowder in meinem Rucksack herum, und plötzlich taucht sein Kopf auf und gibt ein kleines Zirpen von sich, als ob er nach Luft schnappen würde. Ich bin superdramatisch.

Die Aufmerksamkeit der Frau richtet sich auf den Rucksack über meiner Schulter, ihr Blick fällt auf Chowder.

»Niedlicher Otter«, murmelt sie und täuscht mehr Interesse an ihm vor, als dass sie meine Fragen beantwortet.

»Ja, er ist mein Komplize für den heutigen Tag«, scherze ich und versuche, das Gespräch nicht zu langatmig werden zu lassen, da ich nicht will, dass Chowder anfängt zu reden und noch mehr Aufmerksamkeit auf sich zieht, wenn man seinen Hintergrund bedenkt. »Okay, Chowder, zurück zu deinem Nickerchen.« Ich reiche ihm die Hand und schiebe ihn zurück ins Dunkle, was er dankend annimmt.

Als sie mich wieder ansieht, verengen sich ihre Augen, und sie starrt mich länger an, als mir lieb ist. Ein Flackern des Erkennens - oder vielleicht auch des Misstrauens - geht über ihr Gesicht und macht mich unruhig.

»Ich würde dich davor warnen, Gerüchten von Seeleuten zu folgen. Es ist besser, wenn du dich nicht in Dinge einmischst, die dich nichts angehen«, sagt sie, wobei ihr Tonfall schwer von Andeutungen ist. »Manche Dinge bleiben besser unentdeckt.«

Ohne meine Antwort abzuwarten, macht sie auf dem Absatz kehrt und marschiert davon, während ich ihr blinzelnd nachschaue und mein Radar auf Hochtouren läuft. Diese Frau weiß etwas.

Während ich ihr zuschaue, wie sie weggeht, wende ich meine Aufmerksamkeit dem Schiff zu, wo die Männer, mit denen sie unterwegs war, verschlossene Kisten vom Schiff tragen und sie direkt in den Kofferraum eines Lieferwagens packen. Sie verkaufen ihren Fang nicht wie andere auf dem kleinen Markt am Ufer.

Ich schlendere zu einem anderen Dock hinüber, während ich mir Gedanken über ihr abweisendes Verhalten mache. Es könnte natürlich auch sein, dass sie es hasst, wenn Journalisten ihre Nase in ihre Angelegenheiten stecken. Die meisten Menschen verabscheuen es.

Als ich mich nähere, erblicke ich in der Ferne mein Ziel, einen drahtigen Mann mit einem ständig finsteren Gesichtsausdruck, der Kisten von einem Boot ablädt. Ich schleiche mich hinter eine Gruppe von Männern und versuche, nicht aufzufallen. Das Letzte, was ich gebrauchen kann, ist, dass er vermutet, ich sei hier, um ihn zu überprüfen, und abhaut.

Die Warnung der älteren Frau hallt in meinem Kopf nach. Irgendetwas ist an der ganzen Sache faul, und ich beschließe, dass ich ein paar Nachforschungen anstellen muss. Vor allem über die Nordküste Norwegens.

In der zweiten Tageshälfte bringe ich Chowder

nach Hause und kehre ins Büro zurück. Ich vergrabe mich in Verwaltungsarbeit, hole Schulungsmodule nach und versuche, meine abschweifenden Gedanken abzulenken. Der Morgen wiederholt sich in meinem Kopf - die Todesfälle, die Sirenen, meine Mutter.

Morgen ist Wochenende, und da ich nicht arbeiten muss, habe ich vor, herauszufinden, was wirklich los ist. So sehr ich mir auch einrede, dass es mich nichts angeht, dass ich mich nicht einmischen soll, ich kann nicht weggehen, wenn es erklären könnte, warum sich meine Mutter gegen meinen Vater gewandt hat, warum sie ihn aus heiterem Himmel umgebracht hat.

Auf der Heimfahrt, die Gedanken meilenweit weg, stehe ich plötzlich vor meiner Hütte. Mein Gehirn hat auf Autopilot geschaltet, als ich hierhergefahren bin, ohne dass ich es überhaupt gemerkt habe.

Ich sitze da und starre auf das kleine Holzhaus hinaus, während in mir Nostalgie aufsteigt. Es scheint leer zu sein, als ob noch niemand eingezogen ist. Da ich weiß, dass ich den Schlüssel noch in meiner Tasche habe, steige ich aus dem Auto, um nachzusehen, ob noch etwas von meinen Habseligkeiten fehlt. Außerdem vermisse ich es irgendwie, hier draußen zu leben, wo es einfach nur friedlich ist.

Ich schlendere schnell zur Haustür, den Schlüssel in der Hand, und gehe rein. Die Hütte ist genauso, wie ich sie verlassen habe - nun ja, abgesehen von all meinen Habseligkeiten, die verschwunden sind. Die Möbel waren schon da, als ich eingezogen bin, aber es ist ein seltsames Gefühl, auf einen leeren Ort zu starren, den ich einmal mein Zuhause genannt habe. Ich habe ein mulmiges Gefühl bei dem Gedanken, ohne Mitspracherecht ausgezogen zu sein.

Ich beschließe, eine letzte Kontrolle vorzunehmen, falls etwas von mir zurückgelassen wurde, und mache meine Runde. Fünfzehn Minuten später finde ich nur noch eine kleine Tüte mit ein paar Büchern, einer vergessenen Haarbürste und einer verirrten Socke. Seufzend schließe ich die Tür ab und gehe zurück zu meinem Auto. Die Fahrt zurück zu Kadens Haus führt mich durch die Stadt und in die Wälder in der Nähe des Fjordes. Die Sonne geht langsam unter und wirft lange Schatten, die die unheimliche Atmosphäre noch verstärken.

In der Villa angekommen, erhellt ein einzelnes Licht den heruntergekommenen, unheimlichen Hof, der nach einem verfallenen Haus schreit. Mit meinem Schlüssel betrete ich ein Herrenhaus, das mir wie eine Fantasie vorkommt. Der Flur im Obergeschoss ist mit Gemälden von Schiffen gesäumt, die gegen stürmische See kämpfen, eines dramatischer als das andere. Als ich die Treppe erreiche, um in den Hauptwohnbereich hinunterzugehen, hallt ein lautes Klopfen durch den Flur.

Ich erstarre, ein Angstschauer läuft mir über den Rücken. Ist mir jemand gefolgt?

Langsam drehe ich mich um und gehe zurück zur Tür, mein Herz klopft in meiner Brust. Es klopft erneut, dieses Mal noch eindringlicher. Ich atme tief durch und greife den Türknauf, meine Hand zittert leicht. Ich ziehe die Tür einen Spalt auf.

»Wer ist da?«, frage ich mit leiser Stimme.

Ein Mann steht auf der Türschwelle, sein Gesicht ist teilweise im Schatten verborgen. »Lieferung«, sagt er und hält einen großen, flachen, quadratischen Karton in der Hand. Es ist nichts darauf gedruckt, aber sofort strömt mir der köstlichste Geruch von Essen entgegen, das ich noch nie zuvor gekostet habe. »Für Kaden.«

»Eine Lieferung?«

Der Mann zuckt mit den Schultern. »Ich liefere nur die Pakete aus, Ma'am. Sind Sie Kaden oder nicht? Sonst muss ich sie den ganzen Weg zurück zum Auto mitschleppen. Warum wohnen Sie so weit weg?« In seiner Stimme schwingt deutliche Frustration mit.

Ich nicke langsam und öffne die Tür weiter, um das Paket entgegenzunehmen. »Ja, das bin ich. Sasha Kaden. Danke.« Ich bin zu neugierig darauf, was so gut riecht, um ihn mit dem Paket gehen zu lassen.

»Wurde auch Zeit.« Er schiebt es hinüber und stürmt ohne ein weiteres Wort davon. Ich sehe ihm hinterher. In dieser Kiste muss Essen sein, aber warum liefert jemand Essen an Kaden aus? Warte, was ist, wenn es vergiftet ist? Ich kehre ins Haus zurück, nur um mich mit Kaden zu konfrontiert zu sehen, der hinter mir steht und nach draußen starrt.

»Bitte sag mir, dass du das bestellt hast, denn es riecht göttlich.«

Er starrt immer noch nach draußen in die Richtung, in die der Lieferant gegangen ist. »Sasha, meine Aufgabe ist es, dich zu einer Göttin zu machen, dich wie eine solche zu behandeln, während ich hinter dir stehe wie eine Bestie, die bereit ist, jeden zu vernichten, der dich jemals nicht respektiert hat.« Er tritt durch die offene Tür hinaus, runzelt die Stirn und hebt die Schultern.

»Wovon redest du?«

»Der Lieferjunge.« Kaden sieht mich an und kneift die Brauen zusammen. »Er hat es gewagt, respektlos mit dir zu sprechen. Dafür sollte ich ihm die Zunge herausreißen.«

»Der Lieferjunge? Er war nicht wirklich so gemein.«

»Er war es«, sagt er mit festem Blick, immer noch finster.

»Er hat wahrscheinlich eine harte Nacht hinter sich«, murmle ich, in der Hoffnung, ihn zu beruhigen. »Wenn ich Pakete bei Leuten zu Hause abliefern müsste, wäre ich auch ziemlich genervt.«

Kaden zuckt mit den Schultern und atmet laut aus, dann fällt sein Blick auf die Schachtel in meiner Hand. »Ich wollte dich mit einer einzigartigen menschlichen Mahlzeit namens Pizza überraschen.«

»Ach, hier bringen sie dir also Essen nach Hause? Das habe ich noch nie gesehen«, sage ich, weil ich das in Südafrika noch nie erlebt habe. »Und die Pizza riecht so gut.«

Schließlich lächelt er in meine Richtung, schließt die Tür ab und nimmt mir die Pizza ab. Er streckt die Hand aus und drückt mir einen Kuss auf die Lippen, was mich mehr überrascht als das, was gerade passiert ist.

»Bist du bereit zu essen, Sasha Kaden?« Er grinst mich an, zwinkert mir zu und will mir wahrscheinlich unbedingt wieder sagen, dass ich zu ihm gehöre.

»Haha. Wie auch immer, ich bin am Verhungern.«

Und als wir am Küchentisch sitzen, die Pizzaschachtel zwischen uns geöffnet, bin ich am Verhungern. Viele menschenähnliche Lebensmittel sind nicht mehr so beliebt wie früher, ganz zu schweigen davon, dass sie nicht mehr so leicht zu bekommen sind.

Ich folge Kadens Beispiel, und nehme mir ein Dreieck, wobei sich der Käse dehnt.

Mir läuft das Wasser im Munde zusammen, auch wenn ich so etwas noch nie gegessen habe. Kaden sieht mir zu, als ich den ersten Bissen nehme. Die würzigen Aromen wirbeln in meinem Mund, und die knusprige Kruste lässt mich nach mehr verlangen.

»Hmm, das ist wirklich gut«, sage ich und nehme noch einen Bissen. Kaden untersucht sein Stück, dann nimmt er einen großen Bissen. Er nickt sofort.

»Nicht schlecht. Ein bisschen fettig, aber daran kann ich mich gewöhnen.«

Chowder, der auf dem Tisch sitzt, schnuppert an einem Stück des knusprigen Randes, den ich ihm angeboten habe. Er knabbert daran, dann verzieht er das Gesicht und schiebt es weg.

Ich kichere. »Da ist aber jemand kein Fan. Du bist eher ein Muscheltyp.« Er sitzt da und sieht uns beim Essen zu, und ganz im Ernst: Ich habe noch nie etwas so schnell verschlungen.

»Und, war es gut?«, fragt Kaden und mustert mich, während er sich ein weiteres Stück nimmt.

»Ja, ich liebe *diese* Art von Überraschungen.« Je länger wir essen und uns darüber unterhalten, was für einen Belag die Pizza hat, desto mehr wird mir klar, dass dieser Ort gar nicht so schlecht ist. Es ist ein weiter

Weg von meiner kalten Hütte. Und als Kaden mir ein weiteres Stück serviert und mir eine Seite von sich zeigt, die nicht ganz so steif und fordernd ist, steigt in mir ein Gefühl der Zugehörigkeit auf, das ich nicht erwartet hatte.

Ich versuche, nicht zu viel darüber nachzudenken, aber was ist, wenn ich für diesen Ort bestimmt bin?

Als ich jung war, sagten mir meine Eltern immer, das Schicksal würde mich im Leben leiten. Nachdem ich sie verloren hatte, hörte ich auf, an solche Dinge zu glauben, weil ich dachte, es sei eine tröstliche Lüge. Jetzt, wo ich hier mit Kaden und Chowder sitze, kann ich nicht anders, als mich zu fragen, ob alles aus einem bestimmten Grund geschehen ist.

16

SASHA

Als ich in meiner Mittagspause das Firmengebäude verlasse, beschließe ich, der Stadtbibliothek einen Besuch abzustatten, einem Ort, der mit allen möglichen Geschichtsbüchern aus der ganzen Welt gefüllt ist, darunter auch Nachrichtenartikel. In Südafrika hatten wir eine ähnliche Bibliothek, aber ich habe sie nie genutzt. Ich möchte einige Artikel über Angriffe auf Fischerboote lesen, und das ist der perfekte Ort dafür.

Ich erreiche gerade mein Auto auf dem Firmenparkplatz, als jemand meinen Namen ruft. Ich werfe einen Blick zurück, weil ich denke, dass es ein Arbeitskollege ist, aber dann sehe ich meinen Vermieter der Hütte, der über den Parkplatz kommt und um geparkte Fahrzeuge herumgeht, um mich zu erreichen.

»Gut, dass ich Sie erwische«, sagt er außer Atem. Der Mann ist klein, rundlich und ein Stachelschwein-Wandler. Sein rundes Gesicht ähnelt fast dem in seiner Wandlergestalt.

»Ist alles in Ordnung?« Er war immer freundlich zu mir, und ich fühle mich ein wenig schlecht, dass Kaden so abrupt für mich gekündigt hat, auch wenn er bestätigt hat, dass alle ausstehenden Gebühren bezahlt wurden.

»Ich war in der Stadt und wollte Sie besuchen.« Er reibt sich die Wange, ein nervöser Tick, den ich bemerkt habe, besonders wenn er ängstlich ist.

»Gestern waren Sie in der Hütte«, sagt er, und es ist keine Frage.

»Ja, das stimmt. Ich habe nachgesehen, ob ich etwas vergessen habe. Ich hoffe, das ist in Ordnung?« Ich krame in meiner Tasche nach dem Schlüssel, denn ich habe ihn ihm immer noch nicht zurückgegeben.

»Natürlich ist das in Ordnung, aber da ich aus Sicherheitsgründen Kameras auf der Straße vor allen Hütten habe, habe ich Sie kommen sehen. Sobald Sie hineingegangen waren, bemerkte ich ein anderes Fahrzeug, das etwas weiter weg anhielt. Ich habe mir nichts dabei gedacht«, sagt er, während sein Atem rasselt.

Ich blicke zu ihm auf, den Schlüssel in der Hand, unsicher, worauf er hinauswill. »Ist etwas passiert?«

»Nachdem Sie gegangen waren, aß ich mit meiner Familie zu Abend und kontrollierte dann wie üblich spät in der Nacht alle meine Hütten, denn man kann nie sicher genug sein. Aber als ich an Ihrer Hütte vorbeifuhr, bemerkte ich, dass die Eingangstür zertrümmert war.«

Ich schnaufe. »Sie war völlig in Ordnung, als ich sie verlassen habe. Ich schwöre es.«

»Ich weiß«, sagt er, fast schon nervös. »Aber als ich

mir die Aufnahmen ansah, stiegen zwei Männer mit schwarzen Kapuzen aus dem Auto, nachdem Sie gegangen waren, und betraten das Grundstück. Zwanzig Minuten später stürmten sie heraus und fuhren davon.«

»Oh, Scheiße.« Meine Gedanken kreisen in Dutzende von Richtungen. War mir jemand nach Hause gefolgt und hatte versucht, mich zu bestehlen? Das wäre eine herbe Enttäuschung gewesen, denn Kaden hatte bereits alle meine Sachen gepackt und zu sich nach Hause geliefert.

»Die Hütte war größtenteils leer«, sage ich.

»Nun, was seltsam ist, ist, dass sie die Wohnung verwüstet haben, Fenster eingeschlagen, die Polsterung meiner Möbel zerrissen und die Matratze aufgeschlitzt haben. Und sie haben Ihren Namen mit roter Farbe an die Wand gesprüht. Mit einer Nachricht.«

Mein Herz klopft wie wild, Angst macht sich in meinem Bauch breit. »Was stand da?«

Er reibt sich wieder die Wange. »Sasha, ich sehe dich.«

»Was zum Teufel soll das bedeuten?« Ein Schauer läuft mir über den Rücken, aber mit ihm kommt auch eine brüllende Wut, denn ich lasse mich nicht von Drohungen oder Tyrannen einschüchtern.

Mein Ex-Vermieter zuckt mit den Schultern und sieht noch erschrockener aus als ich, sein Gesicht verblasst.

»Ich dachte, Sie sollten wissen, dass Sie in Gefahr sein könnten. Vielleicht haben Sie in letzter Zeit etwas angestellt? Ich weiß es nicht, Sasha, Sie waren eine gute

Mieterin und haben nie Ärger gemacht, und zum Glück wird die Versicherung den Schaden decken. Aber seien Sie einfach vorsichtig. In Norwegen gibt es eine Menge tödlicher Leute, von denen Sie vielleicht nichts wissen. Ein großer Teil dieses Landes hat vor langer Zeit auf dem Rücken von Dieben und Mördern überlebt, und diese alten Bräuche sind noch nicht ganz verschwunden.«

»Danke, dass Sie mir Bescheid gesagt haben.« Ich reiche ihm den Schlüssel, und er nimmt ihn mit einem breiten Grinsen entgegen, bevor er davonhuscht. Als ich in mein Auto steige, denke ich an die Warnung, die sie in meiner Hütte hinterlassen haben.

Warum sollte mir jemand drohen? Ich sehe dich. Was zur Hölle?

Ich werde also beobachtet, aber warum? Das Seltsamste, was ich in letzter Zeit getan habe, ist, mit Kaden zusammenzuziehen, aber er ist neu in der Stadt, und ich bin mir nicht sicher, ob er ein eifersüchtiger Partner ist. Er scheint ein besessener Stalker zu sein, der seine Partnerin nicht allzu oft wechselt. Es fühlt sich nicht so an, als ob es etwas mit ihm zu tun hätte. Ich denke an meine letzten Tage zurück und direkt an den Hafen, wo sich die Dinge seltsam anfühlten.

Die Warnung der Matrosenfrau, die Worte der Matrosen, die ich belauscht habe, ... hat mich jemand dabei gesehen? Aber es ist ja nicht so, dass ich etwas Neues erfahren habe ... Es sei denn, es hat mit Asbesta zu tun. Aber Kaden bestand darauf, dass sie es nicht wagen würde, mich zu berühren, da ich seine Gefährtin bin.

Wer auch immer es sein wird, ich werde bereit sein. Bis dahin werde ich besonders wachsam sein. Ich kann nur hoffen, dass sie nicht wissen, wohin ich umgezogen bin, wenn sie in die Hütte eingebrochen sind ... zumindest im Moment.

Ich komme früh genug an der Bibliothek an und esse im Auto einen Apfel, bevor ich in das dreistöckige Gebäude stürmen will. Es ist aus Stein gebaut und wirkt wie aus dem antiken Griechenland – spektakulär mit einer riesigen hölzernen Doppeltür und großen Glasfenstern.

Als ich aus dem Auto steige, kann ich nicht anders, als mich umzusehen, und ein Gefühl der Paranoia läuft mir über den Rücken.

Drinnen finde ich heraus, wo sich das Archiv für Nachrichtenartikel befindet, und gehe in den zweiten Stock, wo es totenstill ist. Ich stürze mich in meine Nachforschungen über Nordnorwegen und bin neugierig darauf, was die Männer am Hafen in Bezug auf weitere Angriffe meinten. Ich überfliege die zusammengebundenen physischen Artikel, deren Seiten mit einer klaren, harten Substanz überzogen sind, die kleine magische Funken abgibt. Natürlich sind sie vor Beschädigung geschützt. Ich gehe die Ordner durch, die ich anfangs aus den Regalen genommen habe, und suche nach Informationen über Angriffe auf Schiffe und Seeleute auf See.

Zwanzig Minuten später und kein einziger Artikel. Ich seufze. Vielleicht muss ich mehr als zehn Jahre zurückgehen.

Ich stehe auf und gehe von den Tischen an der

Wand zu den hölzernen Bücherregalen, die vollgepackt sind mit Archivbüchern, die über Jahre hinweg mit Artikeln gefüllt wurden. Offensichtlich werde ich bei diesem Tempo viel Zeit in der Bibliothek verbringen.

Ich schiebe die Bücher zurück in das Regal, wo sie hingehören, und streiche mit den Fingern über die dicken, ledergebundenen Buchrücken, auf denen die Daten von Zeitungsartikeln eingeprägt sind. Hier oben riecht es weniger nach Büchern, sondern eher muffig. Schatten erfüllen die Gänge, und ich bezweifle, dass irgendjemand hierherkommt, nicht einmal die Bibliothekare, wenn ich mir den Staub auf einigen Regalen ansehe. Ich gehe einige Gänge weiter nach hinten, wo es dunkler ist, weg von den Stufen, die zu den unteren Etagen führen. Ich finde ältere Aktenordner, die etwa vierzehn Jahre alt sind. Ohne einen wirklichen Anhaltspunkt ziehe ich wahllos einen Ordner heraus, um damit zu beginnen, als die Holzdielen knarren.

Ich blicke zum Ende des Ganges, wo eine große Gestalt steht, und das Licht ausblendet. Panik durchfährt mich bei dem Gedanken, dass derjenige, der in die Hütte eingebrochen ist, mich gefunden hat. Ich schüttele mich so sehr, dass mir der Ordner aus der Hand gleitet und neben meinen Füßen auf den Boden fällt.

Ich greife nach meinem Gürtel, ohne meinen Taser zu spüren. Richtig, er ist zur Reparatur.

Die stämmige Gestalt tritt vor, und das Licht fällt auf ein wunderschönes Gesicht.

»Verdammt, Kaden, du bescherst einem Mädchen einen Herzinfarkt!« Ich schnappe nach Luft und atme tief aus, während ich mich immer noch an das Regal klammere.

Mit einem Grinsen stolziert er vorwärts. »Was machst du an so einem

Ort? Sag mir nicht, dass meine Meerjungfrau Bücher liebt.«

Ich starre ihn an. »Verfolgst du mich?«

Er schenkt mir eines seiner strahlenden Lächeln, das meine Knie schmelzen lässt. »Vielleicht tue ich das. Oder vielleicht finde ich einfach nur zufällig dieselben Interessen faszinierend.«

Ich rolle mit den Augen. »Genau. Weil das alte Herrenhaus mit der versteckten Krakenhöhle nicht genug für dich war?«

Kaden tritt näher, seine Präsenz füllt den schmalen Gang aus. »Ich bin ein Mann mit vielen Interessen. Und im Moment bist du mein Hauptinteresse. Als ich dich in die Bibliothek stürmen sah, war ich neugierig, was da los ist.«

Ich verschränke die Arme und versuche, die in mir aufsteigende Hitze zu unterdrücken. »Warte, du warst schon hier drin?«

Er nickt, diese dunklen, stürmischen Augen bewundern mich, lächeln. Dann streckt er seinen Körper, seine Brust dehnt sich beim Einatmen, er hebt die Arme über den Kopf, die Muskeln wölben sich. Macht er das mit Absicht, um zu zeigen, wie muskulös er ist?

»Ich bin dir gefolgt, um gewährleisten, dass du in Sicherheit bist.«

»Du hast mich also die ganze Zeit beobachtet?«

Wieder dieses verschlagene Nicken.

»Hat dir schon mal jemand gesagt, wie unheimlich du sein kannst?«

»Ja, danke.« Er stützt eine Hand auf ein Bücherregal, die andere steckt in der Tasche seiner schwarzen Hose, ein Bein am Knöchel über das andere gekreuzt, er wirkt ganz wie zu Hause.

»Warum bist *du* wirklich hier?«, frage ich und versuche mein Bestes, ihm nicht zu zeigen, wie sehr sich mein Körper danach sehnt, sich zu ihm zu beugen, sich gegen ihn zu drücken. Es ist lächerlich, wie unkontrolliert ich mich bei dieser Schicksalsgefährtensache fühle.

»Forschung«.

»Wofür?«

»Meine Familienlinie. Unten gibt es eine ganze Abteilung über das norwegische Familienerbe.«

Ich werfe ihm einen strengen Blick zu.

Er grinst wieder, doch hinter seinen Augen liegt ein ernster Ausdruck. »Das ist der Grund, warum ich in der Stadt bin, um herauszufinden, wer meinen Großvater vor all den Jahren zu Unrecht in den Tartarus gebracht hat.«

Ich fühle mich zu ihm hingezogen, lege meine Hand auf seinen Arm und spüre, wie sich seine Muskeln unter meiner Berührung bewegen. Irgendetwas in mir möchte ihm Unterstützung zeigen. Kaden hat sein Leben im Gefängnis verbracht, weil jemand anderes etwas getan hat ... ganz zu schweigen davon, dass es höllisch wehtun würde, wenn sein Großvater zu Unrecht beschuldigt wurde.

»Es tut mir wirklich leid, dass deine Familie so

lange gelitten hat. Hast du in den Archiven etwas gefunden?«

Seine Mundwinkel zucken, als wüsste er nicht, wie er auf Mitleid reagieren soll.

»Man kann die Vergangenheit nicht ungeschehen machen, das habe ich schon vor langer Zeit gelernt. Was passiert ist, ist beschissen, aber jetzt habe ich die Chance, es herauszufinden und vor allem den Mistkerl, der dafür verantwortlich ist, dafür bezahlen zu lassen. Wenn sie noch am Leben sind, muss ich die Wahrheit wissen, um damit abschließen zu können.«

»Das verstehe ich.« Seine Hand liegt auf meiner, Wärme breitet sich auf meinem Arm aus.

»Und du?«, fragt er. »Wirst du mir sagen, was du hier machst?«

Er wechselt schnell das Thema, also erzähle ich ihm kurz, wie ich zu den Docks gekommen bin und wonach ich gesucht habe. Die Sache mit der Hütte lasse ich aus, da ich noch nicht sicher bin, was damit zusammenhängt, und ich will nicht, dass er noch besitzergreifender wird, als er ohnehin schon ist.

»Also, ja, ich werde hier ein bisschen mehr Zeit verbringen«, plaudere ich weiter. »Wer hätte gedacht, dass Bibliotheken solche Hotspots für die Entdeckung von Dramen sind?«

Sein Blick verlässt meinen nicht. »Ich werde helfen«, schwört er, seine Hand streicht an meinen Armen hinauf, über meine Schulter, zu meinem Hinterkopf und zieht mich näher zu ihm.

Ich wehre mich natürlich dagegen und kralle mich fest, aber er dreht uns schnell um, sodass mein Rücken sofort die Bücherregale küsst und er vor mir steht, beide Hände jetzt auf den Regalen zu beiden Seiten meiner Schultern.

Meine Atemzüge brennen in meiner Brust, unsere Nähe lässt mich immer wieder atemlos werden.

»Hör mal, du hilfst mir nicht, wenn du mich gegen die Bücher drückst. Halt dich zurück, ja?«

»Du würdest dich wundern, wie sehr das helfen kann.« Seine Mundwinkel kräuseln sich zu einem leichten Lächeln.

»Ach wirklich?«

Als er näherkommt, schießen meine Hände zu seiner Brust, um ihn abzuwehren, denn ich weiß, was als Nächstes passiert. Wenn er mir zu nahekommt, wird mein Gehirn von Lust benebelt, und ehe ich mich versehe, stehe ich mit heruntergelassenen Hosen und meine Beine um ihn geschlungen mitten in der Bibliothek. Das ist die Art von Kontrolle, die mir fehlt.

Plötzlich zieht er sich zurück und hält einen dicken Ordner mit Artikeln in der Hand, den er aus dem Regal hinter mir genommen hat. Er hebt eine Augenbraue zu mir.

Ich erstarre.

»Das sieht nach einem vielversprechenden Anfang aus«, sagt er und blättert in dem Ordner. »Wir suchen also nach etwas über Seeleute auf See, die von Sirenen angegriffen worden sind?«

Ich zucke mit den Schultern. »Ich bin mir nicht sicher. Vielleicht, aber es könnten auch einfach nur vermisste Boote sein, Seeleute, die ohne Erklärung tot aufgefunden wurden. Ich versuche nur, ein Muster für das zu finden, was hier mit den Sirenen passiert.« Mit meiner Mutter ...

Als er mir eine Haarsträhne, die sich in meinen Wimpern verfangen hat, aus dem Gesicht streicht, streift seine Hand meine Wange. Die Berührung ist unschuldig, und doch entfacht sie ein Feuer in mir, das sich entzündet, und ein unwillkürliches Knurren rollt in meiner Brust.

Whoa, das ist neu. Meine Meerjungfrau knurrt nicht, niemals, also ist das eine interessante Entwicklung in Bezug auf unsere Schicksalsgefährtensache.

Er lehnt sich näher heran. »Immer wenn ich in deiner Nähe bin, bin ich völlig unvorbereitet, jeder verdammte Zentimeter von mir braucht die Verbindung zu dir. Ich will nicht lügen. Haut an Haut ist mir lieber, wenn du in mein Ohr schnurrst und mich anflehst, dich zu ficken.«

»Ihr Götter, sage so etwas nicht in der Öffentlichkeit«, murmle ich, während meine Muschi bebt.

»Es ist ein sehr langer Weg hinunter in den Ozean, ich fühle ich mich so, weil ich mich in dich verliebe, Sasha. Aber ich umarme es und lasse mich von der dunklen Seite meiner Besessenheit von dir leiten. Du solltest keine Angst vor deiner haben.«

Seine sexy Stimme ist rau, aber sie lässt mich in Ohnmacht fallen, und er weiß, welche Wirkung sie auf mich hat. Alles, was ich rieche, ist sein erdiger, männlicher Duft, die Hitze, die von seinem Körper ausgeht, der mich umarmt - ich möchte mich in allem ersticken, was er ist.

Sein Blick verfinstert sich, und ich sollte mich nicht

schämen, dass ich mich nach einem so gutaussehenden Mann sehne. Diese stürmischen Augen huschen über mein Gesicht, suchen nach einer Antwort, nach etwas.

»Das klingt nach einem wirklich tiefen Sturz.« Ich merke, dass ich mich an den Regalen hinter mir festhalte, um mich von der Explosion der Bilder von uns auf seinem Opfertisch letzte Nacht zu beruhigen. Ich spüre immer noch diesen wunderbaren Schmerz am Scheitel meiner Schenkel, weil ich hart gefickt wurde, so verdammt hart, dass ich feucht werde, weil ich nur daran denke, wie er sich in mir vergraben hat.

»Du riechst so sündhaft«, schnurrt er, drückt sein Gesicht an meinen Hals und atmet tief ein.

Während ich darum kämpfe, Luft in meine Lungen zu bekommen, drücke ich meine Oberschenkel zusammen und verstärke das Kribbeln in mir.

»Hat dir mein Schwanz gestern Abend gefallen?«, flüstert er mir mit seiner kehligen Stimme ins Ohr. Er tastet nach meiner Brust, seine Finger kneifen in meine Brustwarze.

Stöhnend neigt sich mein Kopf nach hinten. Ich will von Kaden gefickt und benutzt werden.

»Ja«, keuche ich als Antwort, es kribbelt am ganzen Körper, und mein Mut wächst mit der Explosion der Erregung, die jeden Zentimeter von mir leckt. »Ich will dich in meiner Muschi, in meinem Mund, in meinem Arsch.«

»Du bist so ein gutes Mädchen.« Seine Worte sind die Art von Lob, von der ich nicht genug bekommen kann, seine Anerkennung für mich.

Doch so sehr ich auch zittere, es ist schwer, nicht zu erröten, wenn ich diese Dinge laut zugebe. Sogar nach dem, was wir letzte Nacht getan haben, bettle ich praktisch wieder darum. Es ist verdammt verwirrend, denn trotz der Angst weiß ich, wonach ich mich sehne, was mein Körper braucht.

Sein Atem beschleunigt sich, seine Hände greifen nach meinem Rock, ziehen den Stoff bis zur Taille hoch, und ich halte ihn nicht auf. Diese Hände, seine Zunge, sein Schwanz, ich sehne mich nach Erlösung. Die Welt verschwindet und es gibt nur noch uns zwei, die sich gegenseitig anstarren, während seine Finger unter den Gummizug meines Tangas gleiten.

»Vielleicht nicht hier«, murmle ich, als er ihn an meinen Beinen hinunterzieht und sich vor mich hockt.

»Hebe dein Bein, meine kleine Meerjungfrau.« Natürlich tue ich das.

Zwischen uns funkt es, als er sich aufrichtet, mit einer Hand meinen Tanga in seine Gesäßtasche stopft, mit der anderen meine Innenseite des Oberschenkels abtastet und mit den Fingerspitzen über meinen durchnässten Saum streicht.

»Du bist alles für mich«, gurrt er, zieht mich an einer Schulter, schiebt dann die andere zurück und dreht mich so, dass ich mich von ihm abwende.

Schmetterlinge steigen in mir auf, weil ich mir dieses Tanzes bewusst bin. Die Art, wie er mich berührt, wie er mit seinen großen Handflächen unter meinen Rock und über meine Arschbacken streicht, lässt mich erzittern. Ich will nicht, dass er aufhört.

»Jetzt sei ein braves Mädchen und schreie nicht«,

flüstert er und weicht zurück, um mich etwas zurück-
zuziehen, während seine große Hand über meinen
Rücken gleitet, mich nach vorne schiebt und meine
Taille beugt. »Halt dich an den Regalen fest.«

»Ah«, murmle ich, unsicher, wie sehr ich meiner
Stimme traue, wenn ich schon so erregt bin, dass ich
kurz davorstehe, zu kommen. Wenn ich mir schon
erlaube, Spaß zu haben, dann werde ich auch jede
verdammte Sekunde davon genießen.

Seine Hand wandert zwischen meine Schenkel,
und ich fühle mich gerade verdammt sexy. Kadens
Finger spreizen meine Lippen, fahren über meine
Nässe zu meiner Klitoris, reizen sie, reiben sie und
lassen mich mit den Hüften wippen.

»So ein Scherzkeks«, witzle ich und hoffe wirklich,
dass niemand hierher stolpert und uns erwischt.

Ich sehe über meine Schulter, wie er seine Hose
aufreißt und seinen riesigen Krakenschwanz zum
Vorschein bringt - dick, erigiert und mit Sperma
bedeckt. Mein Puls beschleunigt sich in Erwartung.

Aber er verschwendet keine Zeit, und die dicke
Eichel seines Schwanzes dringt bereits in mich ein und
jagt mir Schauer durch den Körper, als hätte ich ein
Leben lang auf diesen Moment gewartet.

»Versprich mir einfach, dass du dich nicht fort-
pflanzt«, sage ich über meine Schulter.

Er schmunzelt vor sich hin.

»Ich verspreche es.« Dann stößt er in mich
hinein. Es ist rau und hart, sein massiver Schwanz
spaltet mich fast in zwei Hälften. Mein Kopf stößt
gegen die Bücher im Regal. Ein gutturales Stöhnen

entweicht meiner Kehle, lauter als ich es hätte tun sollen.

»Weißt du, was es für einen Mann bedeutet, dich so durchnässt zu finden? Zu spüren, wie dein Gleitmittel an den Innenseiten deiner Schenkel herunterläuft, dein Duft so stark ist, dass er mich vor Verlangen berauscht?« Seine Finger krallen sich in meine Hüften, halten mich fest umklammert, so tief vergraben, dass ich kaum noch atmen kann, weil ich mich so voll fühle. »Die ganze Nacht habe ich davon geträumt, an deiner süßen Muschi zu saugen, mit meiner Zunge über deinen Kitzler zu gleiten und zu hören, wie du vor Lust aufschreist. Zu wissen, dass du meinetwegen klatschnass bist und dich kaum noch auf den Beinen halten kannst, weil du verzweifelt nach meinem Schwanz bettelst.«

Er zieht sich aus mir heraus, diese perfekten Beulen an seinem Schwanz reiben mich, streicheln meinen Eingang, machen mich zu einer Pfütze aus schauderndem Keuchen.

Ich möchte ihm sagen, dass ich nicht die Art von Mädchen bin, die um irgendetwas bettelt, aber als er seinen Schwung erhöht, in mich stößt und mit jedem Stoß meine inneren Wände spreizt, kommt nur ein Wimmern heraus.

Er stößt in mich, eine kraftvolle Bewegung, die meinen ganzen Körper nach vorne schaukeln lässt. Ich halte mich mit den Fingern an den Regalen fest und habe von hier aus einen guten Blick auf die Treppe, die in dieses Stockwerk führt. Allein der Anblick, dass niemand kommt, lässt mich nach mehr stöhnen.

Ich habe mich noch nie so voll von einem Mann gefühlt, mein Körper ist angespannt, ich zittere vor Erregung. Er fickt mich hart, stößt immer wieder in mich hinein, seine Hände liegen wie Eisen auf meinen Hüften.

Die Atemzüge sind kurz, die wimmernden Geräusche kratzen an meiner Kehle, während er wie ein Tier hinter mir knurrt und so tief in mich eindringt, dass er mich auf eine ganz andere Ebene der Euphorie bringt.

Ich taumle, bin dem Schreien nahe, so nah ist mein Orgasmus. Ich kralle mich an den Regalen fest, während er mich gegen die Bücher fickt, sein Stöhnen erfüllt die Stille. Ich triefe vor Erregung, und er stößt schneller zu, als ob er spürt, wie mein eigenes Crescendo steigt.

Diese wilde Geschwindigkeit lässt mich den Atem anhalten, während ein tornadoartiger Orgasmus durch mich hindurchfährt und sich entfesselt, während er unerbittlich weitermacht.

»Fuck«, hauche ich, als ich eine Bewegung auf der anderen Seite des Raumes in der Nähe der Treppe bemerke. Jemand kommt hier hoch. Mein Herz bleibt stehen, als ich mich mit dem besten Orgasmus hingebe, während Kaden nicht aufhört, in mich zu stoßen, und meine Muschi ihn mit jedem Puls meines Höhepunkts zusammenpresst.

Ich zappele, um mich aus seinem Griff zu befreien, und er muss etwas bemerkt haben, denn er lässt mich los, zieht seinen gewaltigen Schwanz heraus und löst sich von mir.

Mein Blick bleibt auf der älteren Frau haften, die,

dem Universum sei Dank, nicht in diese Richtung kommt, sondern an einem anderen Regal auf der anderen Seite des Raumes steht.

Kaum habe ich mich von dem Orgasmus erholt und versuche, wieder zu atmen, da legen sich Kadens starke Hände um meine Taille und heben mich hoch. Mit Leichtigkeit dreht er mich um, seine Augen sind auf meine gerichtet, und drückt mich sanft auf meine Knie. Sein Lächeln ist raubtierhaft und amüsiert zugleich und lässt mein Herz rasen.

Und da, vor meinem Gesicht, ist dieser gewaltige Schwanz, der von meiner Erregung glänzt, die dicke Ader, die sich über die gesamte Länge seines Schafts zieht, wölbt sich, als stünde er kurz davor, selbst zu explodieren. Ich hebe meinen Blick zu ihm, atme schwer und tief, eine Hand auf dem Ansatz seines Schwanzes.

»Schmecke dich, so wie ich dich gestern Abend aufgesaugt habe.«

Ich komme näher, öffne meinen Mund, meine Muschi ist durchnässt und zittert immer noch vor Verlangen, weil ich weiß, dass wir hier oben nicht mehr allein sind, aber das ist mir jetzt egal. Ich brauche seinen riesigen Schwanz so dringend in meinem Mund, dass es mir egal ist, erwischt zu werden.

Er drückt sich näher an mich heran, und ich schließe meine Lippen um seinen Umfang und lasse ihn in meinen Mund gleiten. Ich atme meinen erregten Duft an ihm ein, schmecke mich selbst - Honig und Sex. Seine Hand drückt auf meinen Hinterkopf, und ich nehme mehr von ihm in mich auf, meine Hände stütze ich auf seine Oberschenkel. Als ich aufschaue, bemerke ich, dass sein Blick zu der Stelle flackert, an der ich kurz zuvor die Frau gesehen habe.

Er weiß, dass sie da ist, und verdammt, er grinst und genießt die Vorstellung, erwischt zu werden, nicht wahr?

Ich bearbeite ihn tiefer und tiefer, lecke die Unterseite seines Schwanzes und beobachte, wie seine Augen hoch rollen und sich sein Atem beschleunigt. Seine Hüften arbeiten mit mir, stoßen langsam in meinen Mund, seine Hand führt meinen Kopf, hält mich an seinem Schwanz gefangen.

Ein keuchender Laut entringt sich meiner Brust, etwas, das ich noch nie zuvor gehört habe. Ich schiebe es auf die Reaktion meines Körpers auf seine Dominanz, aber als sein Schwanz meine Kehle küsst, halte ich inne und mir steigen Tränen in die Augen.

Er schaut auf mich herab, während ich schlucke und versuche, ihn tief zu kehlen. Mit seiner freien Hand streicht er über meinen Hals und unter mein Kinn.

»Das ist meine gute Nixe. Du kannst mich noch weiterbringen, nicht wahr?«

Während ich seine Erektion in den Mund nehme, trüben sich seine Augen vor lauter Erregung.

Ich atme ein und aus, nehme mehr von ihm und bewege mich hin und her, ohne jedes Mal zu würgen, wenn er an meiner Kehle vorbeigeht. Er ist ganz in meinem Mund, meine Lippen an der Basis seines

Schwanzes, und ich genieße das Stöhnen, das er von sich gibt. Ich liebe es, die Macht über ihn zu haben und er ist mir ausgeliefert.

Ich halte kurz inne, als sich seine Hüften tief in meinen Mund schieben, und die Gischt seiner Explosion fließt meine Kehle hinunter, warm und klebrig, mit einem salzigen und süßen Geschmack. Ich grabe meine Finger in seine Schenkel und versuche krampfhaft, alles zu schlucken, aber verdammt, es ist so viel. Der Kerl ist eine Spermamaschine.

Wir stöhnen beide auf.

»Du fühlst dich unglaublich an«, grunzt er.

Mir ist schwindelig vor Lust, und wenn ich jetzt plötzlich aufstehen würde, bin ich sicher, dass ich umfallen würde, weil meine Muschi immer noch pocht, und mein Körper sich nach mehr sehnt.

Ich sauge den letzten Tropfen aus ihm heraus, er lässt seinen Schwanz aus meinem Mund gleiten, und ich lecke mir die Lippen sauber. Er hält inne, blickt nach rechts, und ich folge seinem Blick zu der älteren Frau, die am Ende des Ganges steht und uns mit offenem Mund beobachtet.

»Brauchst du ein Buch aus diesem Gang, Schatz?«, fragt Kaden unschuldig, nur hat er seinen Schwanz schon rausgezogen und ich knie vor ihm.

Ihre Wangen erröten, und ich wische mir hektisch den Mund ab und stehe auf, als die Frau die Treppe hinunterhuscht, wobei sie sich für ihr Alter ziemlich schnell bewegt.

Kaden gluckst und seine Lippen streifen meine. »Du bist verdammt unglaublich.«

Ich bin irgendwie in Panik, schaue alle paar Sekunden über die Schulter und erwarte, dass eine Wache herbeieilt und uns rauswirft. Wie soll ich dann meine Nachforschungen anstellen? Ich habe mir gesagt, dass es mir egal ist, entdeckt zu werden, aber jetzt, wo es passiert ist, bereue ich meine Entscheidung.

»Lass uns hier verschwinden«, sage ich und frage mich, ob sie mich beim nächsten Mal wieder reinlassen werden. Ich schiebe meinen Rock um die Taille nach unten und schnappe mir den heruntergefallenen Ordner mit den Artikeln vom Boden, der bei einem Artikel mit dem Bild eines Luxusschiffs aufgeschlagen ist.

Ich nehme ihn in die Hand, Kaden überragt meine Schulter und blickt nach unten, während er seinen Schwanz wieder in die Hose steckt. Schnell überfliege ich den Artikel.

Die Tragödie schlägt wieder zu: Das teure Segelschiff Liberty kehrt mit nur einem lebenden Besatzungsmitglied an Land zurück. Der Überlebende berichtet von schrecklichen Angriffen durch Sirenen, denen fünf Besatzungsmitglieder zum Opfer fielen. Der einsame Überlebende beschreibt eine mächtige Sirene mit aquamarinblauem Haar als Anführerin des Angriffs.

Mein Inneres wird eiskalt. Meine Mutter. Ist das meine Mutter? Ich überprüfe verzweifelt das Datum des Ordners, er wurde nur ein Jahr, nachdem sie meinen Vater getötet und mich allein gelassen hat, angelegt. Es ist also möglich, dass sie es sein könnte. Unsere Haarfarbe ist selten, und ich habe noch niemanden getroffen, der die gleichen Strähnchen hat wie meine Mutter und ich.

Meine Hände zittern, und Kaden ist da und sagt: »Wir müssen jetzt gehen.«

Schwere Schritte nähern sich von unten.

»Ich ... ich glaube, meine Mutter tötet Menschen auf den Schiffen«, murmle ich.

Kaden nimmt meinen Arm und zieht mich in die entgegengesetzte Richtung der Wache, die die Treppe hinaufkommt. Er nimmt mir den Ordner aus der Hand, legt ihn ab und fummelt daran herum, während ich den Mann im Auge behalte, der sich nähert. Dann schleichen wir uns leise ans andere Ende der Bücherregale, weg von der Wache. Als die Schritte im hinteren Teil des Raumes verschwinden, schiebt Kaden uns zur Treppe und eilt hinunter.

In meinem Kopf dreht sich alles, und selbst der finstere Blick der Frau, die uns entdeckt hat und jetzt an der Kasse steht, berührt mich nicht. Nicht so sehr, wie die Tatsache, dass meine Mutter seit Jahren auf einem Amoklauf sein könnte.

Die Erkenntnis bricht über mich herein und macht mir das Atmen schwer.

Ich habe Jahre damit verbracht, sie zu vergessen, doch sie hat nicht nur mein Leben zerstört. Ein Teil von mir hatte gehofft, sie wäre für immer verschwunden, aber das ... das ist etwas, das ich nicht ignorieren kann.

Kaden hält mich fest am Arm und führt mich durch den Ausgang der Bibliothek. Kaum sind wir draußen, atme ich tief ein und die frische Luft trägt wenig dazu bei, mein rasendes Herz zu beruhigen. Wir bringen Abstand zwischen uns und die Bücherei.

Ich kann mir nicht erklären, warum meine Mutter das seit Jahren macht. Und warum in Norwegen?

Das alles ergibt keinen Sinn.

17

KADEN

Ich führe Sasha schnell aus der Bibliothek und bemerke, wie ihre Wangen rot werden. Ihre Schüchternheit, erwischt zu werden, ist verdammt sexy. Mir ist es scheißegal, wer uns sieht; ich konzentriere mich nur auf meine kleine Meerjungfrau und darauf, ihr Freude zu bereiten.

Wir schlendern mit schnellen Schritten davon, die Sonne brennt auf meinen Kopf und meine Schultern. Ich kann nicht genug von ihr auf meiner Haut bekommen. Ihre Wärme vertreibt die Dunkelheit tief in mir, auch wenn die Brise kalt ist.

»Okay, das sollten wir nicht noch einmal machen«, stellt sie klar und sieht mich mit einem schiefen Grinsen an.

»Es wird wieder passieren«, bestätige ich. »Wir sind in der Flitterwochen-Phase unserer schicksalhaften Verbindung, in der wir uns gegenseitig das Hirn rausvögeln.«

Ich grinse und werde schon bei dem Gedanken hart.

Sie rollt mit den Augen. »Nun, ich kann nicht riskieren, meine Privilegien in der Bibliothek zu verlieren, wenn ich weiter recherchieren muss. Ich schätze, ich kann verkleidet reingehen.«

»Keine Sorge«, bestätige ich. »Wenn wir rausgeschmissen werden, baue ich dir einfach deine eigene Bibliothek. Eine Große, mit allen Büchern, die du dir nur wünschen kannst.«

Sie blickt zu mir hinüber und versucht, ihre Reaktion zu verbergen, was ihr jedoch nicht gelingt.

»Du überraschst mich immer mit dem, was du als Nächstes sagst«, murmelt sie und schüttelt mit einem kleinen Lächeln den Kopf. »Wie auch immer, ich habe da drüben geparkt. Ich will einfach nur weg von hier.« Sie hebt ihr Kinn in Richtung eines Parkplatzes zu meiner Linken, vorbei an einer Reihe halbhoher Büsche und Bänke auf dem Bürgersteig.

»Gut, dann nimmst du mich mit nach Hause.«

Sie nickt.

Meine Gedanken sind wieder in der Bibliothek, mit meinem Schwanz tief in ihrer Muschi, in ihrem Mund. Ich habe diese rohe, ungezähmte Kraft in ihr gespürt. Es ist ein Gefühl, das sich um meinen Kraken windet, mir sagt, dass es sich um eine schicksalhafte Verbindung handelt. Doch es ist mehr als das. Es fühlt sich fesselnd und wild an, als würde sie einen Teil von sich selbst verstecken. Ich bin verdammt verwirrt, weil ich nicht verstehe, warum sie das tut.

Ich drehe mich zu ihr um, um zu fragen. Wir betreten gerade den Parkplatz und plötzlich nehme ich eine blitzartige Bewegung wahr. Etwas taucht hinter dem Heck eines Autos auf, an dem wir vorbeigehen. Nennen Sie es Paranoia, aber unerwartete Bewegungen machen mich nervös, und mein Instinkt übernimmt die Kontrolle.

Ich schiebe Sasha hinter mich und stürze mich auf den Mann, der auf uns zustürmt, eine Klinge glitzert in seiner Hand. Er ist überrascht, hatte nicht mit meiner aggressiven Reaktion gerechnet. Mit einer Schulter ramme ich ihn gegen das Auto, packe sein Handgelenk und verdrehe es, bis die Klinge zu Boden fällt. Ein Schmerzenslaut entweicht ihm, seine Luft strömt keuchend über seine Lippen.

»Falsche Bewegung, Arschloch«, knurre ich ihm ins Gesicht, während ich ihn an der Kehle festhalte und er wegen seiner Schmerzen wimmert.

Aus dem Augenwinkel sehe ich, wie sich eine weitere Gestalt von links auf Sasha zubewegt.

Wut steigt in mir auf, und ich verpasse dem Mann vor mir einen Faustschlag in den Magen. Stöhnend kippt er zu Boden.

Mit Leichtigkeit wende ich mich dem zweiten Mann zu, der sich von hinten herangeschlichen hat und dachte, er könne die Ablenkung ausnutzen. Doch bevor ich ihn erreiche, duckt sich Sasha und verpasst ihm einen Tritt gegen das Schienbein.

Der Kerl taumelt nach vorn, und ich greife ihm in die Haare, um ihn vollständig aus dem Gleichgewicht zu bringen, bevor er fällt.

Mit einem gezielten Faustschlag in die Brust raube

ich ihm den Atem, und er schnappt keuchend nach Luft. Sasha stößt ihm von hinten gegen die Kniekehlen, sodass er zusammenbricht. In der gleichen Sekunde packt sie seine Arme und fesselt sie in einer fließenden Bewegung.

»Wer zum Teufel sind diese Idioten?«, knurrt sie, und während sie kämpferisch wirkt, weckt ihr Anblick in mir nur noch mehr Verlangen.

Ich richte meine Aufmerksamkeit auf den wimmernden Mann am Boden, der sich nicht mehr bewegt.

Die Oberlippe des zweiten Angreifers kräuselt sich. »Wir werden nie aufhören, dich zu jagen«, spuckt er voller Hass.

»Ich habe es schon gehört, Arschloch«, knurre ich und gehe bedrohlich näher. »Aber hör jetzt gut zu ...«

»Fick dich«, faucht er. »Du hast keine Ahnung, wie viele Söldner es gibt, wie ...«

»Willst du eine Klinge in deiner Schläfe oder wirst du verdammt noch mal zuhören?«, grunze ich, meine Frustration spiegelt sich in meiner Stimme wider.

Sasha mustert mich mit gerunzelter Stirn, und ich weiß, dass sie tausend Fragen hat, aber ich konzentriere mich weiter auf die Söldner.

»Geh und sag all deinen kleinen Scheißkumpels, dass ich nicht mehr nett sein werde. Das nächste Mal hinterlasse ich eine Spur von Leichen.« Ich bin sicher, dass Asher bereits einige von ihnen erledigt hat. Ich kann mir nur vorstellen, wie viele dieser Ratten mir auf den Fersen wären, wenn er nicht im Hintergrund agieren würde.

Die Augen des Mannes weiten sich vor Angst, doch sein Blick bleibt stur auf mich gerichtet. Ich schubse ihn auf den Boden zu seinem Kumpel. »Bleib liegen, wenn du weißt, was gut für dich ist.«

Ich nehme Sasha bei der Hand und ziehe sie weg, immer wachsam auf mögliche weitere Angriffe.

Ihr Blick bleibt auf mir, als wir zu ihrem Auto gehen, ihr Ausdruck ernst und forschend.

»Willst du mir jetzt sagen, was das gerade war?«, fordert sie und verengt die Augen. »Seit wann sind Söldner hinter dir her? Diese Typen werden nicht aufgeben, bis du erledigt bist.«

Ich zucke mit den Schultern. »Ich habe keine Angst vor ihnen, aber langsam nerven sie mich mit ihren ständigen Unterbrechungen.«

Sie hebt eine Augenbraue. »Also, was läuft hier?«

»Anscheinend ist es verboten, das Haus aus Gold und Granat zu betreten.«

»Warte mal«, sagt sie und mustert mich skeptisch. »Du bist einfach ohne Erlaubnis in dieses Haus eingedrungen? Verdammt, kein Wunder, dass sie hinter dir her sind ...« Sie hebt den Blick und tippt den Finger an ihr Kinn. »Wobei – eigentlich sollten sie jetzt aufhören. Es ist allgemein bekannt, dass man, sobald man seinen Schicksalsgefährten findet, automatisch als Bürger in dem Haus gilt, in dem er oder sie lebt. Das heißt, du gehörst jetzt zum Haus Gold und Granat.«

Sie stemmt die Hände in die Hüften, stützt sich auf ein Bein und sieht mich selbstgefällig an. »Gern geschehen«, sagt sie sarkastisch.

Ich weiß, dass sie unsere Verbindung noch nicht ganz akzeptiert hat, aber sie wird sich damit abfinden.

»Versuch mal, dass den Wichsern zu erklären, die die Nachricht offenbar nicht erhalten haben.«

»Ja, ich schätze, es ist kompliziert, es ihnen mitzuteilen ...«

»Keine Sorge«, sage ich und atme tief durch. »Ich werde dem König einen Besuch abstatten und das klären.«

Sie lacht plötzlich laut auf. »Du glaubst, du kannst einfach so zum König gehen? Viel Glück dabei!«

Frustriert runzele ich die Stirn. Sasha schlendert voraus, und ich werfe einen Blick zurück auf die beiden Söldner, die in die entgegengesetzte Richtung gehen. Der eine hat immer noch die Handschellen an.

»Übrigens«, sagt Sasha mit ihrer sanften, seidigen Stimme. »Ich habe vielleicht eine Möglichkeit, wie du den König doch sehen kannst.«

Ich ziehe überrascht die Schultern hoch und eile, um mit ihr Schritt zu halten, während sie mir ihr schönstes Lächeln zeigt.

»Los erzähl«, sage ich, als wir ihr kleines, weißes Auto mit vier Türen erreichen. Sie entriegelt es, und ich mustere es skeptisch. Es ist klein, viel zu klein für mich.

»Weißt du, meine beste Freundin hat drei Schicksalsgefährten, die mit dem König zu tun haben. Sie selbst sind Halbgötter und können dir vielleicht eine Audienz bei König Kaspian verschaffen. Aber wir müssen sie erst fragen.«

»Gut«, sage ich und klopfe auf das Autodach. Es

klingt lauter, als ich beabsichtigt hatte, und ihre Augen weiten sich ungläubig.

»Gut, dann lass uns das jetzt klären«, stelle ich klar.

Sie verschluckt sich fast an ihrem Lachen, als sie ins Auto einsteigt. Ich öffne meine Tür, während sie meinen Sitz nach hinten schiebt, um mir mehr Beinfreiheit zu verschaffen. Irgendwie schaffe ich es, mich in das enge Fahrzeug zu quetschen, eingepfercht wie eine Sardine in der Dose, und ich hasse es jetzt schon. Als ich die Tür schließe und mich eingeengt fühle, stütze ich einen Arm auf die Tür und den anderen auf die Mittelkonsole, während sie den Motor startet.

»Sie leben in Finnland, einem anderen Land. Wir müssen dorthin fliegen«, sagt sie plötzlich.

»In Ordnung, dann lass uns das arrangieren. Wir werden zusammen fliegen.«

Der Blick, den sie mir zuwirft hat etwas, das ich nicht ganz deuten kann.

»Das hängt davon ab, ob ich von der Arbeit freigestellt werde, aber ich werde meine Chefin fragen. Der einzige Grund, warum ich das in Erwägung ziehe, ist, dass ich unbedingt meine Freundin Billie sehen will. Ich habe sie nicht mehr gesehen, seit sie Südafrika verlassen hat und bei ihnen eingezogen ist. Außerdem will ich unbedingt ihre Zwillinge kennenlernen.«

Ich nicke und wackele unbehaglich auf dem Sitz. »Du brauchst ein größeres Auto.«

Sie wirft mir einen Blick zu. »Das ist mein Arbeitsfahrzeug, also habe ich nicht wirklich eine Wahl.«

»Gut, aber wir werden nicht mehr in diesem Auto fahren. Es ist zu klein für mich.«

Sie wirft mir einen scharfen Blick zu, in dem ein Schmunzeln mitschwingt. »Es sieht süß aus, wie du hier so zusammengepfercht sitzt.«

Ich lasse mein Fenster herunter, um etwas Luft zu schnappen. »Süß ist nicht das, was ich anstrebe. Wie soll ich schnell herauskommen, wenn es einen Kampf gibt?«

Sie gluckst. »Zur Kenntnis genommen.«

Während der Fahrt fällt mir auf, wie natürlich es sich anfühlt, in ihrer Nähe zu sein, selbst in diesen alltäglichen Momenten.

»Also, Billie«, sage ich und versuche, mich von der Enge des Fahrzeugs abzulenken. »Erzähl mir von ihr.«

»Billie ist unglaublich«, schwärmt sie. »Sie ist kämpferisch, unabhängig und gibt einem das Gefühl, die Welt erobern zu können. Ich kenne sie seit Jahren, und wir haben zusammen in Südafrika gelebt. Sie ist wie eine Schwester für mich und hat immer auf mich aufgepasst.«

»Das klingt nach jemandem, den ich gern kennenlernen würde«, gebe ich zu, während ich an Asher denke und mich frage, ob er seine Gefährtin bereits gefunden hat oder noch immer damit beschäftigt ist, Söldner zu jagen. Ich würde ihn als engen Freund betrachten, auch wenn ich nicht viele habe, denen ich im Tartarus vertrauen konnte. Wenn ich höre, wie liebevoll Sasha von Billie spricht, bin ich sicher, dass sie, mit Sasha an meiner Seite, eine enge Verbündete werden wird.

»Oh, sie wird dich lieben«, sagt Sasha mit einem Grinsen. »Sie steht auf große, grüblerische Typen.«

»Wenn sie deine Freundin ist, dann ist sie auch meine.«

Als wir uns von der Bibliothek entfernen, ziehe ich ein zerknülltes Stück Papier aus meiner Tasche. Es ist das, was ich aus einem der Archivbücher in der Bibliothek herausgerissen habe. Mit einem flüchtigen Blick auf Sasha falte ich es auf meinen Knien auseinander und beginne, den Artikel zu lesen.

»Sag nicht, dass du das aus dem Archiv gestohlen hast«, keucht Sasha und fährt dabei beinahe von der Straße ab.

»Ja, wir brauchen ihn. Sie nicht.«

»Wir werden definitiv rausgeworfen, wenn sie das bemerken. Ganz zu schweigen vom Bußgeld«, schüttelt sie den Kopf und hat Mühe, auf der Straße geradeaus zu fahren.

»Du bist süß, wenn du paranoid bist«, necke ich sie, während ich die leichte Röte genieße, die ihre Wangen ziert. Ich lehne mich in meinem Sitz zurück und höre ein lautes Knirschen, als mein Sitz ein Stück zurückrutscht.

Sie wirft mir einen scharfen Blick zu und atmet tief aus. Ich kann nichts dafür, dass ich zu groß für dieses Auto bin.

»Weißt du«, fange ich an, »damals im Tartarus habe ich meine freie Zeit damit verbracht, Morde aufzuklären. Das war ein Hobby, das mir Spaß gemacht hat und in dem ich verdammt gut war.«

Sie lacht laut auf. »Dein Hobby war Detektivarbeit? Warum?«

Ich zucke gleichgültig mit den Schultern. »Ich musste mich beschäftigen.«

»Okay, und steht etwas Nützliches in dem Artikel?«

Ich scanne schnell die Seite. »Das Interessanteste ist die letzte Zeile, die besagt, dass dies der dritte Angriff in ebenso vielen Wochen ist.«

»Es geschah also auch in Nordnorwegen. Die Matrosen hatten recht. Wie gut wäre es, wenn wir noch in der Bibliothek wären, um weitere Daten zu überprüfen«, sagt sie mit einem Anflug von Sarkasmus.

Ich senke den Artikel und sehe zu Sasha hinüber. Sie konzentriert sich auf die Straße, ihre Finger umklammern das Lenkrad ein wenig zu fest.

»Was ist mit deiner Mutter passiert?«, frage ich plötzlich und bemerke, wie angespannt sie reagiert, wenn ihre Mutter erwähnt wird. Sie wirkt eher wütend als traurig.

Ihr Griff am Lenkrad wird noch fester. Zuerst gibt es keine Reaktion, und ich dränge sie nicht. Wir alle tragen unsere Narben und Schmerzen aus der Vergangenheit mit uns herum, und wenn ich ihren lindern kann, werde ich alles dafür tun.

Schließlich atmet sie laut aus und murmelt: »Die Sache ist, dass ich ihre Verwandlung in eine Sirene nie kommen sah. Vielleicht war ich zu jung, um die Zeichen zu bemerken, oder sie hat es einfach gut vor meinem Vater und mir versteckt. Es geschah, als ich noch sehr jung war, während eines Streits zwischen meinen Eltern.« Ihre Stimme zittert. »Die Dinge eskalierten so verdammt schnell ...«, fährt sie fort, und ihre Stimme bricht fast.

Ich lege eine Hand auf ihren Arm und hoffe, dass sie weiß, dass ich für sie da bin.

»Dann, im Bruchteil einer Sekunde, wurde sie jemand anderes ... Sie wandte sich gegen meinen Vater ... An diesem Tag verlor ich sie beide. Ich verlor meine Kindheit, ich verlor alles.«

Das Gewicht ihrer Worte verdichtet die Luft im Auto. Es fühlt sich an, als würde ich die rohe Wunde spüren, die sie all die Jahre mit sich herumträgt. Ich drücke sanft ihren Arm. Sie muss mit angesehen haben, wie ihre Mutter ihren Vater ermordet hat. Der Schmerz sitzt tief.

»Es tut mir leid, dass du das durchmachen musstest.«

Sie nickt, die Augen immer noch auf die Straße gerichtet. Keine Tränen, obwohl ich vermute, dass sie in der Vergangenheit viele vergossen hat.

Es herrscht Stille zwischen uns, bis sie schließlich flüstert: »Danke.« Mehr kann sie im Moment offenbar nicht sagen.

Ich bewundere ihre Stärke und beginne, zu verstehen, warum sie so hartnäckig ist. Sie hat sich eine Rüstung zugelegt, um sich vor dem Schmerz zu schützen, der sie ein Leben lang begleitet hat.

Ohne Worte halte ich weiter ihren Arm und biete ihr meine stille Unterstützung an, während sie uns nach Hause fährt.

Plötzlich flattert das Papier auf meinem Schoß aus dem offenen Fenster. Ich greife es gerade noch rechtzeitig, bevor es wegfliegt, und mein Blick fällt auf das Bild eines Schiffs, das im Hafen angedockt ist. Als ich genauer hinsehe, bemerke ich eine Gestalt in der Nähe, die anscheinend zufällig ins Bild geraten ist. Ich blinzle, unfähig zu glauben, was ich da sehe.

Auf keinen Fall.

Ich betrachte das körnige Bild genauer. Das ist Lilia aus den Visionen meines Großvaters – die Blondine mit dem Schönheitsfleck über der Lippe, die mit ihm über den Ausbau seines Geschäfts sprach, ... seine Geschäftspartnerin.

Wenn dieser Artikel etwa vierzehn Jahre alt ist, dann besteht die Möglichkeit, dass sie noch lebt. Verdammt, sie lebte bereits Tausende von Jahren, als mein Großvater in Norwegen war. Ein Gefühl der Vorfreude durchströmt mich – vielleicht ist das der Hinweis, den ich all die Jahre gesucht habe.

»Warum bist du so auf diesen Artikel fixiert?«, fragt Sasha und reißt mich aus meinen Gedanken.

»Diese Frau auf dem Foto ... mein Großvater kannte sie. Sie könnte mehr darüber wissen, warum er in den Tartarus gebracht wurde.«

Sasha kneift die Augen zusammen, um das Bild zu betrachten, dann richtet sie den Blick wieder auf die Straße. Als sie im Verkehr halten muss, nimmt sie das Papier in die Hand und schaut es sich genauer an. Ihre Finger gleiten über das Bild der Frau, als sie die Stirn runzelt.

»Kann das sein?«, murmelt sie, während hinter uns plötzlich jemand hupt. Sie zuckt zusammen, reicht mir den Artikel zurück und fährt wieder los. »Ich schwöre,

ich habe diese Frau neulich unten an den Docks gesehen. Sie sieht genauso aus wie sie.«

»Bist du dir sicher?«, frage ich, mein Puls beschleunigt sich.

»Ziemlich sicher«, sagt sie, und ihre Stimme klingt
überzeugt.

»Sie war vor Kurzem in Norwegen. Wenn ich sie
finde, kann ich herausfinden, was mit meinem Großvater passiert ist.« Und vielleicht finde ich auch heraus,
wer für den Verlust meiner Familie verantwortlich ist.

Sasha nickt, ihr Griff um das Lenkrad wird noch
fester. »Dann lasse uns sie jetzt finden.«

»Verdammt, ich liebe deine Entschlossenheit.«
Meine Hand fällt auf ihren Oberschenkel, meine
Finger streifen ihre Haut, aber mein Adrenalin ist auf
Rache ausgerichtet. Der Duft meiner süßen kleinen
Meerjungfrau liegt mir in der Nase, ihre enge, feuchte
Muschi ist immer noch eine Erinnerung für meinen
Schwanz.

»Du hast mir geholfen, also schulde ich dir etwas.«
Ich grinse, wohl wissend, dass sie mir nichts schul-
det, aber ich lasse es darauf beruhen.

Ich lehne mich zurück, in meinem Kopf schwirren
ungeduldig Gedanken umher. Endlich könnte ich eine
Antwort auf die Inhaftierung meines Großvaters
finden.

Als wir an den Docks ankommen, atme ich tief den
salzigen Geruch des Meeres ein. Doch bevor ich in die
Tiefe dieser Gedanken abtauchen kann, steige ich aus
dem Auto und gehe hinunter zu den Docks. Boote

dümpeln an ihren Liegeplätzen, und nur eine Handvoll Hafenarbeiter verlädt Fisch in einen übergroßen Container.

Ich folge Sasha, die zum entferntesten Dock eilt, aber es ist leer. Kein Schiff in Sicht. Ein Knirschen geht durch meine Kiefer – wir haben sie verpasst.

»Scheiße«, murmelt Sasha. »Es ist weg. Warte mal.« Sie geht auf einen Hafenarbeiter zu, einen stämmigen Mann, der Netze sortiert. Ich marschiere zu einer anderen Gruppe von Arbeitern und ziehe den Artikel aus meiner Tasche.

Die beiden Männer drehen sich zu mir um und starren mich fragend an.

»Kennt jemand von Ihnen diese Frau?«, frage ich und zeige ihnen das Foto.

Beide starren es an, schütteln dann den Kopf.

»Nie gesehen«, murmelt der Eine.

»Ich auch nicht«, sagt der andere.

Verärgert gehe ich zurück zu Sasha, unsicher, ob sie gelogen haben oder es einfach nicht wissen. Sasha kommt ebenfalls auf mich zu, den Kopf gesenkt, und ich seufze.

»Keiner kann sich an sie erinnern oder weiß, welches Schiff hier war. Viele Boote kommen und gehen durch diesen Hafen, also könnte es sein, dass sie sich einfach nicht an sie erinnern«, sagt sie und fährt sich frustriert durch das Haar. »Aber ich bin mir sicher, dass sie wiederkommen wird. Zumindest hast du eine Spur, der du nachgehen kannst.«

Ihre Hand berührt meinen Arm, und die Vorfreude

von vorhin ist nun in Frustration übergegangen. Aber sie hat recht. Es ist der erste richtige Hinweis, und ich werde verdammt nochmal hier warten, bis sie zurückkommt.

Ich werde Lilia finden. Und ich werde die Wahrheit herausfinden. Niemand kann sich vor mir verstecken.

18

KADEN

Das kleine Flugzeug brummt mit der Kraft der Magie, der Sitz unter mir vibriert, der Motor dröhnt. Ich bewege mich in meiner engen Position, meine Knie stoßen gegen den Sitz vor mir. Ich blicke aus dem runden Fenster auf die bauschigen weißen Wolken.

Es ist drei Tage her, dass ich herausgefunden habe, dass Lilia in Norwegen sein könnte, also habe ich jeden Moment unten an den Docks verbracht, ohne ein Zeichen von ihr. Aber als diese verdammten Söldner anfingen, mich dorthin zu verfolgen, wusste ich, dass ich zuerst dieses kleine Problem lösen musste.

Hier bin ich also und fliege mit meiner kleinen Meerjungfrau in ein Land namens Finnland.

Jedes Mal, wenn ich nach draußen schaue, spannt sich meine Brust an, und ich atme schneller, angesichts der kleinen Wolken, die mir das Land so weit unten zeigen. Verdammt! Ich bin zum Schwimmen gemacht, nicht zum verdammten Fliegen.

Eine zarte, weiche Hand berührt meine, und ich zucke leicht zusammen, was nicht meine Art ist. Nichts macht mir Angst, und doch klammere ich mich mit einem Todesgriff an die Armlehnen. Dazu kommt noch das Gefühl der Enge, und das Ganze geht mir auf die Nerven.

Ich schaue zu Sasha neben mir hinüber, ihr Griff um meine Hand ist locker, und ich atme etwas leichter, weil sie keine Angst hat.

»Wie geht es dir?«, fragt sie.

Chowder steckt den Kopf aus dem Rucksack in ihrem Schoß, er legt den Kopf schief und starrt mich an, als ob er mich beurteilen würde.

»Warum schwitzt du so viel?«, fragt er mit seiner fröhlichen Stimme.

»Mir geht es gut«, knurre ich halb, während mir der Schweiß den Rücken herunterläuft.

»Es ist nicht schlimm, Angst vor dem Fliegen zu haben«, sagt Sasha. »Viele Leute mögen es nicht.«

»Warum tun sie es dann? Nichts an dieser Sache fühlt sich natürlich an.« Ich schaue mich nach den anderen Fahrgästen um und bemerke deren ange-spannte Mienen. Wenigstens fühle nicht nur ich mich verunsichert.

»Es ist eine schnelle Art zu reisen, und eigentlich ist es ziemlich sicher, besonders wenn es durch Magie angetrieben wird.«

Ich ziehe eine Augenbraue hoch. »Magie kann leicht abgewehrt und manipuliert werden.«

Sie tätschelt meine Hand und grinst.

Chowder streckt seine kleinen Krallen aus und tätschelt auch meinen Arm. »Du bist stark.«

Ich mustere ihn. »Wie gesagt, mir geht es gut«, entgegne ich und verziehe mich wieder in meinem Sitz. Der Anblick der Wolken, die draußen so nah sind, ist zu viel, und ich schiebe das Rollo herunter.

Die Turbulenzen schütteln uns erneut, und ich versuche, mich auf etwas anderes zu konzentrieren. Sasha lehnt sich an mich, ihre Hand ruht tröstend auf meinem Oberschenkel. Es ist schwer, ruhig zu bleiben, wenn das Flugzeug ständig wackelt.

Eine brünette Stewardess in einem engen Kleid hält an unserer Zweierreihe inne, ihr Blick ist auf mich gerichtet und sie übersieht Sasha völlig. Sie beugt sich vor, ein kokettes Lächeln umspielt ihre Lippen.

»Entschuldigen Sie, Sir, kann ich Ihnen etwas bringen? Ein Kissen, Whiskey, Snacks?«

Ich spüre, wie sich Sashas feuriger Blick in mein Gesicht brennt, und ich kann nicht widerstehen, das Gespräch ein wenig anzufachen. Ich grinse die Stewardess an.

»Danke. Vielleicht komme ich auf ein paar Snacks zurück.«

Ihre Wimpern flattern. »Natürlich, Sir. Ich bin gleich wieder da.«

Als sie davonschlendert, richte ich meine Aufmerksamkeit auf Sasha, deren Wangen vor Wut rot angelaufen sind. Ich kann mein Lachen kaum unterdrücken.

»Keine Sorge«, flüstere ich und lehne mich näher zu ihr. »Ich habe nur Augen für dich. Du bist meine schöne Meerjungfrau. Keine andere Frau kann sich damit messen.«

»Oh, glaubst du, das interessiert mich?« Sie zieht die Schultern zurück. »Ich stehe gar nicht so sehr auf dich.« Sie rutscht in ihrem Sitz hin und her und stößt mich scheinbar versehentlich mit dem Ellbogen an. Dann wirft sie mir einen Todesblick zu, der die Hölle gefrieren lassen könnte.

Ich kichere und lehne mich zurück. »Oh, ich verstehe. Dann macht es dir also nichts aus, wenn ich die Brünette nach hinten jage und ihr den Rock vom Leib reiße?«

Ihr Gesicht wird weiß, ihre Augen glühen vor Feuer. »Wenn du das tust, schneide ich dir die Kehle durch.«

Ich lache und bewundere sie. »Da bist du ja, meine wilde kleine Meerjungfrau. Tu nicht so, als hättest du mich nicht gern, wenn ich weiß, dass du besessen von mir bist.«

Sie versucht, ihre wütende Fassade aufrechtzuerhalten, aber am Ende muss sie lachen.

Die Stewardess kommt mit einem Arm voller Snacks zurück. Sie strahlt mich an und bietet mir die Auswahl an. »Hier, bitte sehr, Sir.«

Ich nehme die Snacks und senke meinen Blick auf Sasha. »Danke schön. Die sind für meine Frau.«

Sasha grinst mich an und sammelt die Snacks ein, allerdings nicht so gierig wie Chowder, der halb aus dem Rucksack heraushängt.

Die Stewardess blinzelt überrascht und schaut zwischen Sasha und mir hin und her. »Oh, natürlich. Genießen Sie Ihre Snacks.«

Als sie weggeht, lehne ich mich näher an Sasha heran. »Siehst du? Nur für dich.«

Sie rollt mit den Augen, kann aber ihr Lächeln nicht verbergen. »Du bist lächerlich.«

»Und du liebst es«, necke ich.

Wir lehnen uns wieder in unsere Sitze, die Turbulenzen des Flugzeugs schütteln mich so stark, dass ich mich wieder an den Armlehnen festhalten muss und meine Knöchel weiß werden.

Sasha lehnt sich gegen meinen Arm. »Hey, mein Vater hat mir mal einen Trick verraten, wie man mit Angst umgehen kann. Willst du ihn ausprobieren?«

Ich werfe ihr einen misstrauischen Blick zu. »Ich habe keine Angst, aber was hat er gesagt?«

»Schließe die Augen«, weist sie mich an, und widerwillig folge ich ihren Anweisungen. »Jetzt atme tief ein. Stelle dir vor, du wärst an deinem Lieblingsort, an einem Ort, an dem du dich vollkommen wohlfühlst. Konzentriere dich auf die Geräusche, die Gerüche, das Gefühl, dort zu sein.«

»Das ist ganz einfach. Mein Lieblingsplatz ist zwischen deinen Schenkeln«, sage ich stolz.

Sie schnappt nach Luft, und ich grinse, weil ich mir vorstelle, wie sie rot wird.

»Danke, denn jetzt weiß das auch jeder im Flugzeug«, murmelt sie.

Ich kann nicht aufhören, zu grinsen, und wechsle zu meinem zweiten Lieblingsort - dem Meer. Das Wasser plätschert und schaukelt gegen mich, das Rauschen des Meeres erfüllt meine Ohren, die salzige

Luft meine Lungen. Das Bild verschwindet jedes Mal, wenn das Flugzeug ruckelt, aber ich hole es zurück.

Nach einigen Momenten des Scheiterns reiße ich die Augen auf und sehe Chowder von Angesicht zu Angesicht. Er liegt in Sashas Armen, lehnt sich zu mir und starrt mir ins Gesicht. Chowder ist so nah, dass seine Schnurrhaare meine Nase kitzeln.

»Fuck! Persönlicher Freiraum!«

Sasha lacht uns aus.

»Warum machst du so komische Geräusche?«, fragt Chowder.

»Mache ich nicht«, murmle ich, obwohl mein Herzschlag immer noch nicht in Ordnung ist.

Chowder krabbelt zurück in Sashas Rucksack, und sein Kopf springt in Sekundenschnelle wieder heraus. Er lehnt sich zurück, als wäre er im Himmel, der kleine Scheißer.

»Und du fliegst gern, nehme ich an?«, frage ich Sasha und versuche, lässig zu klingen, was mir aber nicht gelingt.

»Aber sicher. Es hat etwas Unglaubliches, soweit über dem Boden zu sein. Ich kann zwar nicht fliegen, aber so kann ich am ehesten nachvollziehen, wie es sich anfühlen muss.«

Ich lehne mich wieder zurück und versuche, gelassen zu wirken. »Nun, ich bleibe beim Schwimmen. Das Meer wirft einen nicht aus dem Himmel.«

Das Flugzeug rüttelt erneut, und ich umklammere die Armlehnen fester und spüre, wie sich die Spannung in meinem Bauch zusammenzieht. Sasha lässt ihre Hand auf meiner, ihre Berührung erdet mich, während ich die Minuten bis zur Landung zähle.

Als wir schließlich mit einem lauten Knall zu Boden gehen, bin ich so aufgeregt und angespannt, dass ich aus Versehen eine der Armlehnen komplett herausgerissen habe. Sashas Augen weiten sich vor Schreck bei diesem Anblick, und Chowder zwinkert mir zu.

Ich klappe die Armlehne neben mir nach unten. »Lass uns aus dieser Blechbüchse verschwinden. Ich habe meine Zeit im Knast hinter mir.«

»Ich muss zugeben, dass du das besser hinbekommen hast, als ich erwartet habe«, stichelt Sasha. »Ich hatte erwartet, dass du mehr Schaden anrichten würdest.«

»Das nächste Mal schwimmen wir.«

Sie gluckst. »Das werden wir ja sehen.«

Im Handumdrehen sind wir auf dem Weg zum Terminal. Ich bin bereit, den König zu treffen und mir offiziell diese verdammten Söldner vom Hals zu schaffen. Und dann wieder denjenigen zu finden, der meinen Großvater hintergangen hat.

Draußen wartet ein elegantes schwarzes Auto, dessen Fahrer uns die Hintertür öffnet. Ich steige ein, während Sasha ein kurzes Gespräch mit ihm führt und sich dann zu mir setzt. Der geräumige Innenraum ist eine willkommene Abwechslung zu dem überfüllten Flug. Ich strecke mich aus und mache es mir auf dem Rücksitz bequem, während Sasha neben mir sitzt und Chowder noch im Rucksack ist.

»Das ist schon eher das Richtige«, murmele ich und

zeige in dem luxuriösen Auto herum. »Du solltest dieses Fahrzeug bei deiner Arbeit anfordern.«

Sie rollt mit den Augen. »Ich bezweifle, dass meine Arbeit mir eine Limousine zur Verfügung stellt. Weißt du, wie selten diese Dinge in dieser Welt sind? Ich schätze, Billie hat die Beziehungen ihrer Schicksalsgefährten spielen lassen, um eine Limousine zu besorgen.« Sie wendet ihren Blick aus dem Fenster.

Ich greife nach ihr und lege meine Hand auf ihre. Ihre Haut ist weich und warm unter meiner Berührung. Ehe ich mich versehe, krabbelt Chowder aus dem Rucksack, seine winzige Pfote ruht auf meiner Hand, als wolle er seinen Anspruch anmelden. Ich starre ihn an, und er starrt zurück und lehnt sich an Sasha.

»Scheint so, als wären wir wieder bei dem alten Spiel«, murmele ich, obwohl ich nicht umhinkann, über die Beschützerhaftigkeit des kleinen Fellknäuels zu lächeln.

Die Landschaft draußen ist faszinierend - sanfte Hügel, dichte Wälder und kaum Fahrzeuge auf der Straße. Finnland ist genauso schön wie Norwegen, vielleicht sogar noch schöner.

Ich bemerke die Anspannung in ihren Schultern und frage: »Geht es dir gut?«

»Ja, ich bin nur aufgeregt und nervös«, gibt sie zu, ihre Stimme ist sanft. »Ich habe Billies Freunde noch nicht kennengelernt. Sie hat gesagt, dass sie sich freuen, wenn wir bei ihnen bleiben, aber man weiß ja nie.« Ihr Blick ist von Unsicherheit geprägt. »Sie sind Halbgötter! Das ist etwas einschüchternd.«

»So beeindruckend ist das nicht«, antworte ich und

richte meine Haltung auf. »Ich bin der Letzte meiner Familienlinie, und soweit ich meinen Großvater verstanden habe, sind wir die größten Kraken von allen noch lebenden Familienlinien. Er hat auch angedeutet, dass unsere Familie anders als alle anderen ist. Nun, das ist beeindruckend.«

Sie studiert mich, ihre Stirn ist gerunzelt. »Es ist kein Wettbewerb, weißt du.«

»Ich weiß, dass es das nicht ist.« Ich hebe mein Kinn, und sie grinst und schüttelt den Kopf.

»Wie auch immer, lass uns einfach, du weißt schon ... uns vor ihnen normal verhalten. Ich bin mir sicher, dass sie alle geschliffen und perfekt sind.«

Sie hat diese Männer auf ein Podest gestellt, aber egal, wie weit oben man in der Kette steht, es gibt so etwas wie Perfektion nicht. Wenn überhaupt, dann ist das Gegenteil der Fall.

»Du machst dir zu viele Gedanken«, sage ich ihr sanft. »Wir kommen schon klar.«

»Ich bin sicher, dass du recht hast.«

Das Sonnenlicht fällt durch das Fenster und tanzt über ihr Gesicht. Sie ist wunderschön, und jeden Tag, den ich mit ihr verbringe, verliere ich meinen Kopf mehr an sie.

»Du starrst«, neckt sie und wird rot.

»Kannst du es mir verübeln?«, murmle ich und streiche ihr eine Haarsträhne hinters Ohr. Sie trägt eine hautenge Lederhose und ein Hemd, das ihre Kurven umspielt, wobei die Knöpfe über der Brust spannen, was mich ständig ablenkt. »Du bist atemberaubend, Sasha.«

Sie lacht wieder, und der Klang füllt das Auto mit Wärme. Dann fallen wir in ein angenehmes Schweigen.

Wir fahren an einen hohen Eisenzaun heran, der Motor des Autos brummt leise. Hinter dem Zaun liegt ein riesiges Grundstück mit einem prächtigen, aber gewöhnlichen Steingebäude, aber noch weiter dahinter befindet sich ein viel größeres Herrenhaus - nein, ein Schloss, wie es aussieht.

Die Tore öffnen sich von selbst, und wir rollen die Einfahrt hinauf. Sasha und Chowder kleben praktisch am Fenster und starren gebannt hinaus. Das Auto hält an, und sie steigen eifrig aus, während ich hinterher-gehe. Der Fahrer fängt an, unsere Taschen aus dem Kofferraum zu holen und sie auf einem gewundenen Steinweg neben dem ersten Gebäude zu platzieren, der zu den hinteren Toren führt. Dahinter erhebt sich das riesige Herrenhaus aus Obsidianstein mit hohen Fens-tern auf allen vier Etagen und einem dunklen, spitzen Dach. Ein gewundener Pfad führt durch einen lichten Kiefernwald zum großen, gewölbten Eingangstor. Die Eingangstreppe wird von imposanten goldenen Wolfs-statuen flankiert.

»Es ist in Ordnung, nichts Besonderes«, sage ich und tue so, als ob ich unbeeindruckt wäre. »Sobald ich mein Haus am Fjord fertiggestellt habe, wird es diesen Ort in den Schatten stellen.«

»Natürlich sagst du das. Ich finde es umwerfend.«

»Mal sehen, ob dieser Ort deinem Hype gerecht wird«, erwidere ich, obwohl ich sehen kann, wie sich ein Lächeln auf ihre Lippen legt, weil sie bereits angetan von diesem Ort ist.

Der Fahrer winkt uns, ihm zu folgen. »Hier entlang. Sie werden erwartet.«

Als wir näherkommen, stürmt jemand aus der Vordertür der Villa. Eine Frau, etwa so groß wie Sasha, mit wallendem weißem, silbrigem Haar, gekleidet in enge schwarze Hosen und ein lockeres Hemd mit V-Ausschnitt, das in der Sonne wie blaue Perlen schimmert. Sie ist sogar noch schöner, wenn sie lächelt.

»Sasha! Du bist hier!«, ruft sie mit zitternder Stimme, als würde sie weinen.

»Billie!« Sasha quietscht vor Freude, und ohne zu überlegen, drückt sie mir ihren Rucksack mit Chowder in die Hand und stürmt auf die Frau zu. Die beiden umarmen sich innig, ihr Lachen und Grinsen ist ansteckend. Es ist so schön, jemanden so nah zu stehen, dass es sich anfühlt, als würde sich das ganze Leben verändern, wenn man ihn wieder trifft.

Das ist Sasha für mich. Sie hat das nur noch nicht ganz verinnerlicht.

Sie hat dieses Glück mit mir verdient, auch wenn sie zu stur ist, um es zuzugeben.

Billie zieht sich aus der Umarmung zurück und hält Sasha auf Armeslänge. »Ich habe dich so sehr vermisst! Du siehst toll aus!«

»Es ist zu lange her, und du hast keine Ahnung, wie sehr ich mich darauf gefreut habe, dich wiederzusehen.«

Ich stehe da, halte den Rucksack, in dem sich Chowder windet, und versuche, mich nicht wie ein drittes Rad zu fühlen. Der Fahrer beginnt, das Gepäck den Weg entlangzuschieben, und ich folge ihm, wobei ich einen respektvollen Abstand halte.

Billie sieht zu mir herüber und ihre Lippen verziehen sich zu einem Grinsen. »Und wer ist dieser hübsche Kerl?«

Sasha grinst verschämt, und ich liebe es, wenn sie mich so anschaut.

»Das ist Kaden, von dem ich dir erzählt habe. Er ist ... na ja, er ist ...«

»Ich bin ihr Schicksalsgefährte«, antworte ich für sie. »Schön, dich kennenzulernen, Billie«, sage ich mit einem freundlichen Nicken. Ich kann mich benehmen, wenn es nötig ist.

Plötzlich ist sie da und umarmt mich. Ihre Freundlichkeit zeigt mir genau, warum sie und Sasha sich so nahestehen.

»Willkommen in unserem Haus.«

Chowders Kopf springt aus dem Sack, und Billie lacht ein wenig, als sie ihn sieht.

»Oh, und wer ist dieser kleine Kerl? Ist er deiner?« Sie sieht mich an, um eine Antwort zu erhalten.

»Chowder«, antwortet er selbst. »Ich gehöre nicht zu jemandem. Schon gar nicht ihm.« Er hebt seinen Kopf zu mir hoch.

Ich kichere und streichle seinen Kopf.

»Er gehört zu mir«, sagt Sasha und schnappt ihn aus der Tasche. Sie erzählt Billie alles über ihn, während sie zum Haus schlendern.

Nun, das ist wohl mein Stichwort, um loszulegen.

Als wir den großen Eingang erreichen, dreht sich Billie mit funkelnden Augen zu mir um.

»Komm, wir bringen dich in dein Zimmer. Wir haben so viel nachzuholen, und ich will alles darüber hören, wie ihr euch kennengelernt habt.«

»Natürlich, aber ich muss erst deine Kleinen sehen«, bittet Sasha.

Billie nimmt Sasha an die Hand und schaut mich an. »Ich hoffe, es macht dir nichts aus, wenn wir zuerst zu den Kleinen gehen?«

Ich zucke mit den Schultern und grinse. »Ich tue gern alles, was euch beide glücklich macht.«

Sasha wirft mir ein Grinsen zu, und ich bewundere die Freude in ihrem Gesicht.

Als wir hinter Billie ins Haus gehen, wird sie mir immer sympathischer. Ihre Offenheit hat etwas Erfrischendes an sich. Vielleicht wird dieser Besuch gut für Sasha sein. Vielleicht hilft er ihr sogar, das Unvermeidliche zu akzeptieren - dass sie meine Schicksalsgefährtin ist. Mit Billies Einfluss wird Sasha das vielleicht auch endlich einsehen.

19

KADEN

Wir eilen also durch dieses riesige Haus, mit Gemälden an den Wänden, Spots, die die Kunst beleuchten, und grünen Pflanzen, die jede Ecke beleben. Der Ort sieht bewohnt und geliebt aus. Wir gehen die Treppe hinauf, vorbei an mehreren Dienstmädchen, die sich in unsere Richtung verbeugen und mich ein bisschen zu lange anstarren, bevor sie davoneilen.

In der dritten Etage angekommen, befinden wir uns in einem langen Flur. Vor einer Tür dreht sich Sasha zu mir um und reicht mir Chowder.

»Vielleicht ist es besser, wenn du eine Weile bei Kaden bleibst«, schlägt sie vor und gibt ihm einen Kuss auf den Kopf.

»Was ist im Zimmer?«, fragt Chowder. Ich sammle ihn ein, und er klettert auf meine Schulter. Ich werfe ihn halb darüber, damit er sich an mich lehnen kann, um zu sehen, was los ist.

»Babys«, antworte ich Chowder, und er starrt mich nur an, als wüsste er nicht, wie er das verstehen soll.

Die Mädchen betreten das Kinderzimmer, und ich folge ihnen und bleibe in der Nähe der Tür. Zuerst fallen mir zwei Holzbetten auf, deren Spielzeug und Bettwäsche in Weiß, Blau und Mauve gehalten sind. Die Wände sind so gestrichen, dass sie dem Himmel ähneln, als würden wir zwischen den Wolken schweben, mit Sternen an der Decke, die im Sonnenlicht glitzern. Der weiße Teppich erweckt den Eindruck von flauschigen Wolken, und ich kann nicht anders, als mich in das Flugzeug zurückzuversetzen.

Es gibt eine blau-weiß gestreifte Couch mit Decken und Kissen, Regale mit Büchern und Spielzeug und makellose weiße Schränke. Über jedem Kinderbett hängt ein sich drehendes Mobile - eines mit einem Gryffin, das andere mit einem Wolf. Die kleinen Babygeräusche lenken meine Aufmerksamkeit auf Billie, die ein Baby aus einer Krippe in ihre Arme hebt.

»Das ist also mein Erstgeborener, Lucian«, erklärt Billie.

Er ist winzig, hat einen dunklen Haarschopf, ein zerknautschtes Gesicht und sieht für ein Baby ziemlich ernst aus. Als Billie ihn hochhebt, hustet er und gibt eine kleine Feuerexplosion von sich.

»Wow«, sagt Sasha, während beide lachen und sich über ihn hermachen.

»Das hätte ich nicht erwartet«, murmle ich vor mich hin.

Sie lächelt auf das Baby herab. »Wie du siehst,

kommt er mit seiner dämonischen Seite ganz nach seinem Vater Tallis.«

»Darf ich ihn halten?«, fragt Sasha sofort, ihre Stimme ist aufgeregt.

Billie übergibt Lucian an Sasha. Das Baby liegt in Sashas Armen und lehnt sich an ihre Schulter, während sie gurrt und es küsst.

Mein Herz klopft in meiner Brust. Wenn ich sehe, wie mütterlich sie sich um dieses Kind kümmert, sollte mich das nicht berühren, und doch bin ich hier und sehne mich nach unseren eigenen Kindern. Ich will eine große Familie.

Billie blickt zu mir auf. »Sind sie nicht hinreißend?« Sie wirft mir einen Blick zu, und ich sehe, dass sie mich unbedingt fragen will, wann Sasha und ich das Gleiche tun werden. Wenn es nach mir ginge, würde ich es jetzt tun.

»Ja«, murmle ich, unfähig, meinen Blick von ihr abzuwenden. »Absolut bezaubernd.«

»Wenn ihr jemals Babys bekommt, werden sie sehr schön sein. Ich meine, seht euch beide an, und die Schönheit einer Meerjungfrau, nichts ist vergleichbar.« Billie grinst uns beide an.

Sasha lacht nervös und vermeidet es, mich anzustarren. »Wir sind nicht ... es ist kompliziert.« Sie wendet sich wieder dem Baby in ihren Armen zu. »Ihr müsst so stolz auf euer kleines Bündel sein.«

»Es ist lächerlich anstrengend, aber ich würde sie gegen nichts eintauschen wollen. Sie sind beide meine kleinen Wunder.« Sie geht zur zweiten Krippe, lehnt sich hinein und hebt vorsichtig ein weiteres Baby hoch. Dieses hat eine sehr dünne Haarschicht, eine hellere Farbe und die hellsten goldenen Augen, die ich je gesehen habe. Sogar Chowder, der bis jetzt schweigend auf meiner Schulter gesessen hat, beugt sich neugierig vor. Das Baby, das nur eine Windel trägt, streckt ein Paar wunderschöne kastanienfarbene Flügel von seinem Rücken, die fast einen dunklen Goldton haben.

»Warum fliegt das Baby?«, murmelt Chowder und seine Schnurrhaare zucken.

»Alles ist möglich«, antworte ich, meine Stimme ist weich vor Ehrfurcht und ich frage mich, wie mein Kind wohl aussehen würde. Kräftige Krakenglieder, ein starker Kiefer wie sein Vater, so gutaussehend, dass jedes Mädchen um ihn wirbt? Unsere DNA ist dominant.

Billie küsst das Baby über das ganze pummelige Gesicht. »Und das ist mein Energiebündel, Dante. Er kommt ganz nach seinem Vater, Eryx, und ist ein richtiger Rabauke.«

Sasha, die Lucian hält, streckt eine Hand aus, um Dantes Wange zu streicheln, und beide haben nun ein Baby im Arm. Es ist ein wunderschöner Anblick, und ich kann nur an meine kleine Meerjungfrau denken, die schwanger ist, an ihren runden Bauch mit unserem Kind, wie schön sie sein wird, wie anspruchsvoll sie sein wird, wenn sie mich begehrt. Der Gedanke daran versetzt mir einen Schock der Erregung.

»Ich kann nicht glauben, dass du zwei Babys hast. Es kommt mir vor, als wäre es erst gestern gewesen, dass wir in Südafrika zusammengelebt haben«, murmelt Sasha.

Ich schaue zu Chowder hinüber, der sie aufmerksam beobachtet.

Als ich eine Bewegung an der Tür wahrnehme, drehe ich mich in diese Richtung, wo groß und stolz ein Mann steht und grinst. Sein langes, wallendes schwarzes Haar reicht ihm bis über die Schultern, und seine Augen sind so dunkel wie die Hölle selbst. Ein schwacher Geruch von brennendem Holz umweht ihn. Er steht da wie jemand, der das Kommando hat, jemand, der keine Angst hat, und ich weiß sofort, dass er der Vater des feurigen Kindes ist - ein Dämon.

»Tallis«, sagt er mit fester Stimme, blickt in meine Richtung und reicht mir die Hand. Sein Händedruck ist fest und kräftig. Er trägt ein Lederband um sein Handgelenk, in das ein goldenes Baumsymbol eingelassen ist, das vermutlich ein Familienwappen ist. Ich habe ähnliche Armbänder in Norwegen gesehen, aber mit einem anderen Design. Sein Durchsetzungsvermögen verlangt Aufmerksamkeit, und ich kann einen Mann wie ihn respektieren.

»Kaden«, antworte ich und schüttle seine Hand ebenso kräftig.

»Ich habe gehört, du bist ein Krake.« Tallis geht einen Schritt in den Raum und beobachtet unsere beiden Frauen und die Babys, dann richtet er seine Aufmerksamkeit auf Chowder auf meiner Schulter. »Sie sind verdammt selten ... Du musst dich besonders fühlen.«

Ich kichere. »Ja, so ähnlich.«

Tallis lacht herzhaft. »Nun, wir haben einen riesigen See hinter den Wäldern auf der Rückseite unseres Grundstücks. Du kannst ihn gern nutzen, und wir haben auch beheizte Pools im Haus.«

»Das weiß ich zu schätzen. Vielleicht nehme ich dich beim Wort.«

Sein Blick hebt sich. »Wer ist der Kerl auf deiner Schulter?«

»Ich bin Chowder. Und warum schwarze Augen?«

Ich kichere. »Er sagt, was er denkt, und hat keinen Filter.«

Tallis grinst. »Ich mag es. Es ist erfrischend. Er und mein Bruder Eryx werden sich prächtig verstehen. Wie dem auch sei, willkommen in unserem Heim, Kaden und Chowder. Macht es euch bequem. Später könnt ihr meine Brüder kennenlernen. Eryx ist in den Bergen, und Khaos ist mit König Kaspian unterwegs.«

Mein Interesse ist mehr als geweckt. »Apropos König Kaspian«, bringe ich hervor.

Er zieht eine Augenbraue hoch. »Ich habe gehört, du willst eine Audienz bei König Kaspian?«

Ich nicke. »Das ist der Grund meines Besuchs, und Sasha wollte unbedingt ihre Freundin treffen, also zwei Fliegen mit einer Klappe.« Ich ziehe eine Augenbraue hoch, Tallis kichert, während seine dunklen Augen ständig zwischen mir und Billie hin und her wandern. Er ist absolut vernarrt in sie, und einen Mann zu sehen, der diese Art von Besessenheit und Hingabe zeigt, kommt bei mir gut an.

»Seit meiner Ankunft in Norwegen hatte ich ein paar Probleme mit Söldnern, und anstatt eine Spur von Leichen zu hinterlassen, was dem König wohl nicht gefallen würde, möchte ich die Dinge lieber gütlich regeln.«

»Nun, solange du diejenigen respektierst, die dir nichts Böses wollen, so wie meine Brüder und ich, die auch Söldner sind, werden wir keine Probleme haben. Wir betreiben ein sehr erfolgreiches Geschäft, indem wir die Menschen auf der ganzen Welt mit einigen der besten Söldner, die hier in Finnland leben, zusammenbringen.«

»Ihr habt mein Wort«, sage ich ehrlich und erhobenen Hauptes. »Ich möchte, dass sie mich jetzt in Ruhe lassen, da ich ein Bürger des Hauses Gold und Granat bin, was anscheinend nicht kommuniziert wurde.«

»Nun, mein Freund.« Tallis grinst und legt mir eine Hand auf die Schulter. »Der König ist nicht leicht zu erreichen, aber ich respektiere deine Bereitschaft, die Dinge friedlich zu lösen. Das zeugt von großer Zurückhaltung.«

Ich kichere. »Etwas, über das ich oft keine Kontrolle habe. Aber ich weiß die Hilfe von dir und deinen Brüdern zu schätzen. Ich werde die Gelegenheit nicht ungenutzt verstreichen lassen, die Dinge zu klären.«

Wir drehen uns beide zu unseren Schicksalsgefährtinnen um. Billie nimmt Lucian aus Sashas Armen, dann übergibt sie beide Babys an Tallis. Sasha hat mir erzählt, dass er ein Sukkubus-Dämon ist. Ihn im Daddy-Modus zu sehen, gibt mir die Hoffnung, dass ich selbst ein erstklassiger Vater sein werde.

»Kommt, ich bringe euch beide auf euer Zimmer«, bietet sie an.

Sie und Sasha gehen lachend aus dem Zimmer und lehnen sich aneinander. Tallis jongliert mit den Babys, eines schlägt mit den Flügeln, das andere hustet Flammen, die sich an seinem Hemd entzünden. Es sind kleine Verbrennungen, die sofort erlöschen, und er scheint es nicht zu spüren.

»Brauchst du Hilfe?«, frage ich ihn.

»Oder eine Pfote?«, mischt sich Chowder ein.

Er lacht. »Nichts, was ich nicht schon mal gemacht hätte. Normalerweise ist es einfacher, wenn einer meiner Brüder hier ist, aber ich gewöhne mich langsam daran, wenn Billie eine Pause braucht. Es wird interessant, wenn das nächste Baby oder die nächsten Babys da sind. Mein Plan ist es, eine ganze Armee von Kindermädchen einzustellen, denn die beiden sind jetzt schon anstrengend.« Er grinst mich an, während er beide Babys in ein Bettchen legt und das Wolfsmobile über ihnen anstellt, das sich zu drehen beginnt und singt.

»Billie ist schwanger?«, frage ich und ziehe eine Augenbraue hoch, weil ich mich nicht daran erinnere, dass Sasha mir davon erzählt hat.

»Noch nicht, aber mein ältester Bruder, Khaos, ist fest entschlossen, dafür zu sorgen, dass unser nächstes Baby seins ist. Und er ergreift jede Gelegenheit.« Er grinst plötzlich. »Eryx und ich haben eine Wette abgeschlossen, wer von uns beiden sie zuerst schwängern wird.«

Ich kichere und schüttle den Kopf. »Klingt nach einer verdammt großen Herausforderung. Sie muss unglaublich sein, wenn sie mit euch allen dreien mithalten kann.«

Er lacht, tief und herzhaft. »Sie lässt sich von uns nichts gefallen, und das liebe ich an ihr.«

»In Südafrika muss etwas im Wasser sein. Sasha ist genauso. Nun, ich gehe besser zu ihr, bevor ich mich in diesem Schloss verlaufe.«

»Viel Glück.« Er nickt mir zu, und ich sehe mich schon Stunden mit Tallis bei einem Drink verbringen. Bestimmt hat er eine Menge Geschichten zu erzählen.

Ich drehe mich um und verlasse das Kinderzimmer, während meine Gedanken zu Sasha wandern. Ich folge ihren widerhallenden Stimmen durch die großen Flure und hole sie in kürzester Zeit ein. Chowder hat es sich im Halbschlaf im Rucksack bequem gemacht und ruht sich endlich aus, nachdem er den ganzen Flug über wach geblieben ist. Als wir unser Zimmer erreichen, umarmen sich Sasha und Billie innig, und mir fällt auf, wie sehr Sasha lächelt.

Ich schreite an ihnen vorbei in den Wohnbereich unseres Gästequartiers und betrachte die tadellose Einrichtung. Eine elegante Ledercouch steht vor einem großen Steinkamin, und in einem Schrank stehen Karaffen mit verschiedenen honigartigen Getränken. Der Raum ist schick, kein Zweifel, aber für meinen Geschmack ist er etwas fade, zu perfekt, zu unberührt.

Zwei Türen führen vom Wohnbereich in separate Schlafzimmer, und eine weitere Tür führt in ein üppiges, riesiges Badezimmer. Das könnte ein ganzes Haus sein. Ich beschließe, dass das kleinere Schlafzimmer Chowders Domäne sein wird. Ich lege ihn auf das Bett, noch halb im Rucksack, vorsichtig, um ihn nicht zu wecken, und schließe die Tür.

Als ich in den Wohnbereich zurückkehre, sehe ich meine schöne Meerjungfrau herumschwirren und alles überprüfen. Sie grinst, ist leichtfüßig und ihre Energie erreicht mich.

»Dieser Ort ist atemberaubend. Ich habe Billie so sehr vermisst. Ich kann nicht glauben, dass sie zwei kleine Jungs hat ... sie sind einfach alles«, schwärmt sie und ihre Freude ist ansteckend.

Ich schlendere auf sie zu, nehme sie von hinten in die Arme und beuge mich zu ihr herab, um ihr ins Ohr zu flüstern: »Du sahst so verdammt schön aus im Kinderzimmer. Ich habe gesehen, wie verzückt du von diesen Babys warst.« Meine Hand gleitet unter ihr Hemd auf ihre nackte Haut. »Ich wollte eigentlich noch ein bisschen warten, aber ich werde ein Baby in dich stecken.«

Sie versteift sich, wehrt sich gegen mich, aber ich halte sie fest. »Kaden, was zum Teufel?«

»Du hast mich gehört ... ich kann nur daran denken, dass du schwanger bist und wie schön du sein wirst, wie viel Spaß ich mit deinen geschwollenen Brüsten haben werde, mit deinem wunderschönen Körper, wie du die unglaublichste Mutter sein wirst ...«

Sie dreht sich zu mir um, ihre Augen sind groß. »Langsam, Cowboy.«

Ich kichere über ihre Worte, denn ich habe keine Ahnung, was ein Cowboy damit zu tun hat.

»Ja, ich will eine Familie, aber nicht jetzt, also beruhige dich, verdammt noch mal.«

Meine Lippen finden ihren Hals, und ich spüre, wie sie sich an mich schmiegt.

»Wir sollten zumindest anfangen, mehr zu üben.«

Sie stößt sich gegen mich und versucht, sich zu wehren, aber ich will sie unbedingt unter mir haben. Sie stößt mir einen Ellbogen in die Rippen, und ich stöhne, als sie sich aus meinem Griff löst.

»Verdammt, Sasha«, stöhne ich und fasse mir an die Seite. »Du bringst mich noch ins Grab.«

»Gut«, schnauzt sie, obwohl ein spielerisches Glitzern in ihren Augen zu sehen ist. »Konzentriere dich darauf, warum wir hier sind.«

»Es ist alles geregelt, aber ich sehe den König jetzt nicht, also können wir uns bis dahin amüsieren.«

Ich beobachte sie, wie sie meine Worte ignoriert und sich die Zimmer ansieht, wobei ihr Blick auf den luxuriösen Details verweilt. »Schön, wir haben zwei Schlafzimmer.«

»Eins ist besetzt«, sage ich und grinse. »Du wirst das andere mit mir teilen müssen.«

Sie mustert mich, und der Blick, den sie mir zuwirft, lässt mein Herz rasen.

Also wechsle ich das Thema. »Ich finde es faszinierend, dass deine Freundin drei Schicksalsgefährten hat.«

Sie hebt eine Augenbraue. »Hast du ein Problem damit?«

»Zur Hölle nein, je mehr, desto besser, und ich freue mich für sie. Aber ich will nur klarstellen, dass du eine Ein-Mann-Nixe bist. Niemand berührt dich oder schaut dich mit falschen Absichten an … Ich teile nicht. Kraken teilen nicht.«

Sie lacht und schüttelt den Kopf. »Beruhige dich, Kaden. Ich bin ein Ein-Mann-Mädchen.«

»Gut.« Ich gehe einen Schritt näher, um den Abstand zwischen uns zu verringern. »Weil ich dich nicht gehen lassen werde.«

Sie rollt mit den Augen, bewegt sich aber nicht weg. »Du bist unmöglich, weißt du das?«

»Nur weil ich dich will. Dich mit diesen Babys zu sehen … da ist mir erst klar geworden, wie sehr ich das mit dir will.«

Ihre Miene verhärtet sich und sie atmet tief durch.

»Wir sind noch nicht einmal offiziell zusammen, wie kannst du dann von Babys sprechen?«

»Genau da liegst du falsch. Wir sind dazu bestimmt, zusammen zu sein, seit du geboren wurdest. Mach dir keine Illusionen.«

Sie studiert mich und sagt kein Wort, weil sie weiß, dass ich recht habe.

»Ich werde das beheizte Hallenbad suchen.« Sie streckt die Arme über den Kopf und ihre Muskeln entspannen sich sichtlich. »Ich möchte unbedingt ins Wasser eintauchen.«

Ich ziehe eine Augenbraue hoch und spüre, wie sich ein verruchtes Grinsen auf meinem Gesicht ausbreitet, weil ich unbedingt in ihr versinken möchte. Ich grinse und ergreife ihre Hand.

»Lass uns den Pool suchen.«

Sie zögert einen Moment, dann nickt sie und grinst genauso wie ich.

»Okay, aber nur um das klarzustellen, das ist kein romantischer Ausflug. Wir wollen nur den Pool finden und uns entspannen. Mehr nicht.«

»Sicher, was immer du sagst«, antworte ich und kann die Belustigung in meiner Stimme nicht verbergen.

*B*abys! Verliert Kaden seinen Verstand? Ich werfe einen Blick auf ihn, als er in Billies Villa grinsend neben mir herläuft und vor sich hin summt, als ob er sich zu Hause fühlen würde. Ich habe bemerkt, dass er sich gut mit Tallis versteht, und es ist nicht zu übersehen, dass Tallis, einer von Billies Schicksalsgefährten, umwerfend schön ist. Obwohl ich zugeben muss, dass er nicht so umwerfend ist wie Kaden, auch wenn er etwas anstrengend und aufdringlich ist.

Aber ja, Babys. Nein, ich bin noch nicht bereit, sesshaft zu werden.

»Amüsierst du dich?«, frage ich und hebe eine Augenbraue. »Dieser Ort hat einen gewissen Charme, findest du nicht auch?«

Er grinst noch breiter. »Absolut, wenn du auf weiße Villen und gottgleiche Gastgeber stehst. Aber ich mag Tallis, und Billie ist ein aufrichtig netter Mensch. Sie ist schön, aber nicht auf deinem Niveau. Ich meine, es ist schwer, jemanden mit einer Meerjungfrau zu vergleichen.«

Ich rolle mit den Augen und versuche, das Flattern in meiner Brust zu ignorieren. »Ach, ist das so? Und das ist der Grund, warum du dich zu mir hingezogen fühlst?«

»Das sind Hormone und Pheromone, Kleines. Es ist das Schicksal. Es ist der wilde Hunger, der mich so scharf auf dich macht, wenn du einen Raum betrittst, dass ich weiß, dass wir füreinander bestimmt sind.«

Seine Worte jagen mir einen Schauer über den Rücken, aber ich kämpfe darum, meine Fassung zu bewahren.

»Nun, wie wäre es, wenn wir eine Abmachung treffen? Auf dieser Reise reden wir nicht über Schicksalsgefährten und Babys oder so etwas. Wir genießen einfach unseren Kurztrip nach Finnland. Je nachdem, wie schnell der König dich sehen kann, können wir vielleicht noch etwas das Land erkunden und dann zurück nach Norwegen fliegen.«

Er mustert mich mit einem spielerischen Funkeln in den Augen. »Einverstanden. Kein Gerede über Beziehungen, nur die Verlockung, die du auf mich ausübst, und dass ich bei jeder sich bietenden Gelegenheit mit dir verkehren kann. Ich habe verstanden.«

Ich rolle wieder mit den Augen, aber ein Lächeln umspielt meine Lippen. »Das habe ich nicht gesagt.«

»Aber das habe ich gehört ...« Er gluckst.

Es scheint, als würden wir in den weißen Korridoren des Hauses im Kreis laufen.

»Wo sind wir?«, fragt er und blickt sich in einem großen Flur vor uns um.

»Hier entlang«, sage ich und zeige auf einen weißen Gang zu unserer Rechten. »Ich kann das Wasser riechen ...«

»Richtig ...« Er führt mich in diese Richtung, dann eine Treppe hinunter. Ich muss abgelenkt sein oder so, denn die Stufen rauschen plötzlich unter mir weg. Ich schreie auf, greife nach ihm, nach dem Geländer. Er bewegt sich schnell und fängt mich so schnell auf, dass mir der Kopf schwirrt. Ich liege in seinen Armen, bevor ich auf die Stufen treffe, und warte keuchend auf den schmerzhaften Aufprall.

»Du musst vorsichtiger sein.« Er wiegt mich in seinen Armen wie ein Kind. »Von jetzt an werde ich dich die Treppe rauf und runter tragen.«

»Jetzt machst du dich lächerlich. Lass mich runter.«

»Das werde ich, unten an der Treppe.« Und er steht zu seinem Wort, selbst als ein rothaariges Dienstmädchen vorbeigeht, mich anlächelt und dann Kaden etwas zu lange anstarrt.

Es sollte mir egal sein, doch in meiner Brust lodert ein Feuer auf, als ich den Hunger in ihren Augen nach ihm sehe. Ich starre in seine Augen, ihre tiefen, fesselnden Abgründe, sein starkes, gemeißeltes Gesicht, die Art, wie er meinen Mund studiert, als könne er an nichts anderes denken, als mich zu küssen. Wie kommt es, dass eine Berührung, ein Blick genügt, und ich verglühe in einem unerträglichen Verlangen nach ihm?

Ich befreie mich aus seinen Armen, bevor ich die Kontrolle verliere. »Ich kann laufen, danke.«

»Wie du willst.« Er lächelt und lässt mich los, bleibt aber an meiner Seite. »Ich versuche nur, dich in Sicherheit zu bringen.«

»Ja, ich bin durchaus in der Lage, ein paar Schritte zu gehen«, murmle ich und streiche mein zerknittertes Hemd glatt.

Wir gehen weiter den langen Korridor entlang. Es ist immer so eine elektrische Anziehungskraft, der ich mich nicht entziehen kann, auch wenn ich versuche, Abstand zu halten.

»Also, wie sieht der Plan aus, wenn du den König getroffen hast?«, frage ich und versuche, das Gespräch in sicherere Gewässer zu lenken.

Er zuckt mit den Schultern. »Wir müssen uns überlegen, wie wir mit den Söldnern umgehen, ohne ein Blutbad anzurichten. Es geht doch nur darum, den Frieden zu wahren, oder?«

»Sicher«, sage ich, ohne meinen Sarkasmus verbergen zu können.

Er lacht, und der Klang vibriert in mir. »Du kannst mit so wenigen Worten sehr viel sagen, Sasha.«

Ich werfe ihm einen strengen Blick zu. »Und du hast eine Art, mich verrückt zu machen.«

Er gluckst.

Wir erreichen den Raum mit dem riesigen Swimmingpool in der unteren Etage, und der Anblick verschlägt mir den Atem. Es ist, als würde man in eine Fantasiewelt eintreten, eine Höhle mit üppigen

Pflanzen und einem blauen, übergroßen Teich. Die Wände sind begrünt und schaffen eine natürliche, freundliche Atmosphäre. Es ist ein Ort, den man eher in einer versteckten Meerjungfrauengrotte erwarten würde als in einer Villa. Das Wasser schimmert im sanften Licht, Dampf steigt sanft von der Oberfläche auf. Es ist alles, was ich mir vorgestellt habe, und noch mehr.

»Das ist perfekt«, sage ich und trete näher an den Rand. »Wow«, hauche ich und nehme die Szene in mich auf. »Du brauchst sowas in deiner Krakenhöhle, damit sie weniger dunkel und gruselig aussieht, und mehr Meerjungfrauen-Atmosphäre ausstrahlt.«

Mir fällt auf, dass es eine Regalwand mit flauschigen Handtüchern gibt, ein paar verstreute Bänke und sogar eine kleine Bar im hinteren Bereich. Ich kann mir gut vorstellen, dass die Familie hier Spaß hat.

Ich drehe mich zu Kaden um, der nicht reagiert hat, und sehe, wie er mit nacktem Hintern ins Wasser taucht. Seine Kleidung hat er am Beckenrand abgelegt. Ich hätte nichts anderes von ihm erwarten sollen.

Als er mit dem Kopf aus dem Wasser auftaucht, ruft er: »Komm her. Das Wasser ist so warm. Ich bevorzuge zwar die eisige Kälte des Fjords, aber das hier ist beruhigend. Du wirst es an deinem Nixenschwanz lieben.«

Ich ziehe meine Schuhe aus und tauche meinen Zeh hinein. Die Wärme ist angenehm an meinem Bein, und ich fühle mich bereits wohl. Ich ziehe mich bis auf mein Tanktop und meine Unterwäsche aus und zögere am Rand.

Kaden schwimmt herüber und hebt eine Augenbraue. »Was machst du da? Du kannst doch nicht mit diesen Klamotten hier reinkommen.« Ein verschmitztes Grinsen breitet sich auf seinem Gesicht aus.

»Warum nicht?«

»Das ist ein reines Nacktbad. Tallis hat mir das gesagt.«

»Hat er nicht!« Ich protestiere, erkenne die Lüge, spüre aber immer noch, wie mir die Röte in die Wangen kriecht.

Er grinst jetzt noch breiter. »Du kommst hier nicht so rein, man zieht sich aus.«

Ich beobachte ihn und nehme seine Herausforderung an, als ich schon auf halbem Weg die Treppe hinunter bin.

»Gut«, sage ich und tue so, als wäre es mir egal. »Ich muss nicht reingehen.« Ich wende mich zum Gehen, als sich einer seiner Tentakel wie ein Peitschenhieb um meine Taille schlingt und mich nach hinten reißt.

Ich verliere den Halt, ein Schrei bleibt mir im Hals stecken, und ich falle in die Umarmung des Pools. Es ist so warm, und trotz der Situation, in der ich mich befinde, will ich nicht raus. Ich zappele und kämpfe gegen seine verdammten Tentakel, die sich um mich schlingen und an mir zerren. Die Saugnäpfe kleben an meiner Haut, dann ziehen sie sich zurück, ein seltsames Gefühl, das mir einen Schauer über den Rücken jagt.

»Kaden!« Ich stottere, komme an die Oberfläche und sehe, dass er immer noch seine menschliche Gestalt beibehält, während dunkle Tentakel aus seinem

Rücken ragen, die an der Unterseite eine hellere Farbe haben. »Lass mich los!«

Ich stoße ihn weg, nur um ihn im Wasser gleiten zu sehen. Seine Tentakel sind anmutig ausgestreckt, und zwei von ihnen greifen nach meinem Tanktop und meiner Unterwäsche. Sofort taste ich unter Wasser meinen Körper ab und stelle fest, dass er sie mir vom Leib gerissen hat.

»Du Arschloch!«, rufe ich.

»Ich habe dir gesagt, was das für Folgen hat. Du hast nicht zugehört«, sagt er mit einem süffisanten Grinsen im Gesicht.

»Warum musst du immer ein geiles Arschloch sein?«

»Na ja, das bin ich, vor allem, wenn du dich weiter gegen mich wehrst«, antwortet er sanft.

Plötzlich spüre ich die Sanftheit seiner Tentakel an meinen Beinen, die wie Seetang um mich herumwirbeln, ein Gefühl, das Hitze durch meinen Körper schickt.

»Vielleicht bin ich noch nicht so weit ... vielleicht geht es zu schnell. Du sprichst von Babys und ...« Ich seufze, meine Worte verstummen.

»Dann werde ich mir Zeit lassen, bis du bereit bist.« Seine Stimme ist ein leises Grollen.

Es ist, als würde er versuchen, mich mit jedem Blick, jedem Wort und jeder Berührung zu enträtseln. Und verdammt noch mal, es gelingt ihm.

Ich blicke zu ihm auf, mein Herz schmerzt unter der Last meiner Ängste.

»Und was, wenn ich nie bereit bin? Was, wenn ich

die falsche Person für dich bin? Was, wenn … ich dir im Laufe der Zeit wehtue?« Ich wende mich von ihm ab, die Emotionen kochen in mir hoch.

Erinnerungen an meine Mutter und meinen Vater schießen mir durch den Kopf, wie ihre Beziehung zerbrach, wie die Entscheidungen meiner Mutter unsere Familie auseinandergerissen hat. Ich kann das nicht wiederholen. Ich kann nicht so werden wie sie.

Kaden bewegt sich hinter mir, sein Körper presst sich dicht an meinen Rücken, die unvorstellbar harte Erektion an meinem Hintern ist nicht zu ignorieren. Sein Atem ist heiß in meinem Ohr.

»Du könntest mir nie wehtun.«

Schweigen liegt schwer in der Luft.

»Das hat mein Vater auch gedacht«, flüstere ich mit brüchiger Stimme.

»Du bist nicht wie deine Mutter. Du bist nicht wie sie«, sagt er fest.

Er dreht mich an meiner Taille herum, und ich sehe die Entschlossenheit in seinen Augen. Dieser riesige Krakenwandler sieht etwas in mir, das ich nicht sehen kann. Er lässt mich nicht in Ruhe, und ich kann die Anziehung zu ihm nicht leugnen. Sie ist magnetisch und es ist unerträglich schwer, ihm zu widerstehen.

Plötzlich ist sein Mund auf meinem. Es ist ein Zusammenprall, ein Gewitter, eine Explosion zwischen uns. Er hat immer eine Art, mich daran zu erinnern, warum es mir schwerfällt, jemals von ihm wegzugehen. Sein Kuss ist heftig, fordernd, und ich kann nicht anders, als ihn zu erwidern, meine Hände verheddern sich in seinen Haaren und ziehen ihn näher zu mir.

Wir trennen uns für einen Moment, beide keuchen wir.

»Du machst mich wahnsinnig.« Meine Worte sind atemlos.

»Gut«, antwortet er, und seine Augen verdunkeln sich vor Verlangen. »Denn du machst mich genauso verrückt.«

Ich lache, ein Geräusch, das sich fremd und befreiend anfühlt. »Was soll ich nur mit dir machen?«

»Was immer du willst«, sagt er in ernstem Ton. »Hör einfach auf, mich wegzustoßen.«

Ich schaue ihn an, schaue ihn wirklich an und sehe die Verletzlichkeit, die sich hinter seinem selbstbewussten Äußeren verbirgt.

»Ich habe Angst, Kaden. Ich habe Angst vor dem, was das bedeutet, vor dem, was aus uns werden könnte.«

»Angst ist normal«, murmelt er sanft. »Aber lass dich nicht von ihr beherrschen. Lass sie dich nicht von etwas abhalten, das unglaublich sein könnte.«

»Ich weiß nicht, ob ich das kann.« Ich beiße mir auf die Lippe, mein Geist ist ein Wirbelwind aus widersprüchlichen Gedanken und Gefühlen.

»Du kannst«, sagt er entschlossen. »Wir werden einen Schritt nach dem anderen machen. Kein Druck, keine Eile. Nur wir.«

Seine Worte beruhigen etwas tief in mir, und ich nicke langsam. »Vielleicht einen Schritt nach dem anderen.«

Er lächelt, eine echte Geste, die sein Gesicht erhellt.
»Das ist alles, worum ich bitte.«

Kaden zieht mich näher zu sich, seine Tentakel
umschlingen mich sanft. »Du bist bei mir sicher, Sasha.
Immer.«

Zweifel schleichen sich in meinen Verstand,
obwohl mein Körper andere Vorstellungen hat. Ich
gebe Kaden nach, sehne mich nach dem Schutz, den er
mir bietet, nach der Vorstellung, nicht mehr allein zu
sein, und doch erschrecken mich genau die gleichen
Gründe.

Seine Lippen sind wieder auf meinen, und ich
küsse ihn hungrig, mein Körper errötet vor Emotionen,
vor Verlangen, vor Verwirrung. Doch ich ziehe mich
nicht zurück. Ich kann es nicht, weil ich mich in diesen
wenigen Momenten darauf einlasse, zu glauben, dass
dies eine perfekte Welt ist, in der ich keine Vergangenheit habe, in der die Zeit stillsteht und in der alle meine
Sorgen verschwunden sind. In der es nur Kaden und
mich gibt und nichts anderes zählt.

Er gibt ein leises Grunzen von sich, während sich
seine Tentakel fester um mich wickeln, als könne er
nicht nahe genug an mich herankommen.

Ich liebe dieses Gefühl, begehrt zu werden, sehr.
Ich lasse mich völlig fallen und verdränge die
quälenden Gedanken, dass ich einen Fehler mache.

Er umhüllt mich ganz und gar, diese Saugnäpfe
ziehen an meiner Haut, als ob er versucht, mich unter
die Oberfläche zu ziehen - etwas, dem ich mich nicht
widersetze, weil ich das will. Ich versinke in den Ritzen
meines Geistes, wo ich zerbrochen bin, und mit seinen

Küssen, die auf meinem Hals landen, seinem Atem, der in mein Ohr flüstert wie eine Brise auf dem Meer, fühle ich mich ganz.

Ich schließe meine Augen und klammere mich an ihn, während sein Mund die Kurve meines Halses nachzeichnet. Mein Körper zittert vor Verzweiflung, meine Schenkel spannen sich fest an. In diesen wenigen Momenten, in denen ich nur ihn einatme, schwöre ich, dass ich mitten im Meer bin.

Frei.

Seine Arme und Tentakel bewegen sich über meinen Körper wie die Umarmung des Meeres. Es ist, als gäbe es nichts anderes. Die Welt und all ihr Chaos verschwinden und lassen nur uns beide zurück.

Kadens Berührung schickt Wellen der Wärme durch mich. Es ist beängstigend und aufregend zugleich, als würde man in die Tiefe tauchen, ohne zu wissen, was darunter liegt.

Diese verführerischen Lippen gleiten über meine Haut, und ich schwebe in diesem perfekten Moment.

Sein Blick sucht meinen. »Ich habe dich«, flüstert er.

Ich stöhne auf und bin kaum in der Lage, vor lauter Emotionen, die er in mir auslöst, noch Luft zu holen.

»Du bist alles, wonach ich mich sehne«, fährt er fort.

Ich sehe sein Lächeln, als er sich zurückzieht, unsere Gesichter immer noch nah beieinander. Es ist schwer, sich nicht Hals über Kopf zu verlieben, wenn er der schönste Mann der Welt ist. Seine Züge sind scharf und klar, wie bei einer Marmorstatue, und es liegt

Sünde in seinem Ausdruck, wenn er mich studiert. Diese leuchtend blauen Augen erinnern mich an das Plätschern des Wassers am Ufer eines tropischen Ozeans ... wo ich mich verlieren möchte.

»Du weißt, dass sich deine Augenfarbe in verschiedenen Blautönen ändert«, sage ich atemlos, immer noch in seinen Armen gefangen, und mein Herz schlägt schneller, während seine Tentakel über mich wandern. »Oder bilde ich mir das nur ein?«

Zwei seiner Gliedmaßen schieben sich unter meinen Hintern und heben mich von den Füßen, sodass ich mit ihm auf gleicher Höhe bin. Meine Hände sind auf seine steinharte Brust gepresst. Seine Augen glänzen, als er sich nach vorne beugt und seine Lippen auf meine presst.

»Sie folgen meiner Stimmung. Je glücklicher ich bin, desto heller werden sie. Du kannst selbst sehen, was du mit mir machst, wie viel Freude du mir bringst.«

»Dann werden sie mir wohl auch zeigen, wenn du in düsterer Stimmung bist?«

Er grinst bedrohlich. Und anstatt sich zurückzuziehen, fährt er mit seiner Zunge in einer dominanten, fordernden Bewegung über meinen Mundwinkel.

Ich zittere vor seinen Worten, vor dem Nervenkitzel seiner befehlenden Handlungen - ein selbstbewusster Mann, der sich nimmt, was er will ... mich.

»Komm, meine kleine Meerjungfrau«, säuselt er, ein verführerisches Flüstern, das mir einen hungrigen Schauer über den Rücken jagt. »Lass mich dir zeigen, wie es sich anfühlt, von einem Kraken geliebt zu werden.«

Bevor ich reagieren kann, zieht er mich fester an sich, seine Arme und Tentakel umschlingen mich. Mein Körper spannt sich an, und dann, mit einer schnellen Bewegung, sind wir beide unter der Wasseroberfläche, und er stürmt durch das Wasser und trägt uns beide.

Panik macht sich in meiner Brust breit, und ich versuche, mich loszureißen. Es ist nicht das Wasser - ich kann ganz gut atmen. Aber Kaden hat die Angewohnheit, immer an die Grenzen zu gehen, und so sehr ich auch versuche, die Kontrolle zu behalten, das Unbekannte macht mir Angst. Seine Gegenwart ist überwältigend, und jeder Instinkt sagt mir, dass ich kämpfen muss, obwohl ich weiß, dass ich in Sicherheit bin.

Wir sind jetzt tief unter Wasser, seine Bewegungen sind fließend, während er uns in den dunkleren Teil des Beckens treibt. Doch ich kann ihn immer noch deutlich sehen, das Lächeln auf seinen Lippen, das Fließen seiner kastanienbraunen Haare im Wasser.

Auf dem Grund des Pools finde ich mich unter ihm wieder, er beugt sich über mich, sein Mund ist wild an meinem Hals, leckt, knabbert, lässt mich erschaudern und verlangt nach mehr.

Als er meinen Mund erreicht, küsse ich ihn zurück, denn ich bin ihm hilflos ausgeliefert. Seine Tentakel winden sich zwischen meinen Beinen, spreizen sie, andere gleiten um meine Brüste, seine großen Handflächen halten mich gefangen.

Ich küsse ihn genauso tief, und die Welt verschwindet. Es gibt nur noch uns.

Seine Leidenschaft ist besitzergreifend und anspruchsvoll.

Sich ihm hinzugeben ist ein schwindelerregender Rausch, und ich kann nicht leugnen, wie richtig es sich anfühlt.

Er hat alles unter Kontrolle, wie er es in jeder Situation verlangt. Ich umklammere seinen Nacken mit meinen Armen, meine Beine sind weit gespreizt, während seine Hände zu meiner Taille hinuntergleiten. Etwas Leichtes streicht über meine bedürftige Klitoris ... etwas, das sich sehr wie einer seiner Tentakel anfühlt.

Als er unseren Kuss löst, gibt er ein knurrendes Geräusch von sich und lächelt mich an.

»Ich schätze mich jeden Tag glücklich, dass ich dich gefunden habe.« Sein Mund bewegt sich, und ich höre seine Stimme gedämpft, als wäre sie durch Schichten des Ozeans gefiltert.

Es ist seltsam, ihn hier unten so deutlich zu hören. Meine Eltern haben mir immer gesagt, ich soll nicht unter Wasser sprechen, weil Meerjungfrauen das nicht tun. Ich habe keine Ahnung, ob sie gelogen haben oder warum sie das gesagt haben, nur dass es bei ihnen verpönt war. Die Neugier übermannt mich, und ich versuche zu antworten.

»Sprichst du oft unter Wasser?«, frage ich und spüre die Worte mehr, als dass ich sie in meinen Ohren höre.

Er zuckt mit den Schultern, und die Bewegung verursacht kleine Wellen im Wasser um uns herum. Er grinst und lässt mich glauben, dass er mich gehört hat, und das nicht nur in seinem Kopf.

»Für meinen Geschmack nicht oft genug«, antwortet er.

Ich lächle über die Neuheit, auf diese Weise zu sprechen, als die Spitze seines Tentakelglieds über meine gespreizte Muschi streicht.

Ich erschaudere, klammere mich an ihn, und ein Tentakel schiebt sich mit unerwarteter Wucht an meinem Eingang vorbei.

»Kaden«, keuche ich, versteife mich am ganzen Körper und kann mich auf nichts anderes konzentrieren als auf die Art, wie er in mich eindringt.

Er starrt mich an. »Ich werde dir einen überwältigenden Unterwasserorgasmus verschaffen. Du kannst mir deinen Dank später zeigen, meine Schöne.«

Ich stöhne eher, als dass ich protestiere. Das Gefühl, diese Saugnäpfe in mir zu spüren, bringt ein ganz anderes Maß an Erregung mit sich, als ich jemals erwartet hätte.

»Wie fühlt es sich an?«, fragt er und beobachtet mich wie ein ausgehungertes Raubtier. »Ich spüre jedes Gefühl in meinen Gliedern, weißt du.«

Ich winde mich, spüre, wie er tiefer in mich eindringt und sein Körperumfang mich dehnt.

»Kaden, das ist so unfair«, schaffe ich, zu sagen, als sich einer seiner Saugnäpfe perfekt an meiner Klitoris festsetzt. Ein Schrei entweicht meinen Lippen, und er hält mich fest, sein Lächeln reicht fast bis zu seinen Augen.

Ich taumle, meine Nippel spannen sich an. Ich glühe, schwebe und verliere völlig die Kontrolle. Kaden grinst, als er sieht, wie ich zusammenbreche. Sein Blick wandert an meinem Körper auf und ab, hält an meinen gespreizten Beinen inne, wo sein Tentakel mich fickt, sich rein- und ausschiebt. Ein anderer saugt an meiner Klitoris, während andere sich sanft über meinen Körper bewegen ... einer stößt in meinen Mund, ein anderer gleitet zu meinem Arsch.

Er füllt mich aus, und er ist so erregt, dass mir nicht entgeht, wie sein riesiger Schwanz um Aufmerksamkeit buhlt.

Kaden schwebt vor mir, mit glasigen Augen, und genießt es, dass ich von den Tentakeln angefasst werde. Auf seinem Gesicht steht pure Begeisterung, sein Blick ist entschlossen.

»Ich will jeden Zentimeter von dir besitzen, jedes Loch ficken.«

Ich zittere heftig in seinem Griff und kann nicht sprechen. Ich verliere mich in der wundervollen Art und Weise, wie der Sauger an meiner Klitoris an mir zieht. Meine Hüften wippen und folgen dem Rhythmus, der in mich eindringt. Ich hätte nie gedacht, dass ich vor Kaden der Erregung zum Opfer fallen würde, während er sich daran aufgeilt.

Meine Muschi bebt ... jeder Zentimeter von mir tut es. Meine Hände umklammern seine Arme, während er mich immer noch an meiner Taille festhält. Ich fühle mich unglaublich verletzlich, während ich in überwältigender Ekstase ertrinke.

Ich passe mich immer wieder an, winde mich, vor allem, um ihm entgegenzukommen, wenn er in mich stößt. Ich bin ihm ausgeliefert, genau da, wo er mich haben will.

Er stößt den Tentakel in mich, meine Kontrolle verschwindet völlig, und er vergisst seine eigene Erregung. Ich glühe, vor allem zwischen meinen Beinen und kann nicht leugnen, dass ich durch seine Gliedmaßen schwach werde und nach mehr verlange.

»Ich habe dir doch gesagt, dass du nie vergessen wirst, mit mir zusammen gewesen zu sein«, grinst er, als mein Crescendo seinen Höhepunkt erreicht und ein Orgasmus mich durchfährt.

Ich schreie, sein Tentakel gleitet aus meinem Mund, während ich mich winde und zusammenbreche. So heftig bin ich noch nie gekommen. Kaden knurrt noch einmal und lässt sein Glied in mir stecken, die Saugnäpfe halten nicht inne.

»Du bist so schön, wenn du kommst. Eines Tages werde ich dich heiraten.«

Mein Magen überschlägt sich bei seinen Worten, während ich in seiner Umarmung zusammengesunken bin, keuchend von dem Gefühl, durch den Himmel zu schweben. Nur seine Worte bleiben bei mir, sie prallen auf mich ein ... Sein Drang, sich zu binden, zu kontrollieren, entzündet mein Inneres aus einem ganz anderen Grund.

Er ist der König der Meere, der Mann meiner Träume, und doch flippe ich jedes Mal aus, wenn er von irgendeiner Art von Verpflichtung spricht.

Als ich mich von ihm losreiße, zieht er sich schließlich zurück, seine Gliedmaßen lassen mich los, und ich schwebe von selbst und vermisse ihn bereits. Nur mein Kopf ist ganz woanders.

Seine Stirn legt sich in Falten, und seine hellen Augen verfinstern sich. »Sasha, was ist los?«

Ich schwimme rückwärts von ihm weg, aber ich weiß, dass er noch nicht mit mir fertig ist. Das ist er nie.

»Ich kann nicht«, schaffe ich es mit zitternder Stimme. »Das geht zu schnell. Die Dinge, die ich fühle, passieren zu schnell.« Ich kann nur daran denken, wie viel Liebe meine Eltern füreinander empfanden und wie schnell meine Mutter zur Sirene wurde und unser Leben zerstörte. Was, wenn es in unserer Blutlinie liegt, dass wir anfälliger dafür sind, eine Sirene zu werden?

Sein enttäuschter Gesichtsausdruck ist wie eine Klinge in meinem Herzen und meine kalte, unvermeidliche Ablehnung beginnt mich zu erdrücken.

»Ich dachte, wir hätten das besprochen«, sagt er und gleitet durch das Wasser auf mich zu.

»Ja, aber ich fühle mich nicht wohl, und du bist ... warum musst du mich dazu bringen, dich so sehr an mich ranzulassen?«

»Sei mit mir zusammen«, sagt Kaden leise, seine Stimme ist aufrichtig, und sein Blick sucht meinen. Er will, dass ich ja sage.

Stattdessen steigt die Panik in mir hoch, stärker und überwältigender als zuvor. Mein Herz fühlt sich an, als würde es in einem Schraubstock eingeklemmt werden. Ich stoße ihn weg und schüttle den Kopf.

»Bitte, lass mich einfach allein ...« Meine Stimme bricht vor Verzweiflung, das Flehen klingt eher wie ein Wimmern. Aber als ich mich umdrehe, um wegzuschwimmen, greift er wieder nach mir, seine Hand liegt fest in meinem Nacken.

»Sasha, hör auf, dich vor deinem wahren Ich zu verstecken. Nimm an, was du bist, dass du für mich bestimmt bist.« Seine Stimme verwandelt sich in ein starkes Kommando, kehlig und tief, das mir bis in die Knochen hallt.

Der Klang seiner Stimme ist eine Kraft, die durch mein ganzes Wesen vibriert, durch meine Muskeln und meine Nerven fließt und Orte erreicht, von denen ich nicht einmal wusste, dass sie existieren. Es ist, als würde ich von einer starken Strömung erfasst, und plötzlich ertrinke ich in der Intensität des Ganzen.

Etwas Seltsames beginnt zu geschehen. Mein Körper wird zu Knetmasse, reagiert nicht mehr auf mich, sondern auf ihn. Meine Beine und Arme fühlen sich schwer an, abgekoppelt, als würde ich außerhalb meiner selbst schweben. Ich habe die Kontrolle verloren, und der Kampf ist so hart, dass es wehtut.

»Atmen«, sagt Kaden, seine Stimme ist jetzt sanfter und er versucht, den Sturm, der in mir tobt, zu durchbrechen.

Aber ich bin nicht da. Ich bin in meinem Kopf gefangen, mein Körper krampft sich zusammen und wird von physischen und psychischen Schmerzen geplagt. Es fühlt sich an, als würde mein Innerstes auseinandergerissen und neu geformt werden, und ich weiß nicht, ob ich diesen Prozess überleben werde. Ich bin zu Tode erschrocken, ein Aufflackern von etwas anderem pulsiert in mir, etwas Fremdem und Schrecklichem.

Ich zittere, der Schmerz schießt durch meinen Körper, als ob meine Knochen brechen würden, mein

Herz rast, während ich schreie. Es ist eine Qual, wie ich sie noch nie erlebt habe, und sie ist unerbittlich, unnachgiebig.

»Kaden!«, schreie ich, ein Hilferuf. Ich bin mir nicht einmal sicher, ob ich will, dass er antwortet.

Er hat mich in seinen Armen und schießt uns nach oben. Wir durchbrechen die Oberfläche, und er hebt mich aus dem Wasser.

Er wiegt mich mit einer Zärtlichkeit, die sich wie eine Rettungsleine anfühlt, und bringt mich zu einer langen Bank am Rand des Pools. Er hält mich fest, sein Griff ist fest und doch sanft. Durch den Nebel aus Angst und Schmerz kann ich kaum etwas sehen. Die Welt um mich herum dreht sich, und ich bin in meinen eigenen Gedanken verloren.

Was ist mit mir los?

Kaden sagt etwas, aber ich kann ihn nicht verstehen, als er sich plötzlich von mir wegdreht.

Fast augenblicklich durchfährt mich ein Energieschub, der meine Sinne scharf stellt. Es ist, als hätte ich mit den Fingern geschnippt, und ich bin nicht mehr in meinem Körper. Meine Sicht ist klarer, schärfer, die Welt um mich herum lebendiger als je zuvor. Ich sehe das Wasser mit einer seltsamen Klarheit, jedes Plätschern und jede Welle wird vergrößert und glitzert in einem unwirklichen Glanz. Ich kann Kaden so stark riechen, sein maskuliner und kiefernartiger Duft vermischt sich mit seinem Salzwassergeruch, und es ist, als könnte ich sogar sein Blut einatmen.

Was ist los mit mir?

Ich stoße mich vom Sitz ab und lande auf dem Boden, mein Atem kommt in rasenden Stößen.

Moment, warum fühle ich mich komisch?

Ein großes Heulen dringt durch meine Kehle, ursprünglich und wild, ein Geräusch, das ich noch nie gehört habe, aber instinktiv als mein eigenes erkenne. Es ist ein Geräusch, das tief aus meinem Inneren kommt, geboren aus Angst und etwas mehr - eine Verwandlung, die ich nicht verstehe.

Als ich nach unten schaue, sehe ich, dass ich auf vier Pfoten stehe!

Pfoten!

Oh, Scheiße!

Kadens Augen weiten sich vor Schreck, und er reibt sich das Kinn.

»Das habe ich nicht kommen sehen.«

Er kommt auf mich zu, aber die Angst in seinen Augen spiegelt meine eigene wider. Ich habe Angst davor, was aus mir werden könnte. Bevor ich mir einen Reim darauf machen kann, übernehmen meine Instinkte die Kontrolle. Ich stürme durch den Raum, unsicher, wohin ich laufe, aber getrieben von einer Kraft, die ich nicht kontrollieren kann, angetrieben von Furcht und einem überwältigenden Drang zu entkommen.

»Sasha, atme einfach tief durch. Das wird schon wieder«, ruft Kaden.

Mein Herz droht mir aus der Brust zu platzen. Alles ist verschwommen und die Welt rast an mir vorbei, während ich ungeschickt in einen Raum stolpere, von dem ich bald feststelle, dass es ein Badezimmer ist und nicht der Ausgang. Wie um alles in der Welt kann jemand auf vier Beinen laufen? Ich stoße gegen die Wand und habe Mühe, mich geradeaus zu bewegen.

Ich weiß nicht, wohin ich gehe, aber das Bedürfnis, wegzukommen, ist allgegenwärtig. Die Luft ist voller Spannung, und ich spüre, wie sich etwas in mir bewegt, wie etwas erwacht, das ich nicht begreifen kann.

Die Angst erstickt, drückt von allen Seiten auf mich ein, aber ich kann nicht aufhören. Mein Körper betrügt mich, aber ich muss weitergehen, auch wenn ich stolpere. Ich hetze durch die Kabinen im Badezimmer, in der Hoffnung auf ein Fenster oder etwas anderes, aber da ist nichts.

Meine Gedanken kreisen um meinen Vater ... ein Wolfsmensch!

Ist es das, was mit mir los ist? Aber warum jetzt? Was hat Kaden mit mir gemacht?

Als er sich wieder umdreht, füllt seine riesige Gestalt die Türöffnung aus.

»Wir sollten nicht in Panik geraten«, sagt er.

Ich grinse ihn an und zeige ihm meine Zähne. Ich bin über das Stadium der verdammten Panik weit hinaus.

Ich verliere gerade meinen verdammten Verstand!

Meine Bewegungen sind jetzt kontrollierter, fließender und kraftvoller, als ich je gedacht hätte, aber mein Verstand ist ein Wirbelwind aus Chaos. Mein Herz schlägt wie eine Trommel in meinen Ohren und drängt mich, schneller zu laufen.

Ich stürme auf die Tür zu.

Kadens Augen weiten sich, überrascht von meinem Handeln.

»Meine kleine Meerjungfrau, oder Wolf, wie es jetzt scheint, ich will dir nicht wehtun, aber ich werde dich zu Boden ringen, damit du dich beruhigst.«

Ich bewege mich so schnell, dass ich wie der Wind bin, und in Sekundenschnelle will er mich in die Arme nehmen. Nur dass ich durch seine Beine hindurch und zurück in den Poolraum flitze.

Mit den Krallen, die auf den Steinboden schlagen, stürme ich wütend zur Haupttür, die wir angelehnt gelassen hatten. Mein Gefühl der Dringlichkeit wird nicht schwächer. Wenn überhaupt, dann wird sie stärker und treibt mich zielstrebig voran. Ich weiß nicht, wovor ich davonlaufe oder wohin ich renne, aber ich weiß, dass ich wegmuss.

Das Echo von Kadens Schritten schlägt hinter mir ein, die heiße Luft flattert durch mein Fell, aber all das ist zweitrangig gegenüber dem Schrecken, der sich an mich klammert wie eine Haut. Er flüstert mir heimtückisch ins Ohr und sagt mir, dass ich mich verliere, dass ich zu etwas anderem werde, zu etwas Ungeheuerlichem.

Meine Atemzüge kommen in scharfen, rasenden Stößen, meine Lungen brennen vor Anstrengung, aber ich wage es nicht, anzuhalten. Mit einer letzten Geschwindigkeitsexplosion werfe ich mich gegen die Tür und stürme durch den Spalt in die Villa.

Ich renne weiter, dränge mich vorwärts, weg von dem Schrecken, weg von der Ungewissheit. Ich muss nach draußen ... Da, in der Ferne, sehe ich die Seitentür zur Küche, die zu einem anderen Ausgang führt, von dem aus ich den Wald sehen kann.

Mein Herz schlägt höher, und ich eile wie verrückt, um zu entkommen, ein seltsames Verlangen nach der Wildnis verzehrt mich.

Ich schaue zurück zu Kaden am Ende des Flurs, und er ruft meinen Namen, aber im Moment kann ich nur rennen.

KADEN

»Sasha, fuck! Lauf nicht weg!«, rufe ich, als ich sie in ihrer Wolfsgestalt den Flur hinunterrennen sehe. Ihr dichtes weißes Fell schimmert im Licht fast aquamarin, passend zu ihrem Haar. Ich habe noch nie in meinem Leben einen spektakuläreren Wolf gesehen, und gerade jetzt sprintet sie davon, als würde ihr Leben davon abhängen.

Ich renne wie ein Verrückter durch die Villa hinter ihr her, ziehe meine Jeans halb über die Hüften, mache sie zu, ziehe mir dann mein T-Shirt über den Kopf und bleibe dabei nicht stehen. Ich habe gerade erst ihre Freundin kennengelernt, also wird es nicht gut ankommen, nackt durch ihr Haus zu flitzen.

Sasha eilt in einen Raum mit einer, nach außen offenen Tür und ist in Sekundenschnelle verschwunden.

Mein Magen kippt. Verdammt! Der Gedanke, sie zu verlieren, zerrt an meinem Verstand. Was, wenn sie so in Panik ist, dass sie nicht gefunden werden kann?

Ich habe keine Ahnung, was zum Teufel gerade passiert ist. In der einen Sekunde waren wir im Wasser, und gebe ich zu, dass ich vielleicht frustriert war, als sie sich zurückzog. In der nächsten Sekunde ergriff ich das Wort, und es geschah etwas, was ich noch nie zuvorgetan hatte - meine Alphastimme schoss aus mir heraus, befehlend und autoritär. Ich habe schon öfter davon gehört, dass ein Alpha seine Gefährtin kontrolliert, aber ich hatte nie die Absicht, ihre Wölfin zu wecken. Anders kann ich es mir nicht erklären.

Sie erzählte mir, dass ihr Vater ein Wolfsgestaltwandler war, aber sie betonte auch, dass sie nicht über seine Fähigkeit verfügte. Die Angst in ihren Augen will mir nicht aus dem Kopf gehen.

Scheiße, das ist meine Schuld. Was habe ich mit meiner wunderschönen kleinen Meerjungfrau gemacht?

Ich sprinte durch die Küche und springe nach draußen, wo die Luft scharf und kühl ist und sich der Himmel mit Wolken verdunkelt. Ich scanne das Gelände und versuche, einen Blick auf sie zu erhaschen. Zu meiner Linken ist der vordere Teil des Grundstücks, und weiter vorne befindet sich ein hoher Zaun, aber zu meiner Rechten erstreckt sich die Landschaft hinter dem Herrenhaus und geht in den Wald über. Natürlich würde sie dort sein. Ich werde auf keinen Fall zulassen, dass meine Verlobte in solch einem panischen Zustand verschwindet. Ich habe das verursacht, und ich werde es verdammt noch mal in Ordnung bringen.

Ich renne und meine nackten Füße stampfen über

den weichen Boden, der sich kalt anfühlt. Als ich um die Hausecke komme und den sich explosionsartig ausbreitenden Wald im Visier habe, schwöre ich, dass ich die Bewegung von etwas Weißem wahrnehme. Ich stoße fast mit jemandem zusammen, aber im letzten Moment weiche ich aus und verpasse so den Zusammenstoß mit einem Mann, der genauso groß ist wie ich und sehr autoritär. Er trägt dunkelbraunes, kurz geschnittenes und zerzaustes Haar, dunkle Jeans, ein enges Hemd und eine Lederjacke.

Ich stolpere zurück. »Wow«, murmle ich, um mich zu beruhigen. »Tut mir leid«, sage ich, den Blick auf den Wald gerichtet, dann wieder auf den Mann, der vor Macht strotzt. Ich kann spüren, wie sie von ihm ausgeht, und ich weiß, dass er ein Alpha ist, jemand Wichtiges in diesem Haus.

»Mein Name ist Kaden«, sage ich. »Ich bin euer Gast, ich will nicht unhöflich sein, aber im Moment habe ich ein Problem.«

Die Lippen des Mannes verziehen sich zu einer dünnen Linie, aber er ist besorgt, nicht wütend und starrt in den Wald. »Ich bin Khaos«, sagt er mit tiefer Stimme. »Ich vermute, der weiße Wolf, den ich gerade in den Wald stürmen sah, gehört zu dir?«

Ich seufze. »Es ist eine lange Geschichte, aber ich muss sie dringend finden, bevor sie verletzt wird. Sie hat sich noch nie in ihre Wolfsform verwandelt.«

»Nun, fick mich. Dann müssen wir sie finden. Ich werde helfen. Ich kann sie aufspüren. Der Wald ist in meinen Adern. Ich bin zum Teil ein Wolfsmensch.«

Der andere Teil ist ein Gott, denke ich mir und

bewundere für eine Sekunde diesen starken Mann, der seine Hilfe anbietet, ohne mich zu kennen. Ich weiß, dass ich ihn bereits mag.

Khaos drängt bereits in Richtung Wald, als er ruft: »Kaden, das könnte dir weiterhelfen ...«

Er zeigt auf eine schwarze Crossmaschine am anderen Ende des Hofes, das so sauber aussieht, als sei es nie gefahren worden.

»Die Schlüssel stecken im Zündschloss«, ruft er, zieht sich bis auf die Unterwäsche aus und stürzt sich schon in den Wald, um sich mitten im Sprung in seine pechschwarze Wolfsgestalt zu verwandeln. Er ist riesig, massiv, als er in den Wald stürzt.

»Verdammt«, murmle ich. Ich eile hinüber, steige auf das Motorrad und lasse es auf Touren kommen. Ich werde mein Mädchen finden, bevor sie sich zu Tode erschreckt.

Das Motorrad röhrt unter mir, als ich über die Wiese rase und direkt auf den Wald zusteuere. Der Wind peitscht an meinem Gesicht vorbei, reißt an meinen Haaren, während der Motor durch meinen Körper vibriert. Ich lehne mich nach vorne und treibe es an, schneller zu fahren. Jede Sekunde kommt mir wie eine Ewigkeit vor, und die Angst, Sasha nicht rechtzeitig zu erreichen, nagt an mir.

Die Bäume schließen sich um mich herum, als ich in den Wald eintrete, der Weg wird schmaler, Äste schlagen gegen mich. Das Motorrad kommt mit dem Gelände besser zurecht, als ich erwartet hatte, aber es ist immer noch ein Kampf, Geschwindigkeit und Kontrolle zu behalten. Mein Herz klopft in meiner

Brust, weil ich sie unbedingt finden und einholen muss.

Ich fahre schneller, das Adrenalin schießt durch mich hindurch und treibt mich vorwärts. Sashas Bild blitzt in meinem Kopf auf - ihre Wolfsgestalt, so wild und schön, ihre Augen weit vor Angst. Ich verfluche mich selbst dafür, dass die Dinge so aus dem Ruder gelaufen sind, dass ich die Macht meiner eigenen Stimme und die Wirkung, die sie auf sie haben könnte, nicht erkannt habe.

Äste knacken unter den Reifen des Motorrads, als ich durch den Wald manövriere, der Duft von Kiefern und Erde liegt in der Luft. Jeder Schatten scheint sich zu verschieben, jedes Rascheln der Blätter ist ein mögliches Zeichen, dass sie es sein könnte. Ich bemühe mich, einen Blick auf weißes Fell zu erhaschen, irgendeinen Hinweis darauf, dass sie in der Nähe ist.

Als ich eine Lichtung erreiche, werde ich langsamer, aber etwas in mir drängt mich weiter. Also fahre ich weiter, mein Instinkt treibt mich in die Richtung, in die sie gerannt ist. Die Bäume sind dicht, ihr berauschender Duft füllt meine Lungen, während ich fahre.

Ein Reh schießt hervor, aufgeschreckt durch mein Eindringen, und mein Herz pocht in meiner Brust. Der Wind zerrt an meinen Haaren, das Motorrad knurrt unter mir wie ein Tier, das mich verfolgt.

Ich stoße auf einen Abhang, aber das Motorrad fährt mit einer unglaublichen Geschwindigkeit den Weg hinauf. Ich erblicke Khaos in Wolfsgestalt, als er gerade den Gipfel desselben Hügels erklimmt, und ich weiß, dass ich auf dem richtigen Weg bin. Ich treibe den Motor an, die Räder rutschen hier und da weg, aber ich bleibe dran.

Als ich den Hügel erklommen habe, öffnet sich unter mir ein kleines Tal, durch das sich ein Fluss schlängelt. Und da ist sie.

Sasha, in ihrer Wolfsgestalt, sie weicht vor dem schwarzen Wolf zurück. Ihre Zähne sind gefletscht, ein Knurren ist in ihr Gesicht gezeichnet. Ich fluche leise vor mich hin, denn ich weiß, dass sie Angst haben muss, weil sie keine Ahnung hat, wer der Wolf ist, der sich ihr nähert. Aber Khaos hatte recht, er hat sie schnell gefunden, und dafür bin ich ihm zu Dank verpflichtet.

Auf halbem Weg den Hügel hinunter halte ich das Motorrad an, lege es ab und eile barfuß weiter, um sie nicht noch mehr zu erschrecken.

»Sasha!«, rufe ich. »Ist schon gut. Er ist Billies Gefährte. Er wird dir nicht wehtun. Er hilft mir.«

Ihr Kopf schwenkt in meine Richtung, sie fletscht immer noch die Zähne, ihre Augen sind wachsam und wild. Sie weicht zurück, ihre Hinterbeine stehen in dem schmalen Fluss.

Als ich mich nähere, hebt Khaos den Kopf zu mir, nickt und zieht sich zurück. Er eilt den Hügel hinauf in Richtung der Villa und lässt uns allein zurück.

»Danke«, sage ich zu dem sich zurückziehenden Wolf, dankbar für seine Hilfe.

Jetzt gilt meine Aufmerksamkeit allein Sasha. Sie zittert, aber wenigstens läuft sie nicht vor mir weg. Die Wolken verdunkeln den Himmel und werfen einen unheilvollen Schatten über das Tal, und ich möchte sie nur in die Arme nehmen, sie beruhigen.

»Es tut mir leid, Sasha«, flüstere ich und gehe mit langsamen Schritten auf sie zu. »Ich hatte keine Ahnung, dass du dich verwandeln würdest, aber ich bin für dich da.«

Sie beobachtet mich, ihre Augen verfolgen jede meiner Bewegungen, sie ist angespannt und bereit, zu fliehen. Ich bewege mich vorsichtig, beobachte ihre Reaktion und hoffe, dass meine Anwesenheit sie beruhigt. Ich gehe noch einen Schritt weiter, das Herz schlägt mir bis zum Hals.

»Bitte«, sage ich und halte meine Stimme trotz des Sturms in mir ruhig. »Lass mich dir einfach helfen.«

Sie zögert, und ich nutze den Moment. Ich mache einen letzten Versuch, näher heranzukommen, und stürze mich auf sie, fange sie und packe sie in der Mitte.

Sasha dreht ihren Kopf und schnappt nach mir, ihre Zähne streifen meinen Unterarm und zerreißen die Haut. Ich zische. Blut spritzt, der Biss ist tief, aber er ist nichts im Vergleich zu den Schuldgefühlen, die mein Inneres zerfetzen.

Ich halte sie fest, ein Arm um ihren Rücken, der andere stützt ihr Kinn und ihren Kopf und drückt sie seitlich an meine Brust. Sie knurrt, ihr Blick ist auf meinen gerichtet, die Zähne sind gefletscht, aber ich knie auf dem Boden und lasse sie nicht los.

»Ich lasse dich nicht gehen«, sage ich fest. »Und ich weiche nicht von deiner Seite, bis du mir zugehört hast. Wenn du mich dann beißen und verbluten sehen willst, ist das deine Entscheidung.«

Sie hält inne, ihr Knurren verstummt für einen Moment, und ich weiß, dass ich zu ihr durchgedrungen bin. Sie versteht mich.

»Ich fühle mich wie der schlimmste Scheißkerl der Welt, weil ich deine Verwandlung zur Wölfin erzwungen habe«, gestehe ich, und meine Worte stürzen heraus. »Ich hatte keine Ahnung, und ich hatte auch nicht vor, meine Alphastimme zu benutzen, aber sie kam heraus, und es passierte auf die schlimmste Art und Weise ... Na ja, nicht die schlimmste Art, denn als Wölfin bist du verdammt umwerfend. Aber warum wusstest du nicht, dass du dich verwandeln könntest? Die Natur sorgt dafür, dass alle unsere Fähigkeiten uns von Nutzen sind.«

Ich merke, dass ich abschweife, aber sie knurrt mich nicht an. Ihre Augen sind konzentriert, wachsam, aber nicht mehr von Panik erfüllt.

»Okay, hör zu«, spreche ich weiter und suche nach den richtigen Worten. »Ich wollte dich nicht erschrecken, und ich wollte dich nicht dazu drängen. Aber du musst wissen, dass ich hier bin. Ich gehe nirgendwohin, und ich werde alles tun, was nötig ist, um dir da durchzuhelfen.«

Ich spüre, wie sich ihr Körper an meinen schmiegt. Ihr Blick entspannt sich, die Wildheit weicht zurück und wird durch etwas anderes ersetzt - etwas, das mir Hoffnung gibt.

»Es tut mir leid«, wiederhole ich, meine Stimme ist jetzt sanfter. »Alles. Ich wollte dich nie verletzen. Ich wollte nur für dich da sein, dich lieben.«

Sasha bleibt ruhig, ihr Atem wird gleichmäßiger,

und ich halte sie fest und spüre den Rhythmus ihres Herzens an meinem. Ich kann nicht ändern, was passiert ist, kann die Angst und Verwirrung nicht ungeschehen machen, aber ich kann für sie da sein.

Die Wolken am Himmel verdunkeln sich, ein leises Donnergrollen hallt durch das Tal.

»Ich verspreche es«, sage ich und begegne dem Blick aus ihren blauen Augen. »Wir werden das gemeinsam schaffen.«

Sie gibt ein leises Winseln von sich, ein Geräusch, das mir das Herz zerreißt, und ich vermute, dass sie wieder anfängt, mir zu vertrauen. Ich streiche sanft über ihr dichtes Fell, spüre die Weichheit unter meinen Fingern und schenke ihr ein leichtes, beruhigendes Lächeln.

Ich halte sie fest und bin entschlossen, die Sache zu Ende zu bringen. Doch Sasha zieht sich etwas zurück und ihr Blick trifft meinen, mit einer Klarheit, die mich überrascht. Sie nickt leicht und zaghaft, als würde sie meine Worte bestätigen.

Ich ziehe sie näher an mich heran, will sie beruhigen und warte darauf, dass sie sich vollständig beruhigt. Sie gibt ein leises Wimmern von sich, und ich beuge mich vor, um ihren Kopf zu küssen.

»Okay, hier ist der Deal«, sage ich leise. »Ich werde dich loslassen, und wenn du mich beißen willst, werde ich dich nicht daran hindern. Aber du sollst wissen, dass ich dir nie etwas antun würde.«

Langsam löse ich meinen Griff, mein Herz rast in meiner Brust, die Muskeln sind angespannt, aber ich vertraue ihr und meinen Instinkten. Sie reißt sich sofort von mir los, stolpert über ihre Füße und dreht sich zu mir um. Ihre Lefzen verziehen sich zu einem Knurren, aber sie rennt nicht weg und greift nicht an. Sie starrt mich einfach mit diesen faszinierenden Wasseraugen an.

»Du bist so schön in deiner Wolfsgestalt, absolut atemberaubend«, sage ich ihr.

Nach einer langen Pause kommt sie zu mir zurück und setzt sich an meine Seite. Ich dränge sie nicht. Sie hebt ihren Kopf und lässt ein Heulen los. Das rührt mich. Etwas in meiner Brust kribbelt, als ich Zeuge ihrer ersten Verwandlung in eine Wölfin geworden bin.

Andere Heuler hallen in der Ferne wider, ein Chor, der auf ihren Ruf antwortet. Ich grinse, als sie mich anschaut.

»Du hast der Wildnis deinen Respekt erwiesen und deine wahre Gestalt angenommen«, sage ich.

Sie schüttelt sich, dann lässt sie sich nieder, ihre Vorderbeine über meinen Schoß gelegt, während ich auf meinem Hintern sitze, die Beine vor mir ausgestreckt. Ihr Kinn ruht auf meinen Beinen, und sie bleibt dort.

Ich streichle ihren Kopf und bewundere das dichte Fell und die zierlichen Ohren. Ich habe Ehrfurcht vor ihrer magischen Form, ihrer Kraft.

»Ist dir klar, wie großartig du bist«, sage ich. »Es gibt nicht viele Wandler, die zwei Formen halten können, in die sie sich verwandeln - geschweige denn zwei so mächtige wie ein Wolf und eine Meerjungfrau.«

Sie gibt einen stöhnenden Laut von sich, bewegt sich aber nicht, sie scheint zufrieden zu sein, und ich will sie nicht stören. Wir sitzen gemeinsam da, die Stille um uns herum ist beruhigend und gelassen.

Ich atme tief durch und spreche weiter, weil ich möchte, dass sie weiß, wie viel sie mir bedeutet.

»Ich weiß, ich kann aufdringlich sein, und ich weiß, das macht dir Angst«, gebe ich zu. »Aber ich habe noch nie so für jemanden empfunden. Wenn ich etwas will, nehme ich es mir. Und du sollst wissen, dass wir ein Paar sind, egal was passiert. Ich werde immer an deiner Seite sein.«

Sie bewegt sich leicht und ihr Blick begegnet meinem, mit einer Sanftheit, die vorher nicht da war. Es ist eine kleine Geste, aber sie spricht Bände, und ich spüre, wie sich Wärme in meiner Brust ausbreitet, weil ich weiß, dass sie wieder beginnt, mir zu vertrauen.

Wir sitzen dort, ich streichle ihr Fell, ihr Atem ist lang und beruhigend. Ich betrachte den Wald, die Schönheit der Natur, die uns umgibt, und denke an meine Zeit im Gefängnis zurück, wo ich nie dachte, dass ich jemals wieder rauskommen würde. Scheiße, aber diese Tage waren voller Dunkelheit und Verzweiflung, eine Zeit, in der Hoffnung unerreichbar schien. Und jetzt sehen Sie mich an!

Mit meiner Schicksalsgefährtin.

Frei.

Und obwohl ich noch nicht herausgefunden habe, wer meinen Großvater verraten hat, komme ich der Sache näher ... ich fühle es.

»Ich habe eine zweite Chance bekommen«, murmle ich, mehr zu mir selbst als zu ihr. »Und ich werde das

Beste daraus machen. Ich verspreche dir, Sasha, ich werde immer an deiner Seite sein.«

Sie seufzt leise, ihre Augen schließen sich, während sie ihren Kopf auf meinen Schoß legt, und ich weiß, dass meine Worte ihr Trost spenden.

Eine Stunde, vielleicht mehr, ist vergangen, und Sasha ist eingeschlafen, in ihrer Wolfsgestalt an mich geschmiegt, Wärme strahlt von ihr aus. Ich weiß, dass es die Erschöpfung von allem ist, was sie heute durchgemacht hat, die sie sofort einschlafen ließ. Das Gewicht der Verwandlung, sowohl körperlich als auch emotional, muss ihr sehr zugesetzt haben.

Als es kälter wird, bewege ich mich vorsichtig und hebe sie in meine Arme. In dieser Form ist sie schwerer, ihre Muskeln sind dick und kräftig, aber sie hat etwas Weiches an sich, eine Wärme, die mich besänftigt. Ich drücke sie an meine Brust und schlinge meine Arme um ihren Körper, unter ihren Schwanz und ihren Kopf. Sie schmiegt sich vertrauensvoll an mich, sogar im Schlaf.

»Gut, dann bringen wir dich zurück in unser Zimmer«, flüstere ich leise. »Dann fällt es dir vielleicht leichter, in deiner menschlichen Gestalt zu mir zurückzukommen.«

Langsam und bedächtig gehe ich den Hügel hinauf, und immer wieder vergrabe ich mein Gesicht in ihrem

Fell, nehme ihren süßen Wolfsduft auf, unter dem der Geruch des Meeres liegt. Sie hat mich verdammt noch mal hypnotisiert.

Als ich die Villa erreiche, fällt das warme Licht aus den Fenstern auf den Rasen. Ich stoße die Tür mit der Schulter auf, vorsichtig, um sie nicht zu wecken. Die Kellner drinnen halten inne, ihre Augen weiten sich leicht beim Anblick des Wolfs in meinen Armen, aber sie treten vor, um zu helfen, und halten die Türen auf, während ich vorbeigehe.

»Danke«, murmle ich, dankbar für ihre Hilfe.

Schließlich erreichen wir unser Quartier, und ich schließe die Tür hinter uns und sperre die Welt aus. Ich gehe zu unserem Schlafzimmer und lege sie sanft auf das Bett. Ihr Körper bewegt sich leicht, um sich in die weiche Matratze zu kuscheln, und ich kann nicht anders, als zu lächeln, wenn ich sie so friedlich und gelassen sehe. Es gibt auch keinen klugscheißerischen Kommentar, was mich noch mehr zum Grinsen bringt.

Das Getrappel kleiner Füße erregt meine Aufmerksamkeit, und ich drehe mich um und sehe Chowder in der Tür stehen, der den Wolf mit neugierig geneigtem Kopf anstarrt. Seine Nasenlöcher zucken, als er die Luft beschnuppert.

»Warum riecht der Wolf wie Sasha?«, fragt Chowder und legt die Stirn in Falten.

»Das ist Sasha, Kumpel«, erkläre ich und hocke mich auf seine Höhe. »Heute Nacht hat sie ihre andere Fähigkeit entdeckt, aber jetzt muss sie schlafen.«

»Ist sie verletzt?«, fragt er, als er den Raum betritt und seine Aufmerksamkeit auf sie richtet.

Ich hebe ihn schnell hoch, da ich nicht riskieren will, dass Sashas Wolfsinstinkte überhandnehmen, wenn sie verwirrt aufwacht und ihn für einen Snack hält.

»Es geht ihr gut, sie ist nur müde«, versichere ich ihm. »Wir müssen ihr Zeit geben.«

Chowder lässt sie nicht aus den Augen. Selbst als ich die Tür schließe, starrt er weiter in ihre Richtung.

»Ich mache mir Sorgen um sie«, gibt er zu.

»Ich weiß. Ich auch«, sage ich und setze ihn sanft ab. Er klettert auf die Couch und stützt sich auf die Armlehne, den Blick auf ihre Tür gerichtet.

Um ihn abzulenken, nehme ich eine Schale mit Obst vom Tisch - Trauben, Birnen und Mandarinen - und bringe sie herüber. »Genieße es. Das wird dich ablenken.«

Er zögert nicht und stürzt sich mit Begeisterung darauf. Ich habe noch nie etwas so Kleines so viel essen sehen, aber es ist eine willkommene Ablenkung.

Während Chowder beschäftigt ist, schleiche ich zurück ins Zimmer und finde Sasha noch tief schlafend vor. Ich will nicht, dass sie verängstigt und allein aufwacht, also klettere ich neben sie ins Bett. Ich lege meine Hände hinter meinen Kopf und spüre das Schnurren ihres schweren Atems, die Wärme ihres Körpers neben mir.

»Ich habe das ernst gemeint, was ich vorhin gesagt habe«, flüstere ich in die Stille, meine Stimme ist kaum zu hören. »Ich liebe dich, Sasha.«

Die Worte hängen in der Luft. Es ist ein Verspre-chen, eine Erklärung, die ich nicht leichtfertig abgebe.

Ich schließe die Augen, um mich zu entspannen und die Ruhe nach einem langen Tag zu genießen.

Der Schlaf zerrt bereits an meinen Gedanken ...

Ich wache auf, als plötzlich ein Wasserschwall mein Gesicht trifft. Er ist kalt und schreckt mich wach. Ich richte mich im Bett auf und knurre: »Was zum Teufel!« Meine Augen sind weit aufgerissen, als das Wasser über mein Gesicht rinnt und mein Hemd und das Bett durchnässt - in dem ich allein bin.

Vor mir steht Sasha und hält mit einem triumphierenden Grinsen ein leeres Glas in der Hand.

»Wie ich sehe, hast du wieder deine menschliche Gestalt angenommen«, sage ich und wische mir mit der Hand über das Gesicht.

»Danke, dass du dich um mich gekümmert hast«, sagt sie mit einem neckischen Unterton in der Stimme. »Es bedeutet mir alles, dass du mich hierher zurückgebracht hast.«

»Seltsame Art, das zu zeigen, indem du mir Wasser ins Gesicht schüttest«, antworte ich.

Sie grinst, öffnet die Lippen, und ich bemerke Chowder an ihrem Bein, der an ihrem Körper hochklettert und sich in die Beuge ihres angewinkelten Arms setzt. Er sieht mich mit hellen, neugierigen Augen an.

»Oh, das Wasser ist dafür, dass du mich im Schwimmbad zu weit getrieben hast, dass du nicht auf mich gehört hast und dass du meine Wölfin mit deinem Alpha-Arschloch-Befehl herausgezwungen hast«, sagt sie. »Mach das nie wieder!«

Ich bemühe mich, ein ernstes Gesicht zu bewahren, und lächle stattdessen.

»Oh, kleine Meerjungfrau, ich weiß, dass du wütend bist, aber dieser Befehl war völlig zufällig. Aber jetzt wissen wir, dass du dich in deine Wölfin verwandeln kannst.« Ich schiebe meine Beine aus dem Bett.

Sie starrt mich unverwandt an und gibt keinen Zentimeter nach.

»Sie erwarten uns in zehn Minuten unten zum Nachholen, also, du weißt schon ...« Sie macht auf dem Absatz kehrt und geht hinaus, Chowder sitzt jetzt auf ihrer Schulter und starrt zu mir.

»Warum hast du ins Bett gemacht?« Chowder zwitschert, sein Lachen ist ein hoher Ton, der Sasha zum Glucksen bringt.

Ich schüttle den Kopf und freue mich, dass wir wieder zu unseren spielerischen Sticheleien zurückkehren. Als ich aufstehe, weiß ich, dass ich sie auf die eine oder andere Weise dazu bringen werde, diese Mauern niederzureißen und zu erkennen, dass sie ohne mich nicht leben kann.

Ihre Stärke und Unverwüstlichkeit inspirieren mich, und während ich mich abtrockne und umziehe, bin ich mehr denn je entschlossen, ihr zu zeigen, dass wir das gemeinsam durchstehen. Ihr Lächeln, ihr Geist und das Feuer in ihren Augen sind Dinge, die ich für immer in Ehren halten werde. Und ich bin bereit, zu beweisen, dass ich derjenige bin, der nie von ihrer Seite weichen wird. Ob es ihr gefällt oder nicht, sie wird ihr Leben lang an mich gebunden sein.

Kaden und ich sind auf dem Weg in den Unterhaltungsraum. Billies Anweisungen waren verständlich genug, und wir scheinen uns noch nicht verlaufen zu haben.

Nach der Sache mit dem Pool und dem Wald und der Tatsache, dass ich mich in einen Wolf verwandelt habe, stehe ich immer noch unter Schock. Ich hatte angenommen, dass ich mich nie in etwas anderes verwandeln würde, aber es scheint, dass ich mehr mit meinem Vater gemeinsam habe, als ich je erwartet hätte. Allein diese Erkenntnis lässt mein Herz schneller schlagen, denn ich vermisse ihn schrecklich, selbst nach all der Zeit. Ich wünschte, er könnte hier sein, um mir alles zu sagen, was ich über das Leben als Wolfsmensch wissen muss.

Als ich vorhin neben Kaden aufgewacht bin, hatte ich wieder meine menschliche Gestalt, aber selbst jetzt spüre ich die Wölfin unter der Oberfläche, als wäre sie ein Teil von mir, und die ganze Zeit hat sie sich vor mir versteckt. In gewisser Weise ist es beruhigend, dass sie anwesend ist.

Und natürlich ärgere ich mich über Kaden, weil er so aufdringlich ist, aber hätte ich jemals meine Wolfsseite entdeckt, wenn er mich nicht gedrängt hätte?

»Geht es dir gut?«, fragt er, und in seinem sanften Blick liegt echte Sorge.

Chowder liegt in meinen Armen und hängt lässig über meiner Schulter.

»Ja.« Ich nicke und versuche, mich selbst genauso zu überzeugen wie ihn. »Es war ein langer Tag.«

Er streckt seine Hand aus und schiebt mir sanft eine Haarsträhne, die sich in meinen Wimpern verfangen hat, aus dem Gesicht. Chowder tut das Gleiche mit seiner kleinen Pfote, was mich zum Kichern bringt.

»Du musst lernen zu teilen, kleiner Mann, oder wir werden Probleme bekommen.«

Chowder starrt ihn nur an, ungerührt von seinen Worten. »Warum hast du ihr wehgetan?«, fragt er anklagend.

Kadens Mund verzieht sich, und er starrt mich an. »Ich würde dir nie wehtun. Das weißt du doch, oder? Ich bete den Boden an, auf dem du gehst.«

»Ich bin nicht wütend, und ich verarbeite das alles noch. Aber lass uns jetzt nicht darüber reden.« Ich möchte einen weiteren angespannten Moment vermeiden.

Er lächelt, und ich spüre, wie seine Wärme in mich eindringt. So sehr er mich auch aufregt, er hat sich in mein Herz geschlichen, und egal, was ich will, ich kann die wachsende Anziehung nicht leugnen.

»Du siehst übrigens umwerfend aus«, gurrt er und mustert mein Outfit. Ich trage eine schwarze, taillierte Hose und eine dunkelrosa Wickelbluse mit V-Ausschnitt, die vorne gebunden wird, dazu pinke Absätze. Mein Haar ist zu einem unordentlichen Pferdeschwanz zurückgebunden. Ich fühle mich sowohl schön als auch entspannt, genau das, was ich nach dem Fiasko brauche.

»Danke, du siehst auch nicht schlecht aus«, antworte ich und lächle, als er die Augenbrauen hochzieht, an sich herunterstarrt, und mir frech zunickt. Dieses Nicken, von dem er weiß, dass er dabei so verdammt heiß ist, dass er froh sein kann, dass ich ihn gerade nicht anschmachte. Sein Hemd umspielt seine Muskeln, ist am Hals offen und lenkt meine Aufmerksamkeit auf die Tinte über seinem Schlüsselbein.

Ich wende meinen Blick ab, um meine Gefühle für ihn zu schulen.

Als wir den Unterhaltungsraum erreichen, stoßen die Doppeltüren sofort auf, und ein gutaussehender Mann begrüßt uns.

»Perfektes Timing«, sagt er mit einem einladenden Grinsen. »Ich bin Eryx«, stellt er sich vor.

Ah, noch einer von Billies Schicksalsgefährten. Sie hat mir erzählt, dass er ein Gryffinwandler ist, und zwar ein wilder, aber wenn ich ihn mir jetzt ansehe, wirkt er freundlich, lässig und unbestreitbar gutaussehend. Sein blondes Haar fällt ihm bis zur Brust, und er trägt eine blaue Jeans und ein lässiges lilafarbenes T-Shirt, das all seine Muskeln umspielt. Seine blauen Augen sind auffallend. Es ist, als ob ich seiner animalischen Seite gegenüberstehe und nicht weiß, ob ich mit Eryx oder dem Gryffin spreche.

»Hallo«, sage ich und versuche, lässig zu klingen.

Kaden tritt vor und streckt seine Hand mit festem Griff aus. »Kaden«, sagt er und schaut Eryx in die Augen. »Ich habe schon viel von dir gehört. Du hältst alle auf Trab, genau wie ich.«

Eryx kichert und schüttelt Kadens Hand. »Ich tue mein Bestes. Wie gefällt es dir in unserer Gegend?«

Kaden lächelt. »Es ist wunderschön, soviel steht fest. Und ich probiere gern neue Dinge aus. Hier wird es nie langweilig, stimmt's?«

»Ganz bestimmt nicht«, antwortet Eryx grinsend. »Vor allem, wenn Billie im Spiel ist.«

Meine Freundin kommt auf uns zu und lächelt strahlend. »Schön, dass du da bist«, sagt sie und drückt sich an Eryx' Seite, der sie hält, als wäre sie seine ganze Welt. Er betet sie regelrecht an.

»Wo sind die kleinen Engel?«, frage ich und schaue mich um, ein bisschen in der Erwartung, die Zwillinge zu sehen.

Billie grinst leicht. »Es ist schon lange nach ihrer Schlafenszeit. Sie schlafen oben, das heißt, wir können uns alle entspannen und erwachsen sein.« In ihrem Blick liegt ein verschmitztes Glitzern.

»Kommt rein«, sagt Eryx und reicht Chowder die Faust, der mit seiner Faust dagegen stupst. Es ist das erste Mal, dass ich ihn das tun sehe.

»Das ist Chowder«, erkläre ich. »Er gehört zur Familie und geht überall mit mir hin.«

»Freut mich auch, dich kennenzulernen«, sagt Eryx und nickt in seine Richtung.

Als wir den Raum betreten, fällt mir der gotische Stil des Raumes auf. Es gibt einen großen steinernen Kamin, dessen Flammen in einem warmen Licht flackern. Ein Tisch ist mit allen möglichen Getränken und Snacks gedeckt. Es gibt sogar zwei Tische nur für das Essen. Tallis ist bereits da, gekleidet in eine schwarze, taillierte Hose und ein Button-up-Hemd, sein dunkles Haar fällt ihm über die Schultern. Er bedient sich an den Speisen.

Kaden klopft Khaos auf die Schulter und begrüßt ihn mit einem Grinsen. »Schön, dich wiederzusehen.«

»Ich weiß es zu schätzen, dass du mir geholfen hast. Das bedeutet mir sehr viel.«

»Natürlich.«

Tallis ruft einen Gruß, und Kaden lässt sich zusammen mit Khaos zu ihm an den Tisch mit den Speisen treiben.

Ich atme tief durch und versuche, die Last der Enthüllungen des Tages zu verdrängen.

»Wie entspannt ihr euch denn hier am liebsten?«, frage ich Billie, als ich sehe, wie sich drei der Jungs lauthals unterhalten und lachen, und ich nehme an, dass dies ein alltäglicher Vorgang ist.

»Essen, Trinken und ein kleiner freundschaftlicher Wettkampf«, antwortet Eryx mit einem Augenzwinkern. »Wir haben einen Billardtisch, Dart und viel Platz

zum Entspannen, aber die Zwillinge halten uns alle
mehr auf Trab als je zuvor.«

»In Wahrheit habe ich vergessen, wie es ist, eine
ganze Nacht durchzuschlafen.« Billie führt mich zu
einer gemütlichen Sofaecke in der Nähe des Kamins.
»Ich bin so froh, dass du hier bist.« Sie stupst mich an
und nimmt meine Hand in ihre. »Ich vermisse unser
Zusammenleben und all die nächtlichen Gespräche.
Du musst mir alles erzählen, was mit dir passiert ist.«

»Hey, ich bin ziemlich gut darin, euch die ganze
Nacht wach zu halten«, unterbricht uns Eryx und zwinkert uns zu, als wir zu ihm hinüberschauen.

Billie schüttelt den Kopf und lächelt ihn an, wobei
ihr wallendes weißes Haar über ihre Schultern fällt. Sie
trägt ein hellblaues Kleid, dessen oberer Teil sich vor
der Brust kreuzt und dadurch einen tiefen V-Ausschnitt
hat, mit langen Ärmeln und sieht umwerfend aus, wie
immer. Dann wirft sie ihm einen Kuss zu. »Das
tust du.«

Khaos gesellt sich ebenfalls zu uns, in einer mitter-
nachtsblauen Anzughose und einem taillierten Jackett.
Er bietet mir einen Schluck von etwas Honigfarbenem
an, was stark riecht. Ich nehme es an und lasse mich
auf dem Sofa neben dem Kamin nieder, während Eryx
an den Flammen steht und uns mit neugierigem Blick
mustert. Chowder krabbelt von meinem Schoß
hinunter vor das flackernde Feuer und schaut sich mit
großen Augen im Raum um.

»Warum haben wir zu Hause nicht mehr Feuer?«,
fragt Chowder und starrt auf die Flamme, dann wieder
auf Kaden.

»Oh, er spricht?«, murmelt Eryx und legt den Kopf schief, während er Chowder mit echter Neugierde studiert. »Mein Gryffin spricht mit mir, aber er hat noch nie laut gesprochen.« Er beugt sich zu Chowder hinunter und streichelt seinen Kopf. »Du bist ein schlauer Otter, nicht wahr?«

Chowder steht auf seinen Hinterbeinen, genießt die Flammen und starrt Eryx an, der scheinbar nicht weiß, was er von ihm halten soll.

»Ist er magisch?«, fragt Khaos und beugt sich fasziniert vor.

Nach einem kleinen Schluck von meinem Drink, der ein starker Whiskey ist und in der Kehle brennt, stelle ich ihn auf den Couchtisch neben dem Sofa und erkläre mit leiser Stimme.

»Ich fand heraus, dass an ihm Experimente durchgeführt wurden, also habe ich ihn gerettet und ihm ein Zuhause gegeben. Ich konnte es nicht ertragen, ihn zu verlassen.« Ich schaue hinüber und bewundere die Art, wie er seine blaue Weste trägt. Obwohl die meisten Verletzungen der Experimente auf seinem Rücken verheilt sind, scheint er sich in diesem Outfit wohler zu fühlen. Es tut mir weh, an seine Vergangenheit zu denken, und deshalb versuche ich, in seiner Gegenwart nicht darüber zu sprechen.

Billie drückt sich an mich, ihre Hand auf meinem Bein. »Es ist so lieb von dir, dass du ihn aufnimmst, aber das überrascht mich nicht. Du liebst Tiere schon so lange, wie ich dich kenne.«

»Ja. Weißt du noch, als ich ein Löwenbaby mit nach Hause gebracht habe?«, antworte ich und lächle sie an.

Sie fängt an zu lachen. »Ja, und du wolltest es behalten, während eine Löwenmutter die Nachbarschaft auf der Suche nach ihrem Jungen terrorisiert hat.«

Ich zucke mit den Schultern und lache. »Ich habe es zurückgegeben, aber es war so niedlich.«

Sie lacht und umarmt mich. »Ich habe dich so sehr vermisst, weißt du.«

»Ich dich auch. All unsere langen Gespräche bis spät in die Nacht, unser Naschen und deine Besessenheit von Kuchen.«

Khaos lacht, ein warmer Klang, der den Raum erfüllt. »Das hat sich nicht geändert«, sagt er. »Unser persönlicher Koch backt ihr jede Woche neue Leckereien. Billie hat die Welt verdient.« Er quetscht sich neben sie auf die Couch, und ich finde es toll, wie fürsorglich sie sich um sie kümmern.

»Als Gryffin«, beginnt Chowder und blickt zu Eryx auf, was unsere ganze Aufmerksamkeit auf sich zieht. »Legt ihr Eier oder bringt ihr sie zur Welt? Wie funktioniert das bei Gryffins?«

Eryx bricht in Gelächter aus und wirft seinen Kopf zurück. Das Geräusch ist ansteckend, und bald schließen wir uns ihm alle an, sogar Chowder, der mit sich selbst zufrieden zu sein scheint.

»Warum fragst du?«, sage ich, als Kaden und Tallis sich zu uns auf die Couch vor dem Kamin setzen. Kaden sitzt auf der Kante der Couch, dicht neben mir, während Tallis hinter Billie steht. Billie hat mir erzählt, dass er ein Dämon ist und dass es sicher unheimlich wäre, ihm allein zu begegnen, aber alle ihre Gefährten sind etwas einschüchternd. Wenn ich mir Kaden ansehe, passt er perfekt zu ihnen, denn er ist genauso furchterregend und unberechenbar.

»Wer ist nicht neugierig?«, antwortet Chowder und starrt zu Eryx hoch. »Gryffins sind halb Vogel und halb Löwe, also ...«

Eryx wischt sich die tränengefüllten Augen und lacht immer noch. »Ich kann nicht sagen, dass ich es selbst erlebt habe, da ich ein Männchen bin. Aber meine Art legt Eier in Höhlen, falls das deine Frage beantwortet.«

Chowder wendet sich an Billie und dann wieder an Eryx. »Deine beiden Babys sind also in Eiern gekommen?«

Billie bricht in Gelächter aus und schüttelt den Kopf. »Ganz bestimmt nicht«, sagt sie. »Es war eine natürliche Geburt, Gott sei Dank. Ich wäre vielleicht ausgeflippt, wenn ich Eier gelegt hätte.«

Als Tallis einen Witz über die Eier macht, kommt Khaos auf mich zu und kniet sich neben mich, und ich spüre, wie sich Kaden schützend an mich lehnt.

»Geht es dir gut nach deiner ersten Verwandlung?«, fragt Khaos sanft.

»Es war ein völliger Schock, um ehrlich zu sein«, gebe ich zu. »Aber ich bin wieder in meiner menschlichen Gestalt aufgewacht. Ich bin mir noch nicht ganz sicher, wie ich mich in meine Wölfin verwandeln kann, aber ich spüre sie direkt unter meiner Haut.«

Khaos lächelt und nickt verständnisvoll. »Ja, ich kann sie auch spüren, und sie ist stark. Es könnte eine Weile dauern, bis du sie vollständig unter Kontrolle hast, deshalb bist du vorhin durch den Wald gerannt. Sie hatte Angst und wollte sich an einem vertrauten Ort verstecken. Um sich zu verwandeln, empfehle ich dir, deine Augen zu schließen und die Hand nach ihr auszustrecken. Sprich in deinen Gedanken mit ihr und bitte sie einfach, herauszukommen. Es klingt, als wäre sie bereit.«

»Danke. Ich werde es versuchen müssen. Ich würde es hassen, wenn sie immer in Richtung Wald abhaut, wenn ich mich verwandle.«

Kaden reibt meinen Rücken in kleinen Kreisen.

»Denk daran, dass du zwar einen Körper mit ihr teilst, aber dass du die Verantwortung trägst und sie das wissen muss.«

Khaos legt eine Hand auf meine, und sofort spüre ich die Vibrationen meiner Wölfin in mir, die einen anderen Wolfsmenschen erkennt. Ich spüre ein Grollen in meiner Brust und grinse. Eine Wolfsseite zu haben ist so anders als meine Meerjungfrauenseite, die schlummert, bis ich mich verwandle. Meine ursprüngliche Seite ist jetzt viel lauter und macht sich bemerkbar.

»Einmal, als ich verletzt war«, beginnt Khaos, »übernahm mein Wolf die Führung und führte mich nach Hause, ohne dass ich es merkte. Du kannst dich glücklich schätzen, deine Wölfin als schützende Unterstützung zu haben. Sie wird sich um dich kümmern.«

Ich lächle bei dem Gedanken. »Es ist schon etwas seltsam, eine Wolfs- und eine Meerjungfrau-Seite zu haben.«

»Es ist wunderschön«, sagt Kaden leise. »Einzigartig und spektakulär.«

»Er hat recht«, fügt Khaos hinzu. »Du hast etwas, was nicht viele Wandler haben - die Fähigkeit, sowohl Kraft als auch Anmut zu vereinen. Deine Stärke kommt daher, dass du alles annimmst, was du bist.«

Billie dreht sich zu uns um. Chowder hüpft auf meinen Schoß, und die Wärme des Feuers schafft eine gemütliche Atmosphäre. Wenn ich näher wohnen würde, könnte ich mir vorstellen, wöchentliche Abendessen oder sogar Spieleabende zu veranstalten, so wie Billie und ich es damals in Südafrika gemacht haben.

»Wann treffen wir den Gryffin?«, meldet sich Chowder zu Wort.

Eryx' Augen leuchten vor Aufregung, als ich in seine Richtung blicke.

»Du willst meinen Gryffin sehen? Natürlich!«, ruft er aus, sichtlich begeistert von der Idee, die Brust aufgeblasen, das Kinn erhoben.

»Nein, Eryx, nicht!«, rufen seine Brüder gleichzeitig.

Eine knisternde Energie durchströmt den Raum, und in Sekundenschnelle schlüpft Eryx aus seiner Kleidung. Ich versuche, den Blick abzuwenden, aber meine Augen kleben an der Verwandlung. Kaden hält mir sofort die Hand vor die Augen, als Eryx' Hose zerreißt, aber ich schiebe seine Hand beiseite, unfähig, den Blick von dem Schauspiel abzuwenden.

Vor uns steht ein großer Gryffin, dessen Kopf fast die Decke berührt. Sein Körper ist der eines Löwen, golden und mächtig, während sein Kopf, der eines majestätischen Adlers ist, wild und edel. Seine riesigen schwarzen Flügel sind weit ausgebreitet, und als er sie einmal schlägt, weht uns ein Windstoß entgegen. Seine Krallen kratzen über die hölzernen Dielen, die er auf der Stelle zusammenpresst und wieder löst.

Mir hätte vor Staunen der Mund offenstehen können. Ich bin sprachlos, und selbst Chowder drückt sich an meine Seite, als hätte er nicht damit gerechnet, dass er so riesig ist.

Eryx tritt vom Kamin weg und stößt gegen einen kleinen Tisch, wodurch mein Getränk umkippt, und das Glas zerspringt.

»Oh, Scheiße, das tut mir so leid.« Ich will aufstehen, aber Billie hält meine Hand und zieht mich zurück.

»Wir machen es später sauber. Besser, wir lassen Eryx erst mal sein Ding machen.«

Als ich wieder auf meinem Platz sitze, drehen wir uns alle um und unsere Blicke folgen ihm, wie er zu den Fenstern stolziert.

»Wow«, hauche ich und kann meinen Blick nicht von ihm abwenden.

Tallis rollt mit den Augen, eine vertraute Verzweiflung in seiner Stimme. »Er wird hier drin alles kaputt machen. Schon wieder.«

Neben mir schaut Billie mit Bewunderung, aber auch Resignation zu. »Das tut er immer«, sagt sie. »Seine Gryffinseite hat ihren eigenen Kopf und ist nicht immer kontrollierbar. Aber ich verehre ihn, und Dinge können ersetzt und repariert werden.«

Chowders Augen sind groß und er gibt aufgeregte

Zirpgeräusche von sich. »So hübsch! Er kann fliegen? Wer will denn nicht fliegen?«

Als ob er ihn hören würde, stößt Eryx ein scharfes, vogelähnliches Kreischen und Knurren aus, dann streckt er seine Flügel aus und erreicht die Wände. Sein Blick fällt auf das große, raumhohe Fenster, vor das ein Vorhang gezogen ist.

»Verdammt, Eryx, tu es nicht«, warnt Khaos und steht auf, aber es ist zu spät. Eryx stürzt sich auf das Fenster. Der Raum bricht in Chaos aus, als er das Glas mit einem ohrenbetäubenden Krachen durchschlägt. Glas fliegt nach außen und ein kalter Luftzug strömt in den Raum.

Eryx schwebt in die Nacht hinaus, seine Flügel fangen mühelos die Luft ein. Das Mondlicht glitzert auf seinen Federn, während er kraftvoll und frei nach oben fliegt. Er verschwindet im Himmel, eine dunkle Silhouette vor den Sternen, und hinterlässt uns in fassungsloser Stille.

Adrenalin schießt durch mich hindurch, mein Herz rast, als ich ihn im Nachthimmel verschwinden sehe. Es ist ein atemberaubender Anblick.

Chowder klatscht in die Hände und hüpft vor Aufregung auf meinem Schoß. Kaden steht in der Nähe, bereit, zu handeln, falls nötig, aber Billie lächelt nur.

»Es kommt alles wieder in Ordnung, und wir haben ein ganzes Team in der Villa, das alle Schäden, die er verursacht, repariert.« Sie lacht, und in ihren Augen liegt eine gewisse Zärtlichkeit. »So viel Ärger er auch macht, ich liebe ihn über alles.«

Ihre Worte klingen bei mir nach und erinnern mich an die Akzeptanz und die Liebe, die sie für Eryx empfindet, trotz seiner wilden Natur.

Tallis steht mit ausdrucksloser Miene da und starrt auf das nun zerbrochene Fenster, durch das eine kühle Brise weht. Khaos dreht sich wieder zu uns um.

»Nun, er wird zu seiner Zeit zurück sein. Lasst uns die Party in den Salon verlegen.«

Sie gehen alle so locker damit um und zeigen, wie sehr sie Eryx so respektieren, wie er ist.

»Ich mag Eryx«, ruft Chowder, und ich kichere und frage mich, ob er in Eryx einen Teil von sich selbst sieht - die wilde, ungezähmte Seite, die sich nicht einsperren lassen will.

Kaden wendet sich an Khaos und fragt: »Wie kann ich helfen?«

Er schüttelt den Kopf und grinst. »Überhaupt nicht, mein Freund. Amüsiere dich einfach.«

In diesem Moment fällt mir Kaden wieder ins Auge, und mir wird klar, dass er für mich ein Chaos ist, so wie Eryx für seine Gefährtin. Er ist mir so ans Herz gewachsen, dass ich von ihm genauso besessen bin wie er von mir, und ich glaube, ich würde es nicht anders haben wollen.

Es ist nach zwei Uhr, und ich liege eingekuschelt im

Bett, als Kaden hinter mir hereinkrabbelt, weil er ein Nein nicht akzeptieren kann. »Du kannst das andere Bett mit Chowder teilen«, sage ich sarkastisch zu ihm, weil ich weiß, dass er das nicht tun wird. In der Dunkelheit des Zimmers, die nur durch das Mondlicht erhellt wird, das ins Schlafzimmer und auf das große Himmelbett fällt, sehe ich zu ihm auf.

»Du denkst, ich teile das Bett nicht mit dir?«, kichert er. »Du hast mir nicht zugehört.«

Er klettert unter die Decke, sodass die ganze Matratze wackelt. Als ich versuche, mich wegzuziehen, vor allem, weil ich nur meine Unterwäsche trage, schlingt sich seine große Hand um meine Mitte und zieht mich über das Bett und an ihn heran. Mein Rücken und mein Hintern prallen gegen seine Vorderseite, und ich stoße einen lauten Schrei aus.

»Kaden, oje.«

»Hättest du sonst mit mir gekuschelt?«

»Auf keinen Fall.«

»Mein Standpunkt ist klar«, sagt er, legt seinen Arm um meine Mitte und sein Bein über meins und hält mich so in Position. Seine Brust liegt flach an meinem Rücken, die Decken über uns, und so sehr mich seine Dominanz auch verrückt macht, kann ich nicht umhin, zuzugeben, dass es etwas Tröstliches hat, in seiner Wärme zu liegen, ganz eingekuschelt in die Decken.

»Hattest du heute Abend Spaß?«, fragt er und haucht mir seinen Atem ins Ohr, was mich aufheizt. Nichts an Kaden beruhigt mich, ganz im Gegenteil, vor allem, wenn er nichts anhat und sich nicht scheut, sich an meinen Hintern zu drücken.

»Es war nicht so, wie ich mir den Tag vorgestellt hatte, aber ich fand es toll, Billie wiederzusehen. Und weißt du was?«

»Was?«, flüstert er, während seine Finger über meinen Bauch streichen und mir eine heiße Gänsehaut bescheren.

»Ich dachte, mein Leben wäre chaotisch mit dir und Chowder, aber Billie hat auch ihren Anteil an Verrücktheiten gehabt, wie es scheint. Vielleicht ist das ein Zeichen, weißt du.«

Er kichert, das Geräusch ist so köstlich, dass ich erzittere. »Du sagst also, dass du uns jetzt gutheißt?«

»Ich habe Chowder schon vor einiger Zeit angenommen, aber an dich muss ich mich erst noch gewöhnen«, scherze ich, denn ich weiß, dass wir noch dabei sind, die Dinge zu klären, und dass dies kein märchenhaftes Ende ist.

»Ich weiß, dass sie mir noch viele Geschichten zu erzählen hat«, sage ich über Billie. »Und ich denke, da ich so nah an Finnland bin, werde ich sie vielleicht öfter besuchen kommen.«

»Wir machen einen regelmäßigen Ausflug«, antwortet Kaden. »Und wenn die Villa von außen hergerichtet ist, können wir sie einladen.«

Ich schmunzle über seine Annahmen, dass ich alles mit ihm mache. Andererseits habe ich auch keine Ahnung, wie ich von ihm loskommen kann. Aber will ich das?

Gerade als sich seine Lippen auf meine Schulter pressen, lässt ein kleiner Stoß am Ende des Bettes uns beide einen Blick auf die Decke werfen. Chowder ist da und kommt auf allen Vieren auf uns zu.

»Warum schläfst du hier ohne mich? Die Familie bleibt zusammen«, sagt er mit spöttischer Entrüstung in der Stimme.

Ich lache, während Kaden grunzt.

»Komm, lege dich zu uns.« Ich ziehe die Decken vor mir zurück und mache ihm einen kleinen Platz zum Kuscheln unter der Decke.

»Wirklich?«, murrt Kaden, und ich lache ihn aus.

»Vielleicht kannst du ein bisschen zurückrutschen«, schlage ich vor und wackle mit dem Hintern.

»Wenn du so weitermachst, bekommst du Ärger.«

»Wird nicht passieren. Jetzt rutsche rüber, damit Chowder reinpasst.«

Mit einem Stöhnen bewegt er sich ein klein wenig, klebt aber immer noch an mir, sein Arm und sein Bein auf mir. Chowder macht es sich auf meinem Kissen bequem, zusammengerollt und von mir abgewandt. Ich streichle ihn, damit er sich beruhigt. Bevor ich aus meiner Hütte ausgezogen bin, hat Chowder mit mir im Bett geschlafen und mir die meisten Nächte Gesellschaft geleistet.

»Wehe, er gewöhnt sich daran«, sagt Kaden und drückt sich dicht an mich, seinen Atem an meinem Hals. »Du riechst so gut. Deine Haut ist so weich.«

»Warum redest du so viel?«, fragt Chowder.

Kaden stöhnt.

Ich breche in Gelächter aus.

Im Moment bin ich von den beiden Männern in

meinem Leben umgeben, und trotz all der Umstände, macht mich das unglaublich glücklich.

Am nächsten Morgen wache ich allein im Bett auf, die Decken sind um mich geschlungen, als wäre ich die Füllung in einem Burrito. Ich bin verschwitzt, heiß und ein bisschen verärgert, dass mich niemand geweckt hat. Ich strecke die Arme über den Kopf, stoße die Decke weg und stehe auf, ziehe mir eine Hose und ein Hemd an, um halbwegs anständig auszusehen.

Sobald ich die Tür öffne, strömt mir der köstliche Geruch von gekochten Eiern und Speck entgegen, und mein Magen knurrt. Ich denke, dass Kaden und Chowder wahrscheinlich den Gerüchen gefolgt sind, also tue ich dasselbe.

Ich finde mich in einer großen Küche wieder, die zur Hälfte aus einer Insel besteht, auf der mehrere Torten in gläsernen Ständern stehen, und daneben gibt es Theken mit vielen glänzenden Geräten. In der anderen Hälfte des Raums steht ein runder Tisch für sechs Personen, auf dem Teller mit Speisen stehen. Das Angebot ist beeindruckend: fluffige Rühreier, knuspriger Speck, butterweiche Croissants, frisches Obst und dampfender Kaffee. Die reichhaltigen Aromen erfüllen die Luft und lassen meinen Magen vor Hunger knurren.

Ein brünettes Dienstmädchen bringt mehr Kaffee und Muffins an den Tisch. Billie sitzt dort im Bademantel, genießt das Essen mit Tallis in Jeans und zerknittertem T-Shirt, beide sitzen dicht beieinander, plaudern und kichern. Er küsst ihre Stirn, und beide blicken auf, als sie mich sehen.

»Setz dich zu uns«, schlägt Tallis vor und deutet auf den Tisch. »Wir haben viel zu viel zu essen.«

»Wo sind die anderen?«, frage ich und setze mich auf einen Stuhl neben Billie. Ich gieße mir sofort ein Glas Saft ein und fange an, mir das Essen auf den Teller zu schaufeln, denn ich schäme mich nicht. Billie kennt mich; ich inhaliere das Essen.

Sie grinst mich amüsiert an. »Khaos und Kaden sind heute Morgen sehr früh aufgebrochen, um König Kaspian zu besuchen, weil er nur heute frei ist. Eryx und Chowder sind draußen und verstehen sich wie ein Ei das andere.«

Er ist gegangen, ohne es mir zu sagen. Irgendetwas rührt sich in meinem Bauch, obwohl ich mich daran erinnere, dass ich nicht seine Aufpasserin bin und er tun kann, was er will.

Als ich einen Schluck von meinem Saft nehme, bemerke ich eine Bewegung vor dem Fenster.

Dort sehe ich Chowder, der auf Eryx in seiner Gryffinform durch die Lüfte reitet.

Meine Gabel fällt mir aus der Hand und klappert auf den Tisch.

»Oh mein Gott!«

Billie legt eine beruhigende Hand auf meine. »Er ist in Sicherheit. Das verspreche ich. Er hat Eryx gebeten, ihn heute Morgen reiten zu dürfen, weil er wissen wollte, wie es sich anfühlt zu fliegen.«

»Oh«, sage ich und fühle mich sowohl besorgt als auch leicht schuldig, weil ich Eryx mit Chowder habe reden lassen. »Entschuldigung«, sage ich zu Billie und schüttle den Kopf. »Im Ernst, ich kann Chowder genauso wenig kontrollieren wie Kaden. Sie machen manchmal einfach die verrücktesten Sachen.«

Sie lacht und bedient sich aus der großen Schüssel mit frischem, kleingeschnittenem Obst und Joghurt. »Ich weiß, wie sich das anfühlt, mehr als jede andere.«

Während er Speck mampft, beobachtet Tallis das Paar draußen, das sich am Himmel dreht.

»Was ich mit Eryx erlebt habe, als ich in dieser Villa ankam, werde ich nie vergessen.« Billie stößt Tallis lächelnd mit der Schulter an. »Ganz zu schweigen von dem hier!«, fügt sie in seine Richtung hinzu.

»Im Vergleich zu ihm bin ich ein Engel«, protestiert Tallis, dessen Dämonenaugen in spielerischer Dunkelheit glitzern.

»Richtig ...«, sagt Billie und rollt mit den Augen. Sie fängt an zu erzählen, wie Eryx sie einmal aus dem Haus geholt hat, durch ein Fenster gestürzt ist und sie auf einen Berggipfel geschleudert hat.

Ich lehne mich in meinem Sitz zurück und stelle fest, dass wir besser zu Billie und ihren Freunden passen, als ich es mir je hätte vorstellen können. Am Ende des Tages ist es offensichtlich, dass sie *unsere* Art von Verrückten sind.

Wir stehen vor den Toren von Billies Villa, und eine kühle Brise weht durch mein Haar, sodass es um mein Gesicht flattert, während ich Billie fest umarme. Chowder sitzt bereits in einer Limousine mit dem Fahrer am Steuer, und Kaden ist schon unterwegs, um sich von Billies Freunden zu verabschieden. Er war den halben Tag weg, weil er mehr Zeit mit dem König verbracht hat als geplant, und dann hat Khaos ihm eine Tour durch Lappland gegeben. Jetzt haben wir es eilig, denn unser Flug soll in weniger als zwei Stunden gehen.

»Ich werde dich so sehr vermissen«, murmelt Billie und drückt mich fest an sich. »Ich habe dich so gern gesehen. Wir müssen das wirklich öfter machen.«

»Das werden wir«, verspreche ich ihr und erwidere die Umarmung mit gleicher Inbrunst. »Besonders jetzt, wo ich von Norwegen aus arbeite. Das Treffen gestern Abend war unglaublich.«

Wir umarmen uns wieder, und als Kaden meine

Seite erreicht, umarmt Billie ihn auch. Dann gehen Kaden und ich zum Auto, wo Chowder auf uns wartet.

»Was hat so lange gedauert?«, fragt Chowder und winkt aus dem offenen Fenster. Dann ruft er plötzlich: »Tschüss, Eryx!«

»Er ist besessen von ihm«, murmelt Kaden und lehnt sich in seinen Sitz, während das Auto losfährt.

Kaden sitzt mit gespreizten Beinen auf dem Rücksitz und schaut mich schweigend an. Ich rutsche auf meinem Sitz hin und her, immer noch aufgewühlt von der morgendlichen Hektik.

»Und, wie ist es mit dem König gelaufen?«, frage ich und breche das Schweigen. »Du bist so spät zurückgekommen, und ich muss wissen, ob alles in Ordnung ist.«

»Es war nicht einfach«, gibt er schmunzelnd zu. »Der König ist bewundernswert und jemand, den ich sehr respektiere. Ich würde gern unter seiner Herrschaft dienen und gleichzeitig im Haus von Gold und Granat leben. Ich meine, ich habe auch eine Vereinbarung mit der Sirenengöttin, die es mir erlaubt, die Meere vorläufig zu nutzen. Um ihre Forderung, dass ich in das Haus des Meeres und der Schlange umziehen soll, kümmere ich mich später.«

Ich schlucke schwer, weil er so gleichgültig mit solchen Dingen umgeht, aber Kaden ist niemand, den man zu etwas zwingen kann, was er nicht will.

»Und was ist passiert?«, frage ich, während Chowder weiter aus dem hinteren Fenster auf die hinter uns verschwindende Villa starrt, und ich neugierig bin, wie Kaden die Begegnung mit dem König verarbeitet hat.

»Nun, Khaos, der offensichtlich sehr eng mit König Kaspian verbunden ist, arrangierte, dass ich mich mit ihm als Gefallen für Khaos treffen konnte. Alles, was ich ihm dafür geben musste, waren ein paar Tropfen meines Blutes - die Währung in diesem Haus.« Er grinst, und ich kann mich nicht erinnern, wann er das letzte Mal so viel in einem Atemzug gesagt hat. »Durch Khaos konnte er bestätigen, dass ich die Wahrheit gesagt habe, und auch meine Identität bestätigen, das hat nur zehn Minuten gedauert. Der König ist auf der Durchreise durch Finnland, deshalb konnte ich nicht so lange bei ihm bleiben, wie ich gehofft hatte, aber er hat mich jederzeit wieder willkommen geheißen. Ich bin der erste Krake in seinem Haus, und er ist stolz darauf. Anscheinend will mich jeder in seinem Haus haben.« Er grinst, die Brust herausgestreckt. »Und er wird dafür sorgen, dass ich von allen Söldnern in Ruhe gelassen werde. Als ich dort war, hat er befohlen, die Nachricht zu verbreiten.«

Er redet ziemlich aufgeregt und stolz - auch ein wenig spöttisch -, aber ich schätze, es kommt nicht jeden Tag vor, dass man einen König trifft. Wie auch immer, ich lächle bei dem Gedanken, dass er diese Söldner los sein wird.

»Nun, ich bin froh, dass das geklärt ist und es keine weiteren Angriffe gibt. Aber du hättest mich wecken sollen, als du aufgestanden bist.«

Er grinst und drückt mir sanft den Oberschenkel. »Weißt du, wie schön und unschuldig du aussahst, so zusammengerollt? Es hätte mir das Herz gebrochen, dich zu wecken.«

Während sich Chowder an der Heckscheibe des Wagens zusammenrollt, legt Kaden einen Arm um meinen Rücken und zieht mich näher an sich heran.

»Ich denke darüber nach, zurück nach Finnland zu schwimmen«, sagt er ohne Amüsement in seiner Stimme.

Ich lache. »Bist du verrückt? Wie lange wirst du dafür brauchen? Und mit dem Flugzeug sind wir so schnell da.«

Seine Lippenwinkel verziehen sich und er seufzt. »Ich glaube, ich bin nicht fürs Fliegen gemacht. Ich habe auf dem Weg hierher so sehr geschwitzt.«

»Ich verspreche dir, dass alles gut wird, und du kannst die ganze Zeit meine Hand halten. Was sagst du dazu?«

Er macht sich nicht über mich lustig, und ich merke, dass er todernst ist und Angst hat. Ich mag diese verletzliche Seite an ihm.

Ich drücke mich an seine Seite, und wir genießen die Fahrt, ich halte seine Hand. »Es wird alles gut«, murmle ich.

»Du bist wirklich unglaublich«, flüstert er mir ins Ohr, dann hält er mich fester.

Ich ertappe mich dabei, wie ich mich in diesem Moment verliere, eingehüllt in die Wärme und Sicherheit seiner Gegenwart. Aber unter der Oberfläche flackert ein Hauch von Angst auf. Alles geht so schnell - was, wenn es schiefgeht, wie bei meinen Eltern? Der Gedanke nagt an mir, ein Schatten am Rande meines

Glücks, der mich daran erinnert, dass nichts jemals wirklich sicher ist.

Während wir zum Flughafen fahren, herrscht eine angenehme Stille zwischen uns. Ich versuche, zu planen, was wir tun müssen, wenn wir zurück sind, als Kaden plötzlich neben mir erstarrt und seine Augen in den Kopf zurückrollen.

»Kaden, geht es dir gut?« Panik macht sich in meiner Brust breit. »Was ist hier los?«

Er sackt gegen die Tür, sein Körper zittert. Angst macht sich in mir breit, Tränen steigen mir in die Augen, während mein Magen zu Eis wird. Ich hatte noch nie zuvor solche Angst, und gerade, als ich dachte, dass vielleicht endlich alles perfekt ist, fällt er ohne Grund in Ohnmacht. Wurde er unter Drogen gesetzt?

»Wach auf, bitte«, flehe ich mit zitternder Stimme. Chowder spürt meine Panik und klettert auf Kadens Schoß, seine winzigen Pfoten drücken gegen Kadens Brust.

»Kaden, Kaden ... Was ist los?«, ruft Chowder mit hoher Stimme.

In meinem Kopf kreisen die Möglichkeiten, und die Angst kratzt an meinem Innersten. Wurde er vergiftet? Handelt es sich um eine Art Angriff?

»Bitte, Kaden, wach auf«, murmle ich, während mir die Tränen über die Wangen rinnen. Die Angst hält mich so fest im Griff, dass ich kaum atmen kann.

Ich klopfe verzweifelt an die getönte Glasscheibe zwischen uns und dem Fahrer, Verzweiflung macht sich in mir breit. Gerade als der Fahrer die Scheibe herunterlässt und sein besorgter Blick meinen im Rückspiegel trifft, beginnt Kaden zu stöhnen.

»Ist alles in Ordnung?«, fragt der Fahrer.

Aber ich konzentriere mich auf Kaden, der die Augen öffnet und mich anstarrt, während er schnell und flach atmet.

»Es ist in Ordnung, glaube ich«, antworte ich dem Fahrer. »Er fühlt sich nur ... nicht gut.«

Der Fahrer nickt und beobachtet uns durch den Rückspiegel. »Ich kann anhalten, wenn ihm schlecht wird.«

Kaden stößt einen keuchenden Atemzug aus, als hätte er ihn angehalten. Er sieht einige Augenblicke lang verwirrt aus, als wüsste er nicht, wo er ist.

»Kaden, geht es dir gut? Was ist gerade passiert? Geht es dir gut?«, frage ich eindringlich.

Chowder ist immer noch da und schaut ihm ins Gesicht. »Warum bist du ohnmächtig geworden?«, fragt er.

Kaden reibt sich das Gesicht und atmet schwer. »Mir geht es gut«, sagt er schließlich.

»Nein, das tut es nicht. Man wird nicht einfach so ohnmächtig«, sage ich, während mir die Tränen in die Augen schießen. Ich bin zutiefst erschüttert und stelle mir das Schlimmste vor.

Er lächelt und greift nach meiner Hand. »Deshalb weiß ich, dass du mich so sehr willst wie ich dich. Du weinst um mich. Weißt du, wie viel das für mich bedeutet?«

»Kaden«, sage ich lauter und versuche, meine Stimme

ruhig zu halten. »Sag mir, was gerade passiert ist. Wenn du irgendeine Nummer abziehst, dann schwöre ich bei den Göttern, dass ich dich aus diesem fahrenden Auto werfen werde. Du hast Chowder und mich wirklich erschreckt.«

»Ich habe Visionen«, gibt er schließlich zu.

Das Eingeständnis überrumpelt mich. Ich hatte nicht erwartet, dass er so etwas sagen würde.

»Wie in die Zukunft sehen?«, frage ich und versuche, es zu begreifen. Ich habe noch nie gehört, dass jemand Visionen hat, also bin ich mir nicht sicher, was es wirklich bedeutet.

»Ich habe ein sogenanntes genetisches Gedächtnis«, erklärt er ruhig. »Es ist eine Gabe, die in meiner Familie vorkommt, wo zufällige Schnipsel der Erfahrungen meiner Vorfahren an jede neue Generation weitergegeben werden. Meistens bekomme ich Visionen aus dem Leben meines Großvaters, so als wolle er mir etwas mitteilen.«

Er reibt sich wieder das Gesicht und runzelt die Stirn, während ich aufnehme, was er sagt.

»Es ist also, als ob du einen Blick in seine Vergangenheit werfen könntest? Glaubst du, es hat etwas damit zu tun, dass du herausfinden willst, wer ihn in den Tartarus gebracht hat?«

Er zuckt mit den Schultern. »Es könnte sein«, gibt er zu, mit einem Hauch von Unsicherheit in seinen Worten.

»Also, was hast du gesehen?«, frage ich, mein Herz klopft noch immer vor Schreck.

Chowder rollt sich in seinem Schoß zusammen,

und Kaden legt seine Hand auf ihn, eine Geste, die mein Herz vor Zärtlichkeit erwärmt.

»Es ist schwer, sich einen Reim darauf zu machen«, gibt Kaden zu. »Ich sehe ihn entweder mit seiner Geschäftspartnerin oder seiner Geliebten. Und ich habe das Gefühl, dass ich einen wichtigen Hinweis übersehe. Seine Geschäftspartnerin ist die Frau, mit der du am Kai gesprochen hast, also muss ich sie unbedingt suchen und herausfinden, was hier los ist.«

Ich blinzle ihn an, bemerke das leichte Zittern seiner Hände und mache mir Sorgen, was das alles zu bedeuten hat.

»Ich habe das Gefühl, dass sie der Schlüssel ist«, fährt er fort. »Als ob sie wissen könnte, was mit meinem Großvater passiert ist. Sobald wir zurück sind, muss ich mich also darauf konzentrieren, sie zu finden.«

»Ich werde dir helfen«, sage ich entschlossen. »Es muss doch irgendwo Aufzeichnungen über sie geben.«

Als wir verstummen, wird mir bewusst, wieviel er mir bedeutet. Ich kann nicht glauben, wie schnell ich überreagiert habe.

Mein Blick bleibt an ihm kleben.

Die Straße erstreckt sich vor uns, aber ich mache mir Sorgen um ihn - um uns.

Aber im Moment drücke ich seine Hand fester, verankere mich in diesem Moment und hoffe, dass er recht hat ... und dass ich nicht wie meine Mutter bin.

Wir treten aus dem Flughafen in die späte Nachmittagssonne, die goldene Farbtöne am Horizont tanzen lässt. Norwegen sieht in diesem Licht atemberaubend aus. Je mehr Zeit ich hier verbringe, desto mehr fühlt es sich wie zu Hause an.

Kaden ist wieder ganz der freundliche, fröhliche Typ, der mich an seine Seite zieht, Küsse stiehlt und mit Chowder scherzt. Er grinst jeden Mann an, der es wagt, mich anzusehen, während wir zum Parkplatz gehen, wo wir von einem Fahrer abgeholt werden.

Er beugt sich vor und flüstert mir ins Ohr: »Ich werde ihnen die Augäpfel ausstechen, weil sie es gewagt haben, dich anzustarren.«

»Du musst dich beruhigen«, antworte ich, insgeheim amüsiert über seine beschützende Art.

Wir gehen auf das Schild zu, das den Abholbereich anzeigt, und mir fällt auf, wie ruhig die Tiefgarage ist. Es sind nicht viele Autos oder Menschen unterwegs, was so spät am Tag seltsam ist. Plötzlich sehe ich zwei Männer mit schwarzen Kapuzen, die zielstrebig auf uns zukommen, und mein Herz schlägt schneller.

Kadens Körperhaltung ändert sich sofort, seine Muskeln spannen sich an, als er sie sieht.

»Das soll wohl ein Witz sein«, murmelt er, hauptsächlich zu sich selbst. »Hoffentlich sind das keine Söldner.«

Die Männer stürmen mit bedrohlicher Absicht auf uns zu, und Kaden tritt vor. Der erste Mann schwingt eine Faust gegen Kadens Kiefer, aber Kaden weicht ihr mit Leichtigkeit aus und antwortet mit einem schnellen

Schlag in die Rippen des Mannes, der vor Schmerz stöhnt. Kaden stürmt auf ihn zu und verpasst ihm kräftige Schläge ins Gesicht und auf die Brust, und als der Mann fällt, steht er nicht mehr auf.

Ich schrecke zurück, mein Körper ist in höchster Alarmbereitschaft, ich scanne unsere Umgebung ... wir sind immer noch allein.

Der zweite Mann stürzt sich mit einem Messer auf ihn. Kaden dreht sich zur Seite, ergreift das Handgelenk des Mannes und nutzt seinen Schwung gegen ihn. Der Mann stolpert, und Kaden rammt ihm einen Ellbogen in den Rücken, sodass er auf den Weg stürzt.

»Bleib zurück«, knurrt Kaden und wirft einen Blick über seine Schulter, um sicherzugehen, dass ich aus dem Weg bin. Ich umklammere die Riemen meines Rucksacks, während Chowder über meine Schulter guckt. Angst durchströmt mich, als ich den Kampf beobachte. Ich hasse es, zu sehen, wie er ständig angegriffen wird, aber andererseits schaltet er sie auch schnell aus.

Der erste Mann erholt sich, schleppt sich hoch und stürzt sich erneut mit einem wilden Schwinger auf Kaden.

»Scheiße!« Kaden knurrt und packt den Arm des Mannes, verdreht ihn so stark, dass ich das ekelhafte Knacken von Knochen höre. Der Mann schreit auf und sinkt auf die Knie.

Der zweite Mann rollt sich auf die Beine und schwingt das Messer mit neuer Entschlossenheit. Er stürzt sich auf Kaden, aber dieser weicht aus, packt den Arm des Mannes und rammt ihm sein Knie in die

Mitte. Die Luft entweicht ihm keuchend aus der Lunge, als er zusammenbricht und sich den Bauch hält. Kaden lässt nicht locker, packt den Mann an der Kehle und reißt ihn vom Boden hoch.

»Wer zum Teufel bist du?«, fordert Kaden und würgt den Mann wie eine Stoffpuppe, bevor er ihn gegen einen Steinpfeiler schleudert. Als er sieht, dass er immer noch stöhnt, geht Kaden hinterher und hebt ihn an seinem Hemd auf die Beine.

»Hast du die Nachricht nicht bekommen, Arschloch? König Kaspian hat mich von allen Anschlägen abgezogen. Ich bin jetzt ein verdammter Bürger des Hauses von Gold und Granat. Und ihr bekommt den Hintern versohlt, weil ihr dumm seid.«

»Wir wurden angeheuert, Mann«, keucht der Mann, während er sich an Kadens Griff klammert, nach Luft schnappt und kreidebleich aussieht.

Kadens Griff wird fester, und der Mann bäumt sich auf, um sich zu befreien. »Wer hat dich geschickt?« Kaden bellt, seine Stimme ist hart wie Stahl.

Der Mann hustet, es ist ein ersticktes Geräusch, und Kaden lässt ihn fallen, sodass er zu Boden sinkt. »Ich weiß es nicht«, krächzt der Mann und fasst sich an den Hals.

Kaden steht über ihm und packt ihn an seinen dunklen Haaren. »Das wirst du noch bereuen«, verspricht er, als dem Typen die Augen zufallen und er genau wie sein Kumpel ohnmächtig wird.

»Was zum Teufel, ist hier los?«, frage ich, unsicher, warum jemand hinter uns her sein sollte.

Kadens Blick wendet sich mir zu, Besorgnis blitzt in

seinen Zügen auf. »Bist du verletzt?«, fragt er, seine Stimme ist jetzt sanfter.

Ich schüttle den Kopf, obwohl mein Herz immer noch rast und ich die Gurte meines Rucksacks wie angewurzelt festhalte. »Ich glaube nicht«, antworte ich.

Hinter einem geparkten Auto zu meiner Rechten erregt eine Bewegung meine Aufmerksamkeit. Ich drehe mich zu einem dritten Kapuzenmann um, der mit beängstigender Geschwindigkeit auf mich zustürmt.

»Pass auf!« Kaden stürmt bereits nach vorne, aber der Mann erreicht mich zuerst. Ich drehe mich herum, schlage ihm meine Faust ins Gesicht und trete ihm gegen das Knie. Doch der Mistkerl hat bereits meinen Rucksack in der Hand und reißt ihn mir mit solcher Wucht von der Schulter, dass ich zur Seite stolpere.

Dann ist er blitzschnell verschwunden.

»Chowder!«, schreie ich und sprinte ihm hinterher. Er hält sich am Rucksack fest. Panik durchströmt mich, als ich ihm hinterherrenne, Kaden ist mir dicht auf den Fersen.

Kaden sprintet an mir vorbei, erreicht den Mann blitzschnell und wirft ihn zu Boden. Sie rollen über den Steinboden, der Rucksack fällt runter und kommt ein paar Meter entfernt zum Stehen. Ich klettere zu ihm hin und mein Herz pocht in meiner Brust, als ich ihn aufreiße.

»Chowder!«, rufe ich, und Erleichterung durchströmt mich, als ich ihn drinnen finde, verängstigt, aber unversehrt. »Es wird alles gut«, murmle ich und versuche, ihn zu beruhigen.

Chowder reagiert nicht, sondern rollt sich nur noch enger zusammen, und mir bricht das Herz angesichts seiner Angst.

»Niemand wird dir wehtun. Das verspreche ich.« Meine Kehle krächzt.

Als ich mich umdrehe, sehe ich, dass Kaden den Mann an einen Steinpfeiler neben einem geparkten Auto gefesselt hat und ihm ins Gesicht knurrt. »Was zum Teufel willst du? Seid ihr hinter mir her? Warum hast du ihren Rucksack gestohlen?«

Der Mann spuckt Blut auf Kaden. »Scheiße, ich will nicht dich, du Idiot.« Er guckt zu mir herüber, und sein Blick jagt mir einen Schauer über den Rücken.

Kadens Blick wandert zu mir, dann wieder zu ihm. »Wer hat dich geschickt?«

»Fick dich«, knurrt der Mann, und seine Antwort trieft vor Gift.

Kaden packt sein Handgelenk fester und biegt es sofort nach hinten, das Knacken ist laut, und der Mann heult vor Schmerz auf. »Jedes Mal, wenn du meine Frage nicht beantwortest, werde ich dir einen weiteren Knochen brechen. Also, wer hat dich geschickt?«

Die Wangen des Mannes erröten, und er murmelt: »Scheiße ... Sie will den Otter und dass das Mädchen die Stadt verlässt.«

Kaden knackt die Finger des Mannes zurück, und der Mann schreit auf. »Du hast meine Frage nicht beantwortet. Wer zum Teufel hat dich geschickt?«

Zitternd halte ich den Rucksack mit Chowder fester. Meine Gedanken rasen und ich beginne das Schlimmste zu vermuten. Sie sind wegen Chowder hier. Ich denke an das Arschloch Zane, der mit Tieren handelt und an ihnen experimentiert. Und den ich bei meiner letzten Mission nicht erwischt habe ... wegen dem ich nach Norwegen versetzt wurde. Hat er mich aufgespürt?

»Ich habe dir eine verdammte Frage gestellt«, brüllt Kaden dem Mann ins Gesicht.

»Lilia«, schreit er und schluchzt förmlich, während Kaden ihn an der Kehle festhält. »Lilia hat uns geschickt, um den Otter zu holen und sie aus der Stadt zu verscheuchen.«

»Was zum Teufel?«, murmle ich, während sich mein Verstand vor Verwirrung überschlägt. Wer ist Lilia? Und warum will sie, dass ich die Stadt verlasse? Arbeitet sie für Zane?

»Rede weiter«, fordert Kaden. »Was will sie von Sasha und dem Otter? Wo kann ich sie finden?«

Der Mann schnappt nach Luft, als Kaden seinen Griff leicht lockert.

»Jemand hat sie angeheuert, um den Otter zu holen, und Lilia sagte, ich solle dir eine Nachricht überbringen ..., dass Sasha beobachtet wird und sie aus der Stadt verschwinden soll, oder sie wird sie loswerden. Und es wird dir nicht gefallen, wie sie das macht.«

Ich zittere und versuche herauszufinden, was das zu bedeuten hat, aber ich bin genauso ratlos.

»Wo kann ich sie finden?«, befiehlt Kaden.

»Mann, das weiß ich nicht. Sie fand mich in einer Bar und stellte mich ein. Das ist alles, was ich weiß, ehrlich.«

Kaden zerrt den Kerl weiter aus meinem Blickfeld,

und ich höre dumpfe Schläge und Stöhngeräusche, während er ihn weiter verhört, nehme ich an. Als er allein zurückkommt, wirkt er grimmig, die Schultern hochgezogen, Schatten tanzen über sein Gesicht.

»Hast du noch etwas rausbekommen?«, frage ich mit zittriger Stimme.

Er schüttelt den Kopf, seine Züge sind düster.

»Ich glaube, ich weiß, wer hinter Chowder her ist, aber ich habe keine Ahnung, wer Lilia ist. Vielleicht ein einheimischer Söldner, den Zane angeheuert hat?«

»Ich weiß, wer sie ist.« Kaden kneift die Lippen zusammen. »Sie ist die Geschäftspartnerin meines Großvaters. Die Frau, die du am Kai getroffen hast und die in meinen Visionen vorkommt.«

24

KADEN

Ich bin zurück in der Villa und laufe im Keller herum wie ein gefangenes Tier. Sasha duscht, und Chowder ist in der Küche und frisst sein Gewicht in Essen. Sie war nach dem Angriff total aufgeregt, und ich wollte die Situation nicht besprechen, bevor wir zurück waren, nicht, wenn wir auf dem Parkplatz so ungeschützt waren. Ich musste uns nach Hause bringen und wissen, dass sie und Chowder in Sicherheit waren, bevor ich mich mit dieser Scheiße beschäftigte.

Der Keller ist kühl und dunkel, die Luft dick mit dem Geruch von Salz und dem fernen Rauschen des Fjordes draußen. Das Wasser und der Stein beruhigen mich. Ich schlendere durch den riesigen Raum, vorbei an dem Tisch, den Sasha scherzhaft den Opfertisch nennt. Es bringt mich jedes Mal zum Grinsen, wie sie mich damit aufzieht. Aber im Moment sind meine Gedanken ein Wirrwarr von Fragen ohne Antworten.

Lilia.

Sie ist irgendwie mit Sasha verstrickt und hat ihr gedroht, die Stadt zu verlassen. Wozu das Ganze? Welche Bedrohung stellt Sasha für sie dar? Was habe ich verdammt noch mal verpasst?

Ich denke zurück an die Vision im Auto, die anders war als die Vorherigen. Mein Großvater war allein hier unten in diesem Keller, und dann ging er plötzlich eine dunkle Treppe hinunter in einen versteckten Bereich. Darin befand sich ein Raum, der mit Büchern gefüllt war, in die er geschrieben hatte, Zeile für Zeile mit Namen, die keinen Sinn ergaben. Er murmelte etwas von einem Anhänger, war wütend und warf Dinge durch die Gegend, Bücher lagen überall herum. Er war verzweifelt und verängstigt. So hatte ich ihn noch nie gesehen.

Ich habe das Gefühl, dass ich an etwas dran bin, an etwas, das Lilia und irgendwie auch Sasha betrifft, und das ist der Teil, der mir Kopfzerbrechen bereitet. Warum sie? Welche Verbindung hat sie zu diesem ganzen Schlamassel? Und hat sie etwas damit zu tun, dass mein Großvater im Tartarus gelandet ist?

Ich befinde mich im hinteren Teil des Kellers, die Steinwände sind kühl und fest unter meinen Händen. Der ganze Raum ist aus poliertem Stein - Boden, Wände, Decke. Einige der Wände sind mit Gemälden geschmückt: Schiffe auf dem Meer, Meerjungfrauen im Wasser, Kraken, die Seeleute ertränken.

Ich gehe um die Wände herum, berühre sie, drücke sie, versuche, die versteckte Tür zu finden, die ich in der Vision gesehen habe. Sie muss doch hier sein, oder? Frustration nagt an mir.

Ich kann mich nicht erinnern, dass Großvater mir jemals von einem geheimen Raum im Herrenhaus erzählt hat. Er erzählte mir von der Größe des Hauses, vom Eingang zum Fjord, der eine einfache Flucht ermöglichte, aber nicht von diesem Raum. Es muss etwas geben, von dem er nicht wollte, dass es jemand findet.

Ich suche jeden Zentimeter der Wände ab, auf der Suche nach einem Auslöser oder einem versteckten Riegel, irgendetwas, um den Raum zu öffnen. Aber am Ende bin ich angespannt, weil ich nichts finde.

Ich werde nicht aufgeben. Ich werde diesen verdammten Raum finden. Oben gibt es noch Zimmer, die ich nicht angerührt habe, einige mit Gegenständen meines Großvaters, und vielleicht gibt es dort oben etwas, das mir einen Hinweis gibt.

Oben, im Hauptteil des Hauses, betrete ich das Wohnzimmer und erhasche nur einen kurzen Blick auf aquamarinblaues Haar und ein nacktes Bein, das aus dem Badezimmer in den Flur verschwindet. Ich schmunzele, kann mir ein Grinsen nicht verkneifen, und gehe meiner Schönheit nach.

Ich finde sie im Schlafzimmer, mit dem Rücken zu mir, während sie eine Jeans über ihren schönen, runden Hintern zieht. Sie schnappt sich einen Spitzen-BH und zieht ihn zu, bevor sie sich umdreht und bei meinem Anblick erschrickt.

»Verdammt, warne jemanden, bevor du wie ein verdammter Stalker herumschleichst«, schimpft sie und verengt spielerisch ihre Augen.

»Ich wollte den perfekten Moment nicht ruinieren«,

erwidere ich, während mein Blick auf die Spitzencups gerichtet ist, die ihre Brüste an Ort und Stelle halten.

»Hey, meine Augen sind hier oben«, sagt sie und hebt eine Augenbraue.

»Oh, ich weiß«, antworte ich und grinse. Ich kann nicht aufhören, ihren BH anzustarren, der leicht durchsichtig ist, und versuche, ihre Brustwarzen zu erkennen.

Sie zieht sich ein Shirt über den Kopf, um sich zu bedecken, und ich stöhne auf, weil ich nicht genug davon bekommen kann, sie anzustarren. Sie ist in jeder Hinsicht perfekt.

Sie rollt mit den Augen, aber ich merke, dass sie sich über meine Hartnäckigkeit amüsiert und ein spielerisches Grinsen auf den Lippen hat.

Ich bin fasziniert von den kleinen Dingen - wie die Wassertropfen, die an ihrer Haut kleben.

»Wir haben viel zu besprechen. Diese Lilia-Sache«, sagt sie. Ihr Gesichtsausdruck verändert sich, Sorgenfalten ziehen sich über ihre Stirn. Ich kann sehen, wie sie sich Gedanken macht, und ich nicke zustimmend.

Ich lasse mich auf das Bett fallen und klopfe auf die Matratze, damit sie sich zu mir setzt.

Sie lacht leise und setzt sich dicht an mich. Die Fische in dem Glasaquarium am Ende des Bettes schwimmen näher heran, als wären sie von jeder meiner Bewegungen fasziniert, ihre Augen fixieren mich mit einem unbeweglichen Blick.

»Sieht aus, als hättest du eine Fangemeinde«, scherzt sie und nickt in Richtung des Aquariums.

»Sie werden schon bald wieder verschwinden«,

antworte ich und beobachte, wie sie weiterhin wie gebannt in der Luft schweben. Ihre Hand ist warm an meiner, und ich streiche sanft über sie.

»Erzählst du mir mehr über Lilia?«, fragt sie, und ihr Blick wandert zu mir. »Warum will sie, dass ich die Stadt verlasse? Und was hat das mit dir zu tun, und mit Chowder?«

»Lilia war die Partnerin meines Großvaters in dem Geschäft, das sie betrieben«, erkläre ich und erinnere mich an das wenige, das mir bekannt ist. »Soweit ich weiß, ging es um den Import und Export auf dem Seeweg, aber er hat selten mit mir darüber gesprochen. Ich habe in meinen Visionen gesehen, dass er und Lilia nicht immer einer Meinung waren.«

»Ich erinnere mich, dass ich sie am Kai gesehen habe«, sagt sie und legt nachdenklich die Stirn in Falten. »Vielleicht ist es ein Zufall, dass ich ihr Fragen über Sirenen stellte, die Seeleute angreifen, und ich erinnere mich, dass sie mir gegenüber feindselig wurde. Aber sie hat es dabei belassen ... Oh, ich hatte Chowder dabei, und sie hat ihn gesehen. Keine Ahnung, was das bedeutet, außer dass sie von Chowder wusste, nachdem ich sie getroffen hatte.«

Sie knabbert an ihrer Unterlippe, und ich kann sehen, wie sich die Zahnräder in ihrem Blick drehen.

»Lilia hat die Antworten auf alles, was wir wissen müssen.«

»Glaubst du, sie steckt mit diesem Arschloch Zane, der Chowder gefoltert hat, unter einer Decke? Sonst kann ich nicht verstehen, warum sie Chowder und mich aus der Stadt haben will.« Sie blinzelt und sieht mich genauso verwirrt an, wie ich mich fühle. »Vielleicht leitet sie eine Söldnerfirma, und das Arschloch Zane hat eine Drohung gegen mich ausgesprochen ... Ich meine, das würde Sinn machen, nachdem ich sein Lagerhaus niedergebrannt habe.«

Ich höre zu und versuche, alles zusammenzufügen, aber das Puzzle ist im Moment noch lückenhaft.

»Ich habe den Verdacht, dass das alles irgendwie zusammenhängt, vielleicht auch mit meinem Großvater ... Frag mich nicht, was es ist, aber irgendetwas stimmt nicht«, sage ich und denke an die Namenslisten in meiner Vision mit meinem Großvater. »Irgendetwas ist mit ihr und meinem Großvater passiert, und er war in etwas verwickelt, in Schwierigkeiten. Aber der einzige Weg, das herauszufinden, ist, sie und dieses Arschloch Zane aufzuspüren.«

»Du glaubst, er ist in der Stadt? Ich habe angenommen, dass er sie extra aus Südafrika angeheuert hat, da ich ihn dort zuletzt gesehen habe«, erklärt sie mit fester Stimme.

Ich beobachte, wie sie nachdenkt, wie sich ihre Augenbrauen vor Konzentration runzeln. Es ist niedlich, liebenswert, und ich nehme jedes Wort auf, das sie sagt.

»Zane ist vielleicht leichter aufzuspüren als Lilia, und er könnte uns direkt zu ihr führen. Also überlass das mir. Ich muss alles über ihn wissen.«

Sie dreht sich zu mir um, ein Bein zwischen uns angewinkelt. Sie rattert seinen vollen Namen herunter, Details über den Psychopathen, der er ist, und den Tierhändlerring, den er leitete, zusammen mit seiner Beschreibung und einem Haufen weiterer Informationen, die ich nicht über seine kaputte Vergangenheit wissen musste. Sie ist leidenschaftlich, wütend auf ihn, aber ich spüre auch ein Flackern der Angst in ihren zitternden Händen.

»Er kann Chowder nicht zurückholen, niemals. Eher bringe ich ihn um, bevor ich das zulasse«, sagt sie.

Ich nehme sie in meine Arme und spüre, wie angespannt ihr Körper ist. »Ich verspreche, dass ich euch beide beschützen werde.«

Sie zieht sich zurück, blinzelt noch mehr, und ihre Augen glänzen mit ungeweinten Tränen.

»Ich muss immer wieder an die Sache mit der Sirene und meiner Mutter denken. Könnte das etwas damit zu tun haben? Ist es jemand, der nicht will, dass ich sie finde?«

Ich denke über ihre Worte nach, und zwischen uns herrscht eine tiefe Stille. Der Gedanke beunruhigt mich, denn warum sollte jemand versuchen, die Handlungen einer Sirene zu verbergen?

»Es wird Zeit, dass wir herausfinden, was das ist«, sage ich schließlich.

Sie nickt mit entschlossenen Zügen, und in ihren Augen brennt ein Feuer.

Ich drücke ihre Hand. Im Raum ist es still, bis auf das leise Blubbern des Aquariumfilters. Ich beobachte sie, wie sich ihr Brustkorb mit jedem Atemzug hebt und senkt, wie sie in Gedanken ihre Lippen schürzt. Ich möchte sie vor allem beschützen, vor den Gefahren, die in den Schatten unserer Welt lauern.

»Was ist, wenn es mehr ist, als wir bewältigen

können?«, flüstert sie und ihr Blick trifft meinen mit
einer Verletzlichkeit, die etwas tief in mir berührt.

»Es gibt nichts, womit ich nicht zurechtkomme,
meine kleine Meerjungfrau. Vertrau mir«, antworte ich
fest.

Sie lehnt sich an mich, ihr Kopf ruht an meiner
Schulter, und ich halte sie fest und sauge die Wärme
ihres Körpers in mich auf. Ihr Haar riecht nach Meer,
und ich schließe meine Augen und atme sie ein.

»Ich werde mich morgen auf die Suche nach Zane
machen«, sage ich, und der Entschluss setzt sich wie
ein Versprechen in meinen Knochen fest. »Jetzt ist es zu
spät, um noch etwas zu unternehmen, und nach allem,
was heute passiert ist, werde ich dir ein Abendessen
kochen und dich massieren.«

Sie sieht mich an, lächelt, ein spielerisches Glitzern
in ihrem Blick. »Wirklich?«

»Natürlich«, antworte ich mit einem Grinsen.

»Nun, ich sage nicht nein zu einer Massage, besonders nicht zu einer Fußmassage. Und ein bisschen Zeit
zum Entspannen wäre vielleicht auch ganz nett.« Sie
lehnt sich an mich, und ich küsse ihre Stirn und nehme
noch einmal ihren Duft auf.

»Ich mache mir Sorgen«, gibt sie zu, ihre Stimme ist
kaum lauter als ein Flüstern. »Aber ich bin froh, dass
ich nicht allein bin.«

Ich streichle ihre Wangen, starre auf sie herab und
bete sie so sehr an, dass es weh tut.

»Ist dir klar, wie sehr ich auf jeden losgehe, der es
wagt, dich zu berühren? Du bist meine Welt, Sasha,

mein Ein und Alles. In meiner Nähe brauchst du keine Angst zu haben, okay?«

Sie lächelt, ein kleines, sanftes Grinsen, das ihre Augen aufleuchten lässt. Sie kuschelt sich enger an mich, und ich schlinge meine Arme um sie und halte sie fest. Es fühlt sich gut an, sie hier in meinen Armen zu haben.

»Komm schon«, sage ich, ziehe mich etwas zurück und nehme ihre Hand. »Lass uns etwas essen.«

Wir gehen in die Küche, und als wir hereinkommen, finden wir Chowder auf dem Tisch ausgestreckt, der sich mit einem zufriedenen Grinsen auf den dicken Bauch klopft. Vor ihm liegen vier leere Sardinenbüchsen, die von seinem Festmahl zeugen.

»Sieht aus, als hätte jemand gut gegessen.« Ich kichere und strecke meine Hand aus, um Chowders Kopf zu streicheln.

»Er ist immer hungrig«, sagt Sasha lachend und schüttelt amüsiert den Kopf. »Du wirst dich eines Tages in eine Sardine verwandeln, Chowder.«

Er zwitschert als Antwort und sieht völlig zufrieden aus. Seine kleinen Pfoten ruhen auf seinem Bauch, und ich lache bei diesem Anblick.

»Warum sollte ich eine Sardine werden?«

Sie lacht noch lauter. »Das ist nur ein Sprichwort. Ich scherze nur.«

Ich kichere wieder, als er sie offensichtlich verwirrt mustert.

»Mal sehen, was ich auftischen kann«, sage ich und gehe zum Tresen, wo ich die Pilze abgelegt habe, die ich kurz vor unserer Abreise nach Finnland gekauft hatte. »Wie wäre es mit einer Carbonara mit Pilzen und Speck?«

»Klingt köstlich«, antwortet Sasha, setzt sich an den Tisch, holt ein Kartenspiel aus dem Wohnzimmer und beginnt ein Spiel mit Chowder, der sie aufmerksam beobachtet.

Ich fange an, das Essen vorzubereiten, und bald erfüllt das Geräusch von kochendem Wasser und brutzelnden Pfannen die Küche. Sashas Lachen ertönt, während sie mit Chowder spielt. Das Lachen in meinem Haus ist etwas, von dem ich nie gedacht hätte, dass ich es hören würde, etwas, von dem ich bis jetzt nicht gewusst habe, dass ich es brauche. Es füllt den Raum und verwandelt den kalten Stein und Stahl in etwas Wärmeres, Lebendigeres.

Wenn ich sie mit Chowder spielen sehe, wenn ich sehe, wie ihre Augen vor Freude leuchten, dann wird mir mehr denn je bewusst, wie sehr ich mir eine Familie mit ihr wünsche. Ich möchte, dass dieses Lachen, diese Wärme, ein fester Bestandteil meines Lebens wird. Ich möchte sie jeden Tag glücklich sehen, neben ihr aufwachen, mir mit ihr ein Leben aufbauen.

Der Speck brutzelt in der Pfanne, der Duft von Knoblauch und Butter erfüllt die Küche. Ich bewege mich mit Leichtigkeit durch den Raum, gebe Nudeln in das heiße Wasser und rühre die cremige Soße um.

Während ich koche, denke ich über die Zukunft nach, darüber, was es bedeuten würde, sie an meiner Seite zu haben, um etwas Dauerhaftes zusammen aufzubauen. Es ist mehr als ein Wunsch, es ist ein

Bedürfnis, ein tiefes, ursprüngliches Verlangen, sie auf jede erdenkliche Weise zu mir zu holen.

Ich gebe das Essen auf die Teller und trage sie zum Tisch hinüber, wo sie und Chowder immer noch in ihr Spiel vertieft sind. Sie sieht auf, als ich die Teller abstelle, und ihre Augen funkeln vor Freude.

»Das sieht fantastisch aus«, sagt sie, während ihr Blick von den Speisen zu mir wandert, mit Wärme und Dankbarkeit in den Augen.

»Und meins?«, meldet sich Chowder.

»Auf jeden Fall«, sage ich und bringe ihm einen kleinen Teller mit kleingeschnittenem Speck. »Weil du noch nicht genug gegessen hast.«

Seine Augen sind nur auf das Essen gerichtet.

Wir essen, und für eine Weile verschwindet alles andere. Es sind nur wir, die eine Mahlzeit und einen Moment miteinander teilen, und es fühlt sich perfekt an.

»Das ist der Himmel«, murmelt sie mit verträumter Stimme.

»Ich möchte dich zufriedenstellen«, antworte ich und lächle sie an.

In diesem Moment fühlt sich alles richtig an. Wir stehen vielleicht vor einem aufkommenden Sturm, aber hier, mit ihr in meinem Haus, weiß ich, dass wir ihn überstehen können. Das müssen wir auch, denn sie zu verlieren ist keine Option. Ich werde dafür kämpfen - für sie, für Chowder, für uns - mit allem, was ich habe.

25

KADEN

Während Sasha auf dem Bauch auf dem Bett liegt, bewundere ich, wie sich ihre Muskeln unter meiner Berührung entspannen.

Es hilft nicht, dass sie völlig nackt ist. So sehr ich mich auch darauf konzentriere, die Verspannungen von ihren Schultern und entlang ihrer Wirbelsäule zu kneten, mein Schwanz ist steinhart. Wenn ich sie berühre, wenn ich die Glätte ihrer Haut in mich aufnehme, die Art und Weise, wie sich ihre Taille verengt, die Kurve ihres Hinterns, die Weichheit dieser Backen, die durchtrainierten Beine, die ich in meiner Vorstellung für mich spreizen will, ... Aber noch nicht.

»Wie fühlst du dich, meine kleine Meerjungfrau?«, flüstere ich und lehne mich näher an ihr Ohr. Ich weiß nicht, wie ich so viel Glück hatte, dass so ein süßer, wunderschöner Engel am Ende ganz mir gehörte. Nicht, dass ich von dem Moment an, als ich sie zum ersten Mal traf, eine Wahl gehabt hätte.

Sie gibt ein leises Stöhnen von sich, das mir einen

Schauer bis in die Eier jagt. »Warum hast du aufgehört?« Sie schmollt, während sie ihren Kopf dreht und
mich zufrieden ansieht. »Du hast mir eine Massage
versprochen.«

»Ich mache das schon seit einer Stunde«, necke ich
sie und beobachte, wie sie mit den Wimpern klimpert
und sich auf die Ellbogen stützt, sodass ich von der
Seite einen Blick auf ihren Busen erhaschen kann.

»Oh, ich wusste gar nicht, dass es ein Zeitlimit
dafür gab.« Sie streckt mir die Zunge raus und macht
einen verschmitzten Schmollmund.

Sie wird mein Ende sein.

»Du bist die leibhaftige Versuchung.« Und sie weiß
es, so wie sie mich mit ihren leuchtenden Augen
anstarrt.

Ich ziehe mich zurück und lasse meine Hände die
Rückseite ihrer Waden hinuntergleiten, dann wieder
hinauf, streiche ihre Beine entlang, meine Finger
stoppen unter ihrem Hintern, bevor ich darüber gleite
und ihn knete.

»Das gefällt dir, oder?« Sie schnurrt die Worte fast,
zieht sich auf alle Viere hoch und dreht sich bereits von
mir weg, als mein Blick auf ihren Hintern fällt.

Aber jetzt sitzt sie mir gegenüber, und es fällt mir
schwer, den Blick von diesen köstlichen Titten abzuwenden, die dort baumeln und nach meinem Mund
rufen.

»Wie willst du die Sauerei aufräumen, die du gleich
in deiner Hose machst?« Sie starrt mich mit diesen
verträumten Augen an und macht mich wahnsinnig.

»Du wirst es für mich tun, denn mein Schwanz

pulsiert vor Verlangen wie eine verdammte Trommel.«
Ich ziehe mich zurück, setze mich auf das Bett und
lehne mich gegen den Berg von Kissen hinter mir.
Dann greife ich nach unten, öffne den Reißverschluss
meiner Hose, greife meinen Schwanz, ziehe ihn
heraus und präsentiere ihn ihr. »Wie wäre es, wenn du
deinen hübschen kleinen Mund über ihn stülpst?« Ich
ziehe ein paar Mal daran, die Spitze glänzt und ist
bereit.

Wie eine Katze schleicht sie sich auf allen Vieren an
mich heran, kommt zwischen meine gespreizten Beine,
und in wenigen Augenblicken atmet sie über meinen
Schwanz. Sie reibt mit der Spitze ihres Zeigefingers
über die gerippten Seiten meines Schwanzes, und das
Gefühl lässt mich vor Erregung zusammenzucken.

»Oh, du willst, dass ich hier küsse?« Sie senkt ihren
Kopf, ihr Mund streift die Spitze. Ich spanne mich an,
zische, dann zieht sie sich zurück und leckt sich die
Lippen.

»Warum versuchst du es nicht noch einmal und
nimmst ihn ganz in deinen Mund? Meine Eier sind so
verdammt voll.«

Sie grinst mich an und lässt sich Zeit, sich auf die
Knie zu begeben, um mich mit einem vollen Blick auf
ihren sinnlichen Körper zu belohnen. Mein Schwanz
verhärtet sich bis zum Schmerz, als ich ihre prallen,
kurvigen Titten betrachte, diese steifen rosa Nippel
und den dünnen aquamarinfarbenen Streifen
zwischen ihren Beinen, der kaum ihre Muschi bedeckt.
Sie glitzert. Sie ist so bereit für mich. Wenn ich mich
jetzt über sie beugen würde, könnte ich leicht in ihre

Fotze gleiten. Und sie würde schreien, dass ich sie wie ein Tier ficken soll.

»Ich habe etwas für dich«, sage ich und greife bereits nach der Schublade des Nachttisches.

»In meinem Zimmer?«

»Technisch gesehen ist es jetzt unser Zimmer.« Ich krame in der Schublade und ziehe einen hellrosa Dildo heraus, der nicht so dick ist wie mein monströser Schwanz.

»Oh«, ist alles, was sie sagt. Ihre Augen sind von dem Spielzeug fasziniert und folgen ihm, als ich es ihr gebe.

»Zeig mir, wie du ihn in deine süße Muschi steckst. Ich möchte, dass du ihn trägst, während du meinen Schwanz lutschst, um ihn zu halten, damit er nicht herausspringt. Sonst ...« Ich grinse, als sie den Dildo annimmt. »... kommst du heute Abend nicht.«

Sie wölbt eine Augenbraue. »Warst du schon immer ein Kontrollfreak?«

»Ist das ein Ja?«

Sie starrt mich an, nimmt das rosafarbene Spielzeug in den Mund, leckt es ausgiebig, nimmt es tief in sich auf und zieht es dann ganz feucht wieder heraus.

Ich bin atemlos und beobachte jede Bewegung, die sie macht.

Dann lehnt sie sich auf ihren Hintern zurück und spreizt ihre sexy Beine für mich, wobei mein Blick von ihrer Erregung auf ihre prallen Lippen fällt. Sie ist so bereit für mich, dass es wehtun muss ... so sehr wie bei mir.

Meine Hand liegt wieder auf meinem Schwanz und

drückt zu, als ich sehe, wie sie sich spreizt und mir ihr süßes kleines Loch zeigt.

»Ist es das, was du willst?«

»Ja, verdammt!«

Sie schiebt die Spitze in ihre Muschi und drückt sie langsam tiefer hinein und wieder heraus, ein Stöhnen in ihrer Kehle. Ihre Hüften arbeiten, um den Vibrator aufzunehmen, ihre Atemzüge eskalieren.

»Bis zum Anschlag, meine Hübsche. Ich will, dass er tief eindringt, damit du ihn spürst, wenn du dich bewegst.«

Sie starrt mich herausfordernd an, doch ihr Blick ist verschwommen vor Verlangen, und während sie ihn tiefer in sich hineinschiebt, sind die feuchten Geräusche, die sie macht, fesselnd.

Jetzt, wo er ganz in ihr steckt und nur noch das breite Ende herausragt, schnappt sie nach Luft.

»Hast du dir den Größten ausgesucht? Verdammt!«

»Der Größte ist hier und wartet auf dich. Jetzt schalte ihn ein.«

Sie schnappt nach Luft und betätigt den Schalter am Ende des Spielzeugs, und schon stöhnt sie auf, ihre Brust hebt sich, ihr Körper bebt. Sie ist spektakulär. Verdammt sexy. Ganz mein.

Sie rollt sich sanft auf die Seite, windet sich, und mit einem weiteren Stoß in sie hinein und einem kleinen Schrei auf ihren Lippen ist sie wieder auf Händen und Knien. Verdammt, ich habe noch nie in meinem Leben etwas so Erotisches gesehen.

»Du liebst es, mich zu quälen, nicht wahr?«

»Du hast ja keine Ahnung«, antworte ich, greife mit

meinen Händen zu ihr, streiche ihr das Haar aus dem Gesicht und halte es zu einem Pferdeschwanz zusammen. Ich wickle die Strähnen um eine Faust und halte sie fest, führe sie nach unten. Ich kämpfe gegen den Drang an, sie fester nach unten zu drücken und sie vollständig zu kontrollieren.

»Wie fühlt es sich an, wenn deine Muschi gefüllt ist, während ich deinen Mund ficke?«

Sie fletscht die Zähne, um mich zu provozieren. »Wehe, du hältst mich zurück, wenn ich so weit bin.«

»Meine Sasha, ich werde dich ficken, bis du ohnmächtig wirst, bis du so wund bist, dass ich deine Muschi eincremen muss. Jetzt wickle deinen süßen Mund um meinen Schwanz.«

Sie wehrt sich nicht, sondern unterwirft sich völlig. Ich liebe sie verdammt noch mal dafür. Ich will, dass sie tut, was ich verlange, dass sie jede meiner Fantasien erfüllt, dass sie schwach wird, dass sie mir gehört.

Sie beugt sich über meine Erektion, und mit einem letzten Lächeln in meine Richtung öffnet sie ihren Mund und gleitet über mein großes Angebot.

Ich zische und rufe: »Scheiße!«

Sie geht tiefer, ihre Lippen gleiten über die gerippten Beulen meines Schwanzes, ihr schöner Mund dehnt sich darüber aus, ihre Zunge leckt über meine Unterseite, und meine Faust um ihr Haar zieht sich zusammen. Ich warte darauf, dass sie die ganze Länge hinuntergeht, und als meine Spitze den hinteren Teil ihrer Kehle erreicht, hört sie nicht auf, sondern nimmt mich noch ein Stück weiter.

Meine Hüften bewegen sich, reiben sich an ihr, und

ich merke, dass auch ihre Hüften wackeln, erregt durch den Stöpsel.

»Verdammt, ich liebe es, dich so voll zu sehen. Du bist so verdammt schön, wenn du mir ausgeliefert bist.«

Sie stöhnt und beginnt, sich an meinen Schaft auf und ab zubewegen, und ich kann mir nicht helfen. Mit ihren Haaren, die sich um meine Faust wickeln und sie führen, hat es etwas Berauschendes, jemanden so Mächtiges wie Sasha zu kontrollieren. Mit ihrem Mund über meinem Schwanz, während sie mich unermüdlich saugt, während ich weiß, dass ihre Muschi tropft. Zu wissen, dass sie animalisch auf mich losgeht.

Ich bewege meine Hüften weiter auf ihren hungrigen Mund zu, ein Kribbeln durchfährt meine Eier, weil ich weiß, dass ich kurz davor bin. Wie kann ich das nicht sein, wenn so eine Schönheit an mir saugt?

»Dein Mund ist zu gut, um echt zu sein, von den Göttern für mich geschaffen.« Ich habe noch nie eine köstlichere Frau gefickt.

Sie bewegt sich jetzt schneller, und meine Eier ziehen sich fest zusammen, meine Nasenlöcher ertrinken in ihrem Duft. Als ich spüre, wie der erste Schock eines Höhepunkts über mich hereinbricht, ziehe ich sie an den Haaren zurück, und sie lässt meinen Schwanz mit einem ploppenden Geräusch los.

»Ich bin dran.«

Sie leckt sich über die Lippen, ihre Wangen erröten, ihre Augen sind trübe wie Wolken. »Bitte, ich bin kurz davor, vor Schmerz zu sterben, weil ich so erregt bin.«

»Du hast keine Ahnung, wie bereit ich bin.« Ich steige vom Bett, und sie sieht mir nur zu, immer noch auf allen Vieren, ihre Hüften bewegen sich durch das Summen des Vibrators, der ihre Muschi bearbeitet.

Ich gehe zum Ende des Bettes, wo ihr Arsch hoch ist, ihre Beine gespreizt sind und ihr enges Loch brummt. Der Dildo ragt halb heraus und sieht aus, als würde er gleich rausfallen, und ich ziehe ihn aus ihr heraus. Ihr Saft kommt mit heraus, ihre Öffnung tropft für mich.

»Meine kleine Meerjungfrau, du bist so bereit für mich, nicht wahr?«

Sie gibt einen weinenden Laut von sich, während sie ihren Hintern höher streckt und ihre Brust auf das Bett senkt.

»Wehe, du brichst dein Versprechen«, murmelt sie zwischen ihrem Stöhnen. »Scheiße, ich war noch nie in meinem Leben so erregt.«

Ich greife nach ihren Hüften und ziehe sie an den Rand des Bettes, wo ihre üppige Möse nach mir verlangt und bebt.

Mein Schwanz ist hart, als ich ihn nach unten drücke und die Spitze sofort in ihr Loch eintaucht.

Ich denke, dass sie die Kontrolle verloren hat, aber ich habe auch keine, weil mir die Vorfreude ins Blut geht. Sie ist klatschnass, nackt und geschwollen. Ein Bild, das ich mir für immer einprägen werde.

Ich dränge nach vorne und stoße ohne Gnade in sie hinein. Ich kann nicht verhindern, was kommen wird. Meine Eier klatschen in ihre Muschi, während ich mich so verdammt tief vergrabe, dass sie bereits nach mir schreit.

Ohne Zeit zu verlieren, ziehe ich mich heraus und

stürze mich erneut wie ein wildes Tier in sie hinein, schnell und kraftvoll, das ganze verdammte Bett und ihr Arsch beben bei jedem Stoß.

Ich stürze mich auf sie, kann nicht genug bekommen und kümmere mich nicht darum, wer uns ficken hört. Ich bin überzeugt, dass ich die ganze Nacht so weitermachen kann. Mit jedem Stoß stößt sie sich gegen mich, ihre gierige kleine Möse ist hungrig nach mir. Sie gibt diese köstlichen geilen Geräusche von sich, ihre Kehle ist rau, als ich mir das hole, was mir gehört.

»Ich liebe es, wie eng du bist, wie erregt du für mich bist. Ich liebe dich verdammt nochmal, Sasha.«

Sie hüpft bei jedem kräftigen Stoß vor und zurück, sagt etwas, aber ich kann sie kaum verstehen, als sie plötzlich meinen Schwanz zusammenpresst und schreit.

»Das ist es, komm für mich, benetze meinen Schwanz mit deinen Säften, sauge mich tiefer ein.« Ich wage es nicht, aufzuhören. Ich stoße schneller und härter in sie, als mich mein eigener Orgasmus überkommt. Er kommt, ob ich es will oder nicht.

Ich stoße in sie hinein, meine Finger graben sich in ihre Hüften, wir beide brüllen unseren Höhepunkt heraus, und ich platze in ihr, brüllend.

»Scheiße, du bist ...« Sie schnappt nach Luft. »Du züchtest mich, stimmt's?«

Ich lache, dann knurre ich und pumpe weiter meinen Samen in sie, mein Sperma spritzt aus mir heraus und füllt ihr Inneres.

»Du gehörst mir, Sasha, und ich habe dir gesagt, ich

würde es versuchen. Jetzt nimm es, wie meine gute kleine Meerjungfrau. Ich werde dich bis in alle Ewigkeit lieben und mich um dich kümmern und dich jeden verdammten Tag zum Orgasmus bringen, damit du nie vergisst, wie besessen ich von dir bin.«

Plötzlich lacht sie, dann schreit sie wieder auf, und anstatt sich zu wehren, drückt sie sich gegen mich, um mehr von meinem Schwanz zu bekommen.

Mein Herz hat sich noch nie so erfüllt gefühlt, weil sie sich mir ganz hingegeben hat.

Schließlich halte ich inne und warte darauf, dass auch sie sich erholt. Als sich ihre Atmung beruhigt, ziehe ich mich aus ihr zurück, wobei etwas von meinem weißen, magischen Sperma heraustropft. Ich schiebe es zurück in sie hinein, wo es hingehört.

Sie dreht sich um und starrt mich an. »Du bist nicht zu bremsen, nicht wahr?« Ihr Brustkorb hebt und senkt sich schnell mit jedem Atemzug. Trotz ihrer Worte lächelt sie, und ich deute das als ihre Zustimmung.

»Nicht, wenn es darum geht, zu fordern, was mir gehört. Du willst das Unvermeidliche verleugnen, während ich unser gemeinsames Leben beginnen will.« Ich lehne mich über sie, bedecke sie, mein Mund liegt auf ihrem Hals, dann wandert er zu ihrem Mund. »Willst du wieder kommen oder dich ausruhen?«

Sie gluckst und versucht, unter mir hervorzukriechen, aber ich halte sie in meinen Armen fest. »Ich brauche vielleicht erst mal eine Pause.«

»Okay, erst duschen. Ich werde diese schöne Muschi reinigen und dir zeigen, dass du meine Welt bist. Ob du gegen mich kämpfst, es ändert nichts daran, dass du mein Licht bist, Sasha. Ich werde dich immer lieben.«

Als ich sie trage, lehnt sie sich an mich und schaut zu mir hoch, sagt aber nichts. Da ist nur ein Glitzern in ihren Augen.

»Es ist in Ordnung«, erkläre ich. »Du brauchst es nicht zu erwidern. Ich kann warten.«

26

Der Motor des Wagens heult auf, während ich das Lenkrad umklammere und im frühen Morgenlicht die Straße hinunterrase. Kaden sitzt neben mir, sein Blick ist stoisch. Chowder ist zu Hause, sicher eingeschlossen. In meinem Kopf kreisen die Gedanken um das, was vor uns liegt. Kaden hat mich heute Morgen geweckt, es war dringend, und jetzt sind wir hier, auf der Jagd nach Zane.

»Bist du sicher, dass du ihn gefunden hast?«, frage ich und werfe einen Blick zu Kaden, der aus dem Fenster starrt. »Ich meine, wie?«

Er wendet sich mir mit einem Augenzwinkern zu. »Du zweifelst an meinen Fähigkeiten?«

»Nein, es ist nur so, dass nach einer langen Nacht voller Sex ...« Zwischen meinen Schenkeln kribbelt es bei der Erinnerung daran, wie oft er mich zum Orgasmus gebracht hat. »Und hast du überhaupt geschlafen? Und wie hast du herausgefunden, wo Zane ist?«

Er grinst. »Mein Kopf wollte nicht zur Ruhe kommen, und als du eingeschlafen bist, habe ich Khaos kontaktiert.«

»Ach, wirklich?« Ich versuche, die Überraschung aus meiner Stimme herauszuhalten, obwohl Kaden mich immer wieder zu überraschen scheint.

»Wir sind Kumpel«, scherzt er und grinst mich an. »Er ist ein toller Typ. Klar, jetzt habe ich ihm gesagt, dass ich ihm viel schulde, aber er hat die Ware geliefert.«

Ich blinzle ihn an, dann konzentriere ich mich wieder auf die Straße. »Und?«

»Er hat Kontakte im Team des Königs und konnte herausfinden, wer in den letzten Wochen nach Norwegen eingereist ist, insbesondere Zane. Sie haben ihn schnell gefunden. Ich habe die Adresse, wo er sich aufhält, Khaos hat sie mir gegeben.«

»Das ist genial.« Meine Knie wackeln vor Nervosität, und die Erinnerungen an die letzte Begegnung mit Zane werden wach - das Lagerhaus, die eingesperrten Tiere, die Wut, die ich empfand. Die Tatsache, dass er in ein anderes Land ziehen kann, ohne gejagt zu werden, bedeutet, dass meine alte Kopfgeldfirma den Fall abgeschlossen hat. Natürlich würden sie das tun ... aber ich will mich an diesem Arschloch rächen.

Kadens Hand landet auf meinem Knie, um mich zu beruhigen. »Er wird bezahlen«, versichert mir Kaden. »Aber zuerst wird er uns sagen, wo wir Lilia finden können.«

Ich nicke, bereit für das hier. Ich spüre die Klinge in meinem Stiefel und eine weitere an meiner Hüfte. Wir sind auf dem Weg zum Industriegebiet der Stadt, nicht weit von der Werft entfernt.

»Vielleicht hat er sein Geschäft nach Norwegen verlagert«, meint Kaden.

»Oder er hat mich endlich gefunden und kommt zurück, um sich zu holen, was ich ihm gestohlen habe - Chowder. Den er nicht bekommen wird. Unter keinen Umständen.« Bei dem Gedanken dreht sich mir der Magen um.

»Ich verspreche dir, dass er das nicht tun wird.«

Bald halten wir vor einem kleineren Industriegebäude aus verwittertem Holz, das nur eines von mehreren ist, die sich entlang der Straße aneinanderreihen. Die Docks erstrecken sich in der Ferne vor den Gebäuden.

Ich parke an einem Ende der Straße, und wir steigen aus, die kühle Morgenluft beißt mir in die Haut. Kaden übernimmt die Führung, und ein Déjà-vu-Gefühl überkommt mich, das mich an das erste Mal erinnert, als ich mit diesem Idioten Scout hinter Zane her war. Aber dieses Mal habe ich echte Unterstützung an meiner Seite.

Wir nähern uns leise dem Grundstück. Die Tür ist verschlossen, aber Kaden zögert nicht. Er stößt mit der Schulter dagegen und bricht das Schloss, mit einem splitternden Knacken der Tür auf. Wir schlüpfen schnell hinein und finden eine kleine Lagerhalle und Büroräume vor, aber sie ist leer. Ohne Leben, als ob sich niemand hier aufgehalten hätte.

Staub klebt an den Oberflächen, und die Luft ist dick von dem Geruch des Ortes, der für lange Zeit geschlossen war. Ich scanne den offenen Bereich und betrachte die Metallregale mit den unscheinbaren Kisten und dem kleinen, unordentlichen Schreibtisch, der an die gegenüberliegende Wand gelehnt ist.

Kaden geht tiefer durch den Raum, der nur von dem durch die hohen Fenster einfallenden Sonnenlicht erhellt wird, und guckt in jeder Ecke und jeder schattigen Nische nach.

Meine Aufmerksamkeit richtet sich auf die Bürotür. Kadens Schritte hallen leise hinter mir. Das Büro ist leer, es gibt kein Lebenszeichen. Ich bewege mich vorsichtig und durchstöbere die Schubladen, aber sie sind alle leer, bis auf ein paar Papierfetzen und Stifte, die herumrollen, als ich sie aufreiße. Ich knie mich hin und fahre mit der Hand unter den Schreibtisch, in der Hoffnung, ein verstecktes Fach zu finden oder etwas, das nicht an seinem Platz ist, aber da ist nichts.

Kaden steht draußen vor dem Zimmer und hält die Augen offen.

Mir dreht sich der Magen um vor Enttäuschung. Wir waren so sicher, dass wir hier etwas finden würden, einen Hinweis, der uns in die richtige Richtung führt. Ich richte mich auf, wische meine Hände an meiner Jeans ab und gehe zurück in den Hauptbereich.

»Hier ist nichts drin, nur ein leerer Lagerraum.« Ich seufze und spüre, wie sich die Schwere des Scheiterns auf mich legt. »Dieser Ort wurde schon lange nicht mehr benutzt.«

Wir überqueren den Boden, schauen hinter die Regale und werfen einen Blick in die staubigen Ecken.

Es ist still, bis auf das leise Knarren der Dielen unter meinen Füßen.

Kadens Gesichtsausdruck spiegelt wider, was ich innerlich empfinde - Enttäuschung.

»Tut mir leid, dass ich dir Hoffnungen gemacht habe, aber ich glaube, das ist eine falsche Adresse«, murmelt er.

Ich seufze schwer.

»Wenn Zane hier war, ist er jetzt schon lange weg«, fügt er hinzu.

»Dann lass uns zu den Docks gehen«, schlage ich vor, nicht bereit, nachzugeben. »Wir können uns nach ihm erkundigen.«

Mit seinem Nicken gehen wir zurück ins Freie, wo die Sonne hell scheint. Gerade als wir wieder rauskommen, sehe ich jemanden, der mir bekannt vorkommt, die Straße überqueren und auf uns zukommen.

Das ist Zane. Ein massiger Mann mit einem Schnurrbart, der eine blaue Latzhose trägt, die mit schwarzen Fettflecken verdreckt ist, und der uns mit zusammengekniffenen Augen ansieht.

Unsere Blicke kreuzen sich, und er hält mitten im Schritt inne. Die Erkenntnis flackert in seinen Augen auf, und einen Sekundenbruchteil später, nachdem er Kaden taxiert hat, dreht er sich um und stürmt in die entgegengesetzte Richtung, zurück zum Kai.

»Scheiße, das ist er«, rufe ich Kaden zu und renne mit einem Adrenalinstoß hinter Zane her. Kaden ist in Sekundenschnelle bereit und donnernd wie ein Zug hinter mir.

Wir jagen Zane durch das belebte Hafengebiet, schlängeln uns zwischen Kisten und Containern hindurch. Mein Herz pocht in meiner Brust, eine wilde Entschlossenheit treibt mich voran, Kadens Schritte sind ein gleichmäßiger Takt neben mir. Die salzige Seeluft füllt meine Lungen, während wir an Arbeitern vorbeisprinten, die Ladung ein- und ausladen, und deren verwirrte Blicke unsere wilde Verfolgung verfolgen.

Zane ist schnell, sein massiger Körper ist erstaunlich agil, während er wie eine Ratte auf der Flucht vor dem Licht um die Schiffscontainer herumhüpft. In den Docks herrscht rege Betriebsamkeit, Arbeiter rufen sich gegenseitig Anweisungen zu, Gabelstapler piepsen, wenn sie Paletten bewegen, und das leise Brummen von Schiffen, die im Hafen liegen. Die Geräusche sind fast überwältigend, aber mein Blick bleibt auf Zanes kleiner werdende Gestalt gerichtet.

Wir weichen einer Gruppe von Männern aus, die eine Kiste mit Fisch abladen, und ihre überraschten Rufe werden kaum registriert, als wir vorbeirasen. Einer von ihnen versucht, mich am Arm zu packen, wahrscheinlich weil er mich für einen Dieb oder Schlimmeres hält, aber ich reiße mich los, denn die Dringlichkeit unserer Mission treibt mich weiter. Ich höre, wie Kaden hinter mir flucht, während er sich mit brachialer Gewalt an Hindernissen vorbeischiebt.

»Aus dem Weg!«, schreie ich und ducke mich unter einem Kranarm hindurch, der über mir schwingt. Der Kranführer schreit etwas auf Norwegisch, aber ich bin schon an ihm vorbei und habe Zane im Blick, der zwischen zwei gestapelten Containern in den Schatten schlüpft.

Einen Moment lang verliere ich ihn in dem Labyrinth aus Metall und Rost aus den Augen. Mein Herz macht einen Satz, Panik steigt in meiner Brust auf. Doch dann sehe ich eine flackernde Bewegung - ein Aufblitzen seines Overalls, der um eine Ecke verschwindet.

»Da!«, rufe ich und zeige auf ihn, als Kaden neben mir zum Stehen kommt, sein Blick folgt meiner Geste.

Wir rennen wieder los und stürmen in einen offenen Bereich, eine Verladestation, in der ein Schiff für die Abfahrt vorbereitet wird. Die Arbeiter halten inne und beobachten uns, mehr neugierig als überrascht. Der Geruch von Öl und Salz hängt schwer in der Luft. Zane ist direkt vor uns, er schlüpft durch die Menge, sein Blick schweift umher, während er nach einem Fluchtweg sucht.

Kaden und ich teilen uns auf und flankieren ihn auf beiden Seiten. Ich verstecke mich hinter einem Stapel Holzpaletten und atme schwer, während ich Zane dabei beobachte, wie er versucht, sich unter eine Gruppe von Matrosen zu mischen, aber seine breiten Schultern und sein markanter Gang verraten ihn. Ich schaue Kaden in die Augen, der verständnisvoll nickt.

Wir nähern uns ihm und bewegen uns zügig durch die Menschenmassen. Ein Matrose stellt sich mir in den Weg und fragt, ob ich mich verlaufen habe, aber ich gehe mit einer hastigen Entschuldigung an ihm vorbei. Es ist keine Zeit für Erklärungen, keine Zeit, unser Ziel zu verlieren. Zanes rotes, rundes Gesicht ist

knallrot, als er uns näherkommen sieht, und seine
Lippen verziehen sich zu einem Grinsen.

Gerade als er sich wieder entfernen will, holt
Kaden aus und streift mit seiner Hand Zanes Schulter.
Der Aufprall wirbelt Zane herum. Er stolpert zurück
und prallt gegen einen Kistenstapel, der zu Boden fällt.
Zane findet sein Gleichgewicht wieder und stürzt sich
auf die Kante des Docks.

Scheiße!

Ich atme schwer, meine Beine schieben sich hinter
ihm her, Kaden ist dicht bei mir. Wir holen ihn ein, der
Abstand zwischen uns schrumpft mit jedem Schritt.

Er biegt um eine Ecke und verschwindet hinter
einem riesigen Stapel rostiger Schiffscontainer. Für
einen Herzschlag befürchte ich, dass wir ihn wieder
verloren haben, aber als wir weiter sprinten, sehe ich,
wie er in eine Gasse schlüpft, die zu einem anderen Teil
der Werft führt.

»Hier lang!«, rufe ich, und wir drehen uns um,
unsere Füße stampfen auf dem Bürgersteig, während
wir die Lücke schließen. Zane wirft einen Blick über
die Schulter, sein Gesicht verzieht sich vor Frustration,
und er drängt sich, schneller zu laufen.

Arschloch, du gehst nirgendwo hin!

Die Gasse mündet in einen ruhigeren Teil der
Docks, einen Ort, an dem verlassene Schiffe lustlos im
Wasser dümpeln. Zanes Schritte verhallen hohl, als er
auf ein verlassenes Schiff zurast.

Kaden biegt links um einen Container an der
Straße und gibt mir ein Zeichen, in die entgegengesetzte Richtung zu laufen. Ich nicke und biege rechts

ab. Als ich um die Ecke biege, stehe ich Zane gegenüber.

»Verdammte Schlampe, du hast mich gefunden.« Er stößt die Worte atemlos aus. »Aber was solls … denn jetzt habe ich dich, und du hast keine Ahnung, in welcher Scheiße du steckst.« Seine Stimme ist ein leises Knurren. Er stürzt sich auf mich und schwingt eine massive Faust gegen mein Gesicht.

Schnell atmend ducke ich mich zur Seite und stoße meinen Ellbogen hart in seine Rippen. Er stöhnt, dreht sich herum und ich nutze die Gelegenheit, um ihm in die Kniekehlen zu treten, sodass er auf Händen und Knien taumelt.

Wut durchströmt mich, heiß und heftig. Als er sich müht, aufzustehen, kann ich das Zittern in seinen Gliedern sehen, die verräterischen Anzeichen eines Wandlers, der kurz vor der Verwandlung steht.

Ich erhasche einen Blick auf Kaden, der sich mir nähert, seine Augen glühen vor Wut, und die Wölfin in mir regt sich, ein Knurren ertönt direkt unter meinem Bewusstsein. Ich kann ihre Kraft spüren, ein wildes Kommando, das mich dazu drängt, sie herauszulassen. Das Gefühl ist überwältigend, ein Urinstinkt, der jede Faser meines Wesens durchdringt. Es ist, als ob sie in meinem Kopf zu mir spricht, und ich ertappe mich dabei, wie ich flüstere: *Du kannst herauskommen.*

Ich ergebe mich dem Ruf und erlaube meiner Wölfin, hervorzutreten. Die Verwandlung ist schnell, wie ein Rausch, als sich mein Körper zu verändern beginnt. Es ist nicht schmerzhaft, aber ich spüre jede Veränderung, jede Dehnung von Muskeln und

Knochen, als sie sich neu anordnen. Meine Haut kribbelt, und das Gefühl breitet sich in meinen Gliedern aus, während weißes Fell zum Vorschein kommt.

Es gibt einen Moment der Orientierungslosigkeit, als ich auf alle Viere falle und die Welt sich meiner neuen Perspektive anpasst. Ich stehe jetzt auf dem Boden, meine Pfoten graben sich in die kiesige Oberfläche, meine Sinne sind geschärft ... die Geräusche sind lauter, die Sicht schärfer. Ich atme das Salz des Meeres ein, den Schweiß der Anstrengung, den metallischen Geruch von Zanes Angst.

Es ist erst das zweite Mal, dass ich mich in kurzer Zeit verwandle, aber die Wölfin fühlt sich natürlich an, als wäre sie schon immer ein Teil von mir gewesen und hätte nur auf ihren Moment gewartet. Meine Ohren wackeln und nehmen das Geräusch von Zanes rasendem Atem und das Scharren seiner Stiefel auf, als er versucht, wegzuklettern. Aber er ist zu langsam, und ich bin in einem Herzschlag an ihm dran.

Ich stürze mich auf Zane, bevor er sich ganz aufrichten kann, und ein Knurren ertönt tief in meiner Brust. Er wirft einen Arm zur Verteidigung hoch, aber ich schlage ihn mit Leichtigkeit beiseite, wobei meine Krallen über seinen Ärmel streichen. Er schreit auf, das Geräusch ist Musik in meinen Ohren, als ich mit meinem Kiefer nach dem Stoff seines Hemdes schnappe und es wegreiße.

Ich werfe ihn um, und er rollt sich auf den Rücken, die Arme erhoben, um sich zu verteidigen. Ein Knurren grollt in meiner Brust, und ich schnappe wieder nach seinen Armen, meine Zähne zerreißen seine Haut. Er schreit auf, und ich packe ihn an der Kehle, drücke gerade so fest zu, dass er blutet, aber nicht stirbt. Er verwandelt sich nicht, denn in seiner verletzlichen Position könnte ich ihm die Kehle herausreißen, wenn er es versucht ... und er weiß es.

Ich stoße ein leises, warnendes Knurren aus, meine Augen sind auf Zane gerichtet und ich fordere ihn auf, sich zu bewegen. Es ist ein Ultimatum, eine Forderung nach Unterwerfung, und er scheint zu verstehen.

»Scheiße«, gluckst er. »Gut, lass mich einfach gehen.«

Ein Schatten fällt über uns, und ich atme Kadens Geruch ein - eine Mischung aus Kiefernwäldern, Meerwasser und etwas Einzigartigem. Er tritt auf Zanes Unterarm, und als ich nach unten schaue, sehe ich das Glitzern einer Klinge in seinem Griff.

»Denke nicht einmal daran«, knurrt Kaden ihn an, seine Stimme ist ein tiefes, gefährliches Knurren. »Also, ich habe ein paar Fragen an dich. Wie du antwortest, ist dir überlassen, aber wenn du uns nicht gibst, was wir wollen, wird sie dich in Stücke reißen. Hast du verstanden?«

Zanes Gesicht wird blass, die Panik flackert in seinem Blick auf.

»Ich weiß, dass du mit Lilia gearbeitet hast«, drängt Kaden.

Zane stöhnt, weigert sich, zu sprechen, und im nächsten Moment versenke ich meine Zähne tiefer in seinem Fleisch. Der kupferfarbene Geschmack seines Blutes durchflutet meinen Mund, und es ist seltsam, dass ich mich nicht davor ekele. Stattdessen nährt es nur meine Wut, die Wölfin in mir genießt den Geschmack der Rache.

»Ich habe dir gesagt, was passieren wird«, schnauzt Kaden. »Bist du bereit, ihretwegen zu sterben?«

Ich sehe ein paar Leute, die uns aus der Ferne beobachten. Kaden knurrt sie an, sie sollen sich verpissen, und sie verziehen sich schnell, sodass wir wieder allein sind.

Mein Blick ist auf Zane gerichtet, mein Herz klopft, Wut brennt durch meine Adern. Alles, woran ich denken kann, sind die Gräueltaten, die er begangen hat, das Leid, das er verursacht hat. Ich will ihm Schmerzen zufügen, ihn betteln sehen.

»Verdammt, ruf sie zurück«, gluckst er, und Verzweiflung färbt seine Worte.

»Dann rede«, knurrt Kaden.

»Ich kann nicht ...« Zane keucht und blutet heftig.

Ich lockere meinen Griff um seine Kehle, ziehe mich ein paar Zentimeter zurück, mein Atem ist heiß auf seiner Haut.

»So, jetzt rede«, bellt Kaden. »Du strapazierst meine Geduld, Arschloch.«

Zane hustet und hat Mühe, die Worte herauszubekommen. »Ich kenne sie nicht wirklich ... Scheiße, aber sie hat mich gefunden.«

»Was soll das heißen?«, fragt Kaden.

Ich werde hellhörig und versuche, jedes Wort zu verstehen.

»Hör zu, Mann, ich will nur diesen verdammten Otter. Ich habe viel für ihn bezahlt und so viel in die magische Technologie investiert, die bei ihm zum

Einsatz kommt. Er ist mein Eigentum. Was auch immer du für einen Streit mit Lilia hast, es geht mich verdammt noch mal nichts an. Sag mir, wo mein Otter ist, und ich sage dir, wo du sie finden kannst.«

Wut durchströmt mich, und ich beiße in seine Schulter, spüre das Knirschen der Knochen unter meinen Zähnen. Blut strömt in meinen Mund, sein metallischer Geschmack weckt einen Hunger, den ich mir nie hätte vorstellen können. Zanes Heulen durchdringt die Luft, sein Körper zittert unter mir.

Als ich mich zurückziehe, sehe ich das Ausmaß des Schadens, den ich angerichtet habe. Seine Schulter ist ein einziges Durcheinander, Blut sickert durch den zerrissenen Stoff.

Ups. Eine dunkle Genugtuung, ein Monster wie ihn zu verletzen, nachdem er all diese Tiere verletzt hat, durchströmt mich.

Kaden tätschelt meinen Kopf. »Gut. Das nächste Mal reißt sie dir etwas ab.«

»Nein!« Zane schreit. »Sie ist verrückt ...«

»Du bist nicht in der Position, zu verhandeln«, warnt Kaden in eisigem Ton. »Bist du jetzt bereit zu reden und mir zu sagen, wo ich Lilia finden kann, oder soll Sasha dir als Nächstes deine verdammten Eier abreißen?«

Ich genieße es, in dieser Situation der Bösewicht zu sein.

Zanes Gesicht verliert an Farbe, die Angst ist in jede Linie seiner Züge geätzt. Der Gestank seiner Angst erfüllt meine Nasenlöcher, bitter und beißend.

»Ich habe einen Aufruf gestartet, dass jemand

Sasha und den Otter aufspüren soll, und Lilia hat auf meine Bitte geantwortet. Sie hat mich ausfindig gemacht und jemanden geschickt, der mich abholt und hierher nach Norwegen bringt.«

Zur Hölle!

»Warum?«

»Keine Ahnung, aber sie hasst Sasha und will sie aus der Stadt haben, das ist alles, was sie mir gesagt hat. Sie hat euch beide beobachtet.«

Ein Schauer läuft mir über den Rücken und ich frage mich, was das für mich bedeutet.

»Soll mir das etwa Angst machen?« Kaden knurrt. »Wo zum Teufel ist sie?«

»Woher zum Teufel soll ich das wissen?«, fleht Zane, Verzweiflung steht in seinen Augen. »Ich habe sie nur zwei Mal gesehen. Beide Male haben wir uns auf einem Boot hier im Hafen getroffen.«

»Was hat sie gegen Sasha?«

Für den Bruchteil einer Sekunde blicke ich zu Kaden auf und sehe auf seinem Gesicht die gleiche Verwirrung, die ich in meinem Kopf spüre.

»Wer zum Teufel weiß das schon? Weil sie eine Schlampe ist und ihre Nase in Dinge steckt, die sie nichts angehen«, murmelt Zane.

Ich knurre ihm ins Gesicht und er prallt auf den Boden.

»Gut, verdammt«, schnauzt er. »Es hat etwas mit ein paar verdammten Sirenen zu tun. Ich weiß nicht, was es ist. Ich habe nur gehört, wie sie etwas über Sirenen sagten und wie sie Sasha aus der Stadt bringen oder sie ausschalten will, bevor sie es herausfindet.«

»Was herausfinden?« Kaden spricht genau meine Gedanken aus, sein Blick brennt sich in Zanes Augen.

»Hast du mir nicht zugehört?«, protestiert Zane mit einem knisternden Ton. »Ich habe nur Bruchstücke gehört ... wer weiß? Lilia ist eine verdammte Psychopatin, und ich würde mich an deiner Stelle nicht mit ihr abgeben.«

Kaden schnaubt, seine Hand ruht auf meinem Rücken. »Okay, er hat nichts mehr für uns. Du kannst ihn jetzt fertig machen.«

»Was? Verdammt, nein!«, schreit Zane und versucht, sich wegzuwinden, aber Kaden hat seinen Fuß fest auf seiner Brust platziert. »Mann, ich habe dir gerade alles gesagt. Mehr weiß ich nicht. Ich kann dir nicht mal sagen, wie du sie kontaktieren kannst, denn ihre Lakaien finden mich, wenn sie mich sehen will. Sie weiß alles, verdammt!«

Ich starre auf den Mann hinunter, der das Schlimmste verdient, und denke über die Gerechtigkeit nach, die ich ihm verschaffen könnte. Doch je mehr er über Lilia spricht, desto mehr erschaudert meine Haut vor dem, was wir nicht wissen. Aber der Gedanke, Zane hinzurichten, um ihn loszuwerden, verdreht etwas in mir, eine Dunkelheit, die ich nicht annehmen kann. Ich habe einen anderen Plan für ihn.

Ich nehme wieder meine menschliche Gestalt an. Das Fell verschwindet und lässt mich kalt und nackt zurück, aber Kaden reißt sich bereits sein Hemd vom Leib und reicht es mir.

»Zieh das schnell an«, weist er mich an. Ich ziehe es mir über den Kopf und der Stoff fällt mir bis zu den

Knien. Meine Kleidung liegt in der Nähe, zerfetzt und unbrauchbar.

»Gott sei Dank ist da jemand vernünftig«, brüllt Zane.

»Ich werde ihn zu meiner Arbeit mitnehmen ... Ich will, dass mein alter Chef sieht, dass ich einen Job erledigen kann und dass er ein Arschloch ist, weil er mich losgeworden ist. Und mein Ex-Partner, Scout, kann mich mal am Arsch lecken!«, erkläre ich, Feuer brennt in meinen Adern.

Kaden grinst, ein stolzes Glitzern in den Augen. »Ich liebe es, wie rachsüchtig du bist. Das ist mein Mädchen.«

»Was? Nein, nur ...«, protestiert Zane schwach.

»Halt die Klappe«, unterbricht Kaden ihn und beugt sich hinunter, um ihn an den Haaren hochzureißen. »Und jetzt sei ein braves Pferd. Du kommst mit uns.«

Zane stemmt sich gegen Kadens Griff, aber es ist unmöglich. Er stolpert, blutet stark, Schweiß steht ihm auf der Stirn.

Wir beeilen uns, und am Auto hole ich Seil aus dem Kofferraum, binde seine Füße zusammen und die Handgelenke hinter seinen Rücken und schiebe ihn auf den Rücksitz. Kaden hält mich fest, seine Wärme dringt in meine Haut ein.

»Das hast du toll gemacht, wie du deine Wölfin unter Kontrolle hattest. Du hast keine Ahnung, wie sehr ich bewundere, wie ...« Kadens Worte verstummen, als er mich schnell auf die Lippen küsst, und es ist schwer, nicht mit ihm zu verschmelzen. »Deine Instinkte, deine Kraft, du bist unglaublich.«

»Das bedeutet mir sehr viel, aber im Moment will ich einfach nur mit diesem Arschloch fertig werden.«

»Du hast es erfasst!«

Im Kofferraum finde ich eine Tasche, in der ich immer Ersatzkleidung aufbewahre - eine Hose, ein Hemd, eine Jacke und Stiefel. In meinem Geschäft gehört es zum Job, schmutzig zu werden und sich zu verletzen, also bin ich immer vorbereitet. Ich ziehe mich schnell um und gebe Kaden sein Hemd zurück, damit er nicht mit freiem Oberkörper herumläuft. So sehr ich es auch liebe, es gibt dafür eine Zeit und einen Ort.

Bekleidet setze ich mich auf den Fahrersitz, während Kaden mit dem Bastard auf den Rücksitz klettert.

»Ich traue ihm nicht«, spottet Kaden. »Also werde ich ihn besonders gut im Auge behalten. Und wenn du schlau bist«, fügt er hinzu und wendet sich an Zane, »erzählst du mir vielleicht alles, was du sonst noch weißt. Das könnte uns beeinflussen, was wir als Nächstes mit dir machen.«

Nicht, dass mich das überzeugen würde, aber ich denke, er verhandelt und hofft, dass er noch mehr enthüllen kann.

»Das letzte Mal habe ich Lilia vor ein paar Tagen gesehen, und sie sah aus, als wäre sie bereit, mit ihrer Mannschaft wieder auf das Boot zu gehen. Das Schiff heißt Siren's Vengeance. Also bezweifle ich, dass sie überhaupt in der Stadt ist.«

Wir fahren zu meinem Arbeitsplatz, während die Informationen in meinem Kopf herumschwirren. Ich versuche herauszufinden, wie ich darin verwickelt bin, warum die Sirenen, die die Boote angreifen, sich mit der Sache verbunden fühlen. Einschließlich meiner Mutter ... und warum Lilia mich aus dem Weg haben will. Natürlich stelle ich nur Vermutungen an, aber im Moment ist mein Verstand in Alarmbereitschaft, weil jemand will, dass ich entweder verschwinde oder sterbe. Das Warum ist das, was mich verwirrt.

Ich bin wieder zu Hause, nachdem ich Kaden in der Stadt abgesetzt habe. Er erwähnte, dass er ein paar Leute nach Lilia fragen müsse, also machte er sich auf den Weg, während ich Zane zu meiner Arbeit brachte. Nachdem ich ihn meiner Chefin übergeben hatte, fühlte ich, wie eine enorme Last von meinen Schultern fiel. Meine Chefin war begeistert und lobte mich in den höchsten Tönen, was ich noch nie von einem Vorgesetzten erlebt hatte. Sie rief sogar meine alte Arbeit in Südafrika an, während ich in ihrem Büro stand, und stellte ihn auf Lautsprecher. Meine neue Chefin weiß, dass dies die erste Aufgabe gewesen ist, die ich je verpatzt habe, und deshalb nach Norwegen versetzt wurde. Ich habe kein Wort gesagt, aber als ich meinen alten Chef stottern und ehrlich überrascht klingen hörte, musste ich so sehr lächeln, dass mir die Wangen wehtaten.

Die Behörden sind jetzt involviert, und es ist tröstlich, zu wissen, dass etwas, das mich so lange verfolgt hat, endlich aufgeklärt wird. Sicher, Zane hat andere, mit denen er zusammenarbeitet, aber ihn zu fassen, ist ein großer Schritt, um seinen Tierhandel zu stoppen.

Mit einem verweilenden Lächeln schlendere ich durch die Villa und rufe: »Chowder?«

In Sekundenschnelle kommt er aufgeregt zwitschernd zu mir gekrochen. Seine kleinen Beine können mit seiner Begeisterung kaum mithalten. Ich nehme ihn in meine Arme und drücke ihn fest an mich. »Heute war ein toller Tag«, murmle ich in sein Fell. »Sicher, es gibt noch andere Probleme, aber das Arschloch, das dir wehgetan hat, ist jetzt gefasst.«

Chowder starrt zu mir hoch, sein Blick ist unschuldig, als würde er versuchen, den Ernst der Lage zu begreifen. Ich küsse sein Köpfchen, weil ich seiner liebenswerten Verwirrung nicht widerstehen kann.

»Ich glaube, wir müssen feiern«, verkünde ich, und der Gedanke an einen unbeschwerten Abend hebt meine Laune noch mehr.

»Essen!«, zwitschert Chowder sofort und seine Augen leuchten bei dieser Aussicht.

Ich lache und schüttle den Kopf. »Du bist unersättlich beim Essen. Aber ich dachte, wir könnten danach unten im Kellerpool schwimmen gehen.«

Sein Schwanz zappelt vor Aufregung, sein ganzer Körper vibriert vor Erwartung. Chowder liebt das Wasser fast so sehr wie ich, und ein Bad klingt nach einem so anstrengenden Tag perfekt.

Ich setze ihn ab, beobachte, wie er um meine Füße herumwuselt, und gehe in die Küche, um mir schnell etwas zuzubereiten. Meine Gedanken schweifen zurück zu der Konfrontation mit Zane und den Informationen, die er über Lilia preisgegeben hat. Da ist ein nagendes Gefühl in meinem Hinterkopf, ein Gefühl, dass die Dinge noch lange nicht vorbei sind.

Während ich mir ein einfaches Sandwich zubereite, höre ich mit einem Ohr auf die leisen Geräusche im Haus und lausche auf jedes Zeichen von Kadens Rückkehr. Die Schatten in den Ecken scheinen heute dunkler zu sein, die gewohnte Behaglichkeit meines Zuhauses hat einen Hauch von Unbehagen. Die Stille hat etwas, das sich aufgeladen anfühlt, wie die Luft vor einem Sturm. Ich weiß nicht, ob es an mir liegt oder daran, dass ich weiß, dass sie immer noch eine Bedrohung für mich darstellt und irgendwo da draußen ist.

Chowder und ich sitzen am Tisch, während er fröhlich Räucherlachs isst. Nachdem wir fertig gegessen haben, gehen wir in den Keller, und ich bin bereit, einzutauchen und meine Meerjungfrauen-Seite zu entfesseln. Es kommt mir wie eine Ewigkeit vor, seit ich es zuletzt getan habe. Der Korridor ist schwach beleuchtet, und das Geräusch unserer Schritte hallt leise von den Steinwänden wider.

»Wann fahren wir zurück, um Eryx zu besuchen?«, fragt er.

»Ich bin mir nicht sicher«, antworte ich und lächle über seine Begeisterung. »Warum? Vermisst du deinen neuen Freund schon?«

»Ja! Ich mag ihn. Und das Fliegen! Meinst du, wir können das noch mal machen?«

Ich schmunzle über seinen Eifer. »Wir werden sehen, Kumpel. Ich bin mir sicher, Eryx würde dich gern auf einen weiteren Flug mitnehmen. Aber zuerst müssen wir noch ein paar andere Dinge klären.«

Die Flure wirken dunkler als sonst, die Schatten werden größer, als wir die Treppe hinuntergehen. Ich versuche, das Gefühl abzuschütteln, und konzentriere mich stattdessen auf die Pläne für unser Schwimmen. Aber meine Instinkte schreien mich an, eine subtile Warnung, die ich nicht ignorieren kann.

Als wir das untere Ende der Treppe erreichen, lässt mich ein knarrendes Geräusch hinter uns innehalten. Die Haare in meinem Nacken kräuseln sich vor Unbehagen. Chowder dreht sich um, ein Zischen liegt auf seinen Lippen.

»Was ist los?« Ich flüstere, meine Stimme ist kaum zu hören.

Bevor ich reagieren kann, knallt etwas Hartes gegen meinen Hinterkopf. Der Schmerz explodiert in meinem Schädel, und meine Sicht verschwimmt. Die Welt dreht sich, verdunkelt sich und verschluckt mich, während ich bewusstlos zu Boden falle.

Ein dumpfer Schmerz pocht in meinem Kopf, als ich langsam wieder zu Bewusstsein komme. Ich stöhne und blinzle gegen das schwache Licht im Raum an. Der Raum um mich herum scheint zu schwanken, aber ich kann nicht sagen, ob es am Zimmer liegt oder nur an meinem pochenden Kopf. Ich setze mich mühsam auf, reibe die wunde Stelle an meinem Schädel und versuche zu begreifen, was passiert ist.

»Chowder?«, rufe ich mit heiserer Stimme.

Ein leises Quietschen antwortet mir, und ich sehe, wie er sich neben mir zusammengerollt hat. Mein Herz schmerzt bei diesem Anblick. Ich greife nach ihm und nehme ihn in den Arm, um ihn an meine Brust zu drücken.

»Wo sind wir?«, murmle ich, schaue mich im Raum um und versuche, den pulsierenden Schmerz in meinem Kopf zu ignorieren.

»Warum bringt er uns zum Boot?«, fragt Chowder.

Der Raum schwankt wieder, und der salzige Duft des Meeres erfüllt die Luft und bestätigt Chowders Worte. Wir sind auf einem Boot. Die Wände sind aus Holz und knarren leise, während sich das Schiff auf dem Wasser bewegt. Es ist ein kleiner Raum, leer bis auf eine einzige Tür.

»Wer hat uns hierhergebracht?«, frage ich, obwohl ich nicht erwarte, dass Chowder das weiß.

»Großer Mann«, quiekt er. »Warum hat er uns in diesen Raum geworfen?«

»Ich weiß es nicht«, antworte ich, gehe zur Tür und finde sie verschlossen. Ich lege mein Ohr an die Tür und lausche auf Geräusche von draußen, aber alles, was ich höre, ist das dumpfe Knarren des Schiffes. Ich schaue mich nach etwas Brauchbarem um und finde dann eine Sicherheitsnadel in meiner Tasche. Gott sei Dank bin ich paranoid. Ich habe immer Werkzeug bei mir, nur für den Fall, dass etwas schiefgeht.

Chowder schaut mir aufmerksam über die Schulter zu, während ich am Schloss herumfummele, und seine Schnurrhaare kitzeln mich an der Wange. Meine Hände arbeiten schnell, und schon bald höre ich das befriedigende Klicken des Schlosses, das nachgibt. Vorsichtig öffne ich die Tür und schaue in einen schmalen Holzgang, der von mehreren anderen Türen gesäumt ist.

»Sei leise«, flüstere ich Chowder zu und bewege mich heimlich auf die Stufen zu.

Das Knarren des Schiffes wird lauter, während ich aufsteige, und mein Herz klopft in meiner Brust. Die Angst krallt sich in mir fest, aber ich verdränge sie, weil ich weiß, dass ich konzentriert bleiben muss. Chowder klammert sich fest an mich.

Als ich das Deck erreiche, trete ich ins Freie und bleibe geduckt. Das Fischerboot, auf dem wir uns befinden, ist groß, aber wartungsbedürftig. Sein hölzerner Rumpf ächzt, während er durch die Wellen schneidet. Die salzige Brise zerrt an meinen Haaren, und ich nehme die Weite des Meeres um uns herum in mich auf. Die norwegische Küste liegt nicht weit hinter uns, das heißt, wir haben soeben die Küste verlassen.

Ich halte meine Augen nach Lebenszeichen auf dem Deck offen, mein Herz hämmert in meiner Brust. Die rostigen Relings und die abblätternde Farbe des Bootes verraten mir, dass es schon eine Weile her ist, seit es das letzte Mal gewartet wurde. Das Deck ist mit Seilen und Ausrüstung vollgestopft.

»Wir müssen von diesem Boot runter. Wir werden zurückschwimmen«, flüstere ich Chowder zu.

Die Luft ist kalt, die Kälte beißt mir in die Kleidung, als ich mich dem Geländer nähere. Ich sehe eine Treppe, die zum Kapitänsbereich hinaufführt.

Als ich mich der Reling nähere, höre ich Stimmen - ein leises Gemurmel, das mir einen Schauer über den Rücken jagt. Ich erstarre und versuche, die Worte zu verstehen, aber sie sind zu weit entfernt, zu gedämpft durch das Meeresrauschen. Ich kann nicht riskieren, gesehen zu werden, nicht jetzt.

Ich gehe näher heran, meine Bewegungen sind langsam und bedächtig. Die Stimmen werden lauter, aber sie kommen von der anderen Seite des Bootes, der Nähe des Hecks. Ich spähe um die Ecke, darauf bedacht, nicht gesehen zu werden, und erhasche einen Blick auf zwei Männer, die mir den Rücken zuwenden, während sie sich unterhalten.

Plötzlich schnürt es mir die Kehle zu.

Panik durchströmt mich, und ich greife verzweifelt nach meinem Hals, aber da ist nichts ... und doch drückt die Enge zu, als ob unsichtbare Hände mich erwürgen würden. Ich kratze an meinem Hals und ringe nach Atem. Chowder zischt und knurrt, während er sich an mich klammert.

»Was ist los?«, schaffe ich es, mich gegen die unsichtbare Macht zu wehren. Angst pulsiert durch meine Adern, und mein Verstand rast, verzweifelt auf der Suche nach einer Lösung.

Die Welt dreht sich, als ich von der Reling weggerissen werde und mit dem Rücken gegen das Holzdeck knalle. Der Schmerz schießt durch mich hindurch, und ich ringe nach Luft, während der Griff um meinen Hals unerbittlich ist.

Chowders erschrockenes Quieken durchdringt die Luft, aber es geht fast durch das Rauschen des Blutes in meinen Ohren unter. Der Schrecken zerreißt mich, und ich wehre mich gegen den Griff, meine Finger krallen sich verzweifelt in die unsichtbare Kraft.

Dieses Mal ist es anders - stärker, unerbittlicher. Ich spüre, wie ich über das Deck geschleift werde, das Holz schabt an meiner Haut.

»Chowder!« Ich verschlucke mich, meine Stimme ist kaum ein Flüstern. Aber er ist immer noch bei mir, sein kleiner Körper liegt warm auf meiner Haut.

Ich kämpfe mit allem, was ich habe, strample gegen den Griff an und weigere mich, der Dunkelheit nachzugeben, die sich um mich herum zusammenzieht. Chowders entsetzte Schreie umgeben mich.

28

SASHA

Ich liege auf dem Rücken auf dem Boot und blicke zu jemandem auf, der dort steht - Lilia, die Frau, mit der ich letzte Woche am Pier gesprochen habe, die gleiche Person wie auf dem Foto in der Bibliothek. Ihre blonden Locken fallen ihr leicht über die Schultern. Sie hat eine alterslose Schönheit an sich, obwohl die tiefen Falten an ihren Augen und den Mundwinkeln ihr Alter verraten.

Die Enge um meinen Hals lockert sich gerade so weit, dass ich nicht ersticke, und ich greife nach Chowder und bin einen Moment lang wie erstarrt.

Lilias Blick glüht vor Wut, als sie mich kämpfen sieht. Hinter ihr stehen ein paar bullige Männer, die mich mit starrem Blick und harter Miene anstarren.

»Sasha.« Lilias Stimme schneidet durch das Chaos wie eine Klinge, glatt und scharf. »Ich hätte gedacht, du wärst klug genug, meine Warnung zu beherzigen und dich nicht weiter in Dinge einzumischen, die dich nichts angehen. Ich habe dir eine Chance gegeben, die

Stadt zu verlassen, zurück nach Südafrika zu gehen, dortzubleiben, wo du hingehörst.«

Die Kälte ihrer Worte jagt mir einen Schauer über den Rücken, und mein Atem kommt in kurzen, panischen Atemzügen, während ich mich weiter abmühe. Ich schreie in meinem Kopf, dass meine Wölfin herauskommen und mir helfen soll, mich zu befreien. Ich spüre, wie sie knurrt und nach Befreiung drängt, aber etwas hält sie zurück. Und das beunruhigt mich zutiefst.

»Verschwende deine Zeit nicht«, murmelt sie beiläufig. Der unsichtbare Griff um meinen Hals löst sich vollständig, und ich atme auf. Meine Sicht verschwimmt, während ich darum kämpfe, wieder auf die Beine zu kommen. Chowder hält sich an meinen Schultern fest und drückt sich dicht an meinen Kopf.

»Was zum Teufel willst du, Lilia?« Ich krächze, meine Stimme ist heiser von dem Kampf.

Sie lacht, ein Geräusch, das mich wie Eissplitter durchschneidet. »Oh, du kennst also meinen Namen. Gut, du hast nachgeforscht. Oder war es dieser Possenreißer Kaden, der dir Lügen aufgetischt hat? Obwohl er genauso nutzlos ist wie sein Großvater, also lass mich dir einen Rat geben, von Frau zu Frau. Gib ihm den Laufpass, denn er wird dich am Ende nur betrügen und dir das Herz herausreißen.«

»Was zum Teufel willst du? Und wie kannst du so eine Magie ausüben?«, schreie ich, Frustration und Angst lassen meine Stimme zittern. Meine Wölfin ist immer noch stumm, gefangen von der Magie, die Lilia auf mich gewirkt hat.

Bevor ich weitere Antworten verlangen kann, springt Chowder von meiner Schulter, sein Maul öffnet sich und zeigt Reihen von scharfen Zähnen, mit denen er sich auf Lilia stürzt. Das Lachen der Frau ertönt erneut, und einer ihrer Männer stellt sich vor sie und fängt Chowders Angriff mit Effizienz ab.

Panik ergreift mich, als ich sehe, wie der Mann seine Hand ausstreckt, um Chowder zu fangen. Ich stürze mich nach vorne und schreie, Chowder solle aufhören, aber er beißt bereits in die Finger des Mannes.

Autsch!

Blut spritzt, als zwei Finger auf dem Boden aufschlagen, und der Mann schreit vor Schmerz auf und umklammert seine verstümmelte Hand.

Er taumelt, sein Gesicht ist vor Schmerz und Wut verzerrt. Er zielt mit einem bösartigen Tritt auf Chowder. Ich werfe mich zwischen die beiden und bekomme den Schlag gegen meinen Oberschenkel ab. Ein scharfer, brennender Schmerz schießt mein Bein hinauf, aber ich kämpfe mich durch, packe Chowder und schleudere ihn in Richtung Schiffsrand. Ich werfe ihn über Bord. Er schlägt auf dem Wasser auf und wippt wieder nach oben, starrt mich mit diesen großen, verängstigten Augen an.

Und genauso schnell bin ich über das Geländer geklettert.

Doch die Schlinge zieht sich wieder um meinen Hals zu und reißt mich blitzschnell zurück. Ich schreie auf und kralle mich an meinem Hals fest, um mich zu befreien.

Ich schlage mit einem dumpfen Aufprall auf dem Boden auf, meine Sicht verschwimmt, während mir die Tränen in den Augen brennen von dem Schmerz, der mir über den Rücken fährt. Der Schatten von Lilia taucht wieder auf, ihr Lächeln ist triumphierend und bitterkalt.

»Vergiss den verdammten Otter«, knurrt sie. »Du hattest deine Chance, und jetzt ist es zu spät.«

Ich habe Mühe, mich zu konzentrieren, und die Angst in meinen Adern wird zu Eis, während ich zu ihr hochstarre.

»Kaden wird dich finden. Er wird mich holen kommen.«

»Dieser Idiot?« Ihr Lachen hallt in der Luft wider. »Ich habe mich um seinen Kraken-Großvater gekümmert, und ich werde mich auch um Kaden kümmern, hab keine Angst. Wo du hingehst, wird er dich nicht erreichen können.«

Zwei ihrer Männer packen mich unter den Armen und zerren mich auf die Beine. Ich wehre mich gegen ihre Umklammerung und streife mit den Fingern die Klinge, die an meiner Hüfte steckt. Mit einer schnellen Bewegung ziehe ich sie heraus und schneide einen der Männer in seiner Mitte. Er schreckt zurück, flucht und hält sich die Wunde, aber der andere Mann kontert mit einem Schlag, der meinen Kopf zurückwirft und Sterne über mein Gesicht tanzen lässt.

Die Welt gerät aus den Fugen, und ich falle auf den Boden, wobei der Schmerz wie ein Blitz in meinen Schädel eindringt. Ich blinzle zu Lilia hinauf und versuche, mich zu konzentrieren und das Chaos um mich herum zu begreifen. Ihre Anwesenheit fühlt sich an wie ein Sturm, der mit unendlicher Wucht über mich hinwegfegt.

Ich schnappe nach Luft, die Enge in meinem Hals lässt mich nicht los.

»Nun, genau wie deine Mutter bist du eine Kämpferin«, murmelt Lilia. »Das ist gut. Je mehr du kämpfst, desto besser wirst du sein.«

Die Erwähnung meiner Mutter jagt einen Stromstoß durch mich. »Meine Mutter?« Die Worte verlassen meine Lippen in einem Keuchen, meine Brust zieht sich zusammen, als Erinnerungen zurückkommen - der Tag, an dem ich sah, wie sie meinen Vater ertränkte, ihre Verwandlung in eine Sirene, der Tag, an dem ich allein gelassen wurde.

»Du hast mich vorhin gefragt, was ich bin«, fährt Lilia mit süffisantem Tonfall fort. »Ich bin halb Harpyie, halb Fee, also fließt mächtige Magie durch meine Adern. Ich kann Energie kontrollieren, aber ich kann auch jemanden zu einer Verwandlung zwingen. Weißt du, was passiert, wenn eine Meerjungfrau schließlich eine Sirene wird?«

Wut steigt in mir auf, heiß und verzehrend, vermischt mit Verzweiflung, die sich anfühlt, als würde sie mich von innen heraus zerreißen.

»Du hast meine Mutter in eine Sirene verwandelt?«, schreie ich mit rauer Stimme. »Wer hat dir das Recht dazu gegeben? Sie hat meinen Vater getötet!«

Ich zwinge mich in die Knie und ignoriere den pochenden Schmerz und den in meinem Nacken. In diesem Moment erkenne ich eine Bewegung zu meiner

Linken. Chowder, der sich an der Bordwand festhält, tropfnass, aber immer noch da. Mein Herz schmerzt vor Angst um ihn. *Warum bist du zurückgekommen, kleiner Mann?* Aber ich konzentriere mich wieder auf Lilia, die Frau, die mein Leben in einen Albtraum verwandelt hat.

»Ja, nun, unglückliche Folgen, aber ich brauchte sie«, sagt Lilia achtlos und zuckt mit den Schultern. »Und jetzt wirst du sie wiedersehen. Ist das nicht aufregend?«

Die Angst knotet sich in meinem Magen zusammen, eisig und grausam, und als ich zurückweichen will, zieht mich die unsichtbare Schnur um meine Kehle zurück. Chowder zischt, bereit, sich auf mich zu stürzen, aber ich schüttle den Kopf, eine stumme Bitte an ihn, in Sicherheit zu bleiben.

»Chowder, geh, geh jetzt!« Ich keuche, meine Stimme ist fest, trotz der Panik, die mich durchströmt.

Aber Chowder bewegt sich nicht, seine Augen sind auf mich gerichtet, er ist entschlossen, an meiner Seite zu bleiben.

»Warum?«, verlange ich, und meine Stimme bricht. »Warum zum Teufel hast du meiner Mutter das angetan, mir angetan?«

Lilias Lippen verziehen sich zu einem kalten Lächeln. »Ich habe ein Geschäft zu führen«, gibt sie sachlich zu. »Seit ich vor Jahrhunderten die Zügel in die Hand genommen habe, war ich noch nie so profitabel.«

Mir schwirrt das Wissen um Sirenenangriffe, die Geschichten von auf See verlorenen Booten, von ertrunkenen oder in den Wahnsinn getriebenen Seeleuten im Kopf herum.

»Geld«, platze ich heraus, und das Puzzle fügt sich zusammen. »Das ist alles, was du willst?«

»Reichtum, Gold, magische Artefakte«, antwortet Lilia und ihre Augen glänzen vor Gier. »Du hast keine Ahnung, was man damit in dieser Welt kaufen kann. Mit diesen Dingen lebst du wie eine Königin! Und niemand kann dir jemals wieder etwas antun. Außerdem hat jeder seinen Preis. Jeder kann gekauft werden, weißt du das?«

»Fick dich!« Ich spucke, die Wut brennt in meinen Adern. »Nicht alle!«

Lilia tritt vor, ihre Hand greift erneut nach meiner Kehle. Ich schiebe sie weg, aber sie ist wie Stahl und unbeweglich. Ihre Berührung ist kalt, ein Frösteln, das in meine Haut eindringt und mich erschaudern lässt.

»Jetzt lass es uns hinter uns bringen, denn dein trauriges Gesicht ruiniert mir den Tag. Ich habe noch etwas zu tun.«

Einer ihrer Männer ist da und zwingt mir den Mund auf, als Lilia sich zu mir beugt und Worte in einer Sprache flüstert, die ich nicht verstehe. Ihr Atem ist kalt auf meiner Haut, und ich beobachte entsetzt, wie schwarzer Rauch aus ihrem Mund in meinen strömt.

Ich zucke zusammen, ein Schrei in meiner Kehle, und ich sehe einen Tumult an meiner Seite, von dem ich weiß, dass es Chowder und die anderen Männer sind, die ihn aufhalten.

Der schwarze Rauch, der Atem ... er ist erstickend,

ein bitterer Geschmack, der meine Kehle umhüllt und meine Lungen füllt. Ich wehre mich gegen den Griff, mein Herz rast vor Angst, aber die Dunkelheit umschließt mich und drückt mich fest an sich.

»Was hast du mit mir gemacht?«, keuche ich und stolpere zurück, als die Männer mich loslassen. Ich taumle, mein Körper ist schwer und kaum noch lenkbar, Angst pulsiert durch meine Adern, als Chowder sich von einer Wache losreißt und wieder auf das Geländer klettert.

»Sasha!« Er ruft ständig meinen Namen. »Lauf!«

Ich versuche, einen Schritt zu machen, und bleibe wie angewurzelt stehen. Lilias Lachen wird lauter, ein Geräusch, das nichts als noch mehr Schmerz verspricht. Die Welt kippt und droht mich ganz zu verschlingen.

Ich schlage mir mit der Handfläche auf die Brust und versuche, den beißenden Rauchgeschmack zu vertreiben, der sich an meine Eingeweide zu heften scheint. Meine Sicht verschwimmt, und ich kämpfe darum, stehenzubleiben und mich zu konzentrieren.

Das Boot schaukelt unter mir, aber das Schwanken hat nichts Beruhigendes. Es fühlt sich an, als würde sich die Welt um ihre Achse drehen und mich in einen Abgrund ziehen. Ich starre Lilia an, die nur ein paar Meter entfernt steht und mit dem Fuß auf das Deck tippt, als wäre dies nur eine kleine Unannehmlichkeit für sie. Ihr scharfer Blick durchschneidet mich wie ein Messer. Jeder Muskel in meinem Körper ist angespannt, mein Atem geht flach und schnell, während sich Panik um mein Herz schlingt.

»Sasha«, ruft Chowder mit brüchiger Stimme.

»Geh nach Hause, Chowder«, flüstere ich, meine Stimme ist kaum zu hören, weil die Wellen gegen den Rumpf schlagen. »Tu es für mich, bitte ...«

Lilias Stimme ist wie ein Peitschenknall, der die Luft durchschneidet. »Schnappt euch diesen verdammten, lästigen Otter ... tötet ihn einfach.«

»Nein!« Meine Stimme bricht, rau vor Verzweiflung. »Chowder, verlass das Boot, sofort!«

»Sasha«, fleht er, und seine kleine Stimme zittert vor Angst. »Hier ist es gefährlich. Du musst mit mir gehen!«

Seine Worte durchbohren mein Herz, und ich bin hin- und hergerissen zwischen der Verzweiflung, ihn beschützen zu wollen und der Unfähigkeit, mich zu bewegen. Tränen brennen in meinen Augen, während ich gegen die unsichtbaren Fesseln ankämpfe, die mich festhalten, meine Glieder sind schwer und unbeweglich. Ich kann nicht zulassen, dass sie Chowder mitnehmen. Ich werde nicht zulassen, dass sie ihm wehtun.

Eine Wache tritt vor, und eine kalte Welle des Schreckens überkommt mich.

»Chowder, lass mich jetzt allein! Geh und hol Kaden!«

Chowders Augen sind voller Angst, sein Körper zittert so stark, dass ich Angst habe, er könnte zusammenbrechen, aber er muss weglaufen. Mein Herz schmerzt unter der Last unseres Abschieds, und ich ersticke an der Angst, dass dies das letzte Mal sein könnte, dass ich ihn sehe.

Der Wachmann stürzt sich auf mich, und Chowder

sieht mich ein letztes Mal an, seine Augen glänzen. »Wir halten immer zusammen ... wir sind eine Familie.« Seine Stimme bricht.

»Geh, sofort!«, schreie ich, und Tränen laufen mir übers Gesicht, als er ins Meer springt, gerade als die Hand des Wächters durch die Luft streicht, wo er war. Chowder verschwindet in den Wellen und hinterlässt ein Platschen und mein gebrochenes Herz.

»Du Idiot ... kannst nicht einmal einen verdammten Otter fangen«, knurrt Lilia den Wachmann an. »Ich sollte dich dazu bringen, nach ihm zu tauchen. Bei deinem Glück würdest du von einem verdammten Hai gefressen werden.« Sie schüttelt den Kopf und wendet sich mit einem falschen Schmollmund wieder mir zu. »Oh, wie traurig ... buuhuuu.«

Ihre Worte entfachen ein Feuer in mir, eine brennende Wut, die sich mit einer Kraft entlädt, von der ich nicht wusste, dass ich sie besitze. Meine Haut kribbelt, und ich spüre, wie sich mein Körper zu verändern beginnt, ein überwältigendes Gefühl von etwas Mächtigem, das mich durchdringt. Meine Finger strecken sich aus, Krallen reißen durch meine Haut, und dunkle, trübe Schuppen wellen sich über mein Fleisch. Ich schreie auf vor Schmerz über die erzwungene Veränderung.

Ich zucke zusammen, mein Körper windet sich unter der Kraft der Verwandlung. Ich erkenne sie, die Veränderung, die ich mein ganzes Leben lang gefürchtet habe. Es ist nicht nur eine Veränderung, es ist ein heftiger Riss, der die Teile von mir wegreißt, die mir vertraut sind, und sie durch etwas Monströses ersetzt. Eine Taubheit breitet sich in mir aus, die meine Gefühle verschlingt und nur Hass und einen unerträglichen Hunger zurücklässt.

»Braves Mädchen«, gurrt Lilia und ihre Augen glänzen vor Triumph.

»Nein!«, schreie ich, und meine Stimme zittert, während ich mich an die letzten Fäden meines Selbst klammere.

Lilias Lachen ertönt. »Du wirst jetzt für mich arbeiten, Sasha, du wirst tun, was ich sage, und niemand wird dich mir jemals wegnehmen können.«

Die Angst verwurzelt sich tief in mir zu einer erstickenden Dornenranke, die sich um meine Seele wickelt. Jeder weiß, wenn man sich einmal in eine Sirene verwandelt hat, gibt es kein Zurück mehr. Das Grauen zieht sich fester um mein Herz, und ich denke an meine Mutter, an den Tag, an dem sie meinen Vater ertränkt hat, an den Tag, an dem sie mich verlassen hat.

Mein ganzes Leben lang hatte ich Angst, so zu werden wie sie. Ich dachte, es läge mir im Blut, ein Fluch, dem ich nicht entkommen könnte, aber jetzt sehe ich die Wahrheit - Lilia war dafür verantwortlich. Es war nicht mein Schicksal, es war ihr Werk. Aber das mindert nicht den Schrecken, der mich jetzt ergreift.

Und wenn Kaden mich findet, und ich weiß, das wird er, werde ich tun, was Sirenen am besten können. Ich werde ihn mit meinem Kuss ertränken und ihm sein Leben rauben.

Die Dunkelheit überschwemmt mich wie eine Flut, erstickt das Licht meiner Nixenseite und ersetzt es durch die eisige Kälte der Sirene. Sie kriecht in jeden

Winkel meines Wesens, eine unaufhaltsame Kälte, die von Magie angetrieben wird, eine Veränderung, die ich nicht kontrollieren oder umkehren kann.

In meinem letzten Moment der Klarheit, als die letzten Ranken dessen, was ich war, verschwinden, legt sich die Wahrheit wie ein Leichentuch über mich.

Ich bin verloren, und es gibt kein Zurück mehr.

29

KADEN

Die Kälte des späten Nachmittags klebt an meiner Haut, als ich zur Eingangstür meiner Villa schreite, mein Herz klopft in meiner Brust. Die Tür steht einen Spalt offen und schwingt leicht im Wind, und ein Knoten des Grauens zieht sich in meinem Bauch zusammen. Sashas Auto parkt vor der Tür, aber die Stille im Haus ist ohrenbetäubend.

»Sasha?«, rufe ich, und meine Stimme hallt in der Stille wider. »Chowder?«

Nur Stille antwortet, und das Grauen breitet sich in meiner Brust aus. Ich eile durch das Haus und durchsuche jeden verdammten Winkel, sogar den Keller.

Nichts.

»Scheißkerl!« Das Wort entweicht meiner Kehle, als mich die Erkenntnis überfällt, dass ich allein bin. Ich hätte nie von ihrer Seite weichen dürfen. Ich habe eine Spur verfolgt, und es hat sich als gottverdammte Zeitverschwendung herausgestellt. Jetzt ist sie weg, und es ist meine Schuld.

Ein Brüllen der Frustration entweicht mir, das von den Wänden widerhallt, während ich wieder durch das Haus stürme, in der Hoffnung, dass ich etwas übersehen habe. Irgendetwas. Mein Herz schlägt wie ein Vorschlaghammer gegen meinen Brustkorb. Sie ist meine Welt, und ohne sie fühlt sich alles falsch an. Die Tatsache, dass Chowder ebenfalls verschwunden ist, verstärkt nur noch meine Furcht. Um Zane hat man sich gekümmert, also führt mich das nur zurück zu Lilia.

Ich stürze zurück nach draußen und springe in Sashas Auto. Es ist schon nach Mittag, aber die Welt fühlt sich an, als würde sie um mich herum zusammenbrechen. Ich schiebe den Sitz zurück, vermeide gerade noch, vom Sicherheitsgurt erwürgt zu werden, und fahre wie ein Besessener. Ich habe nie gelernt, richtig zu fahren, aber ich habe es oft genug gesehen. Ich rase die Straße hinunter, ruckle und schleudere das Auto, weil ich zu schnell schalte.

»Fahrt mir verdammt noch mal aus dem Weg!«, schreie ich die Autos an, die, ohne anzuhalten, über die Kreuzungen rasen. Die Stadt verschwimmt um mich herum, aber alles, woran ich denken kann, ist Sasha.

Ich schleudere auf den Parkplatz hinter ihrem Arbeitsplatz, die Reifen quietschen, als ich quer auf drei Parkplätzen einparke. Ich steige aus dem Auto und bemerke kaum die Bremsspuren meiner Reifen. Ich bin zu wütend, zu verängstigt, um mich darum zu kümmern.

Drinnen verlange ich, ihre Chefin zu sprechen, die zufällig am Empfang vorbeikommt.

»Kann ich Ihnen helfen?«, fragt sie und starrt mich mit geweiteten Augen verwirrt an.

»Ich suche Sasha«, sage ich und versuche, meine Stimme ruhig zu halten. »Ich bin ihr ... Verlobter. Ist sie heute hier gewesen?«

»Oh, sie hat nie erwähnt, dass sie verlobt ist. Aber ja, sie war vorhin hier, als sie einen Straftäter verhaftet hatte. Dann ist sie nach Hause gegangen.«

Ich knirsche mit den Zähnen und nicke heftig. »Okay, danke.«

»Ist alles in Ordnung?«, ruft sie mir hinterher.

»Das hoffe ich wirklich«, murmle ich über die Schulter und eile zurück zum Auto.

Ich fahre zur Anlegestelle, meine Gedanken rasen. Ich habe keine Ahnung, wo ich anfangen soll, wie ich sie finden soll. Mein Inneres brennt, mein Herz krampft sich so sehr zusammen, dass ich das Gefühl habe, ohnmächtig zu werden. Aber die Wut treibt mich an und macht mich schneller. Die Welt draußen ist ein verschwommener Streifen, während ich mich durch den Verkehr schlängele. Jede Sekunde fühlt sich wie eine Ewigkeit an.

Ich parke am Kai, springe hinaus und stürme den Steg hinunter, von dem Sasha mir erzählt hat, dass sie Lilia zuletzt gesehen hat. Der hölzerne Steg knarrt unter meinem Gewicht, meine Schritte sind schwer und eilig. Mein Herz zittert vor Angst, dass ihr etwas Schreckliches zugestoßen ist. Wenn das nicht der Fall ist und sie nur einkaufen war oder so, werde ich sie für immer einsperren, weil sie mich so erschreckt hat.

Ich halte ein paar Werftarbeiter an und verlange

Antworten. »Haben Sie das Boot Siren's Vengeance gesehen?«, belle ich.

Die Männer tauschen Blicke aus und zeigen auf eine leere Stelle am Pier. »Ja, vorhin war es noch hier … es muss wohl wieder weggefahren sein.«

Ich dränge mich an ihnen vorbei und sprinte zum anderen Ende des Piers. Ich scanne das Meer, aber da ist nichts. Nur die flache, blaue Fläche, die von der Sonne verbrannt wird. Es ist zu prächtig, zu hell. Sie verhöhnt mich, und ich stehe da und spüre, wie ich zusammenbreche.

Jemanden so sehr zu lieben, sollte ein Geschenk sein, keine Waffe, die sich durch meine Seele schneidet. Ich habe sie in mein Herz gelassen, mir erlaubt, sie zu lieben, und jetzt zerreißt es mich in Stücke. Die Wut in mir ist ein Hurrikan, der alles zu zerreißen droht.

Ich werde diese Stadt, den Ozean, die ganze verdammte Welt zerstören, wenn es sein muss. Ich werde nicht aufhören, bis ich meine kleine Meerjungfrau gefunden habe.

Mit dem Kiefer knirschend balle ich die Fäuste und wende mich ab. Ich werde zum Büro der Werft gehen und herausfinden, ob es Aufzeichnungen über die Fahrt des Schiffes gibt und wann es zurückkehrt. Irgendetwas tief in mir weiß, dass Lilia dahintersteckt, und das bringt mein Blut zum Kochen.

Ich marschiere los, das Gefühl der Hilflosigkeit nagt an mir. Das Meer ist groß, und ich bin richtungslos, ziellos. Ich hasse es. Ich hasse es, mich so verdammt nutzlos zu fühlen. Aber ich lasse mich davon nicht aufhalten.

»Kaden.«

Dann höre ich ihn - meinen Namen, leise, aber unüberhörbar.

Ich halte inne, spitze die Ohren und mein Herz klopft hektisch in meiner Brust. Da ist sie wieder, die vertraute Stimme. Ich drehe mich um und scanne den Kai, bis mein Blick schließlich auf dem Wasser landet. Dort schwimmt Chowder verzweifelt auf mich zu. Seine Augen sind vor Schreck geweitet, und mein Herz springt mir in die Kehle.

Chowder klettert eine Metalltreppe hinauf, und ich eile hinüber und steige hinunter, um ihn zu erreichen. Ich hebe ihn aus dem Wasser, sein kleiner Körper zittert und bricht in meinen Armen zusammen.

»Chowder«, sage ich verzweifelt. »Wo ist Sasha?«

Er zittert. »Böse Frau hat Sasha auf ein Boot gebracht«, quiekt er, und seine Worte zittern vor Emotionen. »Sie tun ihr weh, sie verändern sie ... du musst sie finden ... ihr helfen.«

Die Worte prasseln auf mich ein wie ein Zug, mein Blut wird zu Eis in meinen Adern. Ich ringe nach Atem, mein Herz ist ein Bleigewicht in meiner Brust.

»Wer?«, schaffe ich, zu fragen. »Lilia?«

Chowder nickt, sein kleiner Körper bebt in meinen Armen.

»Warum hat sie Sasha wehgetan, warum?«, wimmert er, und seine Augen blicken wieder aufs Meer. »Ich versuche sie zu beschützen, ich versuche ... die Familie zu beschützen.«

Seine Worte sind wie ein Messer in meinem Herzen, jedes Einzelne schneidet tiefer, und ich kämpfe darum, meine Fassung zu bewahren. Sein Anblick, so gebrochen, so verängstigt, zerrüttet etwas in mir, und ich habe Mühe, die Tränen zurückzuhalten, die überzulaufen drohen.

»In welche Richtung sind sie gegangen?« Meine Frage ist von Verzweiflung geprägt.

Chowder deutet mit zitternder Pfote in Richtung des Horizonts. »Da lang.«

Ich blicke über die Berge hinaus auf die Nordsee. Ein Schauer überkommt mich, kälter als der Wind, der über das Wasser peitscht, und ich weiß, dass ich mich bewegen muss. Ich muss sie finden, bevor es zu spät ist.

»Warum hat sie sich in eine Sirene verwandelt?«, sagt Chowder plötzlich, und die Worte klingen wie eine Totenglocke in meinen Ohren.

»Was hast du gesagt?«, frage ich, während mir das Grauen den Rücken hinaufkriecht.

»Sirene. Frau macht Sasha zur Sirene.«

Die Welt dreht sich um mich herum, ein schwindelerregender Wirbel aus Angst und Unglauben. Wenn das wahr ist, wenn sie eine Sirene geworden ist, habe ich sie bereits verloren. Ich falle auf die Knie, das Gewicht der Erkenntnis erdrückt mich. Ich kann nicht atmen, nicht denken, kann das Ausmaß dessen, was passiert, nicht einmal ansatzweise verarbeiten.

»Kaden«, flüstert Chowder, seine Stimme ist ein leises Flehen in meinem Ohr. »Warum gehst du sie nicht suchen? Sie sagte, ich solle dich holen.«

Die Worte durchdringen den Dunst der Verzweiflung, und ich hebe meine tränengefüllten Augen zu seinen. Ich weine sonst nie, aber in diesem Moment ist eine Hälfte von mir bereit, die Welt in Schutt und Asche zu legen, während die andere Hälfte kurz davor ist, wie Glas zu zerbrechen.

»Ich werde sie finden. Das verspreche ich«, murmle ich. Ich muss sie finden. Ich gebe nicht auf, verdammt. Nicht jetzt, niemals. Vielleicht ist es noch nicht zu spät.

Verzweifelt renne ich mit Chowder auf dem Arm zurück zum Auto. Ich setze ihn hinein und lasse das Fenster zum Lüften geöffnet. Aber Chowder klammert sich an mich und zittert.

»Ich muss sie finden«, sage ich dringend. »Du bleibst hier, okay? Verlass das Auto nicht und lass niemanden rein. Verschließ die Türen.«

Chowder nickt, und es bricht mir das Herz, ihn zu verlassen, aber ich habe keine Wahl. Ohne einen Blick zurückzuwerfen, drehe ich mich um und sprinte wie ein Wahnsinniger zurück zum Wasser.

Vorbei an den Arbeitern eile ich zum Ende des Piers, die Welt um mich herum ist verschwommen. Ich ziehe mich aus, werfe meine Stiefel beiseite und stürze mich, ohne zu zögern kopfüber in die kalte Umarmung des Meeres.

Das Wasser trifft mich wie ein Schock, aber ich begrüße die Kälte. Es schärft meine Sinne und schürt das Feuer in mir. Ich spüre es kaum, die reine Wut verzehrt mich wie ein lebendiges Wesen. Ich entfessele meinen Kraken, und die Verwandlung strömt wie eine Lawine aus mir heraus. Ich dehne mich aus und wachse, der Ozean wogt um mich herum, während ich immer weiter in seine Tiefen eintauche.

Die Wellen plätschern hoch, aber das interessiert

mich nicht. Nicht, wenn ich sie aufspüren muss. Ich bewege mich mit fließender Anmut durch das Wasser, meine massige Gestalt schneidet durch das Meer wie ein Messer.

Fische und Haie springen mir aus dem Weg, die Dunkelheit des Ozeans verschluckt mich, während ich durch seine Tiefen rase. Ich habe keine Zeit für irgendetwas anderes. Ich hebe meinen Kopf über das Wasser und scanne den Horizont nach einem Zeichen des Bootes.

Vor mir entdecke ich ein großes Fischereifahrzeug, und in meiner Brust keimt Hoffnung auf. Ich tauche unter, das Wasser wirbelt um mich herum, während ich vorwärtsstürme. Das Boot schaukelt heftig unter den Wellen, die ich verursache, aber das ist mir egal.

Ich steige an die Oberfläche und schaue über den Rand auf das Schild an der Seite - Kingfisher. Frustration nagt an mir, die Hoffnung, die ich verspürte, gleitet wie Sand durch meine Finger. Ich beobachte die Fischer, die in Panik umherlaufen. Sie sind es nicht.

Ich tauche wieder unter und stoße mit einer Wut durch das Wasser, die den Ozean aufwirbelt. Jeder kräftige Zug treibt mich vorwärts, aber das Wasser fühlt sich an, als würde es sich um mich herum zusammenziehen und mich ersticken.

Ich tauche auf und suche den Horizont nach einem Zeichen von ihr ab. Mein Herz klopft in mir vor Dringlichkeit.

Ich suche schon seit Stunden, das goldene Licht der Sonne wird langsam schwächer, während sie sich dem Horizont nähert. Je länger ich suche, desto größer wird meine Frustration, und ein Sturm zieht in mir auf. Ich bin ein Geschöpf des Meeres, und doch bin ich hier, verloren und machtlos. Ich tauche noch einmal auf, das Wasser kräuselt sich um mich herum, während ich einen gutturalen Schrei der Wut und Verzweiflung ausstoße.

Der Lärm ist donnernd. Ich bin ein Monster, eine Bestie, aber ich kann meine wahre Liebe nicht finden. Ich kann die Emotionen nicht unterdrücken, die mich zerreißen.

In der Ferne starre ich auf die Umrisse des Ufers, die Lichter der Stadt funkeln gegen den dunkler werdenden Himmel. Mein Herz ist ein Bleigewicht in meiner Brust, als ich den langen Rückweg antrete, meine Schwimmzüge schwer, jede Bewegung eine Erinnerung an mein Versagen. Ich habe versprochen, sie zu beschützen, und ich habe versagt. Der Gedanke hämmert auf mich ein.

Als ich mich der Anlegestelle nähere, reißt etwas in mir. Eine rohe Wut explodiert aus meinem Inneren, und ich steige aus der Tiefe auf, wobei sich meine Krakengestalt in ihrer ganzen Größe über das Land erhebt. Das Meer wogt unter mir, und die Wellen schlagen mit der Wucht meines Sturms gegen den Pier.

Die Menschen am Ufer schreien und laufen weg. Ich bezweifle, dass sie jemals zuvor einen Kraken gesehen haben, dass sie nie Zeuge der monströsen Kraft wurden, die unter der Oberfläche liegt. Ich bin riesig, eine dunkle Silhouette am Horizont, und ihre Panik nährt nur das Feuer, das in mir tobt.

Ich stoße ein wütendes Kreischen aus, das durch

die Luft hallt, ein Urgebrüll, das die Stadt in ihren Grundfesten erschüttert. Meine Tentakel schlagen mit der Wucht eines Orkans gegen das Wasser, und ich beobachte, wie die Wellen mit ohrenbetäubendem Getöse gegen die Pfeiler schlagen.

Boote werden aus ihren Verankerungen gerissen, die Holzkonstruktionen zerbrechen unter dem Ansturm meiner Wut. Der Himmel verdunkelt sich, Wolken ziehen auf, wie als Reaktion auf das Chaos unter mir, und die Welt spiegelt meinen stürmischen Kummer wider.

Ich verliere die Kontrolle, die Wut verzehrt mich, und ich umarme sie, lasse sie in einer Flutwelle von Emotionen über mich hereinbrechen. Die Zerstörung und die Menschen, die in Angst und Schrecken fliehen, sind mir egal. Alles, woran ich denken kann, ist Sasha, die klaffende Leere, wo sie sein sollte. Sie ist meine Welt, mein Ein und Alles, und jetzt ist sie weg.

Ich tauche wieder unter, das Wasser rauscht über mich hinweg, während ich mich drehe und wende, die Wut treibt mich vorwärts. Ich schlage zu, meine Tentakel treffen die Überreste der Boote, zerreißen sie, aber es bringt keine Erleichterung, keinen Trost.

Ich steige wieder auf, durchbreche die Oberfläche und halte einen Moment lang inne, um auf die Zerstörung zu starren, die ich angerichtet habe. Die Welt scheint den Atem anzuhalten, aber die Leere bleibt, eine schmerzende Kluft, die keine noch so große Zerstörung füllen kann.

Langsam ebbt die Wut ab und hinterlässt eine leere Stelle. Ich lasse mich vom Wasser zurück ans Ufer tragen, das Gewicht meines Versagens drückt auf mich, eine erstickende Präsenz, die sich weigert, nachzugeben. Ich bin ein Krake, eine Kreatur aus Mythen und Legenden, doch ich bin machtlos.

Als ich, bereits in menschlicher Gestalt, an das Ufer gespült werde, ist die Welt um mich herum ein einziges Durcheinander. Die Anlegestelle ist eine Katastrophe - überall rennen Menschen umher, die Luft ist erfüllt von Schreien und dem Aufprall der Wellen. Ich habe das getan, aber es spielt keine Rolle. Ohne sie ist nichts von Bedeutung.

Ich schleppe mich hoch. Mein Körper fühlt sich schwer an, meine Glieder zittern vor Anstrengung, aber ich dränge weiter. Niemand bemerkt mich, ihre Angst ist zu groß, um dem Mann, der aus den Wellen aufsteigt, Aufmerksamkeit zu schenken. Sie haben ein Ungeheuer gesehen, eine Bestie aus der Tiefe, und das macht ihnen Angst. Es könnte lustig sein, wenn ich nicht innerlich sterben würde, wenn meine Welt nicht um mich herum zusammenbrechen würde.

Ich erreiche das Auto, mein Atem kommt in rasenden Atemzügen, als ich gegen die Tür krache. Das Gewicht meiner Trauer ist erdrückend, das Wissen, dass ich sie verloren habe, ein ständiger, unerbittlicher Schmerz. Ich klammere mich an das Metall, meine Sicht verschwimmt, als Tränen meine Augen füllen.

Dann, gerade, als ich die Tür öffnen will, schleicht sich die Dunkelheit an den Rand meiner Sicht. Die Welt kippt, dreht sich, und ich werde aus der Gegenwart gerissen, das Gewicht des Ozeans drückt nach unten und zieht mich in eine Vision.

30

KADEN

Ich stehe im Wohnzimmer des Anwesens und beobachte meinen Großvater mit seiner rothaarigen Nixengeliebten Nixi. Der Raum ist von einem warmen Licht erfüllt, das alles in einen goldenen Farbton taucht.

Nixi lacht, Tränen des Glücks glitzern in ihren Augen, während sie meinen Großvater anlächelt und ihren kleinen Bauch reibt. Ich sehe an der Art und Weise, wie mein Großvater sie zärtlich streichelt, und wie seine Augen mit einem Glanz aufleuchten, den ich noch nie zuvor gesehen habe, dass er gerade entdeckt haben muss, dass sie schwanger ist.

»Ich kann nicht glauben, was für ein Glück ich habe«, gurrt mein Großvater, seine Stimme ist ein sanftes Murmeln, das die ganze Liebe, die er für sie empfindet, transportiert. Er nimmt Nixi in die Arme und wirbelt sie mit einer Freude herum, die ansteckend ist, ihr Kichern erfüllt den Raum wie eine Melodie.

»Du bist also nicht verärgert?«, fragt sie, und ihre Stimme hat einen süßen, beschwingten Klang, der in der Luft zu tanzen scheint.

»Warum sollte ich das? Eine Familie zu haben ist alles, was ich mir gewünscht habe. Du bist mein Stern am Himmel, Nixi, mein Grund zum Leben. Deshalb werde ich die Dinge ändern und mein eigenes Unternehmen gründen, etwas, bei dem ich weniger reisen muss, damit ich mehr zu Hause bei dir sein kann.«

Ich frage mich, warum er nie mit mir über sie gesprochen hat, warum er diesen Teil seines Lebens wie ein kostbares Geheimnis verborgen hat.

Die Vision verschwimmt, ein Wirbel von Farben und Gefühlen, der mich taumeln lässt, und plötzlich stehe ich mit meinem Großvater und Lilia an einem ruhigen Ufer. Ihr Gesicht ist eine Maske des Zorns, ihre Augen glänzen mit ungeweinten Tränen, während sie meinen Großvater anstarrt.

»Du verdammtes Arschloch«, spuckt sie, ihre Worte sind ein giftiges Zischen, das die Stille durchschneidet.

Mein Großvater steht da und schaut wirklich fassungslos, die Stirn runzelnd.

»Lilia, ich dachte, du würdest dich für mich freuen, für Nixi und mich.«

»Du bist wirklich ahnungslos, nicht wahr?« Ihre Antwort ist scharf und mit Bitterkeit gespickt. »Ich dachte wirklich, wir bauen etwas zusammen auf, und die ganze Zeit bist du mit einer anderen zusammen? Und jetzt ist sie schwanger, und du willst das Unternehmen verlassen, das wir aufgebaut haben?« Ihre Hände sind zu Fäusten geballt, die vor Wut zittern.

Mein Großvater streckt die Hand aus, sein Gesicht eine Maske der Verwirrung.

»Lilia, wir waren nie ein Paar. Das weißt du. Ich habe

dir das in der Vergangenheit gesagt. Wir waren immer enge Geschäftspartner, gute Freunde. Warum machst du eine größere Sache daraus, als es ist? Ich habe dir nie etwas vorgemacht.«

Der Schmerz in ihren Augen ist unverarbeitet. Ihr Kiefer krampft sich zusammen, und ich sehe, wie sie darum kämpft, die Tränen zurückzuhalten, die überzuschwappen drohen.

»Du bist ein verdammter Lügner, oder du bist einfach zu dumm, um zu merken, was ich all die Jahre für dich empfunden habe.«

Oh, Scheiße!

»Lilia, es tut mir leid, dass es so gekommen ist.« Mein *Großvater seufzt, ein schwerer, müder Ton, der das Gewicht der Welt zu tragen scheint. »Ich hatte nie die Absicht ...«*

»Das ist mir egal«, schnauzt sie und löst sich mit einem Schulterzucken von ihm. Sie dreht sich auf dem Absatz um, ihre Schritte sind fest und bedächtig, als sie weggeht, sie lässt ihn allein am Ufer zurück, während die Wellen leise an seine Füße schlagen.

Die Szene ändert sich erneut, ein schwindelerregender Strudel der Verwirrung, der mir den Atem raubt, und ich befinde mich auf dem Deck eines Bootes.

Nixi liegt auch dort, stöhnt vor Schmerz, krallenbewehrte Hände halten ihren Bauch fest, ihre Haut ist ein Flickenteppich aus Schuppen und Fleisch. An ihren Füßen sammelt sich Blut, und noch mehr läuft in der Mitte ihrer Beine herunter und beschmutzt das Deck.

Mir wird kalt bei diesem Anblick, bei der Andeutung, dass sie ihr Kind verloren hat.

Mein Großvater ist ein Sturm der Entrüstung, sein

Gesicht rot vor Wut, als er sich an Lilia wendet, die mit einem Lächeln auf den Lippen danebensteht.

»Was zum Teufel hast du getan, Lilia?«, brüllt er und eilt an Nixis Seite, als sie in seinen Armen zusammenbricht, ihre Schreie ein durchdringender Schrei der Verzweiflung.

»Das Baby«, schluchzt sie, ihre Stimme ist ein gebrochenes Flüstern. »Es ist weg ... Ich kann fühlen, dass ich mein Kind verloren habe.« Ihr Körper verkrampft sich erneut, und ihr Gesicht verändert sich leicht - länglichere Züge, dünnere Wangen, schärfere Wangenknochen, dunklere Augen ... und spitze Zähne.

Eine Sirene. Verdammt noch mal, sie verwandelt sich in eine Sirene.

Nixi weint verzweifelt, und mein Großvater nimmt sie in den Arm. Sein Gesicht ist vor Angst ganz bleich, aber in seinen Augen brennt ein Feuer, während er Lilia anschaut.

Ich möchte in die Vision eingreifen, sie für ihre Taten in Stücke reißen, sie für die Verwüstung, die sie angerichtet hat, bezahlen lassen. Aber ich kann nur hilflos zusehen, wie mein Großvater seinen eigenen Albtraum durchlebt.

Er setzt Nixi ab und stürzt sich auf Lilia, seine Hand schließt sich um ihre Kehle in einem Griff, der den Tod verspricht, aber sie bleibt ruhig, ihre Lippen zu einem grausamen Lächeln verzogen.

»Du verdammte Schlampe«, donnert er so laut, dass die Luft um ihn herum zu beben scheint. »Mach rückgängig, was du mit Nixi gemacht hast! Sofort! Verwandle sie zurück in eine Meerjungfrau, oder ich werde dich vernichten!«

»Was wirst du tun?«, gluckst sie. Ihr Lachen ist ein eiskalter Klang. Sie wehrt sich gegen seinen Griff, um den Würgegriff zu lockern. »Mich noch mehr zerstören, als du es

bereits getan hast? Du weißt genauso gut wie ich, dass eine Meerjungfrau, die sich einmal in eine Sirene verwandelt hat, nicht mehr zurückkann. Und, nun ja, ein kleiner Nebeneffekt ist, dass sie dein Baby verloren hat. Was für eine verdammte Schande. Jede Entscheidung hat eine Konsequenz!«

Die Gefühllosigkeit in ihren Worten ist wie ein Dolch in meinem Herzen. Mein Großvater wirft sie wie wild gegen die Bordwand, seine Wut ist lebendig.

Nixi schreit auf, und mein Großvater eilt hektisch zu ihr und nimmt sie in die Arme, als sich ihr Gesichtsausdruck von Schmerz zu etwas Unheimlicherem, Schrecklicherem wandelt. Ihre Augen glitzern in einem unnatürlichen Licht, ein verdrehtes Grinsen breitet sich auf ihrem Gesicht aus, während sie nach meinem Großvater greift.

»Küss mich«, flüstert sie, in ihrer Stimme schwingt der Ruf der Sirene mit, verführerisch und tödlich. »Nimm mich mit ins Wasser. Bitte, ich brauche das ...«

»Nein!«, schreie ich, obwohl ich weiß, dass er mich nicht hören kann. Die Hände meines Großvaters zittern, Tränen fließen über sein Gesicht, als er sich wieder zu Lilia umdreht, aber sie ist weg. Und er bleibt mit der Frau zurück, die er liebt und die er nun für immer verloren hat. Eine Tragödie spielt sich vor meinen Augen ab, und ich bin machtlos, sie aufzuhalten.

Die Vision zerbricht, die Welt um mich herum löst sich in einem Dunst aus Licht und Geräuschen auf. Ich werde in die Gegenwart zurückgeworfen, die reale Welt bricht mit einer Wucht über mich herein, die mir den Atem raubt.

Ich knie auf dem Bürgersteig neben Sashas Auto,

die kalte, harte Realität der Welt drückt auf mich wie ein erstickendes Gewicht. Chowders verzweifelte Schreie durchdringen die Luft, ein verzweifeltes Flehen, das den Nebel meines Verstandes durchbricht und mich ins Hier und Jetzt zurückbringt.

»Kaden!« Seine Stimme ist wie ein Rettungsanker.

Ich blinzle, mein Blick konzentriert sich auf den kleinen Otter, der mich aus dem Auto heraus anstarrt, seine Pfoten gegen das Fenster gepresst, die Augen weit vor Angst und Sorge.

Mein Geist ist ein Wirbel von Emotionen, ein Strudel von Wut, während ich das Grauen dessen, was ich gerade gesehen habe, verarbeite. Lilias Verrat, die Grausamkeit ihres Handelns, die Art und Weise, wie sie meinem Großvater alles gestohlen hat, genau wie sie es mit Sasha zu tun versucht.

Ich lasse so viele Visionen in meinem Kopf Revue passieren und versuche, das Puzzle zusammenzusetzen. Nixi hat sich in eine Sirene verwandelt und ihr Baby verloren, und jetzt ist Sashas Schicksal mit demselben Bösen verwoben. Ist es meinetwegen? Hat Lilia deshalb ihr Augenmerk auf Sasha gerichtet?

Die Erkenntnis trifft mich wie ein Schlag in die Magengrube, die kalte, harte Wahrheit dringt mit einer Endgültigkeit in mich ein, die mich taumeln lässt.

Dann erinnere ich mich an die eine Vision, in der mein Großvater einen geheimen Raum durchsuchte, Papiere durchwühlte und nach etwas suchte. *Einem Anhänger*, wie er es nannte. War es der Schlüssel zur Umkehrung des Fluchs? Könnte er die Antwort sein, die ich brauche?

Meine Hände zittern, als ich mit den Autoschlüsseln herumfummele und mich auf den Fahrersitz setze. Chowder ist verzweifelt, sein kleiner Körper zittert vor Angst, als er zu mir aufsieht.

»Hast du Sasha gefunden?«

Ich nehme einen tiefen Atemzug. »Wir müssen einen versteckten Raum finden, Chowder. Vielleicht, nur vielleicht, können wir eine Lösung finden. Vielleicht können wir sie retten.« Ich greife zu ihm und kraule seinen Kopf. Chowder stürzt auf meinen Schoß, klammert sich an mich und ich spüre, wie das arme Ding zittert.

Ich lege den Gang ein, und die Reifen quietschen, als wir aus dem Parkplatz fahren.

»Fahr schneller, wenn du Sasha retten willst«, drängt er. »Warum bist du so langsam?«

Ich knirsche mit den Zähnen und trete das Pedal bis zum Boden durch, während die Stadt in einem bunten Dunst an uns vorbeizieht. Meine Gedanken sind ein chaotischer Wirrwarr aus Verzweiflung. Ich darf sie nicht verlieren, nicht auf diese Weise. Nicht an Lilia.

Wir rasen in die Einfahrt, der Wagen kommt ins Schleudern und ich springe heraus, Chowder dicht auf meinen Fersen. Gemeinsam sprinten wir ins Haus, die Tür knallt hinter uns zu, als wir in den Keller rennen.

»Es muss hier irgendwo sein«, murmle ich, meine Stimme ist ein leises, drängendes Grollen, während ich die Wände absuche und meine Hände jede Oberfläche, jeden Winkel und jede Ritze abtasten. Ich bin verzweifelt, ich muss den verdammten Raum finden.

Der Keller ist schwach beleuchtet, Schatten erstrecken sich über den Boden, während ich arbeite, mein Herz klopft mit jeder Sekunde schneller. Ich spüre die Uhr ticken, und nach einer Stunde des Nichtstuns sind meine Eingeweide eiskalt, und ich lasse mich auf den Opfertisch fallen.

Dann spüre ich es ... eine schwache Brise gegen meinen Rücken, ein Flüstern von Luft, das von irgendwo hinter mir kommt. Ich drehe mich um, meine Finger streichen über den Steinboden und die Stelle, an der das Gestell zusammenläuft, und da ist es - eine versteckte Naht, ein verborgener Eingang.

Mein Herz macht einen Sprung in der Brust, als ich dagegen stoße. Der Boden bewegt sich leicht mit einem leisen Knarren und offenbart eine dunkle Treppe, die in die Tiefe führt. Chowder ist an meiner Seite und späht in die Schatten.

»Was ist das?«, fragt er.

»Willst du mich verarschen?«, hauche ich zu niemand bestimmten, während ich in die Dunkelheit starre. Das ist er. Der geheime Raum.

Wir steigen hinab, das Licht über uns schwindet, als wir tiefer in die Eingeweide des Hauses eindringen. Staub hängt in der Luft, der Geruch von altem Papier und vergessenen Geheimnissen füllt meine Lungen, als wir den Boden erreichen. Ich finde eine Schnur, die in der Nähe des Eingangs von der Decke hängt, ziehe daran und erkenne es sofort. Das Licht im Raum flackert auf. Fast jedes Zimmer in der Villa hatte so etwas, bis ich es erneuern ließ.

Das Zimmer ist ein einziges Chaos, Papiere und Bücher liegen auf dem Boden verstreut.

»Warum so unordentlich?«, fragt Chowder und starrt auf das Chaos um uns herum.

»Mein Großvater hat hier unten versucht, etwas zu finden«, antworte ich. Ich fahre mit den Fingern über die Bücher und Papiere, die auf dem Tisch verstreut liegen.

Ich fange an, die Papierstapel zu durchwühlen, blättere in Büchern mit gekritzelten Notizen und suche nach irgendetwas, dass mir einen Hinweis auf Sasha geben könnte oder darauf, worin mein Großvater verwickelt war. Jeder Name, jedes Datum, jeder Ort fühlt sich wie ein roter Faden an, und ich hoffe, dass sie zu einer Erkenntnis führen, wie man das Geschehene rückgängig machen kann.

Ich finde ein Buch mit Namen und Daten, die akribisch neben den Orten eingetragen sind. In einem anderen Buch stehen die Namen von Schiffen und ihre kartografierten Routen.

Warten Sie einen Moment …

Ich denke an die Nachrichtenartikel, die Sasha recherchiert hat, über Boote, die von Sirenen angegriffen wurden, über getötete Seeleute und gestohlene Wertgegenstände. Ich blättere wie wild in dem Buch, und es gibt so viele Einträge. Es gibt auch noch andere Bücher, ältere, verblasste … Das müssen Aufzeichnungen aus vielen Jahren sein.

Mein Herz sinkt, als ich das Ausmaß dessen erkenne, was ich in der Hand halte.

Das war nicht nur ein Geschäft, sondern eine sorgfältig orchestrierte Operation, die auf Schiffe abzielte, und wetten, dass die Namen Meerjungfrauen sind, die sich in Sirenen verwandelt haben. Was mir sagt, dass sie irgendwie kontrolliert worden sein müssen. Sie wurden gezwungen, Schiffe zu entern, Matrosen zu töten und alles Wertvolle zu stehlen.

Es ist eine Sache, wenn Sirenen wahllos ein Boot angreifen, aber diese Bücher mit Aufzeichnungen sagen mir, dass diese Angriffe nicht zufällig erfolgten.

Und mein Großvater muss daran beteiligt gewesen sein.

»Verdammter Mistkerl!«, hauche ich, meine Stimme kaum über ein Flüstern hinaus, während ich die Namen anstarre. Ich lasse mich schwer auf einen knarrenden Stuhl fallen. Die Verstrickung meines Großvaters, Lilias Verrat - es hängt alles zusammen. Die Vision meines Großvaters, der aus dem Geschäft aussteigen wollte, ergibt jetzt einen Sinn. Er wollte aussteigen, um eine Familie zu gründen, um den Tod und die Zerstörung zu beenden, die er und Lilia verursacht haben.

Der Gedanke, dass er an dieser Tortur nicht unschuldig ist, macht mich fertig.

Während ich die Papiere durchsehe, schläft Chowder auf einem aufgeschlagenen Buch ein. Aber meine Aufmerksamkeit wird von etwas Buntem auf diesen Seiten gefesselt.

»Darf ich mir das mal ansehen?«, frage ich, meine Neugier ist geweckt. Ich schiebe es unter ihm weg, während er sich auf die Seite legt und sich zusammenrollt.

Da ist ein handgezeichnetes Bild eines runden

Anhängers, wunderschön mit farbigen Steinen besetzt. Je länger ich es betrachte, desto vertrauter kommt es mir vor. Ich blinzle und verenge meinen Blick, als es mir wieder einfällt.

Mein Großvater hatte mir etwas Ähnliches geschenkt, ein Schmuckstück, von dem er sagte, es sei wertvoll und einzigartig, etwas, das man sicher aufbewahren müsse. Ich habe es aus dem Tartarus mitgebracht und mir bis jetzt nie viel dabei gedacht.

Die Erkenntnis trifft mich wie ein Blitzschlag.

»Chowder, das könnte es sein!«, rufe ich und schnappe mir das Buch und Chowder, während ich wieder nach oben renne, mein Herz klopft vor lauter Hoffnung.

Ich stürze ins Wohnzimmer und öffne die Vitrine, in der ich den Anhänger aufbewahre. Meine Hände zittern, als ich ihn herausnehme - ein tiefvioletter und goldener Anhänger, dessen spiralförmiges Muster in Weißgold eingearbeitet ist und dessen Steine wie eingefangene Sterne schimmern.

Ich blättere das Buch noch einmal durch und finde einen Abschnitt mit handschriftlichen Notizen.

Sirenen können in Meerjungfrauen zurückgewandelt werden, aber nur innerhalb von vierundzwanzig Stunden nach ihrer Verwandlung und nur von einer Person mit echtem Blut.

Was zum Teufel soll das bedeuten? Ich überfliege den Rest der Seite und mein Herz rast, als ich eine weitere gekritzelte Notiz finde.

Wenn der Anhänger mit Blut bedeckt ist, kann er jede

Sirene enthüllen, die du suchst. Flüstere ihren Namen in den Anhänger ...

Mir stockt der Atem, als ich die Bedeutung dieser Entdeckung begreife.

»Chowder, ich glaube, wir können Sasha vielleicht finden. Wenn ich sie gefunden habe, muss ich sie zurückbringen, um sie zu heilen ... irgendwie. Aber zuerst müssen wir sie finden.«

Chowder nickt, seine Augen sind voll von einer Mischung aus Hoffnung und Entschlossenheit. »Wir finden sie, wir retten sie.«

Ich nehme ein kleines Messer aus einer nahegelegenen Schublade, meine Hand zittert leicht, als ich einen flachen Schnitt in meine Handfläche mache. Das Blut quillt auf, dunkel und purpurrot, und ich drücke den Anhänger dagegen und spüre, wie das kalte Metall unter meiner Berührung warm wird.

»Sasha«, flüstere ich, meine Stimme ist ein sanftes Flehen, das durch die Luft getragen wird, und ich stelle sie mir in Gedanken vor, um zu verdeutlichen, wer mein Ziel ist.

Der Anhänger leuchtet schwach, seine Steine pulsieren mit einem eigenen Leben, während sich die Magie in ihm regt. Einen Moment lang passiert nichts, und die Angst kratzt an meiner Kehle, dann wird das Glühen intensiver und wirft wechselnde Muster in den Raum.

Die Magie des Anhängers breitet sich aus, webt sich durch die Luft, und vor meinem geistigen Auge sehe ich sie. Sasha, zusammengerollt auf dem Deck eines

Schiffes in ihrer Sirenenform ... ihr Schwanz flattert, ihr Gesicht ist emotionslos, ihre Augen wild. Ich sehe dort nicht meine Sasha, nur jemanden, der kontrolliert und verflucht ist. Mein Herz krampft sich bei ihrem Anblick zusammen.

»Sie ist da draußen, Chowder, auf einem Schiff. Ich werde sie mit diesem Anhänger finden«, murmle ich. Ich muss sie erreichen und einen Weg finden, sie zurückzubringen, bevor es zu spät ist.

Chowder springt auf meine Schulter, seine kleine Gestalt ist ein beruhigendes Gewicht. »Gehen wir jetzt?«, fragt er, seine Stimme ist voller Entschlossenheit.

»Tut mir leid, Kumpel, diesmal bleibst du zu Hause«, antworte ich, und meine Entschlossenheit wird zu etwas Unzerbrechlichem. Ich setze ihn wieder auf der Couch ab. »Ich muss mich auf Sasha konzentrieren, keine Ablenkungen. Du bleibst hier, und ich bringe sie nach Hause.«

Er starrt mich mit diesen großen Augen an, die mich zerreißen.

»Hör auf, mich so anzustarren. Glaub mir, hier bist du sicherer. Ich mache das schon.« Ich kratze ihm schnell den Kopf, halte den Anhänger fest in der Hand und gehe zur Tür.

»Bringe sie zurück«, fleht Chowder.

Ich gehe nach draußen und schließe die Tür hinter mir ab. Ich verliere keine Zeit und bin am Kai, der meinetwegen ein einziges Durcheinander ist. Eigentlich sollte ich mich schuldig fühlen, aber ich ertrinke in meinem Schmerz um Sasha und habe keinen Platz in meinen Gefühlen für etwas anderes. Nachdem ich meine kleine Meerjungfrau gerettet habe, schwöre ich, für alle Schäden aufzukommen.

Der Nachmittagshimmel verdunkelt sich bereits. Der Anhänger leuchtet sanft in meiner Hand mit einer schwachen Linie goldener Magie, die auf den Ozean hinausweist.

Ich ziehe mich aus und bereite mich darauf vor, in das eisige Wasser einzutauchen. Ich spüre die vertraute Anziehungskraft des Kraken, die Kraft, die mich durch-strömt, während ich mich bewege, mein Körper dehnt sich aus, die Gliedmaßen werden länger, bis ich eins mit der Tiefe bin. Der Ozean singt zu mir, und ich weiß, dass ich hier, in diesem Element, am stärksten bin.

Mit dem Anhänger in einem meiner Tentakel folge ich seinem Weg und bewege mich schnell durch das Meer, denn ich weiß, dass Sasha mich braucht. Und ihre Zeit läuft ab.

Während ich schwimme, wird das Wasser dunkler, die Tiefen tiefer, und ich spüre, wie die Anziehungs-kraft des Anhängers immer stärker wird, seine Magie ein ständiger Puls in meinem Griff.

Die Stunden vergehen wie im Flug, das unaufhalt-same Vorwärtsdrängen ist das Einzige, was zählt. Gele-gentlich tauche ich auf und überprüfe meine Position. Die kühle Nachtluft ist eine willkommene Abwechs-lung zum Druck unter mir.

Schließlich entdecke ich am Horizont ein Schiff,

das auf dem Wasser dümpelt. Siren's Vengeance steht unter dem Blick des Mondes auf seiner Seite geschrieben. Ich grinse und gleite vorwärts. Vorsichtig nähere ich mich, das Wasser verdeckt mich, während ich das Schiff von unten umkreise.

Ich lasse mich lautlos treiben, aber ich fürchte, dass ich in meiner Krakengestalt leicht entdeckt werden könnte. Wenn ich Sasha retten will, brauche ich das Überraschungsmoment. Ich werde das Boot erst zerstören, wenn ich weiß, dass sie von Bord und in Sicherheit ist. Ich lasse die Verwandlung über mich ergehen, Gliedmaßen ziehen sich zurück, Tentakel ziehen sich zurück, während ich wieder ein Mensch werde. Das Wasser fühlt sich auf meiner Haut jetzt anders an - kühler, persönlicher.

Ich gleite durch das Wasser und schaue gelegentlich nach oben, gerade genug, um die Oberfläche zu durchbrechen und zu beurteilen, womit ich es zu tun habe. Es ist ein älteres Schiff, sein Rumpf ist verwittert und abgenutzt. Es wird nicht viel brauchen, um es zu zerstören, aber nicht, bevor ich mein Mädchen habe.

Der Anhänger in meiner Hand pulsiert mit einem sanften Leuchten und führt mich auf sie zu, die Vorfreude ist wie ein Feuer in meiner Brust. Jede Sekunde, die verstreicht, ist eine Qual, jeder Herzschlag hallt in dem Raum zwischen uns wider.

Ich sehe jemanden, der sich über die Reling lehnt und das Wasser absucht, und ich gleite zurück unter die Oberfläche und lasse zu, dass sich das Meer über mir schließt. Ich schwimme unter das Boot und

beschließe, von der Seite hochzusteigen. Auf diese
Weise ist es weniger riskant, entdeckt zu werden. In
meinem Kopf spiele ich den Plan durch - Sasha finden,
sie vom Boot stehlen und dann mit Lilia und ihrer
Crew abrechnen. Das scheint einfach genug zu sein.

In diesem Moment ändert sich die Bewegung des
Wassers. Ein Plätschern und Blasen vor mir signalisiert,
dass jemand mit mir im Wasser ist. Selbst in meiner
menschlichen Gestalt ist meine Sehkraft stark genug,
um in dem dunklen Wasser zu sehen, und in diesem
Moment spanne ich meine Muskeln an, bereit für das,
was kommen wird.

Ich bin nicht mehr allein.

Eine einsame Gestalt bewegt sich mit betörender
Anmut durch das Wasser. Ihr fließender, glitzernder
Schwanz fließt hinter ihr her wie flüssiges Gold. Ihr
dunkles aquamarinblaues Haar tanzt um ihr Gesicht
und umrahmt Augen, die mich fixieren, durchdringend und tiefgründig. Diese perfekten, frechen
Brüste wippen im Wasser, krallenartige Finger strecken sich aus zarten Händen, und ihre Lippen
schälen sich zurück und enthüllen das Lächeln eines
Raubtiers.

Mein Herz setzt einen schmerzhaften Schlag aus,
als ich sie erkenne - Sasha, meine Sasha, verwandelt in
eine Sirene.

Sie so zu sehen, zu wissen, wie schrecklich sie sich
fühlen muss, gefangen in einer Form, die sie gefürchtet
hat, das bringt mich um. Mit jeder Sekunde, die
verstreicht, mit jedem Moment, in dem sie mich mit
grausamem Blick anstarrt, zerbricht ein Stück meines

Herzens. Der Blick, der einst vor Liebe weich war, ist jetzt hart.

»Sasha«, flehe ich sie an.

Ihr Blick richtet sich auf meinen, und für einen Moment verändert sich ihr Ausdruck. Dann, langsam, wunderschön, schwimmt sie auf mich zu, die Zähne hinter einem Lächeln versteckt, das mein Herz zum Rasen bringt. Die Versuchung, die sie bietet, kann ich nicht ignorieren.

Sie fängt an, im Wasser zu summen, das Lied wirbelt in meinem Kopf herum, wickelt sich um mein Herz, meine ganze Seele. Es ist der Ruf einer Sirene, verführerisch und schön. Meine Entschlossenheit gerät ins Wanken, mein Ziel wird von ihrer Melodie verwischt. Einen Moment lang vergesse ich, warum ich hier bin. Alles, was ich sehe, ist Sasha, wunderschön und tödlich, die Kreise um mich zieht.

»Komm zu mir«, säuselt sie, eine Melodie, die auf meiner Haut tanzt.

Ich erinnere mich daran, dem Sog ihres Liedes zu widerstehen, aber das Verlangen, ihm nachzugeben, ist überwältigend. Es ist, als würde ich bei lebendigem Leib verbrannt, eine Qual, die ich kaum ertragen kann. Es juckt mich in den Fingern, nach ihr zu greifen, und mein Herz zersplittert in zwei Teile. Ich will sie in meinen Armen halten, verzweifelt, ein Schmerz, dem ich nicht entkommen kann.

Für eine kurze Sekunde erinnere ich mich daran, dass dies nicht wirklich Sasha ist - sie ist eine Sirene unter Kontrolle, die geschickt wurde, um mich zu töten. Aber als ich ihre Lippen beobachte, kommt mir der

Gedanke - wäre es so schrecklich, durch ihren Kuss zu sterben?

Ich schüttle den Kopf und versuche, den Nebel zu vertreiben.

»Sasha, hör auf damit. Ich bin es. Ich weiß, dass du irgendwo da drin bist.« Verzweiflung liegt in meiner Stimme.

Sie zuckt nicht zurück, zuckt nicht mit den Augen bei meinen Worten. Sie beginnt wieder zu singen, die Melodie lässt mich mich selbst vergessen. Es ist, als ob jeder Ton ein Faden ist, der mich zu ihr hinzieht, weg von der Vernunft.

Die Welt verengt sich auf einen einzigen Punkt - sie. Sasha, das Zentrum meines Universums, die Sirene meiner Zerstörung.

Ich eile zu ihr, schließe den Abstand und greife nach ihrer Taille.

»Lass mich dich von hier wegbringen.« Mein Plan, sie zu retten, dieses verdammte Boot und alles, was Lilia unter Kontrolle hat, zu zerstören, geht mir durch den Kopf, als ich Sasha in die Augen blicke.

Für den Bruchteil einer Sekunde fletscht sie ihre Zähne, ihre Krallen graben sich in meine Brust und kratzen die Haut auf. Dann, so schnell wie die Feindseligkeit auftauchte, verschwindet sie wieder. Sie verwandelt sich wieder in die Göttin, die sie ist, und drückt sich an mich, ihre Brüste sind so köstlich und weich, dass ich den Verstand verliere, während sie mir leise ins Ohr singt.

Sie erkennt mich unter Lilias Fluch nicht wieder, das ist klar. Mein Herz bricht, der Schmerz ist unerträglich. Ihre Aufmerksamkeit hält mich gefangen, ihre Augen verheißen meine Vernichtung, doch alles, was ich sehen kann, ist die Liebe, die wir geteilt haben.

Sie hebt sich und bringt unsere Gesichter einander nahe. Mein Puls rast, Erinnerungen an unsere gemeinsame Zeit schießen mir durch den Kopf - unser Lachen, unser Geplänkel, die Liebe, die einst so hell brannte. Ich kann mir ein Leben ohne sie, ohne diese Momente nicht vorstellen.

Meine Kehle schnürt sich zu, weil ich ihr so nahe bin, und doch habe ich das Gefühl, dass uns Welten trennen.

Der Gedanke, mich von ihr zurückzuziehen, entgleitet mir und wird durch eine überwältigende Besessenheit ersetzt, bei ihr zu sein.

Ich beuge mich vor und flüstere: »Ich konnte dir noch nie widerstehen.«

Plötzlich treffen ihre Lippen auf meine, und Elektrizität schießt durch meinen Körper, ein Strom, der so stark ist, dass wir beide in Zuckungen geraten. In dem Chaos leuchtet der Anhänger in meiner Hand heftig auf. Sasha stemmt sich gegen mich, als wolle sie sich losreißen. Ihr Kuss hätte mein Leben beenden sollen, hätte mir das Leben stehlen sollen, aber das tut er nicht.

Ich halte ihren Hinterkopf fest und weigere mich, sie den Kuss unterbrechen zu lassen. Ich schiebe den Anhänger gegen ihre Brust, weil ich denke, dass er uns beide berühren muss, und bete, dass es funktioniert, während ein Ausbruch von Magie wie elektrischer Strom zwischen uns fließt.

Ihr Körper zittert heftig, und innerhalb eines Herzschlags bricht sie zusammen und wird in meinen Armen schlaff.

Das Grauen überrollt mich wie eine Welle, kalt und unerbittlich. Ich breche den Kuss ab, Panik steigt in mir auf, als ich rufe: »Sasha!«

31

KADEN

Ein Anflug von Panik ergreift mich, als ich Sasha in meinen Armen halte, ihr Körper ist schlaff und reagiert nicht. Die Verwandlung ist abgeschlossen - ihre Schuppen schimmern im Wasser, die Krallen sind verschwunden, und sie hat wieder ihre Meerjungfrauenform.

Doch sie ist nicht ansprechbar!

Was, wenn es zu spät ist? Was ist, wenn ich sie für immer verloren habe?

»Sasha, tu mir das nicht an. Wehe, du verlässt mich!«

Die Angst verzehrt mich, und in meiner Verzweiflung nehme ich kaum die Anzeichen einer kommenden Vision wahr. Ich habe sie noch nie so sehr gehasst wie jetzt.

»Nein, verdammt, nicht jetzt!«, schreie ich in die Leere, während sich die Welt um mich herumdreht und sich in Dunkelheit auflöst.

Ich stehe vor dem Herrenhaus. Die Beamten in knackigen, dunklen Marineuniformen umringen meinen Großvater, ihre Mienen sind ernst, die Waffen gezückt, mit Magie aufgeladen.

Meine Brust spannt sich an, aus Angst vor der Szene, die sich mir bietet.

In der Nähe klammert sich Nixi an meinen Großvater, Tränen laufen ihr über das Gesicht. »Nehmt ihn nicht mit! Er hat nichts falsch gemacht.«

Der leitende Beamte tritt auf meinen Großvater zu und begegnet seinem Blick. »Sie sind verhaftet, weil Sie ein illegales Geschäft betreiben, weil Sie Meerjungfrauen in Sirenen verwandelt haben und weil Sie durch sie grausame Morde und Verbrechen inszeniert haben.«

Fassungslos starrt mein Großvater sie an, die Augen weit aufgerissen vor Unglauben. Der Schock zeichnet sich auf seinen Zügen ab. »Ihr habt den Falschen!«, brüllt er. »Ich habe keine solche Fähigkeit! Es ist Lilia Acker - sie ist diejenige, die die Macht hat, das zu tun!«

Nixi ist außer sich und schluchzt unkontrolliert. Sie umklammert seinen Arm und versucht, ihn mit ihrem Körper zu schützen. Die Wut meines Großvaters brennt wie ein Lauffeuer, sein Gesicht rötet sich.

Eine Wache stößt meinen Großvater mit einer Waffe, die ihn mit Magie betäubt, und sein Körper zuckt heftig, als er auf die Knie fällt. Nixi schreit, ein herzzerreißender Schrei, während sie ihn wegschleifen und zwei weitere Wachen ihm einen Metallring um den Hals legen.

Mein Herz pocht in meiner Brust, die Wut kocht in mir hoch. Ich beobachte es entsetzt und möchte eingreifen, doch ich kann nichts tun, außer zuzusehen.

»Lasst mich frei!«, brüllt er und wehrt sich gegen die Wachen. »Es ist Lilia! Sie will mich reinlegen!«

»Es wird keine Anhörung für Ihre Verbrechen geben«, sagt der verantwortliche Offizier ohne Reue. »Du kommst direkt ins Tartarus-Gefängnis«, befiehlt der Offizier.

Mir wird flau im Magen, und die Wut in mir wird stärker. Mein Großvater hat versucht, sich zu rehabilitieren, und das hat ihn alles gekostet. Er war bei weitem nicht perfekt, aber das hat er nicht verdient. Ich möchte schreien, den Himmel einreißen vor Wut darüber, wie alles um ihn herum zusammenbrach, wie die Welt, der er zu entkommen versuchte, ihn verschluckte. Und dafür haben meine Eltern und ich schließlich auch bezahlt, indem wir im Tartarus geboren wurden.

Als sie ihn wegstoßen, sehe ich eine Bewegung in den Schatten der Bäume. Dort steht Lilia und beobachtet das Geschehen mit einem schiefen Lächeln. Diese verdammte Schlampe! Natürlich hat sie ihn hintergangen, seinen Untergang eingefädelt und ihn in den Tartarus geschickt.

Wenn ich zurückdenke, ergibt das alles einen Sinn. Ihre Eifersucht hat so viele Leben zerstört!

Vor mir kämpft mein Großvater mit aller Kraft, die er noch hat. Die Wachen setzen ihre Waffen unerbittlich ein und drängen ihn zurück auf den Boden. Nixi steht da und schreit mit rauer, verzweifelter Stimme, dass sie aufhören sollen, ihn zu verletzen.

Die Vision verdunkelt sich, verflüchtigt sich wie Rauch im Wind, und ich stürze wieder ins Meer. Orientierungslos treibe ich in dem kalten, dunklen Wasser. Ich blicke mich um, drehe mich auf der Stelle und finde keine Spur von Sasha oder meinem Anhänger.

Die Verzweiflung verschlingt mich, ein erstickendes Gewicht, das mich in die Tiefe zieht. Der Ozean drückt von allen Seiten auf mich ein. Die Vision bleibt in meinem Kopf, eine quälende Erinnerung an alles, was ich verloren habe und was ich noch verlieren könnte.

Aber ich kann Sasha nicht verlieren. Ich weigere mich, dass dies das Ende ist.

Ich blinzle das Wasser und die Tränen, die sich mit dem Salz vermischen, weg und zwinge mich, mich zu konzentrieren.

Das Feuer entflammt in mir. Ich trete kräftig zu, stoße nach oben, durchbreche die Oberfläche, und sofort höre ich Sashas Stimme vom Schiff. Aus meiner Entfernung kann ich ihre Worte nicht verstehen, aber sie ist auf dem Schiff ... Warum zum Teufel ist sie zurückgegangen?

Ich ziehe mich an der Seite des Bootes hoch, das Metall ist kalt unter meinen Fingern, und ich halte mich geduckt, während ich über die Reling spähe. Die Nacht verhüllt einen Teil des Decks, aber auf der Rückseite des Bootes sind Lichter aufgereiht, die einen kränklichen gelben Schein auf die Szene werfen.

Da ist sie. Lilia, die Hände in die Hüften gestemmt, mit diesem höhnischen, arroganten Blick im Gesicht. Bei ihrem Anblick kocht die Wut in mir hoch, und meine Muskeln spannen sich an vor dem Wunsch, über die Bordwand zu springen und sie in Stücke zu reißen. Aber ich weiß, dass sie Schlimmeres verdient hat, viel Schlimmeres.

Weiter hinten, in der Nähe des Hecks, entdecke ich Sasha. Mein Herz macht einen Sprung, als ich sie in ihrer menschlichen Gestalt sehe, umgeben von mehreren anderen Frauen. Bei einer von ihnen muss ich zweimal hinschauen - eine Frau, die genauso aussieht wie Sasha, nur älter.

Die Erkenntnis trifft mich wie ein Schlag in die Magengrube - ihre Mutter. Die Frau, von der Sasha befürchtete, dass sie so werden würde wie sie. Ich atme tief ein, mein Verstand rast, während ich die Szene aufnehme.

Lilias Stimme durchdringt die Nacht, scharf und befehlend.

»Morgen kreuzen sich unsere Wege mit dem Schiff Queens Fortune.« Ihre Worte triefen nur so vor Schadenfreude. »Ihr müsst alle fünf übernehmen. Sasha, du wirst es anführen, und deine Mutter wird dich leiten.«

Mein Herz krampft sich zusammen, als ich sehe, wie keine der Sirenen reagiert. Sie stehen mit leeren Gesichtern da, wie Marionetten, die darauf warten, dass man an ihren Fäden zieht. Nur ein einziger Wachmann ist unter ihnen, seine Aufmerksamkeit gilt Lilia. Die anderen müssen drinnen sein, aber die interessieren mich nicht. Ich konzentriere mich auf Sasha, die steif neben ihrer Mutter sitzt, die Hände im Schoß.

Das Amulett, mein kostbarer Anhänger, ist nirgends zu sehen. Ich kann meinen Blick nicht von ihr abwenden. Im Wasser hätte ich schwören können, dass ich ihre Meerjungfrauengestalt gesehen habe. Aber hier, in Menschengestalt, kann ich nicht sagen, ob sie wieder sie selbst ist oder immer noch unter dem Fluch der Sirene steht. Es nagt an mir, die Angst, dass ich sie im Stich gelassen habe, dass ich nicht genug getan habe.

Ich warte noch ein wenig, warte ab und beobachte, wie Lilia sich umdreht und mit jemandem drinnen spricht, bevor sie hineingeht. Das ist meine Chance. Ich schwimme leise um das Boot herum und an die Seite, wo die Wache zwischen den Frauen Platz genommen hat.

Ich klettere auf das Boot und über die Reling hinter ihm, nehme ihn in den Schwitzkasten und drücke fest zu. Er strampelt, seine Fäuste schlagen gegen meine Arme, aber ich halte ihn fest und zische Flüche unter meinem Atem. Keine der Frauen beachtet mich, nicht einmal Sasha. Es ist, als ob sie mich nicht sehen oder es sie nicht interessiert.

Meine kleine Meerjungfrau. Ich werde dich retten, und wir werden es noch einmal versuchen. Ich werde bei dem Versuch sterben, dich zu mir zurückzubringen.

Der Mann erschlafft in meinen Armen, und ich ziehe ihn über Bord und lasse ihn lautlos ins Wasser gleiten. Ich atme tief durch und schaue mich um, um sicherzugehen, dass niemand anderes etwas gesehen hat.

Das ist meine Chance. Ich schieße an dem leeren Stuhl vorbei und springe auf Lilia zu. Sie muss sterben. Bis dahin wird Sasha immer in Gefahr sein. Ich stürze mich auf Lilia, gerade als sie sich umdreht und ihre Augen sich vor Überraschung weiten. Aber eine Wache stürmt von der Seite heran, mit gezogener Waffe.

Eine Kugel reißt durch die Luft und trifft mich

direkt in den Arm. Der Schmerz explodiert, scharf und unerträglich. Ich beiße die Zähne gegen die Qualen zusammen und knurre mit zusammengebissenen Zähnen.

»Du Arschloch«, knurre ich, aber ich höre nicht auf. Der Schmerz und das Blut, das an meinem Arm heruntertropft, sind mir egal. Alles, was mich interessiert, ist das Ende von Lilia.

Ich knalle in sie hinein und stoße sie von den Füßen. Sie geht hart zu Boden und schreit auf, als ich auf ihr lande, aber ich lasse nicht locker. Die Schärfe der Kugel bringt mich um, aber ich habe sie gerammt, damit sie nicht entkommen kann.

Ich liege auf ihr, schlage ihr die Fäuste ins Gesicht, hauptsächlich um sie am Boden zu halten. In Sekundenschnelle stehe ich auf, reiße sie an den Haaren hoch und schiebe sie vor mich, um sie als Schutzschild vor den beiden bewaffneten Männern zu nutzen, die mir nun gegenüberstehen. Ich lächle sie an. Scheiße, mein Arm schmerzt so sehr, aber ich schiebe das weg.

»Geht mir aus dem Weg, oder ihr werdet es bereuen.« Ich halte Lilia fest, und sie stolpert, stöhnt und hält sich die Seite ihres Gesichts, die von meinen Schlägen blutet. »Und wehe, du versuchst etwas, sonst breche ich dir das Genick«, drohe ich ihr.

Einer der Männer kommt auf mich zu, und ich höre das Stöhnen von Schritten hinter mir.

Aber ich habe sie gewarnt.

Meine Tentakel brechen aus meinem Rücken hervor und schlagen gleichzeitig mit brutaler Präzision zu. Der Mann hinter mir bekommt einen Schlag ins

Gesicht und wird gegen ein Fenster geschleudert, wobei das Glas zerspringt und er mit einem Platschen über Bord geht. Denen vor mir bleibt kaum Zeit zu reagieren.

Ich schleudere einen Tentakel in das Gesicht des ersten Mannes mit dem Gewehr, sodass er nach hinten weggeschleudert wird. Seine Waffe scheppert auf das Deck, während er mit dem Kopf gegen die Bordwand schlägt und bewusstlos wird, noch bevor er den Boden berührt.

Der dritte schwebt in der Luft, baumelt kopfüber an seinem Knöchel in meinem Griff, seine Schreie durchschneiden das Chaos. Ich schüttle ihn kräftig durch und beobachte, wie ihm die Waffe aus den Fingern gleitet und nutzlos ins Meer stürzt.

Mit einem kräftigen Wurf schleudere ich ihn auf das offene Wasser hinaus. Er fliegt in einem hohen Bogen durch die Luft und verschwindet aus dem Blickfeld, seine Schreie verhallen in der Ferne.

»Also, wo waren wir?«

Lilia lacht. »Du glaubst, du kannst deine kostbare Sasha retten?« Sie spuckt die Worte aus. »Sie gehört jetzt mir, Kaden. Und wenn du mich tötest, ist sie trotzdem für dich verloren. Das verschafft mir so viel Genugtuung, denn nach all den Jahren hasse ich deinen Großvater immer noch, und das gilt auch für dich. Aber wenn du klug bist, lässt du mich am Leben, denn vielleicht kann ich dir helfen, sie zurückzubekommen.«

»Halt die Schnauze!«

Die restlichen Sirenen erheben sich wie auf

Kommando und bewegen sich wie Gespenster im schwachen Licht auf mich zu. Ich stoße sie mit meinen Gliedmaßen weg, halte sie in Schach und passe auf, dass ich sie nicht verletze. Sie sind die Unschuldigen in dieser Sache, Opfer von Lilias Grausamkeit. Aber sie kämpfen weiter, schlagen mit ihren Klauen nach meinen Tentakeln, beißen in mich hinein wie verdammte Bestien. Sasha duckt sich unter einem meiner Tentakel hindurch und flitzt so schnell über das Deck, dass ich erschrecke.

»Sasha!«, rufe ich und Panik ergreift meine Brust.

Lilias Kichern durchschneidet die Luft, ein kalter Ton, der mir die Haare auf den Armen aufstellt.

»Töte ihn, Sasha.« Ihre Stimme ist giftig. »Beende das jetzt!«

Mein Herz schlägt mir bis zum Hals, meine Tentakel winden sich in Vorbereitung, aber ich zögere. Der Instinkt schreit mich an, mich zu verteidigen, zuzuschlagen, bevor ich getroffen werde, aber der Gedanke, Sasha zu verletzen, ist wie ein Messer, das sich in meinem Bauch windet. Ich kann mich nicht dazu durchringen, ihr etwas anzutun.

Dann sehe ich es - das Glitzern von etwas in ihrer Hand. Der Anhänger. In diesem Sekundenbruchteil versteift sich Lilia, ihre Zuversicht gerät ins Wanken. Sie muss ihn auch gesehen haben.

»Sasha, hör auf!«, brüllt Lilia, ihre Stimme schallt mit der Kraft eines Befehls durch die Luft. »Ich befehle es dir!«

Sasha grinst, ein trotziges Leuchten in den Augen, und ich möchte sie so sehr küssen, dass mein Herz schmerzt. Unter dem Boot, unser Kuss, unser Anhänger - es hat funktioniert. Irgendwie hat es sie zurückgebracht. Hier ist sie, mein Mädchen, und tut so, als ob sie immer noch unter Lilias Kontrolle steht, bis der Moment gekommen ist, um zuzuschlagen.

Ihre stoische Miene verzieht sich zu einem Grinsen, und innerhalb eines Herzschlags stürzt sie sich mit entschlossener Wildheit auf Lilia. Ihre Bewegungen sind verschwommen. Mit einer einzigen fließenden Bewegung schlitzt sie mit dem Anhänger Lilias Kehle auf und hinterlässt eine purpurne Spur.

Ein gurgelnder Schrei entringt sich Lilias Lippen, als sie gegen mich stolpert. Ihre Hände fliegen zu ihrer Kehle und versuchen, den Blutfluss zu stoppen, aber es ist zu spät.

Ich stoße sie zur Seite, und sie fällt um.

Sasha steht keuchend über ihr. »Du wirst mich nicht mehr kontrollieren«, sagt sie mit fester und unerschütterlicher Stimme. »Nicht jetzt. Niemals.«

Lilias Körper liegt zitternd auf dem Deck, das Blut sammelt sich um sie herum. Ihre Augen sind auf Sasha gerichtet, ein letztes Aufflackern von Trotz erlischt, während das Leben aus ihr weicht.

Ein Teil von mir ist enttäuscht, dass ich ihr nicht selbst den letzten Schlag versetzen konnte. Aber als ich sehe, wie sie sich windet und langsam stirbt, wie ihr Leben ausläuft, ist es eine gewisse Genugtuung, zu wissen, dass sie endlich leidet, dass sie sich endlich der Dunkelheit stellen muss, die sie so vielen angetan hat.

»Stirb, Schlampe!«, knurre ich.

Sasha grinst.

Der Anhänger, mit dem Sasha sie getötet hat, liegt in der Nähe, blutverschmiert, und seine scharfen Enden glänzen Purpur.

Eine Welle von Magie steigt aus Lilias Mund, dunkel und dick wie Rauch. Während sie erstickt und verblutet, strömt die Energie schneller aus ihr heraus, fädelt und spiralisiert sich in fünf Richtungen. Sie ergießt sich in die vier Sirenen auf dem Deck, jeder Faden sucht sich sein Ziel, windet sich um sie, dringt in ihr Wesen ein, und ein weiterer Strang spießt sich vom Boot in die Nacht. Wahrscheinlich zu anderen Sirenen, die sie verflucht hat.

Die Sirenen auf dem Boot stolpern und blinzeln, als ob sie aus einem langen Albtraum erwachen. Sie scheinen den Fluch abzuschütteln, der sie unter Lilias Kontrolle gebracht hat, aber obwohl sie verloren aussehen, sind sie immer noch dunkle Sirenen, immer noch gefangene Seelen. Drei der Sirenen blicken sich verzweifelt um, springen über Bord und verschwinden in den Wellen.

Sashas Mutter bleibt stehen und starrt sie mit einem Gefühl des Erkennens und etwas Tieferem an. Soweit ich weiß, erinnern sich die Sirenen noch an einige Elemente aus ihrem Leben, auch wenn sie mit der Zeit ihre Gefühle vergessen. Sie sieht Sasha an, als ob sie sich erinnert, als ob sie sie vermisst.

»Mommy«, sagt Sasha und stolpert auf sie zu.

Ihre Mutter blinzelt sie an, und ich trete vorsichtshalber näher an Sashas Rücken heran. Sirenen sind unberechenbar, und auch wenn sich ihre Mutter nicht mehr an viel erinnern kann, bleibt die natürliche Dunkelheit ihrer Gestalt bestehen.

»Ich verzeihe dir, Mommy«, sagt Sasha schließlich und ihre Stimme bricht. Sie schnieft und wischt sich über die Wangen. Ich halte sie an ihren Schultern fest und zeige ihr, dass ich hinter ihr stehe und sie unterstütze.

Ihre Mutter starrt sie an, ihr Gesichtsausdruck ist von einer gewissen Traurigkeit erfüllt. »Ich werde immer an dich denken.« Dann taucht sie ins Wasser und verschwindet in den Tiefen des Meeres.

Sasha eilt zur Reling und starrt hinunter in den pechschwarzen Ozean. Ich bin an ihrer Seite und umarme sie mit meinem unverletzten Arm. Sie dreht sich um und weint an meiner Brust, ihr Körper ist von Schluchzern zerfressen, und ich zerbreche innerlich an ihr.

Um uns herum herrscht der Tod, ein Chaos, das seit Jahrhunderten im Entstehen begriffen ist, so viel Hass und Eifersucht, und jetzt ist es endlich zu Ende. Ich habe den Tartarus verlassen, um zwei Dinge zu tun - meine Schicksalsgefährtin zu finden und herauszufinden, wer meinen Großvater dorthin gebracht hat. Das habe ich jetzt, zwar zu einem hohen Preis, aber mit Sasha an meiner Seite werde ich es nie bereuen.

»Du hast heute Unglaubliches geleistet«, flüstere ich ihr zu, und sie blickt mit Tränen in den Augen zu mir auf. Es bringt mich um, sie so zu sehen.

»Ich bin so glücklich«, sagt sie und ihre Stimme knackt vor Rührung.

»Ach, wirklich?«, frage ich und wische ihr ein paar Tränen aus den Augen.

»Ich konnte meine Mutter wiedersehen und weiß, dass sie da draußen ist, aber sie ist nicht mehr gefangen. Ich weiß, dass sie meinen Vater nicht aus eigenem Antrieb getötet hat ...«

Ich nicke und verstehe die bittersüße Erleichterung, die sie empfindet. Es ist ein kleiner Trost, aber dennoch ein Trost.

»Ich glaube, ich werde den heutigen Tag lange nicht vergessen«, fährt sie fort. »Aber am wichtigsten ist, dass du mich gerettet hast, Kaden.« Sie grinst und streckt ihre Hand aus, um mich zu küssen. »Ich habe keine Ahnung, wie du herausgefunden hast, wie du mich als Sirene zurückholen kannst, aber gibt es eine Chance, dass wir das bei meiner Mutter oder anderen Sirenen anwenden können?«

Ich schüttele den Kopf, das Gewicht der Wahrheit lastet schwer auf meinen Schultern. »Der Zauber wirkt nur bei denen, die sich innerhalb von vierundzwanzig Stunden verwandeln, und nur bei denen, die es ehrlich meinen.« Ich lächle, um die Stimmung aufzulockern. »Das tue ich.« Ich klopfe mir auf die Brust.

Sie lacht und weint.

Ich hebe sie in meine Arme. »Jetzt habe ich dich, Sasha, und willst du etwas wissen?«

»Ja, was?«, fragt sie und grinst mich frech an.

»Heute habe ich mich dir hingegeben, bereit, mich von dir töten zu lassen, weil ich lieber sterbe, als in einer Welt ohne dich zu leben.«

Sie runzelt die Stirn, ihre Augen verengen sich in

spielerischer Schelte. »Ich mag es nicht, wenn du das sagst, denn wenn ich gehe, wer wird dann auf Chowder aufpassen?«

Ich kichere, der Klang ist rau, aber echt.

»Aber im Ernst«, sage ich und schaue ihr tief in die Augen. »Heute ist mir klargeworden, wie sehr du meine Welt bist und dass ich dich nie mehr aus den Augen lassen werde.«

»Weißt du, was ich heute gelernt habe?«, sagt sie und beugt sich vor, um mich erst auf die Wange und dann auf den Mundwinkel zu küssen.

»Fahre fort.«

»Dass du, Kaden, meine Nervensäge bist, mein sturer Krake, und dass ich mich total in dich verliebt habe.«

Mein Herz könnte gerade explodiert sein. Ich erobere ihre Lippen, küsse sie und verdränge den Schmerz in meinem Arm. Sie ist das, was zählt, und sie hat gesagt, dass sie mich auch liebt! Es ist ein Versprechen auf eine gemeinsame Zukunft, eine, in der wir für unser Glück kämpfen werden, in der ich sie jeden verdammten Tag ficken werde. Und eine, in der sie vielleicht aufhört, mich zu bekämpfen.

EPILOG

SASHA

Drei Monate später

Die Morgensonne strömt durch die offenen Balkontüren und wirft einen goldenen Schein auf mein Spiegelbild. Ich stelle mit einem Auf und Ab der Nerven und Ungläubigkeit fest, dass ich heute den Mann heiraten werde, den ich einst nur für einen Traum hielt.

Seit ich nach Norwegen gezogen bin, ist mein Leben turbulent, chaotisch und verrückt. Ich bin mein ganzes Leben lang damit aufgewachsen, Dinge zu glauben, die nicht wahr sind, und habe wegen der Gier einer Fremden eine Tragödie erlebt. Es ist Monate her, dass wir Lilia eliminiert haben, aber ich denke immer noch an die Entdeckung zurück, dass sie so viel Schmerz aus keinem anderen Grund als aus Gier und

Rache verursacht hat. Sie hat sich meine Mutter ausgesucht, wie auch andere Nixen, um sie auszubeuten und
in eine Sirene zu verwandeln, was wiederum viele
Familien zerstörte.

Ich bin angespannt und versuche, mich daran zu
erinnern, dass meine Mutter aus ihren Klauen befreit
ist, obwohl ich sie jetzt an eine wilde Sirene verloren
habe. Und mein Vater wird nie wieder zurückkommen.
Während ich das denke, regt sich meine Wölfin in mir,
als würde sie mich daran erinnern, dass ein Teil von
ihm immer bei mir sein wird.

Ich ziehe jetzt für immer nach Norwegen, mache es
zu meiner Heimat, und irgendwie scheine ich nach
allem, was ich erlebt habe, eine Chance zu haben und
endlich das perfekte Leben zu bekommen.

Ich werfe einen Blick in den Ganzkörperspiegel vor
mir. Ich bin allein im Hotelzimmer, die Flügeltüren
öffnen sich für einen herrlich sonnigen Tag, der hohe
Balkon bietet einen Blick auf das Meer. Die Brise
rauscht herein, während ich mich selbst anstarre und
kurz vor dem Weinen bin.

Ich trage ein atemberaubendes Kleid in der Farbe
des Azurs, passend zu meinem Meer. Es ist mit Kris-
tallen besetzt und hat eine lange Schleppe, die oben
stromblau ist und bis zu meinen Füßen in Weiß über-
geht. Mit glitzerndem Garn sind Muster von
Seesternen und Muscheln eingenäht. Dünne Träger
kreuzen meinen Rücken, während die Vorderseite
einen tiefen, geschwungenen Ausschnitt und winzige
perlenbesetzte Knöpfe hat, die an meiner Brust hinun-

terlaufen und das Kleid bis zu meiner Taille einschnüren. Von dort aus öffnet sich das Kleid, flattert und enthüllt meinen perlweißen Badeanzug, der im Sonnenlicht in schillernden Farben schimmert. Meine Beine sind komplett zu sehen, und da ich keine Schuhe trage, passt es perfekt zum Strandthema.

Meine Diamantkette und die dazu passenden Ohrringe glitzern im Sonnenlicht, und noch mehr Diamanten sind in meinem wallenden Haar verteilt, das in Wellen gelegt wurde und mein Gesicht perfekt umrahmt. Ich kann immer noch nicht glauben, dass ich so toll aussehe. Aber wenn ich meinen Traummann heiraten will, dann will ich ihn umhauen, damit er diesen Tag nie vergisst.

Lächelnd wische ich mir eine Träne weg, um mein Make-up nicht zu ruinieren. Meine Augenlider sind mit winzigen Diamanten besetzt und meine Lippen sind rosig und glitzern.

Plötzlich geht die Tür auf, und ich drehe mich um, um Billie zu sehen. Ihre Augen strahlen, als sie mich sieht, und sie schließt die Tür und eilt herbei.

»Oh mein Gott, Sasha! Du siehst so wunderschön aus. Ich bekomme eine Gänsehaut, so umwerfend, wie du aussiehst. Kaden wird ausflippen, wenn er dich sieht. Und dieses Kleid, wow!«

»Ist das nicht zu viel Haut? Ich habe meine Beine mit Glitzer eingerieben, damit sie mehr glänzen.« Jetzt lache ich nervös, und sie umarmt mich.

»Ich liebe dich so sehr«, sagt sie.

»Ich liebe dich noch mehr, und ich bin so aufgeregt,

diesen Moment mit dir zu teilen. Und sieh dich an.« Ich löse mich von ihr und betrachte das trägerlose weiße Spitzenkleid, das ihre atemberaubenden Kurven umspielt und dessen Stoff bis zu ihrem Bikini darunter durchsichtig ist. Mit ihrem wunderschönen, fast weißen, silbrigen Haar sieht Billie aus wie ein Engel.

»Bist du bereit?«, fragt sie und lächelt. Ihre Anwesenheit beruhigt mich.

»Ich bin so nervös, aber auch aufgeregt, und ich versuche wirklich sehr, nicht zu weinen.«

Billie fächelt sich plötzlich das Gesicht. »Sag das nicht«, sagt sie, »mir kommen schon die Tränen, wenn ich sehe, wie schön du bist und dass du heiraten wirst. Aber wir müssen los, die anderen warten schon.«

»Ich schätze, es passiert jetzt.«

»Ja, und du bist eine tolle Braut.«

Ich nehme ihre Hand, und wir gehen aus dem Zimmer. Ich lehne mich an sie und sage: »Danke, dass du bereit warst, mich zum Altar zu führen.«

»Natürlich du bist meine Familie, Mädchen. Ich bin so dankbar, dass ich das tun kann.«

Ihre Worte erfüllen mich mit Wärme, und ich drücke ihre Hand, spüre das sanfte Zittern der Nerven, das sich mit der Aufregung mischt. Die Realität dessen, was gleich passieren wird, schwillt in mir an und überwältigt mich fast. Gemeinsam machen wir uns auf den Weg durch den Korridor.

Wir steigen die große Treppe des Hotels hinunter, meine nackten Füße auf dem kalten Marmor. Als wir durch die Lobby gehen, halten alle inne und schauen uns an, ihr Lächeln ist warm und ermutigend.

Billie drückt sanft meinen Arm und flüstert: »Sie können ihre Augen nicht von dir abwenden. Du strahlst so.«

Ich kichere nervös, meine Wangen erröten. »Ich hoffe, ich stolpere nicht«, gestehe ich, und Billie lacht leise.

»Es wird alles gut. Einfach weiteratmen«, rät sie.

Wir gehen durch den Hintereingang des riesigen Hotels, und mein Herz flattert wie ein Vogel in meiner Brust. Die großen Glastüren öffnen sich direkt zum Strand und geben den Blick frei auf das Meer, das sich bis zum Horizont erstreckt. Das Geräusch der Wellen, die sanft gegen das Ufer schlagen, ist fesselnd, und ich atme tief die salzige Meeresluft ein.

Als wir den Sand betreten, zerrt eine sanfte Brise am Saum meines Kleides, und ich spüre die Körner unter meinen Füßen. Der Weg zum Altar ist mit zarten Blumen gesäumt. Gemeinsam mit Billie gehe ich vorwärts, jeder Schritt bringt mich einer Zukunft näher, von der ich nie zu träumen gewagt hätte, dass sie mir gehören würde.

Ich stehe am Rande des Strandes und blicke auf das kristallblau schimmernde Wasser vor mir. Das ruhige Meer erstreckt sich bis zum Horizont, während ich den Anblick vor mir aufnehme. Eine Handvoll geschätzter Gäste - Billies Gefährte, ihre entzückenden Zwillinge, Arbeitskollegen und die Freunde, die Kaden und ich gefunden haben - sind am Ufer versammelt. Sie sind in Weiß- und Blautöne gekleidet und sehen wunderschön aus, und alle lächeln mir freundlich zu.

Die Gäste haben sich geteilt, sodass ein klarer Weg

ins seichte Wasser führt. Das Meer ist ungewöhnlich ruhig, fast wie ein Spiegel, was nicht verwunderlich ist, wenn man einen Kraken hat, der den Ozean beeinflussen kann. Am Ende eines kreisförmigen Musters aus weißen Blumen, die perfekt auf dem Wasser schwimmen und fest verankert sind, steht Kaden, die Liebe meines Lebens.

Als wir uns nähern, taucht Chowder auf und schwimmt neben Eryx her. Als er mich sieht, eilt er herbei und hält ein kleines schwarzes Kästchen in seinen Händen.

»Du bist wunderschön«, sagt er mit einem breiten Grinsen. »Und Eryx und ich fliegen später.«

Ich lache leise über seine Aufregung und beobachte, wie er vor mir den Pfad hinunterpaddelt und sich auf den Weg zu Kaden macht. Mit ihm wartet Khaos, der zugestimmt hat, uns zu trauen. Als Halbgott ist er qualifiziert, die Trauung zu zelebrieren, und er steht dort in einem weißen Anzug, barfuß im knöcheltiefen Wasser.

Ich wende meine Aufmerksamkeit meinem zukünftigen Ehemann zu, und mein Magen platzt voller Schmetterlingen vor lauter Vorfreude. Ich möchte zu ihm rennen, seine Arme um mich spüren.

Kaden trägt eine blaue Hose, die farblich zu meinem Kleid passt, und er ist ohne Hemd. Um seinen Hals hängt eine Kette aus Muscheln, die die Tätowierungen auf seiner muskulösen Brust, den Schlüsselbeinen und den Armen noch besser zur Geltung bringt. Sein langes Haar flattert in der leichten Brise, und obwohl ich ihn gebeten hatte, mir den Rücken zuzuwenden, bis ich ankomme, hatte er eindeutig nicht die Absicht, das zu tun. Er lächelt so breit, dass seine Augen vor Freude glänzen.

Sanfte Musik setzt ein, eine schöne Melodie, gespielt von einer Frau in einem wallenden weißen Kleid, die an einer goldenen Harfe sitzt. Der Klang schwebt durch die Luft und gibt den perfekten Ton vor. Billie und ich gehen den sandigen Gang hinunter, meine Beine zittern vor Aufregung und Nervosität.

Die Menge jubelt Chowder zu, der in einer kleinen weißen Weste mit einer Blume auf der Vorderseite auf sie zu watschelt. Er sieht einfach hinreißend aus. Als er Kaden erreicht, nimmt Khaos die Ringschachtel von Chowder, der im seichten Wasser herumschwimmt.

Billie drückt meine Hand und flüstert: »Bereit, meine Schöne?«

»Ich bin schon so lange bereit«, gebe ich zu und spüre die Wahrheit meiner Worte tief in meinem Herzen. »Ich habe es nur nicht gewusst.«

Ich lächle jeden um mich herum an. Als ich ins Wasser trete, umschmeichelt die kühle Berührung meine Füße, und mein Lächeln wird breiter, als ich mich auf Kaden zubewege. Er grinst so breit, dass seine weißen Zähne glänzen, und seine Augen glitzern mit kaum unterdrückter Emotion. Es ist, als ob er die Tränen zurückhalten würde, und das berührt mich zutiefst.

In dem Moment, in dem ich seine Seite erreiche, hebt er mich hoch und sein Mund findet sofort den meinen. Ich kichere gegen seine Lippen und flüstere:

»Das sollte eigentlich erst nach unserer Heirat kommen.«

»Ich kann nicht anders. Ich wäre fast gestorben, als ich dich wie eine Göttin hier runterkommen sah. Ich bin kein emotionaler Mensch, möchte ich meinen, aber in diesem Moment bin ich kurz davor, mir die Augen auszuheulen, dass ich dich gefunden habe.«

Ich erwidere den Kuss und verliere mich in der Freude des Augenblicks, während Khaos sich räuspert und die Menge leise kichert.

Ich rutsche wieder auf die Füße und stehe neben diesem riesigen Mann, der mich überragt und der mich so sehr liebt, dass ich in Ekstase gerate. Kaden hält meine Hand fest, als könnte er nicht einmal die kleinste Entfernung zwischen uns ertragen. In diesem Moment taucht Chowder auf und schwimmt zwischen uns, ein geschätztes Mitglied unserer Familie.

Khaos beginnt die Zeremonie mit seiner warmen und klangvollen Stimme.

»Wir haben uns heute hier versammelt, um der Vereinigung von Kaden und Sasha beizuwohnen, zwei Seelen, die durch Schicksal und Liebe miteinander verbunden sind. Möge ihre gemeinsame Reise mit Freude, Kraft und endlosen Abenteuern erfüllt sein.«

Tränen steigen mir in die Augen, das Glück überwältigt mich. Ich hätte nie gedacht, dass ich diese Art von Freude einmal erleben würde.

Kaden drückt sanft meine Hand, sein Daumen streicht in einer beruhigenden Geste über meine Knöchel. Als Khaos spricht, fließen die Worte wie ein Segen über mich. Ich blicke zu Kaden auf, mein Herz ist voller Liebe und Dankbarkeit. Sein Blick trifft meinen, erfüllt von einem Gefühl, das mir den Atem raubt. Wir haben so viel durchgemacht, um an diesen Punkt zu gelangen, und das lässt mich ihn umso mehr lieben.

Khaos lächelt uns beide an und nickt dann Chowder zu, der die Ringschachtel wieder nimmt und uns die Ringe mit einem stolzen Zwitschern überreicht. Jeder von uns nimmt einen aus der Schachtel und steckt ihn dem anderen an den Finger. Der mit Diamanten besetzte Goldring ist ein Symbol für die endlose Liebe, die wir teilen.

»Mit diesem Gelübde und dem Austausch der Ringe erkläre ich euch nun für verheiratet«, erklärt Khaos, dessen Stimme das Rauschen der sanften Wellen übertönt. »Du darfst deine Braut küssen ... noch einmal.«

Die Menge lacht, während Kaden mich zu sich zieht und meine Lippen in einem leidenschaftlichen Kuss einfängt, der mir die Knie schwächt. Die Welt verblasst und lässt nur uns beide und die Umarmung des Ozeans zurück. Unsere Gäste jubeln und applaudieren, aber ich spüre nur die Wärme von Kadens Armen und die Gewissheit, dass ich hierhergehöre.

Das ist der schönste Tag in meinem ganzen Leben.

Stunden später sitze ich auf einem der Steinsitze, die am flachen Ende des ruhigen Meeres aufgestellt worden sind, an einem langen, durchsichtigen Tisch, der sich vor mir ausbreitet, lang genug, um allen Platz zu bieten. Das kühle Wasser plätschert sanft um uns herum. In der Mitte des Tisches stehen weiße und blaue Blumensträuße, und das Hotelpersonal bringt uns Essen und Getränke. Lachen und Musik erfüllen die Luft, und ich kann mich nicht erinnern, wann ich das letzte Mal so glücklich gewesen bin.

Kadens Hand ruht besitzergreifend auf meinem Oberschenkel. Seit ich hier angekommen bin, hat er nicht aufgehört, mich zu berühren, und ich ertrinke in seiner Liebe. Ich kann gar nicht genug davon bekommen. Ich spüre seinen Blick auf mir, selbst als ich mit Billie lache, die mir gegenübersitzt und einen ihrer entzückenden Zwillinge, Dante, in den Arm nimmt. Seine winzigen Flügel flattern, als würde er gleich abheben, und er gibt diese niedlichen Babygeräusche von sich, die mich plötzlich dazu bringen, ihn in den Arm nehmen zu wollen.

Dann bemerke ich, wie sich Kadens Blick vom Tisch abwendet, und ich folge ihm, um im Wasser die Sirenengöttin Asbesta selbst stehen zu sehen. Mir bleibt der Mund offenstehen, angesichts ihrer ätherischen Schönheit und ihres körperbetonten Kleides, das aus im Sonnenlicht schimmernden Juwelen besteht. Auch die meisten der Gäste bemerken ihre Anwesenheit, und eine respektvolle Stille legt sich über die Versammlung.

»Gib mir einen Moment, meine Schöne«, erklärt Kaden, steht auf und geht durch das kniehohe Wasser auf sie zu. Sie sprechen leise, ihr Gespräch ist privat, aber sie streiten nicht. Es erinnert mich an das erste Mal, als ich sie in Kadens Unterwasserhöhle im Fjord reden sah.

Chowder lehnt sich näher heran und lenkt meine Aufmerksamkeit auf sein kleines, ernstes Gesicht.

»Du wirst eines Tages ein Baby wie Dante haben. Mit Flügeln?«, fragt er in seiner liebenswerten, neugierigen Art.

Ich lache, und Billie kichert am anderen Ende des Tisches.

»Nicht mit Flügeln, Chowder«, sage ich und streichle seinen Kopf.

Chowder legt den Kopf schief. »Du heiratest und bekommst ein Baby? Ist das so?«

»Nicht genau so, aber nah dran.« Ich grinse über seine Unschuld.

Kurze Zeit später kehrt Kaden zurück, während die Sirenengöttin ins Meer geht und unter den Wellen verschwindet. Er setzt sich neben mich.

»Alles in Ordnung?«

Er beugt sich vor und flüstert: »Noch besser, als ich dachte. Ich habe erklärt, dass ich meine Schicksalsgefährtin gefunden habe und nicht vorhabe, Norwegen zu verlassen. Dass ich jetzt ein Bürger des Hauses Gold und Granat bin. Ich habe sie gefragt, ob sie für die doppelte Staatsbürgerschaft offen wäre, da ich nicht vorhabe, den Ozean nicht zu nutzen.«

»Und?«, frage ich, begierig, mehr zu erfahren.

»Sie stimmte unter der Bedingung zu, dass ich ihr Haus regelmäßig besuche und mir dort ein Zuhause einrichte, auch wenn es nur ein Urlaubsdomizil ist.«

»Oh, das hört sich gut an.«

»Das habe ich mir gedacht.« Er umarmt mich und küsst mich sanft.

Die Gäste fangen an, zu jubeln, und ich lache, unterbreche unseren Kuss und sehe, wie sie alle in unsere Richtung schauen.

»Ihr bringt mich noch den ganzen Tag zum Erröten«, sage ich, und Kaden kichert.

»Bitte jubelt weiter. Ich muss meine neue Frau ganz oft küssen.«

»Küssen ist gut. Hält dich glücklich«, mischt sich Chowder mit perfektem Timing ein.

Die Menge bricht in Gelächter aus. Die Feier geht noch stundenlang weiter, und als die Sonne unterzugehen beginnt, werden am Strand Tiki-Fackeln aufgestellt. Ich möchte, dass dieser Tag nie endet.

Ich stehe auf und nehme Kadens Hand. »Komm mit mir. Lass uns einen Spaziergang machen.«

Chowder gesellt sich sofort zu uns und klettert auf Kadens Schulter, wobei sich sein Schwanz um Kadens Nacken windet. Wir gehen zu dritt am Wasser entlang, die sanften Wellen plätschern an unsere Füße.

»Ich habe mir überlegt, wohin wir in die Flitterwochen fahren«, sagt Kaden.

»Mit dir ist es überall perfekt«, antworte ich und lehne mich an seine Seite.

Als wir uns etwas weiter von der Party entfernen, nehme ich meinen Mut zusammen und sage einfach, was ich denke.

»Ich glaube, ich könnte schwanger sein.«

Er erstarrt, dreht sich um und sieht mich mit großen Augen an. »Meinst du das ernst, oder ist das einer deiner Scherze? Denn wenn ja, ist das nicht lustig.«

»Ich will ehrlich sein. Es ist drei Monate her, dass ich das letzte Mal geblutet habe, und nun ... ich glaube, ich könnte es sein. Ich muss mich natürlich testen lassen, aber ich habe darüber nachgedacht, und ...«

Seine Arme umschlingen mich, und er küsst mich heftig, sodass ich aufhöre zu reden. Chowder, auf Kadens Schulter sitzend, schaut zwischen uns hin und her.

»Findest du, dass heute zu viel geküsst wird?«

Wir lachen, und Kaden kräuselt seinen Scheitel.

»Das ist eine ernste Sache«, sage ich und verpasse ihm einen liebevollen Schlag gegen die Schulter.

»Ich weiß. Solange ich denken kann, wollte ich eine Familie, und ich möchte ein kleines Bündel Kinder haben.«

»Bündel?«, echauffiere ich mich und hebe eine Augenbraue.

Er küsst mich erneut. »Wir fangen mit einem an, aber ich will die Art von Glück, die ich als Kind nie hatte. Und ich will das Gleiche für dich und Chowder.«

Seine Worte berühren mich zutiefst. Ich starre ihn an, mein Herz ist zum Bersten voll von Liebe.

»Ich war noch nie so glücklich«, sage ich leise. »Du hast mir ein Leben geschenkt, das ich mir nie vorstellen konnte, Kaden.«

»Mir geht es genauso. Wir haben uns beide mehr gebraucht, als uns bewusst war.«

Wir spazieren weiter am Strand entlang, das Wasser kühlt unsere Füße.

»Ich liebe dich, Kaden«, flüstere ich und schaue ihn an. »Ich liebe dich auch, Chowder.«

»Ich liebe dich mehr, Sasha«, antwortet er mit gefühlvoller Stimme.

»Und ich liebe euch beide am meisten«, gurrt Chowder und bringt uns beide zum Lachen.

Und in diesem Moment, umgeben von der Schönheit der Freunde und der Wärme der Liebe, weiß ich, dass ich endlich meine Familie gefunden habe.

MEERJUNGFRAU-MEERSALZ-BROWNIES

ZUTATEN

228 g gesalzene Butter

2 Tassen Kristallzucker

1 Tasse ungesüßtes Kakaopulver (Backkakao)

124 g 70%ige dunkle Schokolade (gehackt) oder als Chips

1/4 Tasse gebrühter Kaffee oder Espresso

1 Teelöffel Vanilleschotenmark

3 große kalte Eier

3/4 Tasse Allzweckmehl

1 Teelöffel Speisestärke

Flockiges Meersalz zum Bestreuen

*Optional Schokoladensplitter für zusätzliche Schokoladenqualität

ANWEISUNGEN

- Das Backblech in das untere Drittel des Ofens schieben und den Ofen auf 162°C vorheizen. Ein Backblech mit Antihaft-Spray und/oder Backpapier auslegen.

- Butter in eine große hitzebeständige Schüssel über einem Topf mit kochendem Wasser geben. Sobald sie zu schmelzen beginnt, Zucker, Kakaopulver, Kaffee und Schokolade hinzugeben. Gelegentlich umrühren, bis die Butter und die Schokolade vollständig geschmolzen sind und die Masse gut vermischt ist und glänzt. Die Masse kann noch körnig sein; das ist in Ordnung!

- Die Schüssel herausnehmen und leicht abkühlen lassen. Vanille hinzugeben und umrühren. Dann ein Ei nach dem anderen Hinzufügen, und mit einem Schneebesen gut unterrühren.

- Mehl und Speisestärke einstreuen und mischen, bis alles gut vermischt ist. Der Teig wird dickflüssig sein. Jetzt können Sie zusätzliche Schokoladenstückchen einstreuen und unterrühren. Dann in die vorbereitete Form gießen und mit Meersalz bestreuen.

30-40 Minuten backen, bis der Zahnstocher weitgehend sauber herauskommt. Etwas abkühlen lassen, dann aus der Form nehmen. Warm oder kalt servieren.

CHOWDER'S CHOWDER

ZUTATEN

4 Dosen Venusmuscheln, gehackt und mit Saft

1 Esslöffel Butter (gesalzen)

5-6 Scheiben Speck, gewürfelt

2 Tassen gewürfelte Zwiebeln

1 Tasse Karotten (gewürfelt)

1 Tasse Staudensellerie (gewürfelt)

1 Dose abgetropften Mais

½ Tasse Mehl

½ Teelöffel schwarzer Pfeffer

½ Teelöffel gemahlener Thymian

1 Teelöffel Old Bay Gewürz

1 Teelöffel geräucherter Paprika

1 Esslöffel gehackter Knoblauch

1½ Tassen Hühnerknochenbrühe (oder Brühe)

3-4 geschälte und in Stücke geschnittene Kartoffeln

1 Lorbeerblatt

2 Becher Schlagsahne

ANWEISUNGEN

- Muscheln aus dem Saft abseihen. Den Saft aufbewahren.

- Bereiten Sie zunächst alle Zutaten vor.

- Butter in einen Topf geben und den Speck bei mittlerer Hitze anbraten, bis die Ränder knusprig sind.

- Die Zwiebel hinzugeben und weich dünsten.

- Die Hitze reduzieren und Karotten, Sellerie, Mais und Mehl unter ständigem Rühren hinzufügen.

- Trockene Gewürze, Knoblauch, Muschelsaft, Hühnerbrühe, Kartoffeln und Lorbeerblatt hinzugeben. Umrühren, dann abdecken und zum Kochen bringen.

- Hitze reduzieren und köcheln lassen, bis die Kartoffeln weich sind. Ungefähr 15-20 Minuten.

- Lorbeerblatt entfernen und Sahne hinzufügen. Etwa 10-20 Minuten köcheln lassen.

- Muscheln hinzugeben und 3-4 Minuten kochen.

- Vom Herd nehmen und servieren.

MARKIERE MICH
IHRE UNSTERBLICHEN GEFÄHRTEN

Ich bin gezeichnet, aber ich lasse mich nicht zähmen.

Ich bin gezeichnet, aber ich lasse mich nicht zähmen.

Der Verlust hat mein Leben gezeichnet. Ich habe unermüdlich trainiert, unvorstellbare Schmerzen für ein einziges Ziel ertragen - mich der Bestie zu stellen, die mich beobachtet hat, die hinter mir her war. Aber stattdessen nahm sie mir meine Familie.

Es gibt nichts, was ich nicht tun würde, um Rache zu üben.

Bis mich drei sündige und verstörende Monster finden, die mit scharfen Zähnen und Krallen aus den Schatten treten, mit denen sie mein Leben so leicht zerreißen könnten wie sie die Knöpfe von meinem Kleid reißen könnten.

Sie denken, sie können mich brechen ... absurd.

Ich bin gefangen in ihrem verdrehten Krieg in einer Welt, die in Trümmern liegt und an den Rändern zerfällt. Sie lassen mich nicht in Ruhe und bestehen darauf, dass ich ihnen gehöre, dass sie mich unwiderruflich zu ihrem Eigentum machen werden.

Es wird von Tag zu Tag schwieriger, den Fantasien zu widerstehen, die sie versprechen, und es erschreckt mich, wie leicht ich angefangen habe, sie als meine eigenen Monster zu betrachten.

Aber ich erinnere mich daran, dass ich niemandem gehorche. Vor allem, da ich vermute, dass sie etwas mit dem Tod meiner Familie zu tun haben.

Sie sind nicht die ersten Monster, denen ich begegnet bin. Sie werden ganz sicher auch nicht die Letzten sein.

ÜBER MILA YOUNG

Die Bestsellerautorin Mila Young packt alles mit dem Eifer und der Tapferkeit der Märchenhelden an, über die sie als Kind gelesen hat. Sie erschlägt Monster, echte und imaginäre, als gäbe es kein Morgen. Tagsüber arbeitet sie als Marketing-Expertin an einer Tastatur. Nachts kämpft sie mit ihrem mächtigen Schwert und erschafft Märchenerzählungen und sexy Geschichten für die Zeit danach.

Möchtest du mehr und mehr von Mila Young lesen? Dann abonniere noch heute hier.

Tritt Milas **Wicked Readers Gruppe** bei, um exklusive Inhalte, aktuelle Nachrichten und Werbegeschenke zu erhalten. Klicke hier.

Für weitere Informationen...
milayoungauthor@gmail.com